THOMAS ELBEL
Die Todesbotin

THOMAS ELBEL

die todes botin

THRILLER

blanvalet

Sollte diese Publikation Links auf Webseiten Dritter enthalten,
so übernehmen wir für deren Inhalte keine Haftung,
da wir uns diese nicht zu eigen machen, sondern lediglich auf
deren Stand zum Zeitpunkt der Erstveröffentlichung verweisen.

Verlagsgruppe Random House FSC® N001967

1. Auflage
Copyright © 2019 by Blanvalet
in der Verlagsgruppe Random House GmbH,
Neumarkter Str. 28, 81673 München
Dieses Werk wurde vermittelt durch die
Literarische Agentur Thomas Schlück GmbH, 30161 Hannover
Redaktion: René Stein
Umschlaggestaltung: © Johannes Wiebel | punchdesign, unter
Verwendung von Motiven von Shutterstock.com (happykanppy;
wanida tubtawee; Eddie J. Rodriquez)
WR · Herstellung: sam
Satz: Uhl+Massopust, Aalen
Druck und Bindung: GGP Media GmbH, Pößneck
Printed in Germany
ISBN 978-3-7341-0415-2

www.blanvalet.de

Für Chris, Jascha und Niklas

ERSTES BUCH

Montag, der 4. September

1

»Keen schöner Anblick, so wat.«

Mit diesen Worten schob sich Schmulke, der Teamleiter der Spurensicherung, zwischen Viktor und den Leichnam. Viktor nickte stumm. Es fiel ihm schwer, den Blick vom Kopf des Mannes zu lösen, der da vor ihm auf dem Boden lag. Das Bild, das sich ihm hier darbot, wirkte absurd.

Abgesehen von dem kleinen Loch oberhalb des linken Auges war das Gesicht intakt. Etwas blutig, aber unversehrt.

Doch der Hinterkopf fehlte nahezu komplett. An seiner Stelle schimmerte durch eine Blutlache die Struktur des Fischgräten-Laminats hindurch. Als hätte jemand auf dem Boden das Foto einer Leiche deponiert, der man zuvor einen Teil entfernt hatte. Eher eine Art gruselige optische Täuschung. Viktor trat einen Schritt zur Seite, sodass er in die Öffnung hineinschauen konnte.

»Wo befindet sich denn sein ...?« Er brachte den Satz nicht fertig.

»Da hinten.« Schmulke wies mit einem Finger zur Wand neben dem Schauregal, in dem sich lauter Handyzubehörkrempel stapelte. Die quietschgelbe Raufaser daneben sah aus, als hätte sie jemand mit einem schmutzig roten Farbbeutel beworfen, nur dass unter den Farbflecken bei näherer Betrachtung hier und da graue Bestandteile von eher geleeartiger Konsistenz enthalten waren. Sogar das Regalglas hatte einige Spritzer abgekriegt.

»Ha. Und da is ooch schon die Kugel«, bemerkte Schmulke triumphierend.

Im Zentrum des Blutflecks war ein markantes Loch in der Wand zu sehen. Schmulke zauberte eine Art längliche Pinzette aus einer unsichtbaren Öffnung seines Overalls und begann, damit in dem Loch in der Wand herumzustochern. Schließlich zog er etwas Glänzendes heraus und hielt es Viktor unter die Nase. Der Aufprall hatte das Projektil deformiert, »aufgepilzt« nannten das die Ballistiker.

»Es handelt sich um eine Neun-Millimeter, nicht wahr?«, fragte Viktor.

Schmulke nickte und schürzte anerkennend die Lippen. »Der neue Kolleje lernt schnell. Hülse is übrijens noch uff da Flucht. Eventuell einjesammelt. Aba wir suchen unvadrossn weita.« Er fischte ein Beweisbeutelchen hervor und ließ die Kugel hineinfallen, bevor er sie in eine Plastikkiste legte, in der schon weitere Asservate steckten.

»Alter, komm mal hierher. Das musst du sehen.«

Ken und Begüm, seine neuen oder eigentlich gar nicht mehr so neuen Kollegen. Sie waren vor ein paar Minuten durch eine Tür hinter der Theke im Hinterzimmer des kleinen Souterrainladens verschwunden. Schmulke schaute ihn amüsiert an und nickte kurz mit dem Kopf zur Seite, als wollte er sagen: *Na jetzt aber los.*

Viktor mochte den Mann. Ein etwas angejahrter Rock 'n' Roller mit Zopf, Harley und ewiger Verlobten, deren getuntes Dekolleté sie alles andere als dezent zur Schau stellte. So ein Leben-und-Leben-Lassen-Typ. Ein ruhender Pol in jeder noch so chaotischen Umgebung. Viktor legte zwei Finger zum Gruß an die Stirn und bahnte sich einen Weg um die Leiche herum. Es war keine leichte Übung, der Blutlache auf dem Boden auszuweichen. Hinter der Theke stand Schmulkes Kollege und fotografierte.

»Ich bitte um Entschuldigung«, sagte Viktor etwas lauter als gewollt.

Der Mann zog für einen Sekundenbruchteil die Bierwampe in seinem Einwegoverall ein. Grinsend tauchte Viktor unter dem Kameraobjektiv durch, das ihm immer noch den Weg versperrte. Er liebte seinen Beruf und die Menschen, die ihn ausübten. Mit überschwänglichem Entgegenkommen musste hier niemand rechnen, nicht in dieser Stadt und schon gar nicht bei der Polizei dieser Stadt.

Damals, vor einer gefühlten Ewigkeit, als er sich aus sehr persönlichen Gründen einen Job in einer Mordkommission des Berliner LKA quasi erschlichen hatte, wäre er im Traum nicht daraufgekommen, dass er am Ende einmal genau dort kleben bleiben würde. Jetzt – ein halbes Jahr später – konnte er es sich gar nicht mehr anders vorstellen. Hier waren Menschen am Werk, die dem Chaos und der Grausamkeit, die sich an Orten wie diesen breitmachten, ihr trotziges Phlegma entgegensetzten.

Viktor bückte sich unter dem Rahmen der winzigen

Tür zum Hinterraum hindurch und wäre beinah gestürzt, konnte sich aber gerade noch an einem Billy-Regal festhalten, das prall mit technischem Zubehör gefüllt war.

»Vorsicht, Stufe.« Kriminalkommissarin Begüm Duran wandte sich einen Sekundenbruchteil zu spät ab, um ihr Grinsen zu verbergen.

Viktor hatte keine Ahnung, womit er sich diese renitente Antipathie verdient hatte. Eindeutig einer der weniger erfreulichen Aspekte seines Jobs. Dabei hatte er Begüm sogar den Hals gerettet, damals in jenem turbulenten Winter, der sein Leben auf den Kopf gestellt hatte.

Ein kräftiger Griff von hinten in den Schritt weckte ihn aus der deplatzierten Nostalgie.

»Alles Wichtige noch dran, junger Padawan?«, erklang eine dröhnende Stimme in seinem Rücken.

Viktor wandte sich um.

Ken.

Der schrägste Kriminalhauptkommissar, den das LKA Berlin oder möglicherweise die Polizei der ganzen Republik zu bieten hatte. Sohn einer deutschen Krankenschwester und eines japanischen Diplomaten. Punk und kriminalpolizeilicher Klassenclown, der mit intellektuellem Höchstniveau aufwarten konnte.

»Deine Sorge um meine Zeugungsfähigkeit ist rührend, buchstäblich. Aber mir persönlich zu handfest, wieder buchstäblich.«

»Alter, tu doch nicht so, als ob du mit den Zwergnüsschen irgendwas ausrichten könntest«, antwortete Ken und drehte sich dann zu Begüm um. Ihre Kollegin inspizierte den mutmaßlichen Arbeitsplatz des Toten, eine Mischung aus Elektronik-Werkbank und Schreibtisch. »Kann er damit vögeln, Begüm?«

»Woher soll ich das bitte schön wissen?«, knurrte die Angesprochene, ohne sich umzudrehen.

Mit gespieltem Entsetzen im wohlgenährten Samuraigesicht wandte Ken sich wieder Viktor zu.

»Alter, habt ihr etwa immer noch nich ...? Jetzt aber mal ran an die Bouletten, Leute. Diese ständige pubertäre Spannung zwischen euch stört mein kriminalistisches Mojo. Die müsst ihr abbauen, und das geht nur per Vollkontakt. Fragt den Erfinder des Plattenkondensators.«

Viktor war froh, dass Begüm ihnen den Rücken zudrehte. Immerhin blieb ihr dadurch verborgen, wie ihm die Röte ins Gesicht schoss. Kens Humor changierte wie immer mühelos zwischen englischem Herrenklub und Reeperbahnanreißer, bei deutlichem Schwerpunkt auf Letzterem. Wer mit ihm mehr Zeit verbrachte, musste lernen, derartige Bemerkungen »wegzuignorieren«, um auf Kens eigene Worte zurückzugreifen.

»Und was bitte wolltest du mir zeigen?«, fragte Viktor.

»Ach ja. Komm her!« Ken ergriff sein Handgelenk und zog ihn dann zu einem zweiten Regal an der Rückseite des Raumes, als wäre Viktor ein trödelndes Kind und Ken die ungeduldige Mutter. Es war über und über gefüllt mit Büchern und Zeitschriften, wovon Ken jetzt eine herauszog und ihm unter die Nase hielt.

»Abgefahren, oder?«

Viktor starrte verständnislos auf das quietschbunte

Cover eines Comichefts. »Äh. Ich verstehe nicht. Hat das irgendwas mit dem Fall zu tun?«

»Fall?« Ken runzelte die Stirn. »Mann, das ist eine 1971er-Ausgabe von DCs Roter Blitz. Das erste aus der Reihe, wo sie mal ein Crossover mit Mercury versucht haben. Der war von der Konkurrenz bei Marvel Comics als das Gegenstück zu Roter Blitz gedacht. Die Reihe ist nach zwei Ausgaben wieder eingestellt worden. Das Ding hat ab-so-lu-ten Seltenheitswert. Das muss ich mir gleich mitnehmen.« Er rollte das Comicheft zusammen und steckte es in die Beintasche seiner Cargopants, aus der es deutlich sichtbar herausragte.

»Ich möchte dir nicht zu nahe treten. Aber ist das nicht… Diebstahl?«, fragte Viktor ziemlich entgeistert.

»Der Typ…«, Ken wies mit dem Daumen in Richtung Tür zum Vorzimmer, »…will es bestimmt nicht zurück.«

»Nun, aber da gibt es ja möglicherweise irgendwelche Erben«, erwiderte Viktor.

»Pff. Anwaltsscheiße. Verklag mich doch, Herr Doktor VON Puppe.« Damit ging Ken zum Regal zurück und wühlte sich dort weiter durch die Zeitschriften. »Mal gucken, was für Schätzchen der Typ da noch so versteckt hat«, murmelte er dabei halblaut.

Viktor schüttelte seufzend den Kopf. »Quicksilver«, sagte er in Kens Richtung.

»Was?«, knurrte ihm sein Partner über die Schulter zu.

»Das Gegenstück zu Roter Blitz bei Marvel hieß nicht Mercury, sondern Quicksilver. Die Crossover-Reihe mit den beiden ist erst nach drei Ausgaben eingestellt worden, nämlich nachdem der Zeichner zu einer Werbeagentur gewechselt ist.«

Ken fuhr herum. Sein Mund war vor Erstaunen geradezu plakativ geöffnet. Dann lachte er schallend los. »Siehst du?«, rief er Begüm zu. »Allein dafür hat es sich gelohnt, dass Richter ihn eingestellt hat. Und du bist dir wirklich sicher, dass du ihn nicht ranlassen willst? Also, ich fand das jetzt echt sexy.«

Im Stillen fragte sich Viktor, ob Ken es auch dann noch »sexy« gefunden hätte, wenn er wüsste, wo er dieses Spezialwissen erworben hatte. Es stammte aus einem Referat über die »Amerikanische Trivialkultur des 20. Jahrhunderts«, das er im Deutsch-Leistungskurs in der zwölften Klasse seines Elite-Internats gehalten hatte.

»Hört ihr jetzt endlich mal eine Sekunde mit dieser scheiß-nervigen Bro-Kacke auf?«, brüllte Begüm so laut, dass Viktor zusammenzuckte.

»Warum denn so gereizt, Oberkommissarin Duran?«, fragte Ken und stellte damit die Frage, die Viktor auf der Zunge lag. Miese Laune schien Begüms Normalzustand seit Geburt zu sein, wie Ken mal gesagt hatte, aber jetzt klang sie schärfer als üblich.

Doch Begüm, die auf einem Schreibtischstuhl saß und auf dem mutmaßlichen Handy des Opfers herumwischte, blieb ihnen jegliche Reaktion schuldig.

Plötzlich stieß sie einen Laut aus, der dem Tonfall nach wie eine Verwünschung klang, auch wenn Viktor davon kein Wort verstand.

Er warf Ken einen fragenden Blick zu. Doch der zuckte nur die Achseln und stellte sich stattdessen direkt hinter Begüm.

»Und, schon was gefunden?«, fragte er und wuschelte ihr mit der Hand durch die Locken.

»Hey, nimm gefälligst dein Masturbationsbesteck aus meiner Frisur«, fauchte sie wütend.

Immerhin, stellte Viktor fest, war er ausnahmsweise nicht der Einzige, dessen Aktien bei ihr abgerauscht waren. Doch falls Ken ähnlich empfand, gab er sich davon herzlich unbeeindruckt.

»Frisur? Also vielleicht gilt so 'ne 99-Cent-Rossmann-Dauerwelle bei euch Wedding-Kanaken ja als Meister-Coiffure.«

»Na, hier scheint's ja schon sehr heiter zuzugehen.«

Alle wandten sich überrascht dem Durchgang zum Vorzimmer zu, durch den Viktor vor ein paar Minuten hereingestolpert war.

Ken war wie immer der Erste, der sich fing.

»Oberstaatsanwalt Bogenschneider. Welch ein unbeschreibliches Vergnügen, Sie zu sehen«, begrüßte er den Neuankömmling etwas zu breit grinsend.

Viktor bemerkte, wie Begüm, die sich leicht schräg hinter Bogenschneider befand, mit einer raschen Bewegung das Handy des Toten in ihrer Hosentasche verschwinden ließ. Keinen Sekundenbruchteil zu früh.

»Frau Duran, Herr Tokugawa«, grüßte Bogenschneider die beiden mit kurzem Kopfnicken und den Händen in den Hosentaschen seines Maßanzugs, bevor er sich Viktor zuwandte. »Und Herr Oberkommissar *Doktor* Puppe.«

Viktor kannte dieses leicht mitleidige Lächeln, mit dem Bogenschneider ihn schon häufiger bedacht hatte. Und er wusste auch den Grund dafür.

Wie kann man nur eine vielversprechende Ministerialkarriere aufgeben und sich freiwillig in den gehobenen Dienst degradieren lassen?, stand bei jeder Begegnung förmlich in Bogenschneiders Gesicht geschrieben.

»Herr Oberstaatsanwalt«, erklärte Viktor mit breitestmöglichem Grinsen und trat einen Schritt auf den Mann zu, bevor er die Hand ausstreckte.

Bogenschneider betrachtete seine Rechte für einen Moment, so als müsse er sie erst auf infektiösen Hautausschlag überprüfen. Dann zog er die Hand aus der Tasche und schlug ein. Sie schüttelten sich lang genug die Hände, um dabei die Blicke ineinander zu verhaken. Viktor war klar, dass hier noch mehr als Bogenschneiders Befremden über seinen freiwilligen Karriereknick in der Luft lag. Und zwar im wahrsten Sinne des Wortes, denn die ersten zarten Ausläufer eines wohlbekannten, sehr teuren und sehr exquisiten Damenparfüms kitzelten seine Nase.

Bogenschneider schien seine Gedanken zu lesen. »Frau Doktor Samson inspiziert bereits die Leiche.«

»Stella-Schätzchen, du bist hier?«, grölte Ken hinter ihnen.

»In the flesh«, erscholl es von draußen.

Bogenschneider zwinkerte Viktor in Alpharüdenmanier zu und ging zurück in den Vorderraum. Die drei folgten ihm. Viktor als Letzter und mit einem anschwellenden Magengrummeln.

Er zwängte sich an der Theke vorbei, und da war sie. Doktor Stella Samson.

Medizinaldirektorin und stellvertretende Leiterin der Berliner Rechtsmedizin.

Google zeigt unter »atemberaubend« ihr Bild, hatte Ken mal geflachst, womit er verdammt recht gehabt hatte.

Sie kniete in einem Aufzug über der Leiche, als sei sie von einer exklusiven Soiree hierhergekommen. Und wahrscheinlich war sie das tatsächlich, denn jetzt fiel Viktor auf, dass auch Bogenschneider für eine ordinäre Inaugenscheinnahme eines Tatorts zu schick aussah.

»Was verschafft uns denn das Vergnügen deines Besuches?«, fragte Ken.

Stella schob sich ein paar blonde Strähnen aus der Stirn und erhob sich. Ihr Blick streifte Viktor. Es fühlte sich an wie ein Stromschlag. Eine Flut von Bildern, wovon auf den meisten viel nackte Haut zu sehen war, wirbelte an seinem inneren Auge vorbei.

Sie nickte ihm knapp zu. Ihr Lächeln war die Essenz der Unverbindlichkeit mit einer Nuance spöttischem Mitleid.

»Viktor.« Es klang mehr wie eine Feststellung des Unvermeidlichen als ein Gruß.

»Stella.«

Sie wandte sich Ken zu. »Gerold und ich waren gerade zusammen unterwegs, als der Anruf vom KDD kam. Da dachte ich, ich schau mir das gleich mal an.«

Viktors Blick fiel auf Begüm. Sie stand zwischen Ken und Bogenschneider. Wäre es eine Szene aus einem Comic, würde jetzt eine Rauchwolke über ihrem Kopf aufsteigen. Auch wenn Stella sie um einen halben Kopf überragte, hätte sie Begüm wohl kaum übersehen können. Aber offensichtlich war sie Stella mittlerweile nicht mal einen Gruß wert.

»Und... was haben wir hier?« Bogenschneider lächelte in die Runde wie ein Lehrer, der den Wissensstand seines Oberstufenkurses testet.

Dämlicher Platzhirsch, dachte Viktor.

Doch Ken schien das nicht zu stören. »Um etwa null Uhr dreißig heute Nacht entdecken POM Schmidt und PHM Allaoui bei einer allgemeinen Streifenfahrt in Neukölln, dass die Tür des Ladenlokals *Yavuz Handy & PC Reparaturen KG* im Souterrain der Weichselstraße Numero zweiunddreißig offen steht«, begann er seinen Bericht. »Da der Laden hell erleuchtet war, entschlossen sich die beiden zu einem Kontrollgang, entdeckten die Leiche und informierten den Kriminaldauerdienst. Die Kollegen vom KDD waren um etwa ein Uhr vor Ort. Da ein Tod durch Fremdeinwirkung auf der Hand lag, verständigte der KDD die Mordkommission und die Bereitschaft der Staatsanwaltschaft. Die Kollegen Duran, Puppe, meine Wenigkeit sowie von der Spurensicherung die Kollegen Schmulke und Dombrowski sind dann vor etwa zwanzig Minuten hier eingetroffen.«

»Wer ist der Tote?«, fragte Bogenschneider.

»Offensichtlich der Ladenbesitzer, Herr Oktay Yavuz. Fünfunddreißig Jahre alt. Gebürtiger Berliner und seit sieben Jahren im Besitz dieses Ladenlokals.«

»Wie haben Sie ihn identifiziert?«

»Hat ein Foto von sich auf der Website seines Ladens«, schaltete sich Begüm mit ihrer unverkennbar rauchigen Stimme ein.

Bogenschneider nickte.

»Familie? Angehörige?«

»Bis jetzt noch nichts, was darauf hindeutet. Wir haben aber gerade erst angefangen, uns durchzuwühlen«, antwortete Ken.

»Irgendwelche Kompagnons oder Mitarbeiter?«

»Müssen wir noch klären, aber im Hinterzimmer sind mindestens zwei Arbeitsplätze eingerichtet.«

»Okay. Gehen Sie dem schnell nach. Vielleicht war es ja ein Streit unter Geschäftspartnern oder so was.«

»Jawohl, Herr Oberstaatsanwalt.«

Viktor musste ein Grinsen unterdrücken. Ken spielte seine Rolle als »Wasserträger der Staatsanwaltschaft« geradezu vorbildlich, für Viktors Geschmack jedoch fast etwas übertrieben eilfertig. Für Bogenschneider schien es indes der richtige Tonfall zu sein, denn der Oberstaatsanwalt nickte mit huldvoller Miene.

»Schon irgendwas Genaueres zu Todesart und -zeitpunkt?«

Schmulke zog den Beutel mit der Kugel aus der Tasche. »Jroßkalibrije Handfeuawaffe, wahrscheinlich eine Neun-Millimeter. Von vorn durch et Stirnbein üba m rechten Auge. Wenn ick seine Körpergröße von jut einsachtzig zur Höhe ditt Lochs in der Wand in Bezuch setze, war die Schussbahn leicht aufwärts jeneigt.«

»Also war der Täter kleiner als das Opfer«, warf Bogenschneider ein.

»Ditt is nur eene von mehreren Deutungsmöglichkeiten«, sagte Schmulke.

»Danke für den Hinweis«, gab Bogenschneider etwas pikiert zurück. »Das ist weiß Gott nicht mein erster Tatort.«

Schmulke zuckte mit den Schultern. »Na, dann is ja allet schick«, konstatierte er mit der Unerschütterlichkeit eines deutschen Beamten, dessen Pensionierung am Horizont zu leuchten begann.

Bogenschneider wollte sich zu einer Entgegnung aufplustern, doch Stella kam ihm zuvor.

»Falls denn gewünscht, könnte ich jetzt gern ein paar Worte zum Todeszeitpunkt beisteuern.«

Es kostete Bogenschneider sichtlich Überwindung, sein Wortgefecht mit Schmulke ad acta zu legen, aber dann zwang er sich doch zu einem Lächeln.

»Das wäre wirklich sehr charmant, liebe Stella.«

»Also... Ich habe keine Instrumente dabei und daher ist das jetzt alles kaum mehr als Voodoo...«, begann Stella.

»Aber von der verführerischsten aller Voodoo-Priesterinnen«, warf Bogenschneider ein.

Viktor bemerkte, wie Stellas Gesicht für einen Sekundenbruchteil einfror. Derart plumpes Süßholzgeraspel war so gar nicht ihr Ding, wusste Viktor, und schon gar nicht coram publico. Nicht zum ersten Mal wunderte er sich, warum sie sich ausgerechnet mit einem wie Bogenschneider abgab.

»Könnte jemand bitte mal schauen, ob es hier irgendwo einen Hammer oder ein anderes Schlaginstrument gibt?«, fragte sie in die Runde.

»Ick meine, ick hab hinten einen jesehen«, antwortete Schmulke. Er verschwand kurz im Hinterzimmer und kam mit einem Gummihammer zurück.

»Is der okay?«

»Könnte nicht besser sein«, sagte Stella, die den Hammer ergriff und sich damit über die Leiche kniete.

Amüsiert bemerkte Viktor das leichte Befremden

in Bogenschneiders Gesicht. Anders als Viktor hatte er wohl keine Ahnung, was sie vorhatte. Andererseits musste Viktor sich eingestehen, dass Stellas Anblick durchaus bizarr war – in einem Cocktailkleid mit Latexhandschuhen und einem Hammer in der Hand, über eine Leiche gebeugt, die nur noch über einen halben Kopf verfügte. Allerdings auf eine sexy Weise bizarr. So war Stella. Berlins attraktivste Rechtsmedizinerin strahlte, wie er bei anderer Gelegenheit festgestellt hatte, sogar in unmittelbarer Nachbarschaft einer mehrere Wochen alten Wasserleiche eine makellose Aura klinischer Eleganz und kühler Erotik aus.

»Die Leichenfleckenbildung hat bereits eingesetzt, aber das tut sie schon eine halbe Stunde nach dem Tod«, erklärte sie. »Ich kann die Flecken wegdrücken, was den Todeszeitpunkt auf etwa t minus zwanzig Stunden eingrenzt. Für eine genauere Bestimmung per Körpertemperatur fehlt mir jetzt leider ein Thermometer, aber dafür habe ich ja den hier.« Mit einem grimmigen Lächeln hob sie den Hammer und schlug damit auf den Bizeps des lang ausgestreckten Arms der Leiche. Dann legte sie das Werkzeug zur Seite und betrachtete ihr Werk.

»Da. Seht ihr's?«, fragte sie in die Runde. Mit latexgrünem Finger zeigte sie auf die Trefferfläche, wo sich jetzt ein kleiner Buckel bildete.

»Ja«, sagte Schmulke.

»Selbstverständlich«, bestätigte auch Viktor.

»Was denn?«, fragte Bogenschneider gereizt. Auch in Kens und Begüms Augen standen gut sichtbar die Fragenzeichen.

»Kein Zsakoscher Reflex, aber ein idiomuskulärer

Wulst«, sagte Viktor so beiläufig wie möglich. »Die Todeszeit dürfte also irgendwo zwischen t minus zwei bis fünf Stunden liegen.«

»Sehr richtig«, pflichtete ihm Stella bei. Das erste Mal seit Langem schaute sie ihn mit einer Spur dieser Bewunderung an, nach der er fast süchtig gewesen war. Oder eigentlich immer noch war? Doch dann wandte sie sich an Bogenschneider. »Auch die Totenstarre der Kaumuskulatur spricht für diesen Zeitraum.«

»Jetzt ist es zwei Uhr«, schaltete Ken sich ein. »Todeseintritt also irgendwann zwischen gestern einundzwanzig Uhr und Mitternacht.«

»Ich glaube, er starb ziemlich genau um elf Uhr.«

Schlagartig wandten sich alle Augen Begüm zu.

»Und wie kommen Sie darauf, Frau Kommissarin?«, fragte Bogenschneider ärgerlich.

Viktor bemerkte, wie es hinter ihrem düsteren Blick kurz arbeitete, vermutlich wegen der verbalen Degradierung, schließlich war Begüm längst Oberkommissarin. Doch dann zuckte sie mit den Achseln.

»Seine Uhr«, murmelte sie.

Sofort wanderten alle Blicke zum Handgelenk des Toten, an dem ein protziger Chronometer aus zweitklassigem Gold prangte. Das Zifferblatt zeigte ein paar Minuten vor elf. Diesmal konnte Viktor sich ein Grinsen nicht verkneifen.

Stella hingegen schaute Begüm an, als ob sie sie jeden Moment fressen wollte.

»Nun, das ist natürlich allenfalls ein Indiz«, fand Bogenschneider als Erster die Sprache wieder. Er war offensichtlich bemüht, die angekratzte Berufsehre seiner Begleitung zu retten. »Das solltest du trotzdem bitte ganz unvoreingenommen prüfen, meine Lie...« Als sich Stellas Blick nun laserstrahlartig auf ihn richtete, brach er ab. Viktor genoss jede Sekunde dieses Schauspiels: Stellas kaum verhohlenen Ärger über seinen plumpen Beschwichtigungsversuch. Bogenschneiders offen stehender Mund, der ihm das Aussehen eines erstickten Barsches verlieh. Doch schließlich fing sich der Oberstaatsanwalt wieder. »Schon Hinweise auf den Täter oder ein mögliches Motiv? Ist Geld in der Kasse?«, fragte er in einem Tonfall, als ob er einen Verdächtigen verhörte.

»Noch nichts Greifbares. Wir arbeiten dran«, sagte Begüm, als hätte sie nur auf die Frage gewartet. Aus den Augenwinkeln konnte Viktor sehen, dass Begüms rechte Hand in der Hosentasche steckte. Er wusste genau, woran sie sich festhielt, und es bereitete ihm zunehmend Kopfzerbrechen.

Auch Bogenschneider schien zu riechen, dass etwas nicht stimmte, denn er taxierte Begüm misstrauisch. Doch wenn Viktors Kollegin wollte, konnte sie das undurchdringlichste Pokerface der Stadt sein. Ihre Augen sahen dabei so schwarz aus, als ob sie nur aus Pupille bestanden. Bogenschneider zuckte die Schultern.

»Dann fangen Sie mal mit der Nachbarschaft an. Vielleicht hat irgendwer etwas gehört oder gesehen.«

Ohne eine Antwort abzuwarten, bot Bogenschneider Stella die Hand und geleitete sie mit der schwülstigen Gestik eines Operettengalans in die milde Luft der Spätsommernacht. Bei dem Anblick meldete sich Viktors Eifersucht zum Dienst zurück.

2

»Halt mal an. Ich will raus«, befahl Begüm vom Rücksitz.

»Hier?«, fragte Ken erstaunt. »Was willst du mitten in der Nacht in Kreuzkölln?«

»Frische Luft schnappen«, antwortete sie knapp und löste ihren Gurt, während Ken den Dienst-BMW auf einer Bushaltestelle ausrollen ließ.

»Super Idee, eigentlich«, versetzte Ken. »Guck mal da. Ich glaube die Ankerklause hat noch auf. Wir setzen uns nach draußen, trinken Raki und sammeln ein paar Ideen.«

»Nein, danke.« Sie stieg aus und schlug die Tür zu. Ein paar Sekunden sahen sie ihr schweigend dabei zu, wie sie an den immer noch zahlreichen Nachtschwärmern vorbei Richtung Kottbusser Tor stiefelte.

»Was hat sie denn hier zu schaffen?«, fragte Viktor.

»Sich im Görli 'n bisschen Koks besorgen, schätze ich«, erwiderte Ken ungerührt. Er ließ den Motor an.

»Wie bitte?«, fragte Viktor.

»Alter, ich hab keine Ahnung. Steig doch aus und frag sie selbst«, sagte Ken und lenkte den Wagen auf die Fahrbahn.

Viktor schaute aus dem Fenster. Just in diesem Moment überholten sie ihre Kollegin. Ein paar besoffene

Touristen pfiffen und krakeelten Begüm irgendetwas auf Russisch hinterher. Sie zeigte ihnen den Mittelfinger, ohne sich umzudrehen. Dann entschwand sie Viktors Blick. Er drehte sich wieder zu Ken um.

»Hast du es bemerkt?«

»Was?«, fragte Ken und bog in den Kreisel am Kottbusser Tor ein. »Dass du mal wieder deine Tage hast? Deine Stimmungsschwankungen sind ja wohl kaum zu übersehen.«

Viktor seufzte. In solchen Momenten wünschte er sich eine Pausetaste für Kens Humorzentrum. »Das Handy vom Schreibtisch des Toten«, ignorierte er Kens Bemerkung. »Sie hat es schnell in die Tasche gleiten lassen, als Bogenschneider reinkam.«

»Yep«, sagte Ken und schlug mit der Faust auf die Hupe. Zwei Fußgänger mit Bierflaschen in den Händen huschten aus dem Lichtkegel seiner Scheinwerfer in den Schatten der Hochbahn an der Skalitzer Straße.

»Yep, was?«

»Yep, hab's gemerkt«, sagte Ken und tourte den Wagen auf knappe siebzig Stundenkilometer hoch.

»Und?«, fragte Viktor.

»Und was?«

»Jesus Christus«, stöhnte Viktor auf.

»Wo denn?«, fragte Ken und tat so, als würde er sich umschauen.

Viktor schüttelte den Kopf. »Verzeihung, ich vergaß, dass ich mit dem Polizisten spreche, der selbst gerade das Eigentum eines Toten entwendet hat.«

»Können Tote überhaupt Eigentum haben, Alter? Na, du bist ja der Rechtsverdreher unter uns beiden.«

»Ich geb's auf.« Viktor lehnte den Kopf zurück und hob seine Uhr vor die Augen. Mittlerweile war es Viertel vor drei. Vor zweieinhalb Stunden hatte ihn der Anruf des KDD aus dem Schlaf gerissen.

Rufbereitschaft. Auch das gehörte zu seinem neuen Alltag als Mitarbeiter einer Mordkommission des LKA. Sein Großvater hätte angesichts solch einer profanen Berufswahl wahrscheinlich die adelige Nase gerümpft. Einfacher Kripobeamter. Der Bruch mit der Familientradition konnte nicht größer sein. Doch gerade dieser Gedanke gefiel Viktor. Er fühlte sich frei.

Links vor ihnen ragte von der Dachterrasse des Technischen Museums dessen Wahrzeichen in den Nachthimmel, der dunkle Umriss eines Rosinenbombers. Von hier unten sah es aus, als würde der metallene Koloss gleich auf die Fahrbahn krachen.

»Begüm macht ihr eigenes Ding, wenn sie das für richtig hält«, sagte Ken unvermittelt. »Das war schon immer so. Besser du gewöhnst dich dran. Meistens kommt aber auch was dabei raus.«

So schnell gab Viktor nicht auf. »Aber hast du nicht gesehen, wie sie das Handy angeschaut hat, kurz bevor Bogenschneider auftauchte?«

»Nee. Ich stand ja eher hinter ihr, wie du dich vielleicht erinnerst.«

»Sie sah irgendwie überrascht aus. Wütend.«

»Was denn jetzt? Überrascht oder wütend?«

»Beides eben«, sagte Viktor. »So, als ob sie plötzlich eine sehr unangenehme Entdeckung gemacht hat.«

»Sieht sie so nicht fast immer aus?«

Jetzt musste Viktor grinsen. In der Tat zog Begüm

meist ein Gesicht, als wolle sie augenblicklich jemanden anfallen und beißen.

»Was war das eigentlich, was sie da gerufen hat, als sie das Handy untersuchte?«, fragte Viktor. »Irgendwas Türkisches. Klang wie ein Fluch.«

»Hassiktir«, sagte Ken.

»Aha. Und was heißt das?«

Ken warf ihm einen kurzen Blick zu. Dann kratzte er sich hinterm Ohr. »Das heißt verfickte Scheiße.«

***

Begüm schaute zur Sicherheit noch mal auf das Klingelschild. Sie war nicht wirklich oft hier gewesen. Ein oder zwei Mal vielleicht seit der Sache vor vier Jahren, und in so einem verdammten Bunker aus den Siebzigern sah eine Tür wie die andere aus.

Der Ton der Klingel war selbst durch die Tür zu hören. Sie lauschte. Nichts. Keine Schritte. Kein Lichtschein hinter dem Türspion. Entweder war er tatsächlich nicht zu Hause, oder er gab vor, es nicht zu sein.

Sie hob die Faust und drosch ein paar Mal auf das Türblatt ein, dass es knallte.

»Hier ist Begüm. Mach auf. Ich weiß, dass du da drin bist«, brüllte sie.

Sie horchte. Kein Mucks.

»Aç ulan amına koyduğumun kapısını, göt herif!«

Mach die scheiß Tür auf, du verdammter Idiot.

Auf einmal nahm sie doch Schritte wahr. Aber zu ihrer Überraschung öffnete sich die Tür rechts neben ihr.

Das Gesicht eines Mädchens mit Hijab wurde im

Spalt sichtbar. Sechzehn vielleicht. Zu hübsch für ihr Alter.

»Halt Fresse, Bitch. Du biss hier nisch allein«, fauchte die Kleine.

Betont stoisch schlug Begüm ihre Jacke zur Seite, sodass der Polizeiausweis, der an einer Kette um ihren Hals baumelte, zu sehen war.

»Wann haben Sie Ihren Nachbarn denn das letzte Mal gesehen?« Sie hätte sie auf Türkisch befragen können, aber Deutsch fühlte sich im Dienst besser an. Es schaffte die notwendige Distanz.

Das Mädchen, dessen Gesichtsausdruck angesichts des Ausweises von aggressiv zu verstockt wechselte, zuckte mit den Schultern.

»Den Kiffbruder? Seit Wochen nisch. Allah'a şükür! Der soll Hölle fahren mit dem sein Araberkumpels und ihr'n Kartoffelschlampen.«

Begüm musste den Impuls unterdrücken, ihr eine Ohrfeige zu verpassen.

»Hülya, ne oluyor orda?«, rief eine männliche Stimme aus der Wohnung. *Was ist da los?*

»Yok bisey. Geliyorum birazdan«, brüllte das Mädchen zurück. *Nichts. Ich komm gleich.* Dann wandte sie sich noch einmal Begüm zu. »Is noch was?«

»Wenn er wieder auftaucht, geben Sie ihm die hier und sagen Sie ihm, er soll sich melden.« Sie fischte eine Visitenkarte aus ihrer Innentasche.

»'kay«, sagte das Mädchen, schnappte ihr die Karte aus der Hand und schlug die Tür zu.

***

Ein paar Minuten später stand Begüm auf dem Tiefbahnsteig der U8 am Kottbusser Tor und zündete sich eine Zigarette an.

Er war also nicht zu Hause, nachts um drei Uhr. Oder doch?

Sie zog sich ein paar frische Einweghandschuhe über, fischte das Handy des Toten aus ihrer Hosentasche, streifte den Beweisbeutel ab und rief den WhatsApp-Verlauf des Opfers auf. Schon zum zweiten Mal heute Abend. Irgendwie hatte sie die verzweifelte Hoffnung, dort jetzt etwas anderes zu sehen. Doch es hatte sich nichts geändert. Der vermutlich letzte Chat des getöteten PC-Reparatur-Ladenbesitzers Oktay Yavuz hatte um genau einundzwanzig Uhr achtundvierzig am gestrigen Abend stattgefunden. Nicht lang vor seiner Tötung. Und es war keine freundliche Konversation gewesen.

Sein Gesprächspartner hatte die Unterhaltung mit einem schlichten »Hallo« begonnen.

»Hey arkadaş, was geht?«, hatte Yavuz – dem Zeitstempel zufolge nach einem beträchtlichen Zögern – in die Tastatur eingegeben.

Die Antwort des sogenannten *Freundes* kam dafür umso prompter: »Bei dir bald gar nix mehr, wenn du heute nich zahlst.«

»Sabırlı ol, Alter.« *Geduld*, hatte Yavuz geantwortet. »Ich bring hier gleich ein Megadeal über die Bühne.«

»Mir egal. Khalil will seine fünftausend. Und zwar mit fünfzig Prozent Zinsen. Also insgesamt zehn. Ich komm jetzt vorbei. Dann muss Kohle da sein.«

»Sei kein Nazi. Wenn Deal gleich geht, krieg ich das zehn Mal. Tamam?«

Doch die Antwort lautete nur: »Şimdi geliyorum.«
Ich komme jetzt.

Begüm tippte auf das Profilbild und dann auf die Info-Taste. Der Name Jelibon war das türkische Wort für Jelly Beans und diente offensichtlich nur als dämliches Pseudo, das der Getötete seinem Gesprächspartner zugewiesen hatte. Aber die Person auf dem Foto erkannte sie auch, ohne es zu vergrößern.

Unvermittelt schob sich jemand in ihr Gesichtsfeld.

»Hey, hast du 'n bisschen Kleingeld?«

»Verpiss dich!«, sagte Begüm etwas schärfer als gewollt.

Das Mädchen zuckte zusammen. Wie in Zeitlupe drehte sie sich um und schlurfte in Richtung des nächsten Wartenden.

»Stopp.« Begüm winkte sie zurück zu sich. Sie wühlte in ihrer Hosentasche, bis sie alles darin befindliche Kleingeld eingesammelt hatte. Dann legte sie es der Kleinen in die Hand.

»Hier. Kauf dir was zu essen.«

»Mach ich.« Das Mädchen lächelte sie mit glasigen Augen an. Begüm war klar, dass sie log. Sobald sie genug zusammenhatte, würde sie sich Schnaps besorgen oder was Härteres.

Egal. Mit ihren blonden Haaren und ihrem klapperdürren Körper hatte sie Begüm an Jenny erinnert. Arme Jenny.

Sie musste an Jennys Bruder Lukas denken. Er hatte für eine Weile bei Begüm gewohnt, nachdem alles vorbei gewesen war. Doch irgendwann hatte sie eingesehen, dass eine Kripobeamtin, die es kaum geregelt bekam, sich ordentlich um ihre eigene Tochter zu kümmern, die denkbar schlechteste Pflegemutter für Lukas abgab. Außerdem hatte sie vor lauter Kinderstress ihre Arbeit immer mehr vernachlässigt, bis es irgendwann unangenehm auffiel. Nicht das erste Mal in ihrer Karriere, dass ihr Privatleben dem Beruf ins Gehege kam.

Also hatte sie für Lukas eine Familie gefunden. So ein paar Vorzeigekartoffeln mit Villa in Dahlem und zwei älteren Kindern. Direktor Richter hatte dabei geholfen. Es war ein schwerer Abschied gewesen. Lukas hatte geweint und sich regelrecht an ihr festgeklammert, aber sie war sich in dem Augenblick sicher, dass sie das Richtige tat. Jedenfalls hatte sie sich das eingeredet.

Nur, dass sie ihn nicht besuchen durfte, hatte sie echt fertiggemacht. Sie hatte es ihm doch versprochen, aber die Frau vom Jugendamt hatte sich strikt dagegen verwehrt. *Sie machen ihm die Eingewöhnung nur schwerer,* hatte sie gesagt. Bestimmt hatte sie recht, aber Begüm war sich trotzdem wie eine Verräterin vorgekommen.

Und genau das drohte sie jetzt wieder zu werden. Nur fiel sie diesmal zur Abwechslung ihren Kollegen in den Rücken. Und das, wo sie Richter hoch und heilig versprochen hatte, keinen Ärger mehr zu machen. Seine Worte klingelten immer noch in ihren Ohren.

Noch irgendwelche dienstlichen Eskapaden, ob nun mit familiärem oder sonstigem Hintergrund, Frau Duran, und es wird für Sie ernsthafte Konsequenzen haben.

Sie schüttelte die Stimme aus dem Kopf. Vielleicht war alles gar nicht so schlimm. Vielleicht gab es für ihren Fund auf dem Handy eine unschuldige Erklärung, auch wenn sie das nicht wirklich glaubte.

»Verdammte Scheiße.«

Einem Impuls folgend, öffnete sie erneut das WhatsApp-Profil von »Jelibon« und drückte die Taste für einen Sprachanruf.

Ein paar Mal erklang das Freizeichen, dann war ein kurzes Knacken in der Leitung zu hören. Begüm spürte, wie ihr Puls sich beschleunigte. Eine wohlbekannte Stimme bestätigte ihre Befürchtungen:

»Ey, Arschloch. Der Gökhan kann nich, denn er fickt gerade deine Mutter. Sprischstu nach dem Ton.«

Begüm konnte nicht fassen, was sie da hörte. Ein Piepen signalisierte den Beginn der Aufzeichnung.

»Hier ist deine große Schwester, und du bist ein Vollidiot. Falls du dich jetzt fragst, wie ich an dieses Handy gekommen bin, bist du zumindest nicht ganz so verblödet, wie man nach deiner Ansage denken könnte. Und nur falls es dich interessiert: Der Typ, dem das Handy gehört, liegt mit einem Loch im Schädel auf dem Boden des Ladens, wo du ihn laut eurem kleinen Austausch auf WhatsApp besuchen wolltest. Und zwar ungefähr zu der Zeit, zu der ihn jemand umgelegt hat. Also melde dich bei mir, und zwar sofort, und erklär mir das. Im Moment weiß es noch keiner außer mir, aber... Ach, Scheiße. Ruf eben zurück, aber auf meinem verdammten Handy. Die Nummer ist immer noch dieselbe.«

Sie legte auf und hätte das Gerät am liebsten an die nächste Wand gefeuert. Wie konnte sie nur so grenzenlos dumm sein? Zog sich Handschuhe an, nur um dann gleich darauf einen elektronischen Fußabdruck auf einem Beweismittel zu hinterlassen, dessen Besitzer ermordet worden war.

Sie müssen endlich lernen, Ihren Kopf einzuschalten, bevor Sie eine Entscheidung treffen, Frau Duran, erklang eine Stimme in ihrem Kopf.

»Fick dich, Direktor Richter«, murmelte sie.

Sie steckte das Handy zurück in ihre Hosentasche. Dann streifte sie die Handschuhe ab und pfefferte sie in einen Papierkorb.

Ein dumpfes Poltern kündigte die Einfahrt der U8 Richtung Norden an. Sie stieg ein, zog ihr Basecap etwas tiefer in die Stirn und lehnte sich gegenüber dem Einstieg an die verschlossene Tür.

Sie verspürte das nahezu unwiderstehliche Verlangen, an den Fingernägeln zu knabbern, wie sie es schon als Mädchen getan hatte, wenn sie in Schwierigkeiten war. Nur hatte sie sich vor einer Woche abends nach Dienstschluss zwei Stunden lang für schlappe fünfzig Euretten eine Gelmodellage verpassen lassen, um sich genau davon abzuhalten. Also steckte sie die Hände so tief in ihre Jackentaschen, wie es nur ging.

Sie konnte sich lebhaft vorstellen, wie Richter sie zusammenfalten würde.

Wie konnten Sie nur dermaßen töricht sein, Frau Duran?

Vielleicht könnte sie ihm entgegnen, dass es in einem Fall wie diesem Standard war, auf diese Weise zu versuchen, mit einem Verdächtigen Kontakt aufzunehmen. Aber dies war kein verdammter Standardfall, denn der Verdächtige, den sie gerade kontaktiert hatte, war ihr Bruder. Eigentlich hätte sie ihre »Befangenheit«

schon »offenbaren« müssen, als sie Gökhans Profilfoto auf dem Handy entdeckte. Aber dann wäre sie mit Sicherheit von dem Fall abgezogen worden.

Doch auch so war es nur eine Frage der Zeit, bis man ihr auf die Schliche käme. Sei es, weil sie das Handy nicht länger vor Ken und Viktor verstecken konnte, sei es, weil in der Hinterlassenschaft des Opfers noch weitere Hinweise auf Gökhan existierten. Wenn der WhatsApp-Chat Eingang in die Ermittlungen fand, reichte das für eine vorläufige Festnahme.

Sie musste sich beeilen. Aber wie? Was sollte sie tun? Ob ihre Mutter... Ein komisches Gefühl an ihrem Bein ließ ihre Haut prickeln.

Das Handy. Es vibrierte.

Aufgeregt zupfte sie an dem Beweisbeutel, der ein Stück aus ihrer Hosentasche herausragte.

»Hassiktir«, rief sie.

Beinahe wäre ihr der Beutel aus der Hand geglitten. Sie begann, das Handy herauszuziehen. Dann zögerte sie.

Ohne Handschuhe?

Ihr Blick fiel auf die Buchstaben, die auf dem Display aufleuchteten: *Jelibon-WhatsApp-Audio.*

»Scheiß drauf«, murmelte sie. Sie zog das Gerät mit spitzen Fingern am oberen Ende ein Stück aus der Hülle, strich den Annahmeknopf zur Seite und hielt das Handy ein wenig vom Ohr entfernt.

Wer immer am anderen Ende war, war nicht gerade gesprächig. Sie glaubte, jemanden atmen zu hören, aber angesichts des Hintergrundlärms der U-Bahn war das schwer zu sagen.

Sie wartete zehn Sekunden, fünfzehn. Ihr ging die Geduld aus.

»Gökhan, bist du das?«

Schweigen.

Dann ein Lachen, dass ihr das Blut in den Adern gefrieren ließ.

»Begüm, Habibti! Welch eine Freude, nach all dieser Zeit.«

Sie musste schlucken und brauchte ein paar Augenblicke, um sich aus ihrer Erstarrung zu befreien. »Hallo, Khalil.«

***

»Und was bitte soll ich nun damit?«

Bruno Bevier, klein, etwas füllig und laut Türschild Doktor der Naturwissenschaften sowie Leiter der Abteilung Ballistik des LKA, sah Viktor mit gerunzelter Stirn an.

Viktor schluckte die naseweise Bemerkung herunter, die ihm auf der Zunge lag, und stellte sich stattdessen eine sonnenbeschienene Blumenwiese vor. »Ich und meine Kollegen hatten die Hoffnung«, antwortete er, »dass Sie an diesem Projektil eine ballistische Untersuchung vornehmen könnten.«.

»Soso, hatten *Sie* die? Na, dann bestellen Sie Herrn Tokugawa mal einen schönen Gruß und sagen Sie ihm, auch wenn er mir nun jedes Mal einen anderen Praktikanten schickt, ändert das nichts daran, dass der Auftrag zur Untersuchung eines Projektils von der Leitung der Spurensicherung zu kommen hat. Schließlich sind wir hier bei der deutschen Polizei und nicht in irgendeiner Bananenrepublik.«

Viktor konnte förmlich sehen, wie Ken sich gerade irgendwo vor Lachen bog. Ihn dergestalt in irgendwelche bürokratischen Fallen tappen zu lassen, war für seinen Kollegen eine Art Dauersport. Dabei hatte er ganz unschuldig geklungen: *Lass uns den Mist aufteilen: Ich Cyber, du Ballistik.*

»Wir wollten im Sinne eines schnellen Ermittlungserfolgs die Abläufe etwas verkürzen. Herr Schmulke ist im Bild«, log Viktor drauflos.

Bevier lehnte sich gegen seinen prall gefüllten Schreibtisch. In dieser Position nahm er Viktor so überheblich Maß, als sei Bevier Napoleon und er nur ein pflichtsäumiger Lakai.

»Das ist ja gut und schön«, erwiderte der Leiter der Ballistik. »Aber Sie sind hier nicht der Einzige mit dringenden Fällen. Schauen Sie mal da.« Er wies hinter sich auf eine schuhkartongroße Plastikbox neben seiner Arbeitsunterlage. »Rockerüberfall im Wedding. Stand in allen Zeitungen, falls Sie welche lesen. Da sind sechsundsiebzig Bestandteile von Projektilen drin, und das ist nur Platz vier auf der aktuellen To-do-Liste meiner Abteilung. Allein daran werden wir sicherlich zwei Wochen sitzen.«

»Aber dann macht es doch kaum einen Unterschied, wenn Sie unser Einzelstück hier kurz vorziehen«, beharrte Viktor und hoffte, dass er dabei treuherzig genug klang.

Doch Beviers Blick nach zu urteilen, hatte er den Bogen überspannt. Denn für einen peinlich langen Moment sah es so aus, als ob der Chef der Ballistik sich gleich auf ihn stürzen würde, um ihn zu beißen.

Stattdessen riss er ihm den Beweisbeutel mit dem Projektil aus der Hand, ging damit hinter seinen Schreibtisch, hielt ihn vor das Bürofenster und verharrte so ein paar Sekunden. Eine gedrungene Silhouette im spätsommerlichen Sonnenlicht. Schließlich drehte er sich um und streckte den Arm mit dem Beutel aus.

»Pistolenkugel. Neun-Millimeter Teilmantelgeschoss, Blei-Rundkopf kurz. Ich vermute Magtech.«

Viktor schluckte eine gehörige Portion Überraschung herunter.

»Aber...«, stotterte er.

»Aber was?«, fragte Bevier, die Hand mit dem Beutel immer noch senkrecht nach vorne gestreckt, die andere ostentativ in die Tasche seines Kittels geschoben.

»Nun, ich... wir hatten gehofft, Sie könnten uns eventuell auch noch etwas zur möglichen Waffe sagen.«

Bevier umrundete seinen Schreibtisch und hielt Viktor den Beutel nun so dicht vor die Nase, dass er unwillkürlich einen Schritt zurückwich.

»Sehen Sie sich das arme Ding doch mal an«, polterte Bevier. »Da muss ja ein Stahlträger im Weg gewesen sein, so deformiert ist das.«

Viktor erinnerte sich vage, dass Schmulke am Tatort ähnliche Bedenken geäußert hatte.

»Das könnten Sie aus einem Millimeter Entfernung mit dem Hubble-Teleskop betrachten, und Sie würden keine Züge erkennen«, fuhr Bevier indes unbeirrt fort, »geschweige denn irgendwelche individuellen Beschussspuren.«

»Verstehe«, sagte Viktor, um etwas Zeit zu gewinnen. »Aber, wie wäre es denn mit einem hochauflösenden 3D-Scan?«

Bevier ließ den Beutel sinken und zog die Augenbrauen zusammen. »Wie genau meinen Sie das?«

»Nun, ich lese tatsächlich gerne Zeitung, manchmal sogar das eine oder andere Fachblatt. Ich kann mich erinnern, vor ein paar Wochen in *Die Polizei* einen Bericht über die Inbetriebnahme eines neuartigen Scanners zur Projektilanalyse beim Berliner LKA gesehen zu haben. Irgendetwas auf Basis der Elektronenrastermikroskopie. Im Artikel hieß es, dass man damit die Trittspuren eines ...«

»... Skarabäus auf einer Mistkugel vermessen könnte«, fiel Bevier ihm ins Wort und sprach den Satz zu Ende. »Ich weiß. Das Zitat stammt von mir. Wie auch immer. Das Gerät muss erst noch kalibriert und getestet werden, bevor man damit gerichtsfeste Ergebnisse erzielen kann.«

»Wir stellen unser Projektil gerne als Testfall zur Verfügung«, beeilte sich Viktor zu sagen. »Und Gerichtsfestigkeit erwarten wir in diesem frühen Ermittlungsstadium noch gar nicht. Eine einigermaßen belastbare Spur würde uns schon völlig reichen.«

»Sie sind einer von der hartnäckigen Sorte, Herr ...«, begann Bevier. Er klang gar nicht mehr so unfreundlich.

»Puppe. Viktor Puppe, zu Diensten.«

»Ach«, sagte Bevier und reckte das Kinn. »*Sie* sind das also.«

Jetzt grinste der Chef der Ballistik eindeutig. Viktor hatte schon bei anderen Gelegenheiten die Erfahrung gemacht, dass es mittlerweile kaum jemanden beim LKA Berlin gab, der nicht von ihm gehört hatte. *Du weißt doch. Der, der sich aus »persönlichen Gründen« ins LKA eingeschlichen hat und dann selbst unter Verdacht geriet.* Normalerweise nervte ihn diese Art von Aufmerksamkeit und war alles andere als hilfreich, aber jetzt schien sie irgendwie nützlich zu sein.

»Erwischt«, sagte Viktor. Er zwang sich zu einem Lächeln.

Bevier nickte mit vielsagendem Blick. Dann wanderten seine Augen zu dem Beutelchen mit der Kugel.

Viktor spürte ein aufdringliches Brummen in der Hosentasche. *Nicht jetzt,* beschloss er und sah seinem Gegenüber geduldig beim Grübeln zu.

»Nun gut«, sagte Bevier. »Aber wie gesagt, steht erst noch die Kalibrierung des Geräts mit ein paar Probestücken an. Das ist recht arbeitsintensiv. Es wird sicherlich den einen oder anderen Tag dauern, bis wir uns Ihrem Patienten hier widmen können.«

»Unser Dank ist Ihnen gewiss«, erwiderte Viktor mit einer leichten Verbeugung.

3

Einen Augenblick später stand er auf dem Flur und wartete ein paar Meter von Beviers Büro entfernt vor den Fahrstühlen, den Blick auf sein Handy gerichtet.

Ein Anruf von Ken, dem er sogleich eine WhatsApp hatte folgen lassen.

Hey Püppi, ist Bevier nicht ein Knaller? Ich wette, ihr hattet jede Menge Spaß. Aber jetzt ruft die Pflicht. Ich war gerade bei Balkov von Cyber. Er hat Yavuz' IT-Krempel durchfilzt und wusste ein paar interessante Sachen zu erzählen. Yavuz wird um zwölf von Ratemalwem obduziert. Lass uns dort treffen. Fette Grüße, Kenji

Gerade wollte er das Handy in die Tasche stecken, als das Gerät erneut zu vibrieren begann.

Diesmal zeigte das Display eine Berliner Festnetznummer. Sie kam ihm nicht bekannt vor.

Viktor schaute auf seine Uhr. Halb zwölf. Mit dem Auto würde er es gerade so nach Moabit zur Rechtsmedizin schaffen. Er drückte den Anruf weg und rief den Fahrstuhl.

***

Der Verkehr war heftig, wie immer zur Mittagszeit. Während Viktor auf dem Linksabbiegerstreifen der

Kreuzung am U-Bahnhof Hallesches Tor schon seit zwei Ampelphasen feststeckte, dachte er über das bevorstehende Zusammentreffen nach.

Stella.

Gestern Nacht hatte er sie das erste Mal seit den Ereignissen rund um den »Todesmeister« wiedergesehen. Damals hatte sie Viktor aus der Patsche geholfen.

Seine Versuche, sich bei ihr dafür zu bedanken, ob per Anruf, WhatsApp oder E-Mail, hatte sie ignoriert, bis er es aufgab. Offensichtlich war sie ihm trotz allem immer noch böse wegen dieser vermaledeiten Swinger...

Ein wütendes Hupen riss ihn aus den Gedanken, und er setzte den Wagen in Bewegung. Gegenüber blitzte die vertraute Fassade der SPD-Parteizentrale auf. Wie ein gläserner Keil hatte sie sich zwischen Stresemann- und Wilhelmstraße geschoben. In zwei Wochen wählte die Republik eine neue Regierung. Wo Stella wohl ihr Kreuzchen machen würde? Sicherlich nicht bei den Genossen, da war er sich sicher. Die Industriellentochter und die Ortsverein-Partei der Arbeiter und Schrebergärtner – das passte nicht zusammen. FDP wahrscheinlich, wie sein eigener Vater? Oder vielleicht stand Stella einfach über diesen Dingen. Anders als ihr aktueller Favorit, Oberstaatsanwalt Bogenschneider. Viktor hatte letzte Nacht bei einer Internetrecherche vorm Einschlafen zu seiner Überraschung entdeckt, dass er noch eine zweite Funktion bekleidete.

Wieder schaute er auf die Uhr. Schon zehn vor zwölf. Wahrscheinlich würde er sich verspäten. Das hieß, dass Ken mit Sicherheit vor ihm da wäre und Viktor nicht mit Stella allein sein konnte. Wenn er ehrlich war, war es ihm im Moment auch lieber so.

Selbst wenn er nicht verstand, warum Ken ihn überhaupt dorthin bestellt hatte. Ein Teammitglied reichte doch eigentlich, zudem bei einer derart offensichtlichen Todesursache, bei der es wahrscheinlich ausgereicht hätte, einfach den Obduktionsbericht abzuwarten.

***

Erst um Viertel nach zwölf bog er in den Parkplatz vor dem grauen Zweckgebäude in der Birkenstraße ein, in dem die Rechtsmedizin der Charité ihren Sitz hatte. Hektisch streifte er seinen Gurt ab und griff nach dem Türöffner, als der Vibrationsalarm seines Handys ihn innehalten ließ.

Dieselbe Festnetznummer wie vor einer halben Stunde am Tempelhofer Damm. Irgendwer hatte es eilig. Zwar war es keine Nummer der Polizei, aber wie die meisten Berliner Polizisten nutzte Viktor sein privates Handy auch dienstlich. Während er sich aus dem Wagen pellte, drückte er die Annahmetaste und presste das Gerät ans Ohr.

»Puppe?«

»Äh ja, ist dort Viktor Puppe von der Mordkommission des LKA?«

Eine weibliche Stimme. Sie kam ihm vage bekannt vor. »Ist am Apparat. Mit wem spreche ich denn?«, fragte Viktor, während er den Bürgersteig entlang zur Toreinfahrt des Instituts eilte.

»Ja, hier spricht Janine Geigulat. Sie kennen mich noch nicht, aber...«

»Doch«, rief Viktor aus. »Sie sind diese Reporterin von der *jungen Welt*. Sie haben damals in der Pressekonferenz zum Fall Julia Racholdt den Innensenator gegrillt... Äh, ich meine, Sie haben ihn recht vehement befragt.«

»Ja, stimmt. Das war ich. Kompliment an Ihr Gedächtnis. Na, da halten Sie mich jetzt bestimmt für eine ordentliche Nervensäge.«

»Och«, sagte Viktor. »Mir hat's gefallen. Aber bitte zitieren Sie mich damit nicht. Wie auch immer, ich hab's gerade etwas eilig und...«

»Ja, verstehe«, fiel ihm die Journalistin ins Wort. »Ich will Sie auch gar nicht lange aufhalten. Ich hätte da nur noch ein paar Fragen zum damaligen Fall.«

»Fragen?« Viktor wurde es bei dem Gespräch langsam mulmig. »Aber der Fall ist abgeschlossen, und für so was gibt es bei uns eine Pressestelle, oder?«

»Und die hat ja damals auch eine Meldung herausgegeben. Aber nur eine sehr knappe. Und als dann später die Leiche des Justizsenators Stade gefunden wurde, die vom Ast einer Eiche im Grunewald baumelte, war ja irgendwie klar, dass es da einen Zusammenhang mit dem Tod seiner Nichte geben musste, aber...«

Immer wieder setzte Viktor zu einer Unterbrechung an, doch die Journalistin redete ohne Punkt und Komma. Es dauerte eine gefühlte Ewigkeit, bis sie zum Ende kam.

»...sollte die Öffentlichkeit doch darüber informiert werden, ob möglicherweise größere Kreise der Berliner Politik darin involviert waren, finden Sie nicht?!«

»Ja, sicher, aber wie gesagt, es gibt für so was einen offiziellen Weg und ich muss...«

»Wussten Sie, dass Frau Stade sich ebenfalls umgebracht hat?«

Viktor spürte, wie sein Mund schlagartig austrocknete. »Nein«, krächzte er und dann nach einem Räuspern mit etwas festerer Stimme noch einmal: »Nein. Das wusste ich nicht. Hatte... hatten die beiden nicht Kinder?«

»Zwei kleine Töchter. Vier und sechs Jahre alt«, sagte die Reporterin.

»Und wo... Ich meine, wer...?«

»Sie sind jetzt bei ihrer Tante, Ilse Racholdt. Ich brauche Ihnen ja sicher nicht zu sagen, welch bittere Ironie in all dem liegt.«

»Sicher nicht«, murmelte Viktor betroffen.

»Frau Racholdt kümmert sich jetzt um die Kinder ihres Bruders«, fuhr die Journalistin unbeirrt fort, »also eben des Mannes, der augenscheinlich irgendwie in den Tod ihrer eigenen Tochter verstrickt ist. Ich war bei ihr und habe mit ihr gesprochen. Es ist erstaunlich, mit welcher Würde und Fassung sie das alles erträgt. Eine wirklich bewundernswerte Frau, finde ich. Kennen Sie sie?«

»Ja«, antwortete Viktor. »Wir waren damals bei ihr.«

»Und meinen Sie nicht, sie hat ein Recht darauf zu erfahren, wer noch in diese Sache verwickelt war?«

»Ja, sicher, aber...«

»Allein die Tatsache«, fuhr Geigulat ihm wieder dazwischen, »dass Sie als Polizeiermittler, der mit dieser Sache betraut war, nicht einmal wussten, dass auch

Frau Stade sich umgebracht hat. Also, das beweist doch, dass gewisse Kreise da immer noch im Hintergrund arbeiten, um diese Angelegenheit unter dem Deckel zu halten, oder?«

Viktor merkte, dass er sich unwillkürlich nach einer Sitzgelegenheit umschaute... mitten auf einem Parkplatz.

»Also, Sie können einen wirklich schwindlig reden, Frau äh...«

»Geigulat.« Sie lachte. »Ja, das sagen meine Kollegen auch immer. Dabei bin ich privat eigentlich eher ein schüchterner Mensch.«

Sie schwiegen. Viktor schaute auf seine Uhr. Fünfundzwanzig nach zwölf.

»Und?«, erklang es aus dem Telefon. »Können wir über die Angelegenheit sprechen?«

»Wissen Sie, ich habe jetzt eigentlich gerade einen wichtigen Termin. Dienstlich. Und ich bin schon viel zu spät.«

»Verstehe. Dann treffen wir uns einfach heute Abend. Nach Dienst sozusagen. Kennen Sie das Kaschk?«

»Ist das nicht so eine Mikrobrauerei am Rosa-Luxemburg-Platz?«

»Ja, genau. Gleich um die Ecke von unserer Redaktion. Die machen ein sagenhaftes Strawberry-Pale-Ale. Sagen wir um acht?«

***

Viktor atmete tief durch, dann schob er die Tür auf und betrat den Saal. Der Verwesungsgeruch, von draußen nur zu erahnen, schlug ihm jetzt so intensiv entgegen, dass sein Magen rebellierte. An einem der vorderen Tische wurde an einer stark verwesten Leiche gearbeitet. Viktor verbat sich hinzusehen, aber seine Augen waren schneller als der gute Vorsatz. Für einen Moment musste er darum kämpfen, sein Frühstück bei sich zu behalten. Das war definitiv ein anderer Anblick als die blitzsauberen, gut gekühlten Körper der Toten während seines Medizinstudiums, das er allerdings nicht beendet hatte.

»Viktor?«

Zwei Tische weiter stand Stella, die sich zu ihm umdrehte. Für einen Moment war er irritiert von ihrem grünen Rechtsmedizinerornat und den weißen Einmalhandschuhen. Vielleicht, weil sich auf seinem inneren Auge ein ganz anderes Bild eingebrannt hatte: Stella in Nerz, Stiefeln und sonst nichts.

»Willst du da jetzt stehen bleiben wie ein Ölgötze, oder hast du irgendein Anliegen?«

Ihr Tonfall war so scharf, dass selbst Doktor Mühe, ihr unvermeidlicher Zweitobduzent, dessen Mienenspiel normalerweise kaum ausgeprägter war als das seiner Kundschaft, eine Art Regung erkennen ließ.

Viktor ermannte sich, trat an den Tisch und nickte in die Runde.

»Tachchen ooch«, grüßte ein stämmiger, kleiner Mann, der seine tätowierten Extremitäten benutzte, um eine Leber etwas unbeholfen auf die Organwaage zu bugsieren. Mit einem schmatzenden Geräusch glitt das Fleisch in die Schale.

»Oh, meine Manieren«, beeilte sich Stella, jedoch

ohne echtes Bedauern in ihrer Stimme. »Herr Meister ist unser neuer Sektionsassistent, nachdem der ... nachdem ihr ...« Sie stockte und schien sich kurz zu besinnen. »Wie auch immer«, sagte sie schließlich. »Was willst du denn nun? Wir sind noch mitten in der Obduktion, wie du siehst, und den Bericht bekommt ihr dann sicher spätestens morgen auf den üblichen Kanälen.«

»Ehrlich gesagt bin ich hier, um Ken zu treffen«, antwortete Viktor.

»Ach, ich wusste gar nicht, dass wir hier jetzt so eine Art Café Stelldichein der Berliner Ermittlerschaft sind. War Ihnen das bekannt, Herr Doktor Mühe?«

Der Angesprochene schüttelte gehorsam den Kopf, so als habe es sich um eine ernst gemeinte und nicht eine rhetorische Frage gehandelt, bevor er sich etwas zu hastig der Untersuchung des geöffneten Brustkorbs widmete.

Viktor räusperte sich und flehte stumm um Demut.

»Er hat mir vor einer Dreiviertelstunde eine WhatsApp geschickt und mir darin mitgeteilt, dass er zu euch fährt.«

Stella zuckte mit den Schultern, während sie sich mit dem Skalpell an der Lunge des Toten zu schaffen machte. »Ich hab ihn jedenfalls nicht versteckt.«

»Vielleicht wurde er ja aufgehalten.«

»Vielleicht solltest du einmal erwägen, dein Mobiltelefon zu benutzen, um dir Klarheit zu verschaffen.«

Viktor fiel auf, dass Doktor Mühe und Sektionsassistent Meister seinen Anblick mittlerweile so beflissen mieden, als ob er an einer Art sozialem Aussatz litt.

Das hier musste ein Ende haben.

»Kann ich dich mal sprechen?«, fragte er, um Beiläufigkeit bemüht.

»Mir ist so, als ob du das bereits tätest, auch wenn ich mit jeder Sekunde weniger weiß, warum eigentlich.«

»Unter vier Augen.«

Stella hob den Kopf und sah ihn einen Moment lang mit undurchdringlichem Blick an. Dann legte sie das Skalpell beiseite, streifte die Handschuhe ab und bedeutete ihm mit einem Kopfnicken, ihr zu folgen.

Die Hände in den Taschen des Kittels ging sie zu einer Ecke des Saals, in der sich hinter Glasfenstern ein kleiner Raum befand. Wie Viktor von früheren Besuchen wusste, diente er dem Institutspersonal als eine Mischung aus Büro und Labor. Er folgte ihr gehorsam. Sie schloss die Tür und stellte die Lamellen so, dass sie vor neugierigen Blicken geschützt waren. Dann lehnte sie sich an den Rand einer stahlüberzogenen Arbeitsfläche.

»Nun?«, sagte sie und verschränkte die Arme.

Viktor stellte fest, dass er keine Ahnung hatte, was er ihr sagen wollte. Oder eigentlich schon was, nur nicht wie. Dabei kam er sich vor wie ein Schuljunge, den man wegen einer Missetat bei Frau Direktor einbestellt hatte. Unwillkürlich fielen seine Augen auf den Rechner neben Stella. Sie folgte seinem Blick.

»Was ist? Stimmt da irgendwas nicht?«, fragte sie irritiert.

»Nein. Ich musste nur gerade an meine Begegnung mit dem Vorgänger deines Herrn Meister denken.«

»Er mag seine charakterlichen Mängel gehabt haben, aber fachlich war er hervorragend. Was man von seinem Nachfolger nicht gerade sagen kann«, erwiderte sie und warf einen resignierten Blick in die Richtung, wo sich der von den Lamellen verborgene Sektionstisch befand.

»Apropos Nachfolger. Was meine Wenigkeit angeht, hast du ja offensichtlich ebenfalls einen guten Ersatz gefunden«, platzte es aus Viktor heraus.

»Eifersucht ist ja so dermaßen unerotisch, findest du nicht?«

»Wusstest du, dass dein fescher Herr Oberstaatsanwalt Bezirksvorsitzender der AfD Tempelhof-Schöneberg ist? Und ich hatte immer gedacht, derartiges Kleinbürgertum ist dir zuwider.«

Für einen winzigen Moment schien Stellas Gesicht zu gefrieren, doch sie fing sich rasch. »Interessant, dass just du dich über Kleinbürgertum mokierst«, sagte sie mit festem Blick.

Viktor öffnete den Mund zu einer empörten Entgegnung, aber dann konnte er sich gerade noch bremsen und atmete stattdessen tief durch.

Stella drückte sich von der Kante der Arbeitsfläche in die Senkrechte. »Also, wenn du nur gekommen bist, um mir meine Partnerwahl vorzuwerfen, wird mir das hier zu langweilig.« Damit rauschte sie an ihm vorbei in Richtung Tür.

»Nein, warte«, rief Viktor.

Sie blieb mit dem Rücken zu ihm stehen.

»Eigentlich wollte ich... also, ich wollte mich bei dir entschuldigen.«

Sie drehte sich um. »Aha. Und wofür genau, wenn ich fragen darf?«

»Weil... weil ich dich damals blamiert habe auf dieser... äh... Feier, auf die du mich mi...«

Er stockte.

»Oh. Welche Feier könntest du nur meinen?«, fragte sie, verschränkte die Arme und legte die Hand vor den Mund, wie ein naives Schulmädchen. »Ach ja. Könnte es etwa meine jährliche Lieblings-Swingerparty gewesen sein, auf die ich dich vertrauensvoll mitgenommen habe, um dich endlich mal vor Publikum zu vernaschen? Wo du es stattdessen vorgezogen hast, mich mit deinen albernen Detektivspielchen zu blamieren, nachdem du vorher gleich zweimal die ältliche Gastgeberin gerammelt hast? Meintest du vielleicht *diese* Feier?«

»Da hatte ein Typ Beweismittel...«, wollte Viktor zu einer Rechtfertigung ansetzen, als ihn ein Klopfen unterbrach.

Die Tür ging auf und Kens markanter Samuraischädel schob sich durch den Spalt.

»Habe ich gerade das Wort ›Rammeln‹ gehört? Darf ich daraus schließen, dass ihr eure kleinlichen Zwistigkeiten ausgeräumt habt?«, fragte er, die Augenbrauen zu erwartungsvollen Bögen gerundet.

Viktor fiel keine passende Antwort ein, und auch Stella war offensichtlich sprachlos.

»Wolltet ihr etwa gleich zum körperlichen Teil übergehen?«, setzte Ken nach. »Soll ich draußen warten? Fünf Minuten reichen doch bestimmt, so lüstern, wie ihr gerade aus der Wäsche schaut.«

Stella fasste sich an die Stirn, als könne sie das alles

nicht glauben. »Im Gegensatz zu euch zwei Clowns habe ich hier noch etwas Erwachsenenarbeit zu verrichten«, sagte sie dann. »Ken, wenn du mich dann bitte vorbeilassen könntest.«

Viktor, der seine Felle davonschwimmen sah, entschloss sich zu einem letzten Verzweiflungsversuch. »Kann ich das Ganze vielleicht mit einem wirklich feudalen Diner auf Schwanenwerder wiedergutmachen?«

Sie runzelte die Stirn. Erst jetzt dämmerte ihm, wie unpassend ein derartiger Vorschlag angesichts ihres aktuellen Beziehungsstatus war.

»Oder was auch immer du als Sanktion für angemessen hältst«, setzte er hinzu.

»Hmm.« Sie legte einen Finger auf den Mund und betrachtete ihn grübelnd. »Die Wahl der Bestrafung zu haben, klingt irgendwie… anregend. Ich werde das beizeiten erwägen. Und jetzt: husch, husch.«

Sie winkte Ken aus dem Weg, der zur Seite sprang, die Hand zackig zum Soldatengruß an die Stirn erhoben. »Yes, Ma'am. Sofort, Ma'am.«

Stella flog an ihm vorüber. Hinter ihr klappte die Tür zu. Ken sah ihr gedankenvoll hinterher. »Alter, ist dir auch so warm um die Eier geworden, als sie was von Bestrafung gesagt hat?«, murmelte er, ohne den Blick von der Tür zu wenden.

Viktor schüttelte den Kopf. »Ich denke, ich sollte das nicht auch noch mit einer Antwort honorieren.«

»Ha, und dafür werde ich dein Nichthonorieren ignorieren.«

»Wie auch immer…«, seufzte Viktor. »Wo warst du eigentlich die ganze Zeit?«

»Wovon redest du?«, fragte Ken mit sichtbar gespielter Überraschung zurück.

»Willst du mich vergackeiern? Ich zitiere deine WhatsApp: *Yavuz wird um zwölf von Ratemalwem obduziert. Lass uns dort treffen.*«

»Und?«, fragte Ken. »Bin ich nun hier oder nicht?«

»Ja, aber warum...«

Viktor stockte. Blitzartig dämmerte es ihm. »Du hast das alles genau so eingefädelt. Du bist mit Absicht zu spät gekommen. Ich sollte mit Stella allein sein.«

Jetzt konnte Ken nicht mehr an sich halten. Er bog sich vor Lachen. Jenes dröhnende Gelächter, das Viktor bei ihrer ersten Begegnung vor über einem halben Jahr gehört hatte und über mehr als zwei Flure zu hören war.

»Alter, ich dachte schon, ich muss auf diesem Parkplatz draußen warten, bis die Hölle einfriert«, prustete Ken zwischen zwei Lachsalven und klopfte sich auf die Schenkel.

»Idiot.« Ken konnte manchmal wirklich haarsträubend platt sein. Viktor griff sich einen Messbecher aus Plastik und warf ihn nach seinem Kollegen, der sich – immer noch lachend – zur Seite duckte.

Mit einem Ruck öffnete sich die Tür und Stellas Gesicht erschien. Ihre Augen funkelten vor Zorn.

»Werdet ihr wohl aufhören, hier so rumzukrakeelen? Nur falls ihr es noch nicht gemerkt habt, das hier ist die Rechtsmedizin und kein Kasperletheater.«

»Sorry, Schätzchen. Viktor war durch die Freude über deinen Gnadenbeweis ganz außer sich. Aber ich hab ihn wieder im Griff. Ich versprech's«, sagte Ken, packte Viktor am Arm und zog ihn an Stella vorbei nach draußen.

»Lass mich los!«, beschwerte sich Viktor, der alle Mühe hatte, nicht über seine eigenen Füße zu stolpern, während Ken ihn durch den Saal zum Ausgang schleifte, wobei ihnen zwei entgeisterte Augenpaare hinterherstarrten.

»Ruhig, Brauner. Jetzt ist ja alles wieder gut«, sagte Ken vergnügt.

»Ich mein's ernst.«

Ken blieb stehen, ließ ihn los und hob die Hände. »Jetzt aber nicht gewalttätig werden. Ich bin Kontaktlinsenträger.«

»Kannst du auch mal ernst sein?«, fragte Viktor.

»Wieso? Ist schon wieder Weltuntergang?«

»Dann eben nicht. Einen schönen Tag noch«, sagte Viktor, drückte die Tür auf und stapfte die Auffahrt zur Birkenstraße hinaus.

»Hey, warte mal, Chefchen«, rief es hinter ihm. »Wir müssen reden. Im Ernst jetzt. Ich war doch bei Balkov. Er hat auf Yavuz' IT ein paar echte Kracher gefunden.«

4

»Gib mir die Knarre!«

Begüm funkelte das Muskelpaket böse an. »Über deine Leiche, Ahmad«, erwiderte sie.

»Du kennst die Regeln. Also entweder du gehst gleich wieder raus, oder deine Zimmerflak bleibt hier.«

Begüm zögerte. Natürlich hatte sie vorher gewusst, was auf sie zukam, aber sie hasste es, keine Wahl zu haben. Doch das änderte nichts. Sein Turf, seine Regeln. Und das hier war alles andere als ein amtlicher Besuch.

Seufzend zog sie ihre geliebte P6 aus dem Holster und legte sie auf die Theke. Ahmad ergriff die Waffe und verstaute sie in einer Schublade neben einer nagelneuen Walther PPQ.

»Und um diesen Schrott machst du so einen Tanz? Da hat ja der Schwanz meines Opas mehr Firepower.«

»Fick dich, Ahmad.«

»Fick dich härter, Dönertittchen.«

»Und? Was ist jetzt?«

Er zuckte die Schultern, trat zur Seite und gab den Weg die Treppe hinunter frei.

Begüm hatte kaum die erste Stufe beschritten, als sie Ahmads Flossen am Po spürte. Ihr Ellbogen landete so wuchtig auf seinen Rippen, dass sie beinahe rückwärts auf ihn drauf gefallen wäre. Aber sie hielt ihr Gleichgewicht und drehte sich rechtzeitig genug um, um seinen massigen Körper rücklings gegen die Theke sacken zu sehen. Er versuchte, sich am Rand festzuhalten, knallte aber stattdessen mit dem Kopf auf die Kante des Tresens. Begüm nutzte die Gunst der Stunde und versetzte ihm noch einen kräftigen Tritt zwischen die Beine. Sein Schrei war so markerschütternd, dass er sogar die Musik übertönte, die von unten heraufdröhnte.

Begüm beugte sich über den wimmernden Mann. »Herzliche Grüße an deine Schlampe. Eure Familienplanung ist hiermit abgeschlossen.«

Sein Brustkorb hob und senkte sich seltsam, und es dauerte einige Momente, bis Begüm begriff, dass er trotz der Schmerzen lachte.

»Und wenn schon. Das war's wert«, knirschte er zwischen den Zähnen hervor.

»Du bist ein ekelhafter alter Mann, Ahmad.«

»Kaum zu glauben, dass du mal auf unserer Seite warst, Prinzessin.«

»Auf welcher Seite ich auch immer war... deine jedenfalls bestimmt nicht.«

Sie drehte sich um und ging die Stufen hinunter.

Die Musik wurde lauter. Billiger Anheizertechno. Am Fuß der Treppe ein langer dunkler Gang und schließlich die Bar.

An drei Stahlstangen wanden sich nackte Frauenkörper im bunten Licht der Scheinwerfer und Discokugeln.

Eine zierliche Osteuropäerin mit Brüsten wie Mückenstiche beugte sich von ihrer kreisrunden Bühne so tief zu Begüm herunter, dass ihr Kopf fast den Po berührte. »Hej, sexy ženu. Du mir geben fünfzig. Wir mach gutt Lesbonummerr iin budka da hiinten«, flüsterte sie ihr ins Ohr.

Begüm zog ihren Polizeiausweis unter der Jacke hervor: »Bist du sechzehn?«

»Du policie?! Fuck cops.« Sie richtete sich wieder auf und setzte ihren Tanz um die Stange fort.

Begüm bemerkte, dass sie durch die Episode ungewollt die ungeteilte Aufmerksamkeit der ausschließlich männlichen Kundschaft gewonnen hatte. Den Blicken nach zu urteilen, schienen sich nicht wenige zu fragen, ob sie Zeugen einer vielversprechenden, nun einsetzenden Inszenierung wurden. Böse Erinnerungen klopften an ihre innere Tür. Nur zu gerne hätte sie jetzt die Kollegen von der Sitte für eine Razzia einbestellt.

Stattdessen ging sie zur Theke, hinter der ein Riese mit Gesichtstätowierung und stoischem Blick Biere zapfte.

»Hi, Abdu.«

Sofort hellte sich sein Gesicht auf. »Hi, Begüm.«

Im schummrigen Licht schien Abdu selbst nach all der Zeit unverändert. Für einen Moment fühlte sie sich in die Vergangenheit versetzt.

Abdu gegenüber verspürte sie fast so was wie Sympathie. Letztlich war zwar auch er nur ein Handlanger, aber er war nie zum Arschloch mutiert wie Ahmad. Und wenn die Gäste frech oder handgreiflich wurden, wies Abdu sie in ihre Schranken und blieb im Rahmen.

»Khalil hat mich ... angerufen. Er will mich hier treffen. Jetzt. Ist er da?«, fragte Begüm. Genau genommen eine überflüssige Frage, denn wenn er es nicht war, hätte Ahmad sie wohl gleich wieder weggeschickt.

Aber es hätte sich unpassend angefühlt, einfach so an Abdu vorbeizulaufen. Alte Gewohnheiten ließen sich schwer ablegen.

Abdu nickte statt einer Antwort schweigend mit dem Kopf in Richtung der unscheinbaren Tür hinter der Theke, die zu einem Lagerraum führte, an dessen Ende sich eine weitere Tür befand. Eine aus dickem Stahl, die sich nicht von außen öffnen ließ.

Doch als sie die prall gefüllten Regale des Lagers passiert hatte, fand sie die Tür zu ihrem Erstaunen offen vor. Und der Raum dahinter war leer, sah man von der kargen Einrichtung ab.

Begüm ärgerte sich darüber, dass es sie immer noch so viel Überwindung kostete, die Schwelle zum Allerheiligsten zu übertreten. Der Raum war klein und rechteckig. Wände und Decke bestanden aus demselben blanken Stahl wie die Tür. Begüm konnte ihr verwischtes Spiegelbild darin erkennen. Nur der Boden war mit Schieferplatten ausgelegt. Der Tür gegenüber stand ein Schreibtisch mit Rechner und Telefon. Dahinter war noch eine Tür, hinter der sich gerüchteweise eine Art Panic Room verbarg, über den man – ebenfalls gerüchteweise – auf einem anderen Weg in die Außenwelt gelangen konnte. Eine Klimaanlage surrte, eine Deckenlampe unter einer Blende tauchte den Raum in blaues Licht. Hinter dem Schreibtisch stand der einzige Stuhl im Raum. Hier saß nur dessen Eigentümer. Alle anderen hatten zu stehen.

Jetzt erst bemerkte Begüm das iPad auf der Tischplatte. Hatte es schon länger gesurrt oder gerade erst begonnen? Egal. Und je mehr sie sich einzureden versuchte, dass das ein Zufall war, dass das nicht für sie war, dass das nichts Schlimmes bedeutete, desto sicherer wusste sie, dass das Gegenteil von alledem zutraf.

Also ging sie zum Tisch und berührte das verdammte Display.

***

Das *Galão A Pastelaria* lag unweit des Hipsterparadieses rund um den Rosenthaler Platz. Man hatte sich keine Mühe gegeben, die Herkunft des portugiesischen Cafés zu verbergen, das früher eine Fleischerei gewesen war. In den Vitrinen des kleinen Ladenlokals stapelten sich nun statt Schinken und Leberkäse allerlei Erzeugnisse mediterraner Konditorkunst. Viktor und Ken hatten es sich in ein paar grünen Plastikstühlen draußen vor dem Schaufenster bequem gemacht, jeder mit einem Café Cheio bewaffnet, der portugiesischen Variante des Espresso doppio.

»Was meinst du mit: Er hatte keinen Rechner?«, fragte Viktor irritiert. »Im Hinterzimmer quollen die Laptops doch nur so aus den Regalen.«

»Ja. Aber die waren entweder Schrott, oder gehörten offensichtlich irgendwelchen Kunden. Muss im Einzelnen noch gecheckt werden. Aber jedenfalls war da kein Rechner, der ihm zugeordnet werden konnte. Übrigens auch kein Handy.«

»Außer dem, das Begüm sich eingesteckt hat«, warf Viktor ein.

Ken blies die Backen auf. »Fängst du schon wieder damit an?«

»Offensichtlich hat sie Beweismittel unterschlagen«, beharrte Viktor. »Ich finde halt, man sollte dem nachgehen.«

»Begüm nachgehen, meinst du«, sagte Ken mit einem süffisanten Grinsen.

»Ach komm mir nicht schon wieder so«, schnappte Viktor ärgerlich.

»Vielleicht hat sie da ja wirklich irgendeinen interessanten Ansatz gefunden. Was spricht dagegen, ihr die Möglichkeit zu geben, das erst mal selber in die Hand zu nehmen?!«

»Was dagegenspricht?«, fragte Viktor, der kaum glauben konnte, was Ken da von sich gab. »Wahrscheinlich ein Dutzend Dienstvorschriften. Das Handy ist ja bis jetzt nicht mal offiziell als Beweismittel registriert.«

»Au Backe.« Ken rang die Hände. »Der Herr von und zu Sultaninenscheißer mal wieder.«

»Sagt der, der Anfang des Jahres wegen eigenmächtigem Handeln beinahe rausgeflogen wäre. Und übrigens, wenn ich dich mal erinnern darf: Als Begüm das letzte Mal etwas selbst in die Hand genommen hat, wäre sie beinahe draufgegangen.«

Ken drehte sich zu einem Sitznachbarn um, der sie seit einiger Zeit auffällig unauffällig belauschte. »Boah, kann der Typ einem die Laune vermiesen, oder?«, sagte er und zeigte dabei auf Viktor, dem klar wurde, dass er auf Granit biss. Verdrossen nahm er einen Schluck von seinem Cheio.

»Wie auch immer.« Viktor hatte genug von dem Scharmützel. »Da war also nichts Technisches von unserem seligen Herrn Yavuz in seinem Laden. Aber meintest du nicht, der Kollege Balkov hätte interessante Dinge gefunden?«

»Ich dachte schon, du fragst gar nicht mehr«, sagte Ken grinsend.

»Na dann, leg los.«

»Also, unser Herr Yavuz war offensichtlich pleite, sogar schlimmer als pleite. Knietief im Dispo. Mittlere fünfstellige Summe, was ihn aber auf der anderen Seite nicht davon abgehalten hat, auf irgendwelchen schattenlegalen Seiten Online-Poker zu zocken, und zwar um durchaus nennenswerte Beträge.«

»Ein Spieler?«, fragte Viktor. »Vielleicht hatte er Schulden bei den falschen Leuten.«

»Zum Beispiel. Aber das ist noch nicht alles. Balkov war mit den Pseudonymen, die Yavuz beim Pokern benutzt hat, im World Wide Web tiefseefischen, wie er das nennt.«

»Aha. Und was ist ihm da ins Netz gegangen?«

»Tja, das ist jetzt der Teil, der mir nicht so gut gefällt. Offensichtlich war unser Herr Yavuz nämlich auch in der einen oder anderen geschlossenen Chatgruppe unterwegs. Darunter auch solchen, in denen sich Groupies vom verfickten Islamischen Staat rumtreiben.«

»Also ein islamistischer Onlinezocker. Klingt doch nach ein paar interessanten Ermittlungsansätzen«, versetzte Viktor achselzuckend.

Ken zog die Nase so kraus, als sei Viktors Bemerkung übelriechend. »Also, wenn ich in den vergangenen zehn Jahren eins gelernt habe: Immer wenn in einer Ermittlung islamistische Kackscheiße auftaucht, kannst du meistens nicht mal bis zehn zählen, bis diese Wichtigtuer vom Staatsschutz auftauchen und dir deinen schönen Fall wegnehmen.«

»Mhm.«

Viktor wusste nicht genau, was er darauf erwidern sollte. Anders als Ken hing er nicht eifersüchtig an bestimmten Fällen. Vielleicht musste man wie Ken schon ein paar Jahre bei der Polizei gewesen sein, um jede Ermittlung als so eine Art Claim zu betrachten, den es eifersüchtig gegen jede Einmischung von außen zu verteidigen galt.

»Sollte man den Staatsschutz dann nicht lieber gleich miteinbeziehen?«, fragte er.

»Die Baby-Gestapo? Spinnst du, Alter?«, versetzte Ken empört.

»Tschuldigung, dass ich gefragt habe«, sagte Viktor und hob beschwichtigend die Hände.

Ken schnaubte unwillig. Viktor beschloss, ihm besser ein paar Minuten zur Beruhigung zu gönnen und seinen Cheio auszutrinken.

»Hat Balkov schon irgendwas zu Freunden und Familie rausgefunden?«, fragte er.

»Er hat mir eine Liste mit dem gegeben, was im Netz zu finden war. Offensichtlich ist Yavuz erst vor gut einem Jahr von Köln hierhergezogen. Seine Familie ist noch dort, seine Kontakte hier sind überschaubar. Klar müssen wir die auch noch vernehmen lassen, und seine Wohnung müssen wir uns auch noch angucken. Aber denkst du bei dieser Geschichte echt in Richtung Beziehungstat?«, fragte Ken.

Viktor schüttelte den Kopf. »Nicht auf diese Weise, nicht an diesem Ort. Das deutet eher auf irgendwas Geschäftliches hin oder von mir aus auch Politisches, aber jedenfalls nichts Privates.«

»Sehe ich genauso«, pflichtete Ken ihm nachdenklich bei.

»Und was machen wir als Nächstes?«, fragte Viktor.

»Lass dir mal selber was einfallen. Begüm klappert jedenfalls schon mal mit einem Foto von Yavuz die Neuköllner Spielhöllen ab.«

»Du hattest Kontakt zu ihr?«, fragte Viktor entgeistert.

»Klar, Mann«, sagte Ken. »Hab ihr heute Morgen die Kleine abgenommen.«

»Suhal? Warum?«

Ken zuckte die Schultern. »Begüms Mutter ist im Urlaub, und Begüm selbst hatte einen Arzttermin, da konnte sie die Kleine nicht zur Kita bringen. Also hab ich das übernommen. Die Kita heißt übrigens Siebenpups, Alter. Siebenpups! Ist das zu glauben?« Er schlug sich lachend auf den Oberschenkel.

»Und du hast sie nicht nach dem Handy…«, begann Viktor. »Ach verdammt, was frag ich überhaupt.«

Ken klopfte ihm auf die Schulter. »That's the spirit, Mann. Lass sie machen. Wahrscheinlich ist sie jetzt gerade dabei, den Fall im Alleingang aufzuklären.«

***

Gökhans Gesicht war bleich. Er hatte einen Knebel im Mund. Er saß auf einem Schreibtischstuhl und wurde von jemand anderem gefilmt, denn seine Arme waren reglos, obwohl die Kameraperspektive jetzt millimeterweise nach unten wanderte. Schließlich erkannte Begüm auch den Grund dafür: Die Hände ihres Bruders waren mit Gaffer Tape an die Lehnen gefesselt. Das Bild glitt weiter herab. Auch seine Beine waren zusammengeklebt. Und er war nackt. Splitterfasernackt.

Wieder veränderte sich die Perspektive. Jetzt war Gökhans Gesicht zu sehen. Bleich. Verschwitzt. Die Augen angstgeweitet.

Die Kamera wackelte etwas. Für einen kurzen Moment konnte man den Raum ahnen, in dem ihr Bruder sich befand, aber es war dämmrig. Schemenhaft erkannte sie die Möblierung eines Wohnzimmers mit Couch und einem Tisch davor. Dann wieder nur Dunkelheit. Das Licht war so gewählt, dass ausschließlich Gökhan ausgeleuchtet wurde. Dann stabilisierte sich das Bild und zwei Hände in Handschuhen wurden sichtbar. Die Perspektive schien jetzt immer dem Sichtfeld des Kerls mit den Handschuhen zu folgen. Vermutlich filmte er mit einer GoPro, die er am Kopf befestigt hatte. Auch die Beleuchtung folgte der Perspektive.

Begüm nahm das iPad vom Tisch auf: Ein FaceTime-Anruf mit unterdrückter Rufnummer. In der Ecke rechts oben war ihr eigenes erschrecktes Gesicht als Thumbnail eingeblendet.

»Khalil, was soll die Scheiße?«, sagte sie unsicher.

Aber war er das überhaupt? Warum dann dieses blöde Versteckspiel?

Für einen Moment verschwand die rechte Hand aus dem Bild. Dann tauchte sie wieder auf. Der Typ hielt jetzt etwas Längliches in der Hand. Begüm schnappte nach Luft.

Das längliche Ding war eine Zange, genauer gesagt eine Kombizange.

»Was soll das, du Arschloch?«, schrie sie panisch in das Gerät.

Sie sah, wie der Zangenkopf sich um den Nagel von Gökhans Zeigefinger schloss.

»Nein!«, schrie Begüm.

Für einen Moment fror das Bild ein. Stockte die Verbindung? Panisch schüttelte sie das Gerät, als ob sie dadurch das Schlimmste von ihrem Bruder abwenden konnte.

Dann wanderte die Perspektive plötzlich nach oben, zu Gökhans Kopf, der von einer Seite zur anderen zuckte, während er irgendwelche unverständlichen Worte in den Knebel schrie. Sein Gesicht war jetzt trotz des grellen Lichts nicht mehr bleich, sondern schimmerte eher dunkelrot.

»Bleib stark, Brüderchen!«, rief Begüm in der Hoffnung, dass er sie hören konnte. »Ich krieg dich da raus, hörst du?«

Sein Gesicht verschwand. Die Kameraperspektive wanderte nach unten, über die Brust und den Bauch, bis sie an der Zange zum Stehen kam.

Ein kurzer Ruck, und Gökhans Hand war um einen Fingernagel ärmer.

5

Ein dreieckiger Monolith aus Beton und Glas beherbergte den *Verein zur Förderung von Kunst und Kultur am Rosa-Luxemburg-Platz e.V.* in der Linienstraße Nummer vierzig. Im Erdgeschoss hatten sich Kleingewerbe angesiedelt, darunter eine der vielen Minibrauereien, die seit einigen Jahren überall in der Stadt mit Kens Worten »wie Pilse aus dem Boden schossen«.

Kaschk stand auf der Frontscheibe in großen Blockbuchstaben, und darunter auf einer Tafel mit der Überschrift *Open Hours* der Hinweis: *8AM–LATE*. Auf Viktors Uhr war es kurz nach acht und damit nach seinem Geschmack viel zu spät, um sich mit einer neugierigen Journalistin zu treffen. Doch noch bevor er es sich anders überlegen konnte, sah er durch das Fensterglas, wie ihm eine schmale Hand zuwinkte.

Drinnen empfing ihn ein kaum weniger eigenwilliges Ambiente, als es das Gebäude ohnehin vermuten ließ. Russenlüster baumelten von der Decke herab, die aus demselben dunklen Beton bestand wie der gesamte Bau. Boden, Theke, Tische, Regale wie auch die Wandbekleidung waren aus Naturholz gefertigt. Unter anderen Vorzeichen hätte er es als interessanten, optischen Kontrast empfunden, jetzt aber nervte ihn die aufdringliche Trendiness.

Seine Verabredung entpuppte sich als zierliche Endzwanzigerin mit planvoll unsortierten roten Locken. Kaum dass er vor ihr stand, sprang sie auf und streckte ihm ihre Hand so gerade entgegen, als wolle sie ihn damit aufspießen.

»Janine Geigulat«, sagte sie eifrig. »Von der *jungen Welt*.«

»Viktor Puppe. Sehr erfreut.« Überrascht stellte er fest, dass das ehrlich gemeint war. Er ergriff ihre Hand.

»Ja, ich freu mich auch«, sagte sie und entblößte eine Reihe blendend weißer Zähne.

Eine Weile standen sie so, ohne dass sie Anstalten machte, seine Hand loszulassen oder ihr Lächeln herunterzudimmen.

»Wollen wir uns nicht setzen?«, fragte Viktor.

»Ach so, ja, natürlich. Entschuldigung.« Sie zupfte mit der linken Hand nervös an ihrem Minirock, als könne sie ihn dadurch verlängern.

»Meinetwegen hätten Sie auch durchaus was Längeres anziehen können.«

Ihre Augen huschten kurz nach unten und zurück zu ihm. Für einen Moment hatte ihr Gesicht annähernd die Farbe ihrer Haare.

»Na ja, ist auch nicht so meins, aber erfahrungsgemäß steigert die Garderobe bei Männern durchaus die Bereitschaft zu antworten«, brummelte sie und setzte sich.

»Ich bin aber nicht irgend so ein dahergelaufener Brüderle«, sagte Viktor und tat es ihr gleich.

Sie musste über seine Bemerkung lachen. »Was schauen Sie mich jetzt so an?«, fragte sie.

»Ihr Lachen. Sie erinnern mich an jemanden.«

»Gute oder schlechte Erinnerung?«

»Irgendwie beides, denke ich. Petra war meine Sandkastenfreundin. Sie hat mir dauernd irgendwelche Streiche gespielt. Hagebuttensamen in meinen Schuhen. Käfer in meiner Mütze und so weiter. Und dann hat sie immer genau so gelacht wie Sie jetzt.«

»Aha«, sagte sie und schaute so aufreizend desinteressiert an ihm vorbei, als studiere sie gerade das Interieur.

»Aber Sie sind doch bestimmt ein braves Mädchen?«, fügte er lauernd hinzu.

»Habt ihr schon gewählt, oder wollt ihr die Karte?«, ertönte eine Stimme hinter ihm.

Ein halbe Stunde später servierte ihnen eine Servicekraft mit langem Bart und Holzfällerhemd, so als sei sie geradewegs dem letzten H&M-Katalog entsprungen, das zweite Strawberry-Pale-Ale.

Viktor hatte mittlerweile erfahren, dass Janine Geigulat den Job bei der *jungen Welt* erst kurz vor den Ereignissen um den »Todesmeister« angetreten hatte. Wahrscheinlich – so mutmaßte sie – hatte sie die Sache anfänglich nur deswegen zugewiesen bekommen, weil es wie ein x-beliebiger Mordfall aussah. Als aber die ersten Verdachtsanzeichen eines bis in höchste politische Kreise reichenden Foltervideorings auftauchten, wollte ihr Chef vom Dienst die Angelegenheit an einen erfahreneren Reporter abgeben. Doch es gelang Janine, ihren Chef vom Dienst zu überzeugen, dass sie der Aufgabe gewachsen war, wozu besonders ein Interview mit der Mutter des Opfers beigetragen hatte. Revierstreitigkeiten gab es offensichtlich nicht nur unter Polizisten.

»Wie haben Sie bei der Mutter den Fuß in die Tür bekommen?«, fragte Viktor. »Ich hätte nicht gedacht, dass sie noch mit irgendwem über den Tod ihrer Tochter sprechen würde, nachdem sie damals meinen Kollegen und mich vor die Tür gesetzt hat.«

»Tja, aber dann kam ja alles ganz anders, wie Sie wissen«, sagte sie nebulös und schaute dabei so versonnen in ihr Bier, als könne sie darin die Vergangenheit lesen. »Das hat ihr wohl einen ganz schönen Schock versetzt. Und mir gegenüber hat sie sich übrigens sehr respektvoll über Sie geäußert... fast bewundernd.«

»Tatsächlich?«, fragte Viktor überrascht.

»Ja«, bekräftigte die Journalistin. »Sie sagte so etwas wie: ›Herr von Puppe hatte von Anfang an den richtigen Verdacht.‹«

»Na ja«, wehrte Viktor ab. »Eigentlich wollten wir zu dem Zeitpunkt einfach nur gründlich vorgehen, und vom Opfer haben wir ein Tagebuch gefunden. Was dann darin zu lesen war, hat mich selbst umgehauen, wenn ich ehrlich bin.«

Sie schaute ihn mit einem seltsamen Blick an, als ob sie ihm gar nicht zugehört hatte. Irritiert nahm Viktor einen Schluck Bier.

»Warum verstecken Sie eigentlich Ihr *von*?«, fragte sie unvermittelt, stützte ihr Kinn auf die Hand und schürzte die Lippen. Es wirkte wie eine Pose.

»Wie bitte?« Viktor glaubte, sich verhört zu haben.

»Na, Ihr Adelsprädikat, meine ich. Nennt man das nicht so? Auf der Website der Polizei ist das gar nicht zu sehen. Erst durch Frau Racholdt habe ich davon erfahren.«

Viktor lehnte sich zurück. Das Gespräch nahm einen unerwarteten Verlauf. Unerwartet und unbequem.

»Ich verstehe nicht...«, begann er. »Ich meine, was hat das denn bitte mit dem Fall Racholdt zu tun?«

»Ich dachte, das könnten Sie mir sagen.«

Fast hatten Stimme und Blick der Journalistin jetzt etwas Anklagendes, oder kam es ihm nur so vor? Jedenfalls war von der verspielten Schüchternheit, mit der sie ihm bisher begegnet war, nicht mehr viel übrig. Offensichtlich war auch das Scharade gewesen, genau wie der zu kurze Rock.

»Wie meinen Sie das?«, fragte Viktor, um sogleich festzustellen: »Da gibt es natürlich keine Verbindung.«

»Wirklich?«, sagte sie und ihre Augenbrauen formten wahre Spitzbögen des Erstaunens. »Erinnern Sie sich noch, als Sie gen Ende des Falles selber zum Ermittlungsobjekt wurden?«

»Als ob ich das jemals vergessen könnte«, brummte Viktor düster.

»Ich war damals diejenige, die für unsere Berlin-Seiten die Meldung zu Ihrer Festnahme verfasst hat.«

»Schön für Sie«, brummte Viktor erneut.

Er gab sich keine besondere Mühe mehr, seine Gereiztheit zu verbergen, doch sie überging seinen Stimmungsumschwung einfach und fuhr fort: »*Polizist möglicherweise in Mordfall verstrickt*, lautete der Titel. Ein paar Tage später habe ich mir die Kommentarsektion angeschaut. Eitle Angewohnheit, ich weiß, aber manchmal haben die Leser ja vielleicht doch was Interessantes

zu sagen. Und da fand ich dann diesen Eintrag hier.«
Sie entsperrte ihr Smartphone, drehte es auf den Kopf
und schob es zu ihm herüber.

Viktor brauchte eine Weile, um auf dem Bildschirm
das Wesentliche zu finden. Doch das, was er dann las,
trieb ihm einen Schwall Hitze ins Gesicht.

*Ein Polizist als Täter? Sicherlich ein gefundenes
Fressen für Ihr pseudolinkes »Feigenblatt«. Doch
hier irrt die Spießbürgerseele.*

Aber es war nicht der eigentliche Text, der Viktor verstörte, sondern die Signatur, die der Kommentator hinterlassen hatte.

Dr. E. Scharbeutz

Viktor musste sich für einen Augenblick sammeln, bevor er es wagte, wieder aufzuschauen.

»Mir ist das zuerst gar nicht aufgefallen«, plapperte
die Journalistin leutselig drauflos. »Aber nachdem ich
dann bei Frau Racholdt über Ihr *von* gestolpert war,
habe ich Ihre Familiengeschichte recherchiert.«

»Wie charmant«, bemerkte Viktor.

Wieder überging sie ihn nonchalant. »In einer Publikation zur Ärzteschaft im Nationalsozialismus bin ich
dann auf Ihren Großvater Wilhelm von Puppe gestoßen, der unter dem berüchtigten KZ-Arzt Josef Mengele
Kälte-Experimente an Kindern durchgeführt hat. Dabei
benutzte er ein Pseudonym, wie Sie sicherlich wissen.
Nämlich den Namen Erich Scharbeutz oder E. Schar-

beutz, wie der Verfasser dieses Kommentars. Und das kann ja wohl kaum ein Zufall sein.«

»Ach was, da erlaubt sich irgendwer einen dummen Scherz«, wandte Viktor ärgerlich ein.

»Vielleicht, vielleicht auch nicht. Jedenfalls habe ich begonnen, mich zu fragen, was eigentlich aus Ihrem Großvater geworden ist.«

»Ich weiß wirklich immer noch nicht, was das…«

Ein Brummen in der Hosentasche ließ ihn innehalten. Er murmelte die wohl unernstgemeinteste Entschuldigung seines Lebens, stand auf und nahm den Anruf an, ohne auf das Display zu schauen. Im Moment war ihm jedes Gespräch lieber als dieses.

»Ja, hallo? Hier Puppe«, sprach er in sein Smartphone, während er sich an ein paar Neuankömmlingen vorbei zur Tür hindurchdrängelte.

»Und hier ist die Stimme der Toten.«

***

Das Bild zeigte jetzt nur die Zange mit dem blutigen Fingernagel darin. Im Hintergrund waren – durch den Knebel gedämpft – Gökhans Schmerzensschreie zu hören. Plötzlich ging das Licht aus.

»Hör jetzt genau zu.«

Die Stimme war verfremdet. Dumpf und sehr tief. Offensichtlich verwendete der Typ einen elektronischen Stimmenverzerrer.

»Khalil, bist du das?«, rief Begüm in das Gerät.

»Halt die Klappe, oder ich mache mit dem nächsten Finger weiter.«

»Du Arschloch. Ich will mit meinem Bruder sprechen.«

Für einen kurzen Moment herrschte, abgesehen von einem Wimmern im Hintergrund, Stille. Dann ging das Licht wieder an. Gökhans Kopf war zu sehen und an seiner Schläfe der Lauf einer Pistole. Sein Blick war starr und die Haut aschfahl. Hätte er nicht so gezittert, man hätte ihn für eine Leiche halten können. Der Knebel war entfernt worden.

Der Typ mit der Pistole stand hinter ihm. Er hatte eine Sturmhaube auf, sodass nur seine Augen zu erkennen waren. Die Art, wie er den linken Arm um Gökhans Hals legte, während er ihm mit der rechten Hand die Waffe an den Kopf drückte, erinnerte Begüm an eine schlechte Imitation irgend so einer IS-Inszenierung. Sie suchte nach dem Mikro, aber es musste unter der Maske verborgen sein. Irgendwie kamen ihr die Augen bekannt vor.

»Sorry, Schwesterchen. Es tut mir echt leid.« Gökhans Stimme wackelte und sein Blick schwamm. Er wollte immer ein harter Kerl sein, so wie ihre beiden älteren Brüder, diese Mistkerle. Aber er war es nicht. Als Hassan und Orhan vor seinen Augen eine Katze mit Chinaböllern beworfen und schwer verletzt hatten, war es Gökhan gewesen, der sie heimlich mit nach Hause gebracht und gesund gepflegt hatte.

»Alles wird gut, Şekerim. Ich hol dich da raus«, rief sie und merkte, wie sich ihre Stimme dabei überschlug, als wäre sie irgend so eine hysterische Ziege.

»So, das reicht«, sagte der Typ mit der Maske und klang dabei wie der Bösewicht aus einem Teenie-Splattermovie. Er lehnte sich vor, ließ Gökhans Hals los und streckte die linke Hand nach dem Bildschirm aus. Sie kannte diese Augen, da war sie sich sicher, aber wer ...?

»Warte noch«, brüllte Begüm.

Seine Hand hielt inne.

»Herif kim?« *Wer ist der Typ?*, fragte sie schnell.

Gökhan öffnete den Mund, als der Typ ihm erneut den Arm um den Hals legte.

»Kapa çeneni!«, schrie Sturmhaube und holte mit der Pistole aus. Das Bild verrutschte. Für kurze Zeit hörte sie nur Getöse. Im Bild war eine glatte dunkle Fläche und etwas wie das Holzbein eines Möbels zu sehen. Dann brach die Verbindung ab.

»Nein!«, rief Begüm.

Hektisch tippte sie auf den Rückrufknopf, doch die FaceTime-Oberfläche verschwand. Stattdessen erschien am unteren Rand ein roter Button, auf dem die Wörter »iPad löschen« prangten.

»Was soll das? Nein, nein, nein!«

Wieder und wieder tippte sie mit dem Finger auf die Schaltfläche für *Abbrechen*. Vergeblich. Das Gerät schien ein Eigenleben entwickelt zu haben, denn einen Augenblick später war nur noch der vertraute weiße Apfel und darunter ein Balken für den Fortschritt des Löschvorgangs zu sehen.

Dann wurde der Bildschirm schwarz.

***

»Stella?«, fragte Viktor ungläubig.

»Wie viele andere Rechtsmedizinerinnen haben denn noch deine Handynummer?«

»Nur du natürlich, aber ich bin ein bisschen... überrascht.«

»Ist es gerade unpassend?«, fragte Stella. Eine neutrale Frage, wäre da nicht diese Andeutung von Ungehaltenheit in ihrer Stimme gewesen.

»Nein, gar nicht. Eher im Gegenteil«, sagte er und drehte sich dabei unwillkürlich zur Fensterscheibe um, in der allerdings nur die Spiegelung der Abendsonne erkennbar war.

»Schön. Dann habe ich also dein Ohr?«

»Unbedingt«, beeilte sich Viktor zu versichern.

»Zunächst einmal wollte ich dir und deinen Kollegen die Information zukommen lassen, dass euer Opfer, dieser Herr... Yavuz an der Schussverletzung starb, die ihm den Schädel zertrümmert hat. Insoweit also keine überraschenden Befunde, außer vielleicht sein Intimpiercing. Den Todeszeitpunkt kann ich jetzt etwas genauer auf den Zeitraum zwischen zweiundzwanzig Uhr und Mitternacht eingrenzen, und zwar an dem Abend vorm Auffinden der Leiche. Insofern herrscht Übereinstimmung mit dem Hinweis wegen der defekten Armbanduhr des Toten. Ansonsten keine Auffälligkeiten, insbesondere keine Abwehrverletzungen oder sonstigen Kampfspuren. Aber die waren bei dieser Verletzung wohl auch nicht unbedingt zu erwarten. Für die Schmauchspuren rund um die Eintrittswunde bin ich zwar keine Expertin, aber sie stimmen mit dem Befund überein, den man bei der Größe des Tatraumes erwarten konnte. Alles Weitere steht dann in meinem Bericht, den Doktor Mühe euch innerhalb der nächsten zwei Tage zukommen lassen wird.«

»Oh, ja. Das ist... toll. Danke. Vielen Dank«, sagte Viktor etwas verwirrt.

»Und jetzt fragst du dich sicher, warum ich dich deswegen extra auf dem Handy anrufe, zudem noch zu dieser relativ späten Stunde.«

»Äh, ja... ich meine, ich bin natürlich immer froh, deine Stimme zu hören.«

»Wie artig das klingt. Nun ja, dann will ich mal die Katze aus dem Sack lassen. Unser Gespräch von heute ist mir nämlich nicht aus dem Kopf gegangen.«

»Ach, tatsächlich?«, fragte Viktor, dessen Erwartung irgendwo zwischen Vorfreude und einem eher mulmigen Gefühl pendelte.

»Ja. Insbesondere dein Angebot einer Sühne meiner Wahl hat mich irgendwie äh... stimuliert.«

»Tja, das klingt, als ob du dazu schon eine Idee hast.«

»In der Tat. Dein Vorschlag eines Abendessens in der Villa Puppe klingt wirklich attraktiv.«

»Ja, wunderbar«, sagte Viktor erleichtert. »Das freut mich sehr. Wann darf...«

»Aber«, fiel sie ihm ins Wort, »ich möchte das Diner gerne erweitern.«

»Aha«, sagte Viktor, dessen spontane Erleichterung in ein ahnungsvolles Unbehagen umschlug. »Und wie genau sieht diese Erweiterung aus?«

»Ein weiterer Gast. Also ein Diner à trois sozusagen.«

»Doch nicht etwa...«

»...Gerold Bogenschneider«, vollendete Stella seinen Satz.

Viktor unterdrückte mit Mühe eine wüste Verwünschung. Ausgerechnet dieser aufgeplusterte Gockel.

»Hat es dir etwa die Sprache verschlagen?«, ertönte es aus seinem Handy.

»Ja... nein... Ich meine, also was... vielmehr: Wie hast du dir dieses denkwürdige Zusammentreffen denn vorgestellt?«

»Das wollte ich ja eigentlich deiner Fantasie überlassen, aber wenn du mich schon fragst... Kein zu schweres Essen, Sashimi vielleicht, dazu ein erquicklicher Chardonnay. Das Dessert könnten wir dann vielleicht alle gemeinsam erarbeiten, wenn du verstehst, was ich meine...«

Viktor beschloss ihre Andeutung oder vielmehr die Bilder, die sie bei ihm wachrief, fürs Erste aus seinen Gedanken zu verbannen. »Und wann soll es stattfinden?«, fragte er stattdessen.

»Nun, wie es sich so fügt, wäre in meinem Terminkalender morgen Abend eine vielversprechende Lücke.«

»Morgen?«, fragte Viktor, der sein Entsetzen jetzt nur noch mit äußerster Mühe verbergen konnte.

»Meinst du, das ließe sich einrichten?«

»Nun ja...«, stammelte er, während er verzweifelt nach einer gesichtswahrenden Ausflucht suchte.

»Oder ist dir das etwa zu viel Sühne auf einmal?«, fragte sie, und in ihrer Stimme schwang mit einem Mal mehr als nur ein leicht bedrohlicher Unterton mit.

Wenn er kniff, würde sie ihn von jetzt an nicht mal mehr mit dem Allerwertesten anschauen, so viel war klar. Nun gut. Dann würde er verdammt noch mal ein paar Flaschen von dem Scotch aus dem Keller holen, der dort mindestens seit dem Selbstmord seines Vaters lagerte, und die beiden unter den Tisch saufen, bevor es zu Schlimmerem kam. Wenn er sich in seiner Studentenzeit eine Fähigkeit erarbeitet hatte, dann die zu exzessivem Alkoholgenuss.

»Äh... nein«, sagte er. »Das ist... Ich meine, ich kriege das hin.«

»Ausgezeichnet. Dann sagen wir also morgen Abend um acht in der Villa Puppe, mein lieber Viktor.«

Mein lieber...

So hatte sie ihn seit einer Ewigkeit nicht mehr betitelt. Aber war ihre Gunst diesen... die Pein, die sich da abzeichnete, wert? Wie zur Antwort spülte sein Inneres Bilder von Stella an die Oberfläche seines Bewusstseins. Damals im Winter vor einem guten halben Jahr im leicht geöffneten Nerz... nur diesem Nerz. Und ihm wurde klar, dass er allein dafür zu noch viel Schlimmerem fähig wäre.

»Ja«, hörte er sich sagen. »Bis morgen Abend.«

Sie hauchte einen Abschiedsgruß in den Hörer und legte auf.

Viktor ließ das Handy sinken und starrte, leicht betäubt, in die Abendsonne.

Bogenschneider. Allein bei dem Gedanken, er müsste dabei zusehen, wie dieser Lackaffe... Aber so war Stella nun einmal. Und so würde sie immer sein. Kompromisslos auf ihr eigenes Vergnügen bedacht. Und wenn er ganz ehrlich war, machte genau das einen Teil ihres Reizes aus. Aber Bogenschneider...? Weiß der Teufel, was sie an diesem Idioten fand. Es hatte jedenfalls bestimmt nichts mit seinem Intellekt zu tun.

Er schüttelte sich. Dabei war der Oberstaatsanwalt bei der ganzen Sache noch sein geringstes Problem. Denn Villa Puppe barg eine mehr als unangenehme Überraschung... eine regelrechte Bombe. Und er hatte kaum vierundzwanzig Stunden, um sie zu entschärfen.

Zwei neue Besucher öffneten die Tür zum Kaschk und riefen ihm schmerzlich ins Gedächtnis, dass drinnen noch eine weitere Unannehmlichkeit auf ihn wartete. Doch paradoxerweise fühlte er sich jetzt endlich gestählt genug, damit angemessen umzugehen. *Kein Problem ist je so winzig, als wenn das nächste um die Ecke kommt*, hatte seine Mutter immer gesagt. Er atmete kurz durch und folgte den beiden in den Schankraum, wo die Journalistin ihn schon mit ihren großen blauen Augen anstarrte, als wolle sie die Ereignisse der letzten paar Minuten aus ihm heraushypnotisieren.

»Etwas Wichtiges?«, fragte sie eine Spur zu beiläufig, nachdem er sich an den Tisch gesetzt hatte.

»Jedenfalls sicher nichts, was ich mit der Presse teilen möchte«, gab er betont kühl zurück.

»Eine Stellungnahme zu dem Kommentar unter meinem Artikel würde mir völlig ausreichen.«

Erst jetzt bemerkte Viktor, dass sie die Diktierfunktion ihres Handys angeschaltet hatte.

»Stellen Sie das ab!«, befahl er ärgerlich.

Doch sie machte keinerlei Anstalten, seiner Aufforderung nachzukommen. »Herr von Puppe, könnte der Kommentar unter meinem Artikel wirklich von Ihrem Großvater stammen?«, fragte sie stattdessen im affig offiziellen Tonfall eines Fernsehreporters.

»Wenn Sie so gut recherchiert haben«, sagte Viktor

schnippisch.»...ist Ihnen ja sicherlich bereits bekannt, dass mein Großvater Jahrgang 1918 und seit 1999 verschollen ist.«

»Haben Sie denn je eine Todeserklärung beantragt?«

»Eine...?« Viktor stutzte kurz. »Wissen Sie, das ist nicht so einfach, wie Sie sich das vielleicht vorstellen.«

»Dann glauben Sie, dass er noch lebt?«

»Nein... äh, ich meine... Das ist nicht das, was ich gerade gesagt habe.«

»Haben Sie den Kommentar vielleicht am Ende selbst geschrieben?«

»NATÜRLICH NICHT!«, platzte es aus ihm heraus.

Erst an den irritierten Blicken ihrer Sitznachbarn und dem plötzlichen Verstummen aller anderen Gespräche merkte Viktor, wie laut er geworden war. Die Situation lief endgültig aus dem Ruder. Er stand auf.

»Das hier war ein Fehler«, sagte er, zog seine Geldbörse heraus und legte einen Zwanziger auf den Tisch. »Hier. Das sollte wohl reichen.«

»Ich wollte Ihnen nur Gelegenheit geben, Ihre Version der Geschichte zu erzählen, *bevor* ich meinen Artikel schreibe.«

»Was für eine Geschichte denn überhaupt?«, fragte Viktor aufgebracht. Doch noch ehe sie antworten konnte, überlegte er es sich anders. »Wissen Sie was? Schreiben Sie doch, was Sie wollen.«

Zehn Minuten später lief oder vielmehr stapfte er schon ziellos die Rosa-Luxemburg-Straße herunter. Ein Artikel über seinen Großvater. Das fehlte noch.

Aber dieses Desaster hatte er seiner verdammten Eitelkeit zuzuschreiben. Andererseits kümmerte es selbst ernannte Wahrheitssucher wie diese Geigulat einen Dreck, was ihr journalistischer Geltungsdrang in anderen Leben für Schaden anrichtete. Diese bittere Lektion hatte er nach dem Tod seines Vaters lernen müssen, und nach der Flucht seines Großvaters gleich noch einmal.

Wie eine Meute hatte die Hauptstadtpresse den traurigen Rest seiner Familie gejagt. Seine Mutter war daran endgültig zerbrochen. Nun verbrachte sie den Rest ihrer Tage hinter den Mauern einer psychiatrischen Abteilung in einer Traumwelt, in die die Realität nur sporadisch Einzug hielt.

Er verscheuchte diesen Gedanken, denn im Augenblick drohte ihm noch ein viel größeres Desaster als nur ein unangenehmer Zeitungsartikel über seinen berüchtigten Großvater. Er würde etwas dagegen unternehmen müssen, und zwar schnell.

Dienstag, der 5. September

6

Der Koffer rumpelte über die erste Stufe. Erschreckt hielt sie inne und schaute sich um. Es war wirklich nur ein sehr leises Geräusch gewesen, aber Nicoleta hatte Angst, dass die anderen sie auf den letzten Metern noch erwischten. Vorsichtig zog sie den Koffer eine Stufe weiter. Diesmal noch etwas langsamer. Jetzt war allenfalls ein Schaben zu hören. So würde es zwar ewig dauern, das Riesending nach oben zu schaffen, aber dafür würden sie und Paulica den Inhalt nicht mit den anderen teilen müssen.

Eine Schweißperle rollte ihr die Stirn herunter. Von der Tramstation bis zur »Geisterklinik«, wie sie sie nannten, waren es nur fünfhundert Meter. Aber der Koffer war mehr als halb so groß wie sie. Und selbst wenn man ihn rollte, kam es ihr vor, als ob jemand Steine darin deponiert hatte.

Immerhin hatte sie den schlimmsten Teil schon hinter sich: die Strecke direkt nach dem Loch im Absperrzaun, dem einzigen Zugang zum Gelände. Denn hinter dem Zaun wurde es verdammt unwegsam. Früher war da wohl so eine Art Park gewesen, in dem die Kranken spazieren konnten, doch jetzt waren Freiflächen und Wege von wilden Sträuchern und Gebüsch überwuchert. An einem Tag wie jedem anderen hätte sie das Dickicht auf kürzestem Wege durchquert, um auf den asphaltierten Fahrweg zu gelangen, über den früher die Rettungs- und Krankenwagen zur Notaufnahme fuhren. Doch bei den immer noch spätsommerlich warmen Temperaturen kampierten tagsüber genau da Antoniu und die anderen.

Und Antoniu würde den Koffer für sich beanspruchen, genau wie er ihnen auch sonst alles abnahm, was sie tagsüber erbettelten oder stahlen. Also hatte sie ihre Beute mühsam durch das Dickicht und über ein paar Baumwurzeln geschleift, bis sie endlich zum Hintereingang gelangte.

Lieferanten war auf einem Emailleschild über der Türöffnung zu lesen. Oder jedenfalls hatten ihr das zwei Deutsche erzählt, die neulich auf das Gelände gekommen waren, um bei Antoniu Hasch zu kaufen. Das meiste davon hatten sie gleich hier geraucht. Dabei hatten sie sich mit ihr und den anderen über diesen seltsamen Ort unterhalten. Nicoleta sprach zwar nur ein paar Brocken Deutsch, aber verstehen konnte sie um einiges mehr.

Das Gemäuer war – so erzählten die Deutschen – früher eine Kinderklinik gewesen, die mittlerweile seit über zwanzig Jahren leer stand. Irgendwelche reichen Leute wollten angeblich ein Hotel daraus machen, aber bis jetzt war nichts passiert, und so rotteten die Gebäude weiter vor sich hin.

Jetzt hatte Nicoleta den Absatz auf der Mitte der Treppe erreicht. Zeit, kurz zu verschnaufen. Sie stellte den Koffer an die Wand. Von draußen war heiseres Gelächter zu hören. Antoniu trank Schnaps mit seinen

Kumpels, wie er es immer tat, wenn er die Kinder zum Betteln geschickt hatte. Auch das war ein Grund, sich nicht erwischen zu lassen. Eigentlich durfte sie um die Zeit nämlich nicht hier sein, denn ihr »Arbeitstag« hatte bereits begonnen. Doch dann war ihr bei einer »Pause« der Koffer aufgefallen.

Wie immer, wenn sie sich vormittags ausruhen wollte, fuhr sie mit der Tram stadtauswärts. Es hatte etwas Beruhigendes, den Kopf an die Scheibe zu legen und die Stadt an sich vorüberziehen zu lassen. Da hatte sie ihn entdeckt: Groß, glänzend und ganz neu, als ob er frisch aus dem Laden kam. Sie hatte sich umgeschaut, aber außer ihr befand sich nur ein greises Pärchen im Waggon. Es war zehn Uhr morgens gewesen. Die meisten Menschen waren längst bei der Arbeit, und die Tram näherte sich der Endhaltestelle.

Der Koffer stand zwischen den beiden Fensterplätzen eines Viererabteils. Irgendjemand musste ihn vergessen haben. Sie hatte über die Schulter zu dem alten Pärchen geschaut. Doch die beiden saßen fünf Reihen weiter mit dem Rücken zu ihr und waren offensichtlich völlig in ihr Gespräch vertieft. Also hatte sie vorsichtig an dem Koffer geruckelt, und sein Gewicht hatte ihr verraten, dass er prall gefüllt war.

Sie hatte sich an ihre beste Freundin Paulica erinnert, die ein Jahr zuvor einer schlafenden Frau am Bahnhof den Rucksack geklaut hatte. Die Kleidung darin war für sie völlig wertlos, aber den modernen Computer hatte Paulica dann für fünfzig Euro an einen Flohmarkthändler verkauft.

Fünfzig Euro – diese Summe erbettelten sie an einem

ganzen Tag, an einem sehr guten Tag. Und behalten durften sie davon nur ein paar Cent.

Also hatte Paulica Antoniu nichts von dem Rucksack gesagt. Mit dem Geld waren sie beide zu einer Kirmes gegangen. Sie waren Autoscooter und Achterbahn gefahren, hatten Tonnen von Zuckerwatte und anderen Süßigkeiten gegessen. Am Ende war das Geld weg, aber sie waren so glücklich gewesen wie noch nie zuvor.

Seitdem hatten sie und Paulica immer wieder von dem Tag auf der Kirmes geschwärmt. Und als sie dann an diesem Morgen in der Tram den Koffer entdeckt hatte, war die Entscheidung schnell getroffen. Auch wenn er sich als so schwer entpuppte, dass sie ihn kaum aus der Tram auf den Bahnsteig hieven konnte, geschweige denn wieder in den Waggon der nächsten Tram, die Linie zur Geisterklinik.

Neugierig betastete sie das Nummernschloss neben dem ausfahrbaren Griff. Zum Öffnen würde sie sich etwas einfallen lassen müssen. Aber dafür war später genug Zeit. Erst einmal musste sie den zweiten Teil der Treppe hinauf, und das würde knifflig werden.

Sie zog den Koffer von der Wand weg und schaute nach oben. Ein Teil der Stufen war abgebrochen, und nun klaffte dort ein Loch zum Erdgeschoss. Nicht besonders tief, aber direkt darunter war der Boden voller Geröll und Scherben.

Der unbeschädigte Teil der Treppe war höchstens einen halben Meter breit. Gerade genug, um den Koffer hinter sich nach oben zu ziehen. Nicht ungefährlich, aber eben auch genau der Grund, warum sie da oben ihre Ruhe haben würde.

Ein paar Minuten später war sie endlich am Ende der Treppe angekommen. Hier erstreckte sich zu beiden Seiten ein Flur mit vielen Türen.

Ihr Herz klopfte so laut, dass es ihr bis zum Hals schlug, und ihr Rücken war schweißnass. Das Oberteil ihres Kleides klebte ihr am Körper. Sie atmete schnell und stoßweise. Sie lehnte sich an die Wand neben den Koffer und ließ sich langsam in die Hocke gleiten. Von hier oben sah das schmale Überbleibsel der Treppe aus wie die Zugbrücke einer Burg. Sie stellte sich Antoniu als Angreifer vor und sich selbst als wilde Kriegerin, die ihn mit einem Schwall von Wurfgeschossen und heißem Pech zurücktrieb. Der Gedanke ließ sie grinsen.

Sie hasste ihn. Nicht nur, weil er ihnen immer alles abnahm und ihnen dafür halb verschimmeltes Brot zu essen gab. Nein, auch für das, was er Paulica antat. Er und seine Freunde, Draga mit den vielen Warzen an den Fingern und der schwitzige Iwan. Paulica war zwei Jahre älter und die Hübscheste unter ihnen. Ihre Augen waren lichtes Grün, viel grüner als das Gras der Turda-Schlucht im Frühling. Aber seit Antoniu Paulica »erwählt« hatte, wie er es nannte, hatten sie ihren Glanz verloren.

Sie fuhr herum.

Ein Geräusch.

Diesmal war es nicht das Klopfen ihres Herzens, da war sie sich sicher. Eher so eine Art Zischen. Es war aus einer der Türen gekommen. Ihr Instinkt sagte ihr, dass es die war, die zu dem gekachelten Raum führte. Der mit den komischen großen Lampen an der Decke. Dort hatte man früher die Kinder aufgeschnitten, wenn man irgendetwas aus ihnen herausholen musste, was nicht alle überlebt hatten. Das meinten jedenfalls die beiden Deutschen. Deswegen hatte sie den Raum bis jetzt immer gemieden.

Was sollte sie tun?

Zurück? Sie schaute wieder die Treppe hinunter. Den Koffer halbwegs geräuschlos hinaufzuschleifen hatte sie eine enorme Kraftanstrengung gekostet, aber hinunter...? Wenn sie leise war, konnte sie ihn vielleicht in einem der anderen Räume verstecken, dann verschwinden und später zurückkommen.

Aber was, wenn dort wirklich jemand war? Und was, wenn er oder sie den Koffer fand, bevor sie zurückkam?

Sie lauschte. Alles war wieder still, bis auf das gelegentliche Gelächter aus dem Hof unten.

Nicoleta nahm all ihren Mut zusammen und schlich auf Zehenspitzen zu der Tür. Dann sank sie – einem Geistesblitz folgend – gleich hinter dem Türrahmen auf die Knie herab. So konnte sie sich ein bisschen mit der Hand an der Wand abstützen und ihren Oberkörper nach vorne beugen, ohne Gefahr zu laufen, vornüberzufallen.

Langsam schob sie ihren Kopf in die Türöffnung. Atemlos. Zentimeter um Zentimeter kam der Raum in ihr Sichtfeld. Die Wand gegenüber. Die Rückwand, die zugleich die Außenseite des Gebäudes markierte und deren Fenster gleich unterhalb der Decke die einzige Lichtquelle außer der Tür waren. Weiter und weiter. Stück für Stück.

Schon glaubte sie, sich geirrt zu haben, als die zweite Raumecke in ihr Blickfeld kam. Und mit ihr im Dämmerlicht des Raums eine dunkle Gestalt. Hoch aufgerichtet. Jetzt wusste sie, welches Geräusch sie gehört hatte.

Es war ein Stöhnen.

Ihr Blut gefror.

***

»Sie?«

Viktor brauchte eine Sekunde, um sich zu fangen.

»Ihnen auch einen guten Morgen, Herr von Puppe«, antwortete Gundolf Seidel mit sarkastischem Lächeln.

Viktor versuchte an Seidels massigen Schultern vorbei einen Blick in die Empfangshalle der Villa Puppe zu erhaschen. Doch die lag um diese Tageszeit im Schatten der Fichten, die das Gebäude umstanden. »Wo ist er?«, fragte er ungeduldig.

»Ich weiß nicht.« Seidel zuckte die Schultern. »Aus, nehme ich an.«

»Aus?« Viktor gab sich keine Mühe, seine Skepsis zu verbergen. »Lassen Sie mal sehen.«

Als Seidel trotz seiner Aufforderung keine Anstalten machte, ihm aus dem Weg zu gehen, drängelte er sich an dem Hünen vorbei ins Haus.

»Großvater?«, rief er aufs Geratewohl ins Dämmerlicht der Halle.

»Ich kann Ihnen mit Sicherheit sagen, dass er das Haus verlassen hat«, ertönte hinter ihm Seidels leicht pikierte Stimme. »Ich habe ihn nämlich selbst darum gebeten.«

Viktor fuhr herum. »Aha. Und warum, wenn ich fragen darf?«

Seidel wies auf die Speisetafel, auf der sich einige Tüten und Kartons stapelten. »Wir haben eine Fledermausplage. Ich werde auf dem Dachboden einigen Lärm verursachen. Da habe ich ihm empfohlen, seine Geschäfte heute von woanders zu führen.«

»Soso. Sein Kammerjäger sind Sie jetzt auch noch«, spöttelte Viktor. »Na, er hatte wohl schon immer ein Talent dafür, Leute zu finden, die für ihn die Drecksarbeit erledigen, damals wie heute.«

Selbst im Dämmer der Halle war zu sehen, dass Seidels Gesicht dunkel anlief. Seine Finger hatten sich zu Fäusten geschlossen. Zu DDR-Zeiten war der Mann angeblich sogar mal Amateurboxmeister gewesen. Viktor steckte seine eigenen Hände demonstrativ in die Taschen seiner Jacke und trat einen Schritt auf Seidel zu. Er war kein kleiner Mann, aber Seidel überragte ihn um mindestens einen halben Kopf, sodass Viktor nach oben blicken musste.

»Nur zu«, sagte er leise und mit Blick auf Seidels Fäuste. »Tun Sie sich keinen Zwang an. Ich verspreche auch, dass ich Großvater nichts davon erzähle.«

Hinter den Brillengläsern blitzten Seidels Augen wütend auf. Seine massigen Kiefer mahlten. Viktor spannte seine Körpermitte an. Auch er hatte ein bisschen Boxerfahrung vorzuweisen. Aber würde der Mann es wirklich wagen?

Unversehens entspannte sich Seidels Gesicht. Ein wölfisches Grinsen entblößte eine Reihe großer, leicht gelblicher Zähne. »Wenn Sie nur ein Stück von seinem Format hätten«, sagte Seidel und schaute ihn dabei mit einer Mischung aus Bedauern und Verachtung an.

Viktor zuckte die Schultern. »Wie auch immer: Ich bin jedenfalls gekommen, um ihm zu sagen, dass er sich heute Abend von hier fernhalten soll. Er kann also seine *Geschäfte* woanders gern noch ein bisschen weiterführen.«

»Darf man nach dem Grund fragen?«, erwiderte Seidel ärgerlich.

»Nicht, dass es Sie oder ihn etwas anginge, aber ich habe hier heute Abend zwei Gäste. Übrigens beide aktive Mitarbeiter der Justizbehörden. Und denen will er ja sicher ganz bestimmt nicht begegnen.«

»Was fällt Ihnen eigentlich ein?«, zischte Seidel ihn an. »Das hier ist immer noch sein Haus.«

»Tatsächlich?«, fragte Viktor sarkastisch. »Nur, falls Sie es noch nicht gemerkt haben: Für die Welt da draußen existiert Ihr Herr und Meister nicht, und ich würde vermuten, er will, dass das auch so bleibt.«

Seidel antwortete nichts, starrte ihn nur an. Eine unbewegliche dunkle Silhouette.

»Und für Sie gilt natürlich das Gleiche«, fuhr Viktor schnell fort. »Und nehmen Sie gefälligst diesen Krempel da mit. Die Fledermäuse haben heute Schonfrist.«

Ohne noch eine weitere Reaktion abzuwarten, drehte er auf dem Absatz um und verließ die Halle durch den Haupteingang.

Aber selbst hier draußen im warmen Grün des Parks, der die Villa umschloss, war es ihm, als ob er Seidels Blick immer noch im Rücken spüren konnte.

***

»Autsch. Verdammte Kacke«, fluchte Ken und zog seinen Fuß hoch.

»Was ist? Brauchst du Hilfe?«, rief Viktor ihm von zwei Stufen weiter unten zu.

»Nee, alles gut. Hab mir nur fast den Knöchel gebrochen«, sagte er missmutig und humpelte weiter die Treppe hinauf, wo ein Feuerwehrmann ihn und Viktor schon erwartete.

Viktor blieb auf halber Höhe kurz stehen, um den Anblick zu bewundern. Vor ihm ragten die zerfallenen Gemäuer eines mächtigen Jahrhundertwendebaus auf, die die Anmutung einer Burg aufwiesen. Das ehemalige Säuglings- und Kinderkrankenhaus Weißensee war im Jahre 1911 erbaut worden und bis in die späten Neunziger hinein in Betrieb gewesen. Seitdem war es ein gottverlassener Ort und hatte wie alle solche Orte die Abenteurer und Ausgestoßenen der großen Stadt angezogen. Überall prangten Tags und Graffiti. Im »Garten« war Viktor mitten im Gestrüpp an einer recht frischen Feuerstelle vorbeigelaufen. Daneben hatten ein paar schäbige alte Matratzen und abgetragene Kleidungsstücke gelegen.

Er schaute auf seine Uhr. Halb elf. Vor kaum einer Stunde hatte er Schwanenwerder verlassen, um von da aus ins LKA in der Keithstraße zu fahren, wo ein Bruder des toten Handyladenbesitzers Yavuz auf seine Vernehmung wartete, der extra aus Köln angereist war. Doch noch auf der Fahrt hatte ihn ein Anruf des Kriminaldauerdienstes erreicht. Es gäbe im Zusammenhang mit dem Fall Yavuz einen zweiten Tatort in einem verlassenen Gebäude in Weißensee, hatte man ihm gesagt, an dem seine Anwesenheit sofort erforderlich sei. Auf die Frage, was genau passiert sei, hatte der Beamte am Telefon von einer Explosion mit Toten gesprochen. Wo da ein Zusammenhang mit Yavuz bestünde, hatte Viktor erstaunt nachgehakt. Da hatte der Mann ihn barsch informiert, er wäre nicht »Doktor Allwissend«, und ihn an die Kollegen vor Ort verwiesen.

Viktor hatte sich die Adresse geben lassen und war zwanzig Minuten später da gewesen, was er nicht zuletzt seinem neuen Lieblingsspielzeug verdankte: einem Blaulicht. Vor dem Tatort hatte Ken ihn in Empfang genommen. Begüm fehlte, wie Viktor im Stillen registrierte. Kurz hatte er überlegt, Ken deswegen zu frotzeln, aber dann beschlossen, dass dafür später auch noch Zeit war.

»Bleiben Se erst mal hier stehen«, empfing sie der Feuerwehrmann auf dem Absatz am oberen Ende der Treppe. »Petra Ziegler, mein Name. Oberbrandmeisterin.« Viktor stutzte wohl etwas zu offensichtlich, denn er oder eben vielmehr sie beeilte sich zu ergänzen: »Ja, ja, Sie haben richtisch jehört. Sorry, ick habe wohl heute morjen zu wenig Rousch uffjetrang. Aba wie ooch immer... bevor Se da jetzt rinjehn...«, Ziegler wies auf den Durchgang, vor dem sie standen, »... möchte ick, ditt Se die hier uffsetzn.« Damit bückte sie sich und hob ein paar leuchtend rote Bauhelme vom Boden auf.

»Ist jetzt nicht Ihr Ernst, oder?«, meckerte Ken.

»Und wie ditt mein Ernst is, junga Mann. Lösen Se ma schnell Ihrn Herrendutt und denn nischt wie uff ditt Helmchen.«

Sie hielt Ken den Helm hin, der ihn grummelnd aufsetzte. Viktor musste ein Grinsen unterdrücken. Mit offenen Haaren und seiner neuen Kopfbedeckung sah Ken aus wie so eine Art Weltraumhippieklempner.

»Ditt Jebäude war auch schon vorher nich mehr janz standfest, wie Se sich denken können«, fuhr Petra Ziegler fort. »Die Explosion hat et nich bessa jemacht. Die betreffende Räumlischkeit hat anna Außenseite jetze een Loch von fünf Meta Durchmessa. Wir ham anderthalb Stunnen jebraucht, bis wa den Boden mit m Jerüst so weit abjestützt hatten, ditt Ihre Spurensucha da ruff könn.« Sie wies vage über sich. »Und jetzt möchte ich, ditt Se mir uff m Fuße folgn. Keene Abstecha in irjendwelsche anderen Räumlischkeiten, als die welsche ick vor Ihn durchquere.«

»Jawoll, Frau Oberbrandmeisterin. Wie befohlen, Frau Oberbrandmeisterin«, antwortete Ken und salutierte.

»Na denn«, sagte die so Angesprochene unbeeindruckt und stapfte in ihren schweren Stiefeln durch das Portal in etwas, was früher wohl eine Empfangshalle gewesen war.

»Ach du meine Güte«, keuchte Viktor ehrfurchtsvoll.

»Nettet Ruinchen, wa?«, erwiderte ihre Führerin. »Eijentlich hat dit ehrwürdije Jemäua schon seit Jahren eenen hochmöjenden Investor, der daraus een noch hochmöjenderet Krebsßentrum mit anjeschlossenem Reha-Wellnesspark machen will. Aba wie ditt in diesem unseren schönen Bundesland ja bekanntlisch häufija so is, is bis jetze reineweg jarnüscht passiert, wie Se unschwer erkenn könn.«

Viktor konnte sich kaum sattsehen an der vergehenden Pracht. Blätternde Farbe. Zersplitterte Kacheln. Kaum ein Quadratmeter, auf dem sich nicht ein Tagger oder Sprayer verewigt hatte, manch einer mit durchaus künstlerischem Anspruch.

Die Feuerwehrfrau bog auf eine Treppe ein, die in das erste Stockwerk führte. Oberhalb einer Balustrade war ein unnatürlich heller Lichtschein zu erkennen.

»Wie Se sehn, sind Ihre Kollejn schon fleißisch am Werkeln«, sagte sie und wies nach oben. »Und passen Se uff. Wie Se weita sehn könn, fehlt der Treppe n kleenet Stückchen.«

Tatsächlich wies die Treppe auf halber Höhe ein größeres Loch auf, sodass die Stufen allenfalls einen halben Meter Breite hatten.

»Und hier braucht es kein Gerüst?«, fragte er zweifelnd.

»Lebm is Risiko, wa?«, sagte die Feuerwehrfrau nüchtern, um – noch bevor Viktor seinem Entsetzen Ausdruck verleihen konnte – mit einem Augenzwinkern hinzuzufügen: »Keene Sorge. Unser Statiker hat ditt für haltbar befunnen… vorläufich.« Damit ging sie hinauf.

Mit einem flauen Gefühl im Bauch tat es Viktor ihr nach. Am Ende der Treppe führte ein Flur sie zu einem alten Operationssaal, der von den Scheinwerfern der Spurensicherung in gleißendes Licht getaucht war. Beim Betreten strahlte Viktor ein auf einem Ständer montiertes Flutlicht direkt ins Gesicht, sodass er die Augen abschirmen musste, um nicht geblendet zu werden. Erst, als er etwas aus dem Lichtkegel heraus zur Seite trat, war er in der Lage, den Raum in Augenschein zu nehmen oder vielmehr das, was davon übrig war.

»Ach du meine Güte«, murmelte er.

»Ich glaube, deine Platte hat 'nen Sprung«, sagte Ken hinter ihm.

Viktor brauchte ein paar Sekunden, bis er die Pointe verstand und sein Gesicht pflichtschuldigst in ein Grinsen zwingen konnte. Aber dann wandte er seine Aufmerksamkeit unweigerlich wieder der Szenerie vor ihm zu.

Es war ein absurder Anblick, der sich ihm da bot. Direkt gegenüber, schräg hinter dem Scheinwerfer, klaffte ein Riesenloch in der Außenwand und zum Teil auch im Boden, als ob ein gewaltiger Riese mit seinem Maul einen ordentlichen Happen von dem Gebäude genommen hatte. Unmittelbar um die so entstandene Öffnung herum waren die Kacheln mit Splittereinschlägen nur so übersät, die von der Bruchstelle ausgehend stetig abnahmen. Dem Loch in der Wand und diesen Spuren zufolge musste sich die Explosion in der Mitte des Bodens vor der hinteren Wand ereignet haben.

Fast noch bizarrer wirkte die eifrige Geschäftsmäßigkeit, mit der ein halbes Dutzend Spurensicherer vor dem Hintergrund dieses irrwitzigen Bühnenbildes im unwirklich hellen Licht der Scheinwerfer ihre Arbeit verrichteten. Drei von ihnen waren intensiv damit beschäftigt, die Wände in Augenschein zu nehmen. Einer saß auf einer Leiter, und zwei knieten auf dem Boden.

»Ick lass Sie denn ma alleene«, sagte die Feuerwehrfrau. »Aber achten Se bitte auf Ihre Schritte. Wie jesacht... der Boden dieses Raumes ist nur deswejen noch nicht wegjesackt, weil wir ihn von unten abjestützt haben, wat nebenbei jesacht eene ingenieurmäßije Meisterleistung von eenem unsara Kollejen von der Statik war. Und jetze sach ick leise Servus, Adios und Tschüssikowski.« Mit diesen Worten verschwand sie auf den Flur.

»Was war denn das?«, fragte Viktor fassungslos.

»Eine Feuerwehrgeneralfeldmarschallin mit Eichenlaub und Schnauze«, entgegnete Ken.

»Nein, ich meine das da«, sagte Viktor und wies auf das Loch.

»Janz schlicht: een Sprengsatz«, erklang es hinter ihm.

Viktor fuhr herum. Ihnen war jemand unbemerkt im weißen Ornat der Spurensicherung durch die Tür hinein gefolgt.

»Herr Schmulke«, stellte er freudig überrascht fest.

Der Angesprochene tippte sich mit zwei Fingern an die Stirn. »So schnell sieht man sich wieda«, sagte er mit einem verschmitzten Lächeln.

»Na, dann leg mal los, Schmulli«, schaltete Ken sich ein. »Ist ja 'ne ordentliche Schweinerei.«

Schmulke zuckte etwas hilflos mit den Schultern.

»Wat soll ick sagen. So wat bekommt unsereiner jedenfalls nicht alle Tage zu sehen. Sprengungen sind ja jetzt nicht so mein Spezialgebiet. Aber der Kollege Reimer da hinten kann euch sicherlich gleich was dazu sagen. Aber vorher kann icke schon mal mitteilen, ditt hier mindestens zwee Menschen zu Tode gekommen sind.«

»Wo sind die Leichen?«, fragte Ken und schaute sich um, als erwartete er, sie auf diese Weise zu finden.

»Eene is in der Park-Klinik, zwei Kilometer Luftlinie

in diese Richtung«, sagte Schmulke und deutete vage nach Westen.

»What the fuck hat sie denn da zu suchen?«, fragte Ken überrascht.

Schmulke zuckte mit den Schultern. »Die Feuerwehr war keene fünf Minuten hier, nachdem Nachbarn den Knall gemeldet hatten. Da war ditt besagte Individuum, een etwa sechzehnjähriges Mädchen, für die Kollejen von der Rechtsmedizin aber noch zu restlebendich. Vor eener halben Stunde kam dann aba üba Feuerwehrfunk die Meldung, dass et der Notaufnahme der Park-Klinik unter Aufbietung aller fachlischen Fähichkeiten jelungen ist, ihren Zustand bis zur völlijen Leblosigkeit hin zu stabilisieren«, sagte er, ohne dabei eine Miene zu verziehen.

Viktor schämte sich ein bisschen für das Kichern, das er gerade unterdrücken musste. Aber so war das in diesem Beruf: Sein Mitleid ließ man jeden Morgen zu Hause im Schrank. »Wissen wir schon, wer sie war?«, fragte er.

»Moment mal. Habs mir extra für euch uffjeschrieben.« Schmulke setzte seine an einem Halsband angeleinte Lesebrille auf, zog ein Notizbuch aus der Tasche und blätterte darin. »Laut der bei ihr jefundenen Dokumente wahrscheinlich eene jewisse Paulica Mirga. Rumänische Staatsbürjerin. Anjehörje der Volksgruppe der Roma und hier seit etwa eem Jahr aufhältig. Jedenfalls hat man se damals wejen eener kleeneren Dieberei festjenomm und späta wieda freijelassen. Een Strafbefehl war mangels festen Wohnsitzes nicht zustellbar. In den Akten steht, ditt se wohl zu eener Jruppe von Kindern und Erwachsenen jehört, die seit einiger Zeit uff diesem Jelände kampieren und von hier aus ihre Stehl- und Betteltouren untanehmen.«

»Von den anderen aus der Truppe irgendeine Spur?«, fragte Ken.

»Nur ditt, wat ihr wahrscheinlich ooch schon draußen jesehen habt«, antwortete Schmulke. »Als de Feuerwehr heute Morjen kam, waren da auch noch die rauchenden Reste eines Lagerfeuers zu sehen, aba ansonsten war allet so einsam wie jetz ooch. Sind wohl nach der Explosion alle abjehauen, vermute ick mal. Aber vielleicht finden wa in dem Müll unten noch irjendwelche Hinweise uff die anderen. Uff jeden Fall war die Kleene nich die Einzige hier.«

»Nicht die einzige was?«, fragte Ken.

»Nicht die einzije Person, die in diesem Raum zu Tode jekommen ist. All ditt Jewebe da...«, er wies auf die Wände, »ditt kommt nich von dem Mädchen. Die ham wa nämlich verjleichsweise intakt draußen im Flur jefunden. Sie hat zum Explosionszeitpunkt wohl in der Tür jestann, sodass die Druckwelle sie in den Flur jepustet hat. Daher vermute ick, da war noch jemand oder noch welche, und zwar deutlich näher am Explosionsherd. So nahe, ditt et ihn oda sie buchstäblich zafetzt hat. Offensichtlich war ooch jede Menge Schrapnell im Spiel. Aber diese janzen dunklen Sprenkel da, die sind orjanisch.«

Gerade in diesem Moment beobachtete Viktor, wie einer der anderen Spurensicherer im weißen Gazeoverall mit einem Spatel etwas von der Wand in einen kleinen Beutel kratzte. Ihm kam der Gedanke, dass es innerhalb der Polizei auch Jobs gab, die weit jenseits seiner Vorlieben lagen.

»Richter sagte etwas von einer Verbindung zu unserem Tatort in Neukölln«, bemerkte Ken mit fragendem Blick.

»Da wäre jetz wohl doch endlich der Kolleje Reimer der Richtije für euch«, antwortete Schmulke. »Bernhard«, brüllte er in Richtung eines Mannes, der für Viktors Geschmack gefährlich nah am Rand des Lochs auf einer Leiter saß und gerade die Decke begutachtete, bevor er ihnen den Blick zuwandte und winkte. Dann rutschte er seine Schutzbrille herunter und begann äußerst behäbig, die Leiter herunterzusteigen. Im Näherkommen streifte er Latexhandschuhe und Kapuze ab. Sichtbar wurde ein fülliger, mittelgroßer Mann mit dunklem Haar und Vollbart, der sie mit freundlicher Neugier beäugte. Er streckte ihnen eine zünftig behaarte Rechte hin.

»Bernhard Reimer. Sprengtechnik.«

»Ken Tokugawa. Raketenbau. Ansonsten beaufsichtige ich auch noch diesen unbegleiteten Minderjährigen hier, wenn er gerade Ausgang hat.« Er wies auf Viktor. Reimer grinste und schüttelte auch ihm die Hand.

»Der KDD meinte, Sie hätten da irgendeine Verbindung zu unserem toten Handyverkäufer in Neukölln?«, fragte Ken weiter.

»Ganz richtig«, meinte Reimer. »Wir sind uns ja bis jetzt noch nicht begegnet, aber Sie müssen wissen, dass ich derjenige war, der die ganze Technik aus dem Neuköllner Laden auf den Tisch bekommen hat.«

Viktor fühlte Mitleid, wenn er an die Regalmeter

voller Boxen mit Myriaden elektronischer Bauteile dachte.

»Herr Balkov hat ja von mir alle Geräte bekommen, die nach persönlichem Eigentum des Toten aussahen, und Ihnen, wenn ich richtigliege, schon was dazu erzählt. Ich bin mit der Inspektion der bei mir verbliebenen Gegenstände noch nicht ganz durch«, fuhr Reimer fort. »Es ist gerade viel los, aber das ist jetzt nicht so wichtig. Kommen Sie mit und schauen Sie sich mal was an.«

Er ging zurück zu seiner Leiter, neben der eine wäschekorbartige Tragekiste aus Plastik stand, und zog einen Plastikbeutel mit etwas Dunklem hervor. Viktor riskierte bei Gelegenheit ihres Standortwechsels einen Blick über den Rand des Loches, von dem er jetzt höchstens einen Meter entfernt war. Vorn unterhalb einer Rundung der Öffnung im Boden konnte er das »Jerüst« erkennen, von dem Oberbrandmeisterin Ziegler gesprochen hatte. Wie versiert der Statikexperte der Feuerwehr auch sein mochte, der Anblick der Hilfskonstruktion vermittelte alles andere als ein Gefühl der Sicherheit.

»Hier.« Reimers Stimme lenkte seine Aufmerksamkeit auf ihr Gespräch und das, was der Spurensicherer in der Hand hatte. »Wissen Sie, was das ist?«, fragte Reimer und hielt ihnen das Beutelchen unter die Nase.

»Heilige Kackscheiße. Aber ganz gewiss«, erklang es neben Viktor.

7

Begüm drehte das Handy von Yavuz um. Komisches Gerät. Exotische Marke mit asiatischem Logo. Sie legte es neben sich auf die Parkbank und zündete sich eine Zigarette an. Erst seit gut einem Tag schleppte sie das Ding mit sich herum, aber mit jeder Sekunde schien es schwerer zu wiegen.

Ein Jogger trabte vorbei und starrte sie neugierig an. Sie verfolgte ihn mit finsterem Blick, bis er hinter ein paar Bäumen verschwand. Weiter hinten schubsten zwei Latte-Macchiato-Mamis ihren Nachwuchs in zwei farbenfrohen Luxus-Strollern über den Kies: nichts als Alltag im Tiergarten. Hierhin hatte Begüm sich zurückgezogen, um den Schock über das Video im Bunker zu verdauen.

Auch das iPad hatte sie eingesteckt.

Noch ein Beweismittel, das ich illegal den Ermittlungen entziehe, dachte sie grimmig.

Richter würde sie achtkantig rauswerfen, wenn er davon Wind bekam. Und es war nur eine Frage der Zeit, bis jemandem bei den Kollegen von Cyber auffiel, dass Yavuz zwar einen Mobilanschluss hatte, aber nirgendwo bei den Asservaten ein passendes Handy oder Smartphone zu finden war. Andererseits bestand in einem solchen Fall immerhin die Möglichkeit, dass der Mörder es gestohlen hatte, um seine Spuren zu verwischen. Kontakte waren verräterisch. Kontakte, wie jener Chat zwischen Gökhan und Yavuz unmittelbar vor dessen Tod.

Auch die Tatsache, dass der Anlass kein erfreulicher war, sprach nicht gerade für Gökhan. Aber Begüm konnte sich einfach nicht vorstellen, dass ausgerechnet der Bruder, den sie als Mädchen auf einem von diesen Dreirädern mit Haltestange durch den Wedding geschoben hatte, fähig war, jemandem auf ein paar Meter Entfernung kaltblütig ins Gesicht zu schießen.

Andererseits: dass er abgehauen war, ohne sich bei ihr zu melden, war nicht gerade vertrauenerweckend. Außerdem arbeitete er jetzt schon mindestens drei Jahre als Schläger für Khalil. Machte einen auf harter Typ, hatte sicherlich dem einen oder anderen den einen oder anderen Knochen gebrochen. Wer konnte schon wissen, wie ihn das verändert hatte?

Aber Mord? Und warum überhaupt? Aus dem WhatsApp-Chat mit Yavuz ergab sich, dass es lediglich um so eine Schuldengeschichte ging. Selbst wenn Yavuz nicht zahlen konnte, selbst wenn es Streit gegeben hatte, musste es selbst aus Gökhans beschränkter Sicht unlogisch sein, den Mann zu töten. *Tote zahlen keine Schulden.* Dieses Credo gehörte zu Khalils Lieblingssprüchen.

Khalil.

Er hatte sie in sein Büro bestellt, wo sie dann mit ansehen musste, wie ihr Bruder irgendwo anders festgehalten und gefoltert wurde. Immerhin wusste sie, dass es nicht Khalil persönlich war, denn der hätte ihr Türkisch nicht verstanden und auch bestimmt keines gesprochen.

Kapa çeneni! Halt die Fresse!, hatte der Typ zu Gökhan gesagt.

Für dieses bisschen Information hatte sie allerdings einen hohen Preis bezahlt. Der Typ hatte das Gespräch abgebrochen, und zwar so abrupt, dass er noch nicht einmal irgendwelche Forderungen stellen konnte. Dass es ihm um Erpressung ging, war klar. Wozu sonst die Foltereinlage?!

Und eigentlich hatte er auch nichts sagen müssen. Begüm konnte es sich selbst ausrechnen. Gökhan hatte Spuren hinterlassen, die ihn mit dem Tod von Yavuz in Verbindung brachten. Yavuz seinerseits hatte Schulden bei Khalil. Und Gökhan war Khalils Mann. Das wusste jeder, der sich in der Szene auskannte, und damit steckte Khalil mitten in einem Mordfall. Keine guten Nachrichten für den Boss einer libanesischen Mafia-Bande, dem mangels deutscher Staatsangehörigkeit jederzeit die Abschiebung drohte.

Ein Wunder, dass er Gökhan nicht gleich hatte umbringen lassen. Aber dann hatte Begüm ihm ungewollt in die Hände gespielt, indem sie Khalil über das Handy des Opfers anrief und ihm dadurch auf dem Silbertablett servierte, dass ausgerechnet sie im Fall Yavuz ermittelte. Wahrscheinlich hatte sie ihn damit erst auf die Idee gebracht, ihren Bruder als Druckmittel zu benutzen und in die Ermittlungen hineinzufunken.

Den ersten Gefallen hatte sie Khalil getan, als sie Yavuz' Handy verschwinden ließ. Denn damit war die Verbindung zwischen ihm und Yavuz fürs Erste unsichtbar. Das bedeutete aber auch, dass man es – falls man ihr auf die Schliche kam – so auslegen konnte, als wäre sie von Anfang darauf aus gewesen, Khalil zu helfen.

Und sollte er jemals festgenommen werden, konnte er gleich noch etwas über ihre gemeinsamen alten Zeiten beisteuern, was sie erst recht in einem schlechten Licht dastehen ließ.

Auch wenn es ihr nicht gefiel, saß sie also für den Moment mit ihm in einem Boot. Wenn es ihr gelang, ihren Bruder aus der Sache rauszuhalten oder gar seine Unschuld zu beweisen, dann war damit auch Khalil raus. Also lag ihre Priorität darauf, Gökhans Unschuld nachzuweisen. Doch das würde sie nicht daran hindern, weiter nach ihrem Bruder zu suchen, bevor sie ihm noch mehr antaten.

Aber wie? Das war die Königsfrage.

Denn wie es aussah, hatte sie im Augenblick nur eine Spur: Das iPad, das sich allerdings – durch geschickte Manipulation von Khalils Leuten – in den Auslieferungszustand zurückversetzt hatte. Doch bedeutete das, dass die Verbindungsdaten des Streams endgültig verschwunden waren? Als vor ein paar Jahren Ken versehentlich seine Festplatte mit einem Virus infiziert hatte, der alle Daten löschte, hatte ihm einer von seinen Kumpels geholfen, so ein abgefahrener transsexueller Computerfreak, und die Daten wiederhergestellt. Leider wusste sie nicht, wie dieser Typ aufzutreiben war, und Ken zu fragen, war unter den gegebenen Umständen eine dumme Idee.

Also würde sie irgendwen anders finden müssen, der

sich mit derartigem Technikkram auskannte. Und sie hatte auch schon eine Idee, auch wenn es nicht ohne Risiko war.

***

»Xiaomi?« Stella zog eine Augenbraue hoch.

Viktor zuckte mit den Schultern. »Eine chinesische Marke, kannte ich vorher auch noch nicht. Aber bei Handyfreaks ist das offensichtlich ein regelrechter Renner.«

»Und unser seliger Herr...«

»Yavuz«, ergänzte Viktor ihren Satz.

»Herrgott. Ein Name wie aus der Muppet-Show. Werde ich mir nie merken können. Also dieser *Jahvutz*, der hatte so ein Ding?«, fragte sie.

»Nicht nur eins. Offensichtlich waren es insgesamt fünf. Reimer...«

»Der Kriminaltechniker vom Tatort in Weißensee?«, versicherte sich Stella.

»Genau der«, bestätigte Viktor. »Also Reimer hat unter den Dokumenten in Yavuz' Laden einen Lieferschein für fünf dieser Geräte gefunden. Von irgend so einem englischen Import-Export-Schuppen. Ist ihm gleich aufgefallen, weil er ein Fan dieser Marke ist und selbst eins davon hat. Ken scheint übrigens auch darauf zu stehen.«

»Na, unser lieber Herr Tokugawa neigt ja in Geschmacksdingen schon seit jeher etwas zur äh... Protzerei«, stellte Stella fest. »Und das Bauteil vom Explosionsort?«

»Gehört zu einem dieser Geräte«, erklärte Viktor.

»Woher wisst ihr das so genau?«

»Weil darauf ein Teil einer eingeätzten Seriennummer sichtbar gemacht werden konnte. Reimer hat über Interpol beim Hersteller nachfragen lassen, und das Bauteil konnte damit einem bestimmten Gerät zugeordnet werden. Dieses Gerät wiederum war Teil der Charge, die an Yavuz ausgeliefert wurde, und zwar vor etwa drei Monaten. Zwei andere davon hat er, vertraut man seinen zumindest rudimentär vorhandenen Geschäftsbüchern, offensichtlich an Kunden verkauft. Eine Überprüfung dieser zwei Kunden hat ergeben, dass es sich jedenfalls um unauffällige Normalos handelt. Ein chinesischer Gaststudent und die Besitzerin eines Hundefriseursalons. Zwei weitere sind bis jetzt nicht auffindbar.«

»Wie meinst du das?«, fragte sie.

»Na ja, spurlos verschwunden eben«, antwortete Viktor möglichst beiläufig. Hoffentlich sah ihm Stella nicht an der Nase an, dass er genau wusste, wo sich eines der beiden verschwundenen Handys befand.

»Okay. Also zwei weg, zwei verkauft. Aber das fünfte...«, fuhr sie fort.

»...ist laut seinen Büchern bis jetzt ebenfalls nicht verkauft worden und scheint nun bei der Explosion in die Luft geflogen zu sein«, ergänzte er ihren Satz.

»Aber du hast gesagt, dass da haufenweise Schutt war. Also woher will euer Techniker so genau wissen, dass das Handy gerade Teil einer Zündvorrichtung war?«, fragte Stella.

»Er hat noch ein paar andere Überbleibsel gefunden,

die eindeutig manipuliert wurden, sagte er. Und dass es für ihn so aussähe, als ob jemand einen Fernzünder gebastelt hat.«

»Und mit dem wurde der Sprengstoff gezündet?«

»Das vermuten wir zumindest.«

»Aber warum jagt jemand ein verlassenes altes Kinderkrankenhaus in die Luft?«

Viktor lehnte sich zurück und hob die Arme. »Das ist genau der Teil, den wir noch herausfinden müssen.«

»Und wie hängt dieser Dings... dieser Jahwatz da mit drin?«

Viktor zuckte mit den Schultern. »Yavuz. Bis jetzt wissen wir auch nur, dass die Handys von ihm stammen und dass er tot ist. Ken hat heute Nachmittag einen Bruder von ihm vernommen. War wohl nicht besonders ergiebig. Der Mann lebt in Köln und hatte seit Jahren kaum noch Kontakt zu seinem Bruder. Der Rest der Familie wohnt in der Türkei. Morgen wollen Ken und ich uns seine Wohnung angucken. Vielleicht ergibt sich da was.«

»Und du sagst, ihr habt auch Arbeit für mich?«, fragte Stella.

Viktor nickte. »Ja, ein totes Mädchen. Aber die Spurensicherung meint, da wäre mindestens eine weitere Person ums Leben gekommen.«

»Aha. Aber ihr habt diese Person offensichtlich nur in Kleinstteilen gefunden.«

»Ich fürchte ja«, sagte Viktor.

»Na, habt ihr ein Glück, dass ich so eine exzellente Puzzlerin bin. Meint ihr, die Opfer wurden gezielt getötet?«

»Ich weiß es wirklich noch nicht. Das tote Mädchen war wohl eine Roma. Offensichtlich gab es auf dem Gelände eine ganze Gruppe von ihnen. Wir haben Reste eines Lagers gefunden.«

Stella zog die Nase kraus. »Ach du meine Güte. Also eins von diesen Bettelkindern.«

»Längst nicht alle Roma betteln«, wandte Viktor ein.

»Danke für die politisch korrekte Belehrung«, meinte Stella etwas säuerlich. »Aber die hier hat mit ihren Kumpanen auf einem verlassenen Gelände kampiert. Ich vermute mal nicht aus ereignistouristischen Gründen, richtig?«

»Da hast du recht.«

»Also hatte vielleicht jemand etwas gegen diese Betteltrupps«, mutmaßte sie.

Noch bevor Viktor darauf antworten konnte, war ein lautes Klopfen von der Tür zu hören.

»Oh«, rief Stella mit blitzenden Augen aus. »Das wird Gerold sein.«

Wortlos und mit einer gehörigen Portion innerem Widerwillen stand Viktor auf, doch sie legte ihm eine kühle Hand auf den Arm.

»Lass mich die Hausherrin spielen«, bat Stella flehentlich, was ganz untypisch für sie war.

»Wie du wünschst«, antwortete Viktor und zwang sein Gesicht in ein Lächeln.

Sie eilte davon. Tatsächlich sah sie heute aus wie eine englische Lady der Dreißiger. Sie trug eine Pfauenfeder am Stirnband und ein Trägerkleid, dass ihr etwas über die Knie reichte und dessen sanft gemustertes Musselin gerade so durchsichtig war, dass Viktor sich permanent bei der Frage ertappte, ob sie nun irgendwelche Unterwäsche trug oder nicht.

Er wandte seinen Blick der Tafel zu. Der japanische Catering-Service hatte ganze Arbeit geleistet. Das Sushi und Sashimi sahen nicht nur zum Anbeißen aus. Nein, es war auch noch zu kunstvoll…

»Oh, mein Gott.«

Stellas Schrei riss ihn aus seinen Betrachtungen. Er sprang auf und spurtete in zwei Schritten zum Eingangsbereich, wo sie neben der geöffneten Tür stand, den Blick starr auf den Neuankömmling gerichtet, der für Viktor noch hinter dem Türflügel verborgen war.

Eine böse Vorahnung ergriff ihn. Dann erklang eine Stimme, etwas brüchig, aber unverkennbar. Viktors Verdacht bestätigte sich.

»Zu viel der Ehre, Madame. Es ist nur Wilhelm von Puppe. Zu Ihren Diensten.«

***

»Und wenn uns die Bullen auf die Pelle rücken?«

»Dann puste dem Hurensohn von einem scheiß Türken seinen Schädel weg und lass ihn verschwinden.«

»Und Begüm?«

»Was soll die verfickte Frage? Scheiß auf Begüm. Sie hat es selbst in der Hand, okay?«

»Klar, Boss. Ich meinte ja auch nur… wenn er… wenn ich ihn… also, wenn ich ihn verschwinden lasse. Wird sie dann nicht erst recht nach ihm suchen?«

»Wenn sie's probiert, ist sie dran.«

»Wie meinst du das, Boss? Willst du sie kaltmachen?«

»Das ist gar nicht nötig. Ich brauche sie nur daran zu erinnern, was ich über sie weiß... woher die Kohle für ihr Studium kam, zum Beispiel. Und was sie früher bei uns gemacht hat.«

»Verstehe, Boss.«

»In was für ein verficktes Chaos hat mich dieser kleine Idiot da nur hineingeritten? Aber so ist das nun mal. Trau einem Türken, und er tritt dir in den Arsch. Ich hätte es wissen müssen.«

Harun war nicht sicher, was er auf diese Bemerkung entgegnen sollte, also hielt er einfach nur schicksalsergeben den Mund.

»Was hast du eigentlich bisher mit dem kleinen Penner gemacht?«, tönte Khalils Stimme erneut aus dem Gerät. »Ich hoffe, du hast ihn im Griff.«

»Klar, mach dir keine Sorgen, Boss. Der macht mir keinen Ärger. Hab mich mit ihm eingeschlossen, du weißt schon wo. Nur er und ich. Hab ihn unter Kontrolle, hundertpro. Kannst dich voll auf mich verlassen.«

»Okay, aber du sollst ihn bewachen, nicht umbringen, klar? Noch nicht jedenfalls. Solange die wegen diesem Yavuz niemanden festgenommen haben, brauche ich ihn als kleine Extra-Motivation für Begüm.«

»Was ist, wenn er den Typen doch abgeknallt hat? Können wir ihn nicht einfach vor ein Polizeiauto schmeißen oder so was?«

»Der kleine Kümmeltürke und jemanden abservieren? Der hat geweint wie ein kleines Mädchen, als er vor mir stand. Kommt direkt zu mir gelaufen, der scheiß Kanake. Ich schwöre dir, der hat in seinem Leben noch nicht mal 'ne Leiche *gesehen*.«

»Okay, Boss. War nur so ein Gedanke.«

»Seit wann bezahl ich dich fürs Denken?«

»Tschuldigung, Boss.«

»Okay. Du hast nur eins zu tun: Pass auf diesen Pisser auf und sag mir Bescheid, wenn ihm irgendwer zu nahe kommt. Ist das klar?«

»Glasklar, Boss.«

»Okay. Ich bin erst mal für ein paar Tage weg aus Schland, okay? Guck mir den Mist aus der Ferne an, verstanden? War scheiß schwierig, ein Visum zu bekommen. Hat mich fucking zehntausend Mücken Schmiergeld gekostet.«

»Okay, Boss.«

»Abdu kümmert sich so lange um den Laden und alles andere. Wenn irgendwas schiefgeht, ruf nicht mich an, denn ich hab dann ein anderes Handy. Also ruf ihn an, okay? Er weiß, wie ich zu erreichen bin.«

»Okay, Boss.«

»Alles klar. Enttäusch mich nicht.«

»Bestimmt nicht«, murmelte er. Doch Khalil hatte aufgelegt.

»Ya chara!«, brüllte er und schleuderte das Handy gegen die Wand.

Unversehens legte sich eine Hand auf seine Schulter. Er fuhr herum, die Rechte schlagbereit.

»Hey, ruhig Alter«, sagte sein Gegenüber und hob beschwichtigend die Hände. »Ich bin's, Gökhan, dein Kumpel, okay? Und Khalil mag es bestimmt nicht, wenn du ihn als Stück Scheiße bezeichnest.«

***

»Das ist einfach unglaublich, Sie hier sitzen zu sehen«, eröffnete Stella, nachdem sie sich vom ersten Schock erholt hatte.

Widerwillig musste Viktor sich eingestehen, dass ein Teil von ihm ähnlich empfand.

Wilhelm von Puppe.

Opa Willi.

Vaterersatz.

Preußischer Junker.

Kriegsverbrecher.

Kindermörder.

»Wie alt sind Sie?«, fragte Stella, um ihm zuvorzukommen, noch bevor er überhaupt antworten konnte. »Nein. Warten Sie.« Sie schloss die Augen. »Wilhelm Georg August Ludwig Enoch von Puppe. Geboren am 30. Mai 1918 auf Gut Dunwitz bei Schlesisch Prießkau.«

Wilhelm hob langsam die Hände und applaudierte tonlos. »Ihr Wissen um mich ist wirklich sehr schmeichelhaft, Frau Samson.«

»Oh bitte, nennen Sie mich Stella«, bat sie.

»Es ist mir ein Vergnügen, liebe Stella. Und Sie scheinen wirklich ganz vorzüglich informiert zu sein.«

Viktor kannte den Alten gut genug, um zu wissen, dass er den Geschmeichelten nicht nur aus Höflichkeit gab. Wilhelm war schon immer ein Narziss gewesen. Daran hatte sich auch in all den Jahren nichts geändert, die er untertauchen musste.

»Ich könnte Ihren halben Lebenslauf deklamieren«, erklärte Stella schwärmerisch.

»Und ich bin sicher, aus Ihrem hübschen Mund

würde sich sogar mein Leben charmant anhören. Aber... auch wenn es sehr verführerisch ist, Ihr Interesse an meiner Person einfach als gegeben zu akzeptieren, bin ich doch neugierig genug zu erfahren, woher es rührt.«

Er lehnte sich zurück. Auch Viktor konnte kaum den Blick von ihm lösen.

Neunundneunzig Jahre.

Er konnte sich nicht erinnern, jemals jemanden getroffen zu haben, der so alt war. Nur wirkte sein Großvater eben nicht annähernd so alt. Es war wirklich kaum zu glauben, wie gut ihm die Jahre standen. Sein Haar umkränzte die vorgerückte Stirn wie ein Kreis silberweißer Flammen, während die breiten Brauen über den lichtblauen Augen immer noch tiefschwarz waren. In sein Gesicht hatte das Leben tiefe, aber durchaus kleidsame Kerben gehauen. Der Mann sah fantastisch aus. Das Ideal eines ehrwürdigen Großvaters.

Alt?

Sicher.

Aber neunundneunzig?

»Es ist mir fast ein bisschen peinlich, es zuzugeben, aber ich habe über Sie promoviert«, erklärte Stella und legte dabei die Hand vor den Mund, als habe sie gerade etwas Unzüchtiges gesagt.

Stella oder Snow Queen, wie sie manche Kollegen bei der Polizei nannten.

Sie benahm sich wie ein Backfisch bei der Autogrammstunde seines Popidols. Viktor war fasziniert und irritiert zugleich. Eifersüchtig gar? Auf seinen Großvater? Allein der Gedanke klang jämmerlich.

»Promoviert? Über mich?«, fragte Wilhelm. Er riss die Augen eine Winzigkeit zu erstaunt auf, um dann unvermittelt die Hand auf Viktors zu legen. »Mein lieber Junge. Kannst du dir das vorstellen? Ich. Ein Objekt der Wissenschaft. Wie ironisch das Leben manchmal doch sein kann. Meinst du nicht?«

Und da war er.

Der *echte* Wilhelm.

Nur kurz zwar, aber Viktor hatte ihn gesehen. Als ob sich die Augen seines Großvaters für einen Sekundenbruchteil etwas dunkler verfärbt hätten. Als ob man in den Abgrund schauen konnte, den der alte Mann statt einer Seele hatte, wie man sie bei anderen Menschen für gewöhnlich vorfand.

»Nein, Großvater«, sagte Viktor. »Ich glaube nicht, dass ich diese Tatsache als Ironie bezeichnen würde.«

Wilhelm lächelte nur, dieses altersweise Großvaterlächeln, voller Nachsicht und Güte, das Viktor früher für echt gehalten hatte. Bis ihm eines bösen Tages bei einem Blick in die Zeitung klar geworden war, dass es eine Maske war. Wahrscheinlich dieselbe, die auch all die anderen Kinder zu sehen bekommen hatten, nur dass deren Begegnung mit Wilhelm für sie das Todesurteil bedeutet hatte.

Aus dem Augenwinkel bemerkte er, wie Stellas Blick etwas irritiert zwischen ihnen hin- und herwechselte. Doch dann beschloss sie offensichtlich, die in der Luft liegende Spannung zu ignorieren.

»Und Mengele hat Sie wirklich eigenhändig am Unterarm operiert?«

»So habe ich ihn überhaupt erst kennengelernt. Das

war im Herbst einundvierzig. Er war Truppenarzt bei meiner Einheit, dem Pionierbataillon Fünf.«

»SS-Pionierbataillon«, konkretisierte Viktor.

»Was würden wir nur ohne dein stupendes Detailwissen tun, mein lieber Junge«, amüsierte sich Wilhelm und klopfte ihm gönnerhaft auf die Schulter. »Aber sagen Sie mir, liebe Stella, woher wissen Sie überhaupt von diesem Zusammentreffen? Soweit ich mich erinnere, steht das nur...« Er stutzte kurz. Dann begann er zu lächeln und schlug sich mit der Hand vor die Stirn, auf der sich jetzt ein spinnenwebartiges Faltennetz abzeichnete. »Ach, jetzt weiß ich, wofür Viktor vor ein paar Monaten mein Tagebuch benötigte. Und ich dachte, du hättest es endlich selbst gelesen, mein lieber Junge.«

»Nein«, erklärte Viktor bestimmt, den allein der Gedanke frösteln ließ. »Dieses besondere Vergnügen habe ich mir bis jetzt erspart.«

Erwartungsgemäß ignorierte Wilhelm seinen Sarkasmus und wandte sich Stella zu.

»Unser lieber Viktor ist mir, glaube ich, immer noch ein bisschen böse, weil ich ihn damals so schmählich im Stich gelassen habe. Und auch wenn ich durch die Umstände gezwungen war, so zu handeln, so werde ich mir das doch wohl niemals verzeihen können.« Er lehnte sich zurück, den Blick schwermütig in eine unbestimmte Ferne gerichtet, ein lebendes Monument der Betrübnis.

»War Mengele ein guter Chirurg?«, fragte Stella, die offensichtlich weder an Viktors Ärger noch an Großvater Wilhelms heuchlerischer Selbstgeißelung sonderlich interessiert war.

»Das würde ich Ihnen sehr gerne beantworten, aber ich glaube, bei Ihnen brummt es gerade«, sagte Wilhelm mit belustigter Miene und wies dabei auf Stellas Handtasche.

»Ach, das wird wohl Gerold sein«, meinte Stella, ergriff die Tasche und kramte ihr Handy heraus.

»Gerold?«, fragte Wilhelm sichtlich irritiert, während Stella aufstand und durch die Flügeltür nach draußen verschwand.

»Gerold Bogenschneider. Unser dritter Gast heute Abend. Oberstaatsanwalt Gerold Bogenschneider, um genau zu sein«, erklärte Viktor genüsslich.

»Oh.« Wilhelm zog die Augenbrauen zusammen. »Das kommt etwas... unerwartet.«

»Nicht ganz so unerwartet wie du«, frotzelte Viktor.

Als Stella einige Minuten später von draußen zurückkehrte, setzte sie sich wortlos hin.

»Liebe Stella«, begann Wilhelm. »Ich fürchte, dass ich Sie nun leider verlassen muss. In meinem Alter wird man schnell müde.« Er machte Anstalten, sich zu erheben.

»Ich übersetze das mal für dich, Stella: Was er eigentlich meint, ist die Tatsache, dass Staatsanwälte seinem Teint schaden«, spöttelte Viktor.

»Oh, da können Sie ganz beruhigt sein, lieber Wilhelm. Gerold kommt nicht«, sagte Stella und starrte dabei mit einem seltsamen Blick auf das Weinglas, das halbleer vor ihr auf dem Tisch stand.

Viktor hätte zu gern nach dem Grund gefragt, aber irgendetwas zwischen den Zeilen ihrer Worte signalisierte ihm, dass er besser den Mund halten sollte.

»Ach«, sagte sein Großvater, dem Viktor ansehen konnte, dass es ihm ähnlich erging. Mit einem Ächzen ließ Wilhelm sich zurück in den Stuhl sinken. »Nun, wie schade. Aber dann kann ich Sie natürlich auf keinen Fall mit unserem launischen Viktor hier allein lassen.«

Stella starrte immer noch in ihr Weinglas. Es war zu spüren, dass sie etwas beschäftigte.

»Er konnte übrigens tatsächlich sehr gut mit dem Skalpell umgehen«, sagte Wilhelm unvermittelt. »Mengele, meine ich«, fügte er hinzu, als Stella nicht sofort reagierte.

»Ja, ich wette, all die Kinder, die ihr da gemeinsam aufgeschnitten habt, haben sich gefreut, dass sie in so guten Händen waren«, sagte Viktor.

Wilhelm fuhr zu ihm herum. Sein Blick war jetzt schwärzer als die Dunkelheit zwischen den Sternen.

»Hüte deine Zunge. Ich habe niemals Kinder *aufgeschnitten*, wie du das nennst.«

***

»Bitte. Herr Doktor. Kann ich jetzt raus? Mir ist so heiß.«

Er griff ins Wasser und zog das Thermometer heraus.

Vier Grad Celsius. Offensichtlich hatte die letzte Phase begonnen.

»Bitte, Herr Doktor. Nur ganz kurz.«

Der Junge stemmte sich gegen das Geschirr, dass ihn bis zum Hals unter der Oberfläche hielt.

»Ich sehe, es ist wirklich etwas heiß. Moment, ich

gieße ein bisschen kaltes Wasser nach.« Er nahm den Krug, in dem noch ein paar halb aufgelöste Reste von Eiswürfeln schwammen, und goss ihn in die Wanne. »Jetzt wird es bestimmt gleich besser.«

»Ja, ich fühl's schon. Danke, Herr Doktor.« Der Junge beruhigte sich etwas. »Muss ich denn noch lange? Ich bin auch schon so müde.«

»Nicht mehr lange, Mateusz. Ich schaue jetzt mal kurz nach den anderen, und wenn ich wieder da bin, kannst du raus. Dauert nur einen Moment.«

Als er zwei Stunden später den Raum betrat, war es still. Das Bein des Jungen lag über dem Rand der Wanne. Irgendwie hatte er es geschafft, eine der Fußschlaufen abzustreifen.

Er trat zu dem Jungen und fühlte den Puls an der Halsschlagader. Dann nahm er seine Stiftlampe heraus und kontrollierte die Pupillen.

Er steckte die Lampe ein.

»Schwester Leni?«

Es dauerte eine Weile, bis ihre Schritte auf den Kacheln zu hören waren.

»Ja, Herr Doktor Scharbeutz?«

»Haben Sie Ihren Protokollblock dabei?«

»Natürlich, Herr Doktor.«

»Gut, dann schreiben Sie bitte auf.« Er nahm den Aufhänger mit dem Stammdatenblatt vom Rand der Wanne und las ab: »Mateusz Borowski. Alter: fünfzehn. Größe: einhundertfünfundfünfzig Zentimeter. Gewicht: vierzig Kilogramm. Schwerer Winterfliegeroverall der Luftwaffe, Typ Wio 15.« Er schaute auf die Uhr. »Exitus durch Hypothermie nach sechzehn Stunden und drei-

undvierzig Minuten. Rufen Sie gleich Doktor Reinhardt wegen der Autopsie. Er müsste gerade in Block 3 bei den Zigeunerzwillingen sein.«

»Jawohl, Herr Doktor.« Das Klackern ihrer Schuhe wurde langsam leiser.

Er schaute auf das blasse Gesicht. »Jetzt kannst du raus, mein Junge.«

8

Die Tür öffnete und schloss sich sogleich wieder. Im Gegenlicht des Flurs hatte er nur einen dunklen Schatten in das Schlafzimmer huschen sehen.

Etwas benommen rieb er sich die Schläfen. Zu viel Weißwein. Er musste geschlafen haben. Wie lange, wusste er nicht. Irgendwann war Viktor wutentbrannt aus der Halle gestürmt, angewidert von Wilhelms selbstgefälligem Altherrengebalze und Stellas naiver Bewunderung, wobei es der Begriff Anbetung eher traf.

»Stella, bist du das?«, fragte er, auch wenn ihr Parfüm sie längst verraten hatte.

Ein Finger legte sich auf seinen Mund.

»Schscht«, zischte es irgendwo im Dunkel über ihm.

Langsam glitt die Decke von ihm herunter. Sie tastete über seine Brust... seinen Bauch. Dann packte sie ihn so fest, dass er einen Schmerzenslaut unterdrücken musste.

***

»Entschuldigung. Was hast du gesagt?«

Sie wandte ihm den Kopf zu. Er konnte sich kaum ein eleganteres Bild von Stella vorstellen: nackt, wie Gott sie geschaffen hatte; das eine Bein ausgestreckt, das andere angewinkelt, den Arm lässig darauf gelehnt, die glimmende Zigarette eine Verlängerung ihrer schlanken Finger, ihre Haut noch leicht gerötet.

Viktor ertappte sich dabei, wie er an sich herunterschaute, als ob es irgendwelche sichtbaren Schäden zu befürchten gab. In der Dunkelheit hatte sie ihn besessen wie ein wilder Dämon. Hatte es gar nicht bemerkt, wenn er ein ums andere Mal zurückgezuckt war, um seine empfindlichsten Stellen vor ihren Stößen in Sicherheit zu bringen. Und die ganze Zeit über konnte er die schmerzliche Ahnung nicht unterdrücken, dass ihre Leidenschaft jemand anderem und nicht ihm galt.

Er drehte sich auf die Seite, um sie besser beobachten zu können.

»Bogenschneider«, sagte er. »Was war jetzt eigentlich mit ihm?«

»Pff.« Stella stieß eine Rauchwolke aus, die sich alsbald der Nachttischlampe entgegenkräuselte und für ein dämmriges Licht in dem Raum sorgte.

»Er wollte mich für sich alleine haben. *Entführen*, wie er es nannte. Ich habe mit ihm Schluss gemacht. Feiglinge kann ich nicht ausstehen.« Energisch schnippte sie etwas Asche in einen marmornen Becher auf dem Nachttisch.

»Oh«, erwiderte Viktor nur, genoss den Gedanken aber für einen Moment. »Und ich dachte schon«, fuhr er dann fort, »du hast ihn nur Großvater zuliebe ausgeladen.« Er hoffte, dass es nicht allzu sehr nach einer Frage klang.

Sie schaute ihn an. Das erste Mal, seit sie das Licht angemacht hatte. Sie lächelte.

»Du siehst ihm verdammt ähnlich, weißt du das?«, sagte sie und zog erneut an ihrer Zigarette.

»Ich weiß nicht, ob ich das unter den gegebenen Umständen als Kompliment werten kann«, meinte Viktor pikiert.

»Ich denke schon«, erwiderte Stella, den Blick wieder auf ihre Zigarette gerichtet. »Er ist ein faszinierender Mann, dein Großvater.«

»Er ist ein schrecklicher Mann«, entgegnete Viktor, seine Entrüstung nur mit Mühe verbergend.

Stella schnaubte verächtlich den Zigarettenrauch aus. »Als ob das jemals einen Widerspruch bedeutet hätte.« Damit schwieg sie eine Weile, starrte dem Rauch hinterher. »Seit wann weißt du, dass er lebt?«, setzte sie das Gespräch fort.

Viktor seufzte bei dem Gedanken an jene Szene auf dem Dachboden direkt über ihnen.

»Weißt du noch, als ich damals aus der U-Haft geflohen bin?«, fragte er.

Stella kniff die Augen zusammen und nickte.

»Begüm war in Gefahr, und ich brauchte unbedingt eine Waffe. Also bin ich nach oben.« Er wies in Richtung Decke. »Hab in seiner alten Wehrmachtskiste seine Pistole gesucht.«

»Hahaha.« Stella legte den Kopf in den Nacken und lachte, als habe er einen exquisiten Scherz gemacht. »Lass mich raten... Wilhelm hat dich dabei erwischt, wie du mit deinen Langfingern in seinen Schätzen herumgewühlt hast.«

Viktor nickte. »So war's wohl. Ich bin fast umgefallen vor Schreck. Anderthalb Jahrzehnte war der Mann verschwunden und ich mir so sicher, dass er längst tot war. Wer wird schon so alt, nach so einem Lebenslauf? Und dann steht er auf einmal hinter mir, als sei nichts gewesen.«

»Weißt du, wo er die ganze Zeit gesteckt hat?«

Viktor zuckte mit den Schultern. »Keine Ahnung.«

Sie puffte ihn mit der Linken in die Rippen. »Du hast ihn nie gefragt? Im Ernst?«

»Warum?«, fragte Viktor unwirsch. »Chile. Argentinien. Die Rattenlinie. Männer-WG mit Mengele? Was auch immer. Ist mir echt egal.«

»Wie kann dir das egal sein?«, fragte sie ungläubig und drückte die Zigarette im Becher aus. »Wenn ich du wäre, würde ich ihn wahrscheinlich ein Jahr lang zum Ausfragen anketten.«

Viktor wusste wirklich nicht, was er darauf sagen sollte. Er griff sich Stellas Schachtel auf der Matratze und fischte eine Zigarette heraus. Sie gab ihm Feuer.

»Und wie oft seht ihr euch?«, fragte sie.

»Weiß nicht«, sagte Viktor gereizt. »Zweimal vielleicht.«

»Die Woche?«

»Nein. Ich meine, seit damals habe ich ihn glaube ich noch zwei Mal gesehen. Einmal auf dem Friedhof bei dem Begräbnis, du weißt schon, und dann noch einmal, als ich irgendwas aus der Villa brauchte.«

»Unglaublich«, sagte Stella.

Nur mit Mühe verkniff er sich eine sarkastische Bemerkung.

Stella streckte sich. Dann kuschelte sich an ihn und begann mit seiner Brustbehaarung zu spielen.

»Zwei Mal... in anderthalb Jahren. Also... Das wird sich jetzt ändern«, sagte sie.

Und zum ersten Mal an diesem Abend stimmte Viktor ihr uneingeschränkt zu.

Mittwoch, der 6. September

9

Die Bürotür war noch verschlossen. Viktor schaute auf die Uhr. Halb zehn. Nach gestern Nacht hatten Aufstehen und Dienstweg etwas länger in Anspruch genommen als üblich. Aber offensichtlich war es seinen Kollegen ähnlich ergangen.

Er zückte den Schlüssel und schloss auf.

»Morgen.«

Überrascht registrierte er die braunen Locken über dem Computerbildschirm.

»Morgen, Begüm«, grüßte er und legte den Mantel über den Stuhl seines Schreibtischs, spannte den Schirm auf und stellte ihn neben die Tür. Seit er die Villa verlassen hatte, regnete es ohne Unterbrechung.

»Warum hast du dich eingeschlossen?«, fragte er.

»Wollte nich' gestört werden«, murmelte sie, während sie im Zweifingersystem auf die Tastatur einhämmerte.

Tak. Tak. Taktak.

»Aha«, sagte Viktor ratlos.

Taktak. Taktak.

»Soll ich dich lieber wieder allein lassen?«, fragte er.

»Kein Problem«, murmelte sie.

Offensichtlich waren selbst rhetorische Fragen nicht geeignet, ihren Sinn für Höflichkeit zu wecken. Sie schien mit der Nase geradezu an dem Bildschirm des Rechners zu kleben. Streng genommen hatte er Begüm noch nicht einmal zu Gesicht bekommen.

Er setzte sich an seinen Schreibtisch und fuhr den Rechner hoch. Zwar konnte er sie von hier aus sehen, aber im Gegenlicht des Fensters bildete ihre Silhouette nur einen Scherenschnitt.

»Und was machst du gerade?«, fragte er so beiläufig wie möglich.

»Recherchieren.«

Taktaktak. Tak. Taktak.

»Ach, tatsächlich?«, fragte er.

»Hm, hm.«

Taktatak. Tak.

Auch Sarkasmus schien keinen besonderen Eindruck zu machen.

»Hast du bei den Spielbanken schon was rausgefunden?«

»Was?« Zum ersten Mal hatte sich ihre Nase vom Bildschirm gelöst.

»Ken sagte, du klapperst die Spielbanken ab, weil Yavuz online viel gezockt hat und Spielschulden hatte.«

»Mhm.« Die Nase wanderte zurück zum Bildschirm.

Viktor seufzte leise. Seine Kollegin war konversationsresistenter als ein friesischer Krabbenfischer. Keine Chance, sein heikles Anliegen mit ein paar gefälligen Belanglosigkeiten einzuleiten. Er beschloss, es mit einem Frontalangriff zu versuchen.

»Was ist eigentlich mit dem Handy?«

»Handy?« Sie löste sich wiederum vom Bildschirm. »Welches Handy?«

»Na, das von Yavuz«, erwiderte Viktor. Immerhin hatte er jetzt ihre Aufmerksamkeit für mehr als zwei Sekunden.

Für eine Weile war ihre Silhouette vor dem Hintergrund des Fensters wie eingefroren.

»Ich...«, setzte sie an.

Unvermittelt unterbrach sie das Klingeln des Telefons.

Das kann ja wohl nicht wahr sein, schoss es ihm durch den Kopf.

»Willst du nicht rangehen?«, fragte sie. »Ist deins.«

Widerstrebend streckte er die Hand nach dem Hörer aus. »Viktor Puppe?«

»Von Puppe. Ich finde, du solltest wirklich dazu stehen.«

»Stella!«

»Was ist?«, fragte sie. »Ist es schon wieder ungelegen? Du klingst mal wieder so... *unbegeistert.* Das kratzt langsam an meinem Selbstwertgefühl.«

Fassungslos sah er zu, wie Begüm aufstand, ihre Jacke vom Stuhl nahm und in Richtung Tür stapfte.

»Später«, murmelte sie im Vorbeigehen.

»Bis später«, rief ihr Viktor entgeistert nach, doch da war die Tür bereits zugefallen.

»Na gut. Dann melde dich eben, wenn du mal wieder Zeit für mich hast«, ertönte es aus dem Hörer in seiner Hand.

»Was? Nein. Äh, ich meine, ich habe doch nicht dich gemeint. Es ist nur... Begüm ist gerade zur Tür raus.«

»Aah, Madame Ungehobelt ist auf Suche nach dem nächsten Porzellanladen«, bemerkte Stella bissig.

Jetzt musste Viktor lachen. »Vermutlich.«

»Du solltest dich in Acht nehmen. Sie scheint bereits auf dich abzufärben.«

»Ich bitte vielmals um Entschuldigung. Du hast jetzt meine vollste Aufmerksamkeit.«

»Schon besser. Ich wollte mich nämlich unter anderem für den sehr anregenden Abend bedanken.«

Viktor schluckte seine gegenteiligen Empfindungen herunter. »Das ist wirklich zu gütig.«

»Güte ist mein zweiter Vorname. Aber darüber hinaus habe ich auch noch weitere Informationen zu dieser Explosion in dem verlassenen Kinderkrankenhaus.«

»So schnell?«, wunderte sich Viktor.

»Nachdem die Spurensicherung gestern die Überreste eurer pulverisierten Opfer vorbeigebracht hat, die übrigens selbst für eine Explosion erstaunlich spärlich ausfielen, haben meine fleißigen Damen in der DNA-Analyse Überstunden gemacht.«

»Erstaunlich spärlich? Wie meinst du das?«

»Na, ich habe einen recht vollständigen Herrn. Der Ethnie nach ebenfalls ein Roma, wie eure Mädchenleiche aus der Park-Klinik. Daten sind schon raus an die rumänischen Kontaktbehörden. Aber dann ist da noch biologisches Material von einer zweiten Person, ebenfalls männlich. Aber damit kommt nicht mal annähernd ein Erwachsener zusammen. Gut. Ich weiß natürlich nicht, wie gründlich die Spurensicherung gesucht hat, aber manche Gewebetypen fehlen ganz. Das Gehirn zum Beispiel. Stellt man jedoch die Umstände des Ablebens in Rechnung, scheint die Person ja auch eher von beschränkter Intelligenz gewesen zu sein.«

»Eindeutig die Anwartschaft für die Darwin-Awards«, pflichtete Viktor bei.

»Die wie bitte?«, fragte Stella.

»Darwin-Awards. Da kriegt man einen Preis dafür, wenn man seine Erbinformation eigenhändig und auf geistig besonders beschränkte Weise aus dem kollektiven Genpool befördert hat. So hat zum Beispiel mal jemand versucht, mit einem Schleifgerät zu mastur...«

»Danke«, unterbrach sie ihn. »Mehr muss ich gar nicht hören. Na, jedenfalls weiß ich ja, wie gerne ihr schnelle Ergebnisse habt. Vor allem bei so etwas.«

»Oh, du edle Spenderin rechtsmedizinischer Erkenntnis.«

»Übertreib's nicht.«

»Verzeihung.«

»Wie auch immer. Jedenfalls hat mich das Ergebnis, das bei der Untersuchung der zweiten DNA herausgekommen ist, selbst ziemlich vom Hocker gehauen.«

***

Viktor rieb sich fröstelnd die Arme. Zwar regnete es nicht mehr, aber die Temperaturen waren von einem Tag auf den anderen um zehn Grad gefallen. Auch wenn man es den Bäumen am Tempelhofer Damm kaum ansah: Der Herbst war da, und er fühlte sich unbequem an.

Er folgte Ken zur Fußgängerampel vor dem Hauptsitz des LKA. Gegenüber lag das in den Dreißigerjahren entstandene Gebäude des ehemaligen Flughafens Tempelhof. Der mehr als einen Kilometer umspannende Bogen war immer noch eines der längsten Bauwerke Europas und ein Paradebeispiel für die Monumentalarchitektur der nationalsozialistischen Ära. Seit der Außerbetriebnahme des Flughafens im Jahre 2008 hatte sich das ehemalige Flugfeld zu einem gigantischen Park gewandelt, und auch die Flughafengebäude dienten nun anderen Zwecken. Und es war einer von diesen anderen Zwecken, der Ken und ihn jetzt hierher geführt hatte.

Am südlichen Ende des Gebäudebogens bogen sie in eine Fahrzeugzufahrt ein, an der sich ein kleines Wärterhäuschen befand. Der Wachmann legte etwas hektisch sein Handy beiseite und beäugte Ken und Viktor neugierig.

»Hier is heute aba keen Besuchstach«, erklärte der Mann, als sie vor der Kabine angelangt waren.

»Kommissare Tokugawa und Puppe«, entgegnete Ken und zog seinen Dienstausweis aus der Tasche. »Wir haben einen Termin mit Herrn Breitert.«

Der Mann kniff die Augen zusammen, während er Kens Ausweis studierte. Schließlich griff er wortlos nach einem Funkgerät.

»Frau Rennhagen?«, fragte er. »Hier Slavic anna Pforte Süd. Da sin zwee Herrschaften vonna Polizei. Die ham 'n Termin mit Herrn Breitert, sagen sie. Wissen Se wat davon?«

Er legte sein Ohr an das Gerät und lauschte eine Weile dem gedämpften Gequäke.

»Aha«, grunzte er dann unwillig. »Und warum sagt mer ditt keener? Ick hab Ihrem Boss schon hundert Mal jesacht, ditt die Security von so wat in Kenntnis jesetzt wern muss. Is ja keene Hotelrezeption hier.«

Wieder Gequäke aus der Gegenrichtung. Dann ein hörbares Knacken in der Leitung.

»Sie mer ooch. Over und out.«

Er legte das Gerät zur Seite, stand auf und zog mit zwei behaarten Händen den Gürtel nach oben. Dann öffnete er die Tür seines Kabuffs und trat zu ihnen.

»Sehn Se ditt rote Tor da seitlisch am Hangar und darin die kleenere Tür?«, fragte er und wies auf das Ende des Gebäudebogens.

Ken nickte.

»Denn jehn Se da bitte ma hin und warten, bis man Se abholt, okay?«

Ken und Viktor tauschten einen ebenso kurzen wie vielsagenden Blick und setzten sich in Bewegung.

»Freundlicher Zeitgenosse«, flüsterte Viktor.

Ein seltsames Ratschen ließ ihn herumfahren. Er sah, wie der Wachmann hastig in der Kabine verschwand.

»Was ist los?«, wollte Ken wissen.

»Keine Ahnung. Ich dachte, ich hätte was gehört. Haben diese Kerle Waffen?«, fragte Viktor.

»Diese Security-Affen? Machst du Witze? Ich wette, der da ist bei der Aufnahmeprüfung für die Polizei durchgefallen«, erwiderte Ken.

Das Hangarende lag etwa fünfzig Meter entfernt. Rechts von ihnen gähnte die Weite des Tempelhofer Flugfelds, auf dem sich um die Zeit jede Menge Jogger, Skater, Biker und sogar Kiteboarder tummelten.

Noch bevor sie die Tür erreichten, die der Wachmann ihnen gezeigt hatte, wurde sie geöffnet. Ein rundlicher Mann in mittleren Jahren mit Brille, Glatze und einem freundlichen Lächeln trat heraus.

»Ich glaube, Sie wollen zu mir«, rief er in den auffrischenden Herbstwind und winkte sie zu sich.

»Breitert, mein Name«, erklärte der Mann, als sie bei ihm angekommen waren. Er schüttelte beiden enthusiastisch die Hand und bat sie in den Flur eines Treppenhauses. »Ich habe gehört, Sie interessieren sich für einen meiner Klienten.«

Ken zog einen Ausdruck aus seiner Innentasche.

»Shahazad, Asmahan Omar«, las er vor. »Geboren am zwanzigsten Januar zwotausend in Herat in Afghanistan. Erstregistrierung durch das BAMF am zwoten Juli fünfzehn. Zuweisung an die Flüchtlingsunterkunft Tempelhof am ersten August. Asylantrag abgelehnt am vierzehnten März zwosechzehn. Seitdem subsidiärer Schutz als ehemaliger Dolmetscher der Bundeswehr.«

»Zeigen Sie mal her«, sagte Breitert.

Ken gab ihm den Zettel, in dessen linker oberer Ecke ein Foto des Mannes prangte.

»Kommt mir bekannt vor, aber letzte Sicherheit bekommen wir natürlich nur über unsere Kartei. Kommen Sie am besten erst mal mit in mein Büro.« Er reichte Ken den Zettel und winkte ihnen, ihm die Treppe hinauf zu folgen. »Worum geht es denn eigentlich?«, fragte er, während er mit festem Schritt die Stufen erklomm.

»Dürfen wir aus ermittlungstaktischen Gründen leider nicht sagen«, antwortete Ken, der direkt hinter ihm folgte.

»Verstehe. Na, ich hoffe nur, er hat nichts Schlimmes angestellt, sonst stehe ich morgen bestimmt mal wieder in der Zeitung«, gab Breitert scherzhaft zurück.

Am oberen Ende des Treppenhauses angekommen, öffnete er eine Tür, die auf eine Art Rundum-Balustrade direkt unter dem Dach des Hangargebäudes führte. Breitert blieb stehen und stützte sich auf das Metallgeländer.

»Mein Verantwortungsbereich«, sagte er und wies vor sich auf den riesigen Hangar.

»Herr Jesus«, entfuhr es Viktor.

Tief unter ihnen hatte man aus schlichten Messebauwänden eine etwa hundert Meter lange Flucht von annähernd quadratischen Boxen aufgebaut, die in vier Reihen um einen Mittelgang herumstanden. Da der Konstruktion eine Bedachung fehlte, konnte Viktor von seinem Standpunkt aus in jedes der Wohnquadrate hineinschauen. Aus dieser Perspektive wirkte es wie eine Art Labor: sie die Forscher, dort unten die Versuchsratten im Labyrinth. Überall herrschte Bewegung und Gewimmel. Nur wuselten da keine Laborratten herum, sondern Menschen.

Manche der Bewohner unterhielten sich in Grüppchen. Einige lagen in ihren Betten. Kinder spielten in den Gängen Fangen. Selbst von Viktors Standort aus bildeten die Gespräche einen stetig lärmenden Klangteppich.

So weit er blicken konnte, wurden die vielleicht zwanzig Quadratmeter, die den Bewohnern einer solchen Box zur Verfügung standen, von den darin aufgestellten Stockbetten fast komplett eingenommen. Ansonsten gab es kaum eine Wand, auf der nicht irgendwelche Wäsche zum Trocknen aufgehängt war. Manche Bewohner hatten die unteren Liegen der Stockbetten mit ein paar Decken zu nicht einsehbaren Höhlen umgestaltet.

»Ja«, sagte Breitert, nachdem er ihnen ein paar Minuten Betrachtungszeit gegönnt hatte. »Das muss man einfach mal gesehen haben. Beschreiben kann man es nicht. Einige von denen leben schon seit fast anderthalb Jahren unter diesen Umständen.« Er schwieg eine Weile, den Blick weiter auf seine Schützlinge gerichtet. Schließlich ließ er das Geländer los und wandte sich wieder zu ihnen um. »Kommen Sie. Mein Büro ist da vorne.«

Er wies auf einen teilverglasten Kubus am Ende der Balustrade. Etwas mühsam riss Viktor sich von dem gleichermaßen faszinierenden wie bizarren Anblick los.

Eine Minute später schloss Breitert die Bürotür hinter ihnen. Auch von hier hatte man dank einer Fensterfront einen guten Ausblick auf alle Unterkünfte.

»Willkommen in Breiterts Panoptikum«, eröffnete ihr Gastgeber, der in Viktors und Kens Gesichtern ihre Reaktion ablesen konnte. »Gruselig, nicht wahr? Offensichtlich waren die Planer der Anlage der Meinung, es handele sich um eine Art Raubtierkäfig. Und jetzt setzen Sie sich doch bitte schon mal, während ich die Unterlagen zum Objekt Ihres Interesses heraussuche.«

Sie nahmen an einem schlichten Vierertisch Platz.

»Wie viele Leute leben in dem Hangar?«, fragte Ken.

»Meinen Sie in diesem hier oder in allen Vieren?«, entgegnete Breitert, während er sich in einer Hängeregistratur durch die Mappen wühlte. »Insgesamt sind es noch etwa sechshundert Leute von den ursprünglichen zweitausendfünfhundert. Eigentlich sollten wir schon seit Juli in das neue Containerdorf auf dem Rollfeld umgezogen sein, aber wie das dann halt immer so ist, dauert die Herrichtung länger als geplant. So, hier haben wir ihn ja.« Er zog eine Mappe aus dem Schrank, legte sie auf den Tisch und öffnete sie. Dann setzte er sich und zog eine Lesebrille aus der Brusttasche seines Hemdes. »Shahazad, Asmahan Omar. Das müsste er sein. Hangar drei, Kubus Numero sechsundzwanzig.«

»Und?«, fragte Ken. »Ist er abgängig?«

Breitert schaute ihn etwas konsterniert an.

»Abgängig, sagen Sie?« Er hob Schultern und Hände in die Luft. »Ich weiß es nicht. Wir sind hier eine Flüchtlingsunterkunft und kein Gefängnis. Jeder kommt und geht, wie er will. Aber Sie können dazu gerne mal seine Hangaraufsicht und auch seine Zimmergenossen befragen. Vielleicht wissen die Näheres.«

»Das werden wir tun. Findet sich denn in seiner Akte vielleicht irgendwas Auffälliges?«

»Hm.« Breitert blätterte sich durch die Mappe, die insgesamt kaum mehr als ein Dutzend Seiten hatte. »Registrierung. Zuweisung. Deutschkurs in der Donnerstagnachmittagsgruppe. Asylberatung. Gesundheitsamt. Das sieht für mich alles ganz normal aus.« Er reichte Ken die Akte.

»Danke.« Ken hob abwehrend eine Hand. »Ich wäre froh, wenn wir nach der Besichtigung seiner Unterkunft eine Kopie mitnehmen könnten.«

»Selbstverständlich«, sagte Breitert mit unerschütterlicher Freundlichkeit. »Kann ich denn für den Moment sonst noch was für Sie tun?«

Ken sah Viktor an, der die Schultern zuckte.

»Erst mal nicht, denke ich«, sagte er dann. »Danke.«
»Na, dann bring ich Sie jetzt mal runter zu Hangar drei. Da wartet schon Herr Naunyn von der Aufsicht. Der hat heute dort die Tagschicht.«

***

Der Weg dauerte ganze zehn Minuten. Immer wieder kamen sie an Flüchtlingen vorbei, die in Gruppen zusammenstanden und sie meist mit scheuem Interesse beäugten.

Am dritten Hangar übergab Breitert sie an den dort zuständigen Aufseher, einen großen kahlen Mann mit einem auffällig kräftigen Adamsapfel.

»Herzlich willkommen im Tempelhof Resort«, erklärte dieser mit einem Grinsen. »Dann geleite ich Sie mal zu den Suiten.«

Er führte sie in die Hangarmitte und bog dann auf den Mittelgang ein, der die Viererreihe der Wohnunterkünfte in zwei linke und zwei rechte Räume teilte. Die Zugänge waren mit schlichten schwarzen Vorhängen verhüllt. Auch hier hallte von den Wänden des Hangars vor allem Kindergeschrei wider.

»Hier müsste es sein«, sagte Naunyn und blieb bei einem Vorhang stehen. Rechts oben neben dem Durchgang hing ein kleines Schild mit der Nummer sechsundzwanzig.

Sie schauten Naunyn erwartungsvoll an.

»Gehen Sie ruhig rein«, sagte der.

»Wäre es nicht angemessen, vorher zu klopfen«, fragte Viktor irritiert.

»Nein, nein. Einfach rein«, sagte Naunyn und schob den Vorhang beiseite. »Herr Shahazad hatte seit einigen Wochen den Vorzug einer Einzelunterkunft.«

Ken und Viktor tauschten einen überraschten Blick aus, bevor sie Naunyn in die Unterkunft folgten.

»Ist das üblich?«, fragte Ken.

»Hat Herr Breitert Ihnen nicht erzählt, wie sich unsere Belegungszahlen über die vergangenen Monate entwickelt haben? Wir sind nicht mal mehr zu einem Viertel ausgelastet. Tendenz abnehmend. Viele unserer ehemaligen Insassen haben mittlerweile reguläre Wohnungen. Soweit ich mich erinnern kann, ist der letzte Mitbewohner von Herrn Shahazad vor etwa einem Monat ausgezogen. Ich glaube, die Familie einer unserer Freiwilligen hat ihn aufgenommen.«

»Hm. Dann brauchen wir die Namen und neuen Anschriften aller ehemaligen Mitbewohner«, sagte Ken. Er nahm ein Foto von der Wand, das dort jemand mit einer simplen Reißzwecke angepinnt hatte. »Schau mal.« Er hielt es Viktor hin.

Es war eindeutig derselbe Typ wie auf dem Foto des BAMF, wenn auch mit einem deutlich freundlicheren Gesichtsausdruck. Er stand zwischen ein paar anderen Flüchtlingen. Alles junge Männer.

»Was hat er denn da für eine Hose an?«, murmelte Viktor. Sie wies ein auffälliges Karomuster auf, wie es manche seiner Internatsmitschüler gern zum Golfen getragen hatten.

»Zeigen Sie mal her«, sagte Naunyn.

Er betrachtete das Foto. Dann zuckte er die Achseln. »Die meisten unserer Schützlinge sind mit dem hierhergekommen, was sie am Leib hatten. Viel mehr können wir ihnen hier auch nicht bieten. Das Einzige, was wir immer in rauen Mengen haben, ist Kleidung. Wobei vieles von dem, was gespendet wurde, den Flüchtlingen einfach nicht passt. Ihnen ist sicherlich aufgefallen, dass die Männer hier meist etwas kleiner und filigraner sind als der Durchschnittsdeutsche.«

»Soll das eine Anspielung sein?«, fragte Ken und rieb grinsend über seinen Bauch.

»Um Gottes willen, Herr Kommissar«, sagte Naunyn verschmitzt. »Ich wollte damit nur sagen: Vielleicht war diese Hose halt das Einzige, was er gefunden hat. Oder vielleicht hat sie ihn an irgendwas in seiner Heimat erinnert.«

»War auch nur ein Scherz«, beschwichtigte Ken. »Erkennen Sie denn sonst irgendwen darauf?«

Naunyn sah sich das Foto noch einmal an. »Ich denke, die beiden hier links sind ehemalige Zimmergenossen.«

»Ich wäre sehr froh, wenn Sie das noch mal mit Ihrer Kartei abgleichen könnten und uns auch die sonstige Habe Ihres Schützlings zukommen lassen. Ich schick Ihnen nachher einen Streifenwagen, der alles abholt, einschließlich der Kopie seiner Akte und den Adressen seiner ehemaligen Mitbewohner.«

»Ich lasse alles bereitstellen.«

»Hier ist ein Handyladekabel«, rief Viktor, der gerade das einzige Bett durchwühlte, das benutzt aussah. »Wissen Sie, ob er eins hatte?«

»Niemand wird hier gezwungen, seine Habe zu registrieren oder so was Ähnliches. Wenn er uns eine Telefonnummer angegeben hat, müsste die in seiner Akte vermerkt sein. Ich kann Ihnen allerdings sagen, dass unsere Gäste ihrer besonderen Situation wegen in aller Regel keine festen Handyverträge bekommen. Wenn er also ein Handy hatte, dann hat er es wahrscheinlich auf Prepaid-Basis genutzt.«

»Gibt es Ihres Wissens irgendwen, mit dem Herr Shahazad besonders engen Kontakt hatte?«, fragte Ken.

»Tja, wissen Sie«, begann Naunyn. »Wir sind hier kein...«

»Gefängnis«, fiel Ken ihm ins Wort. »Ich weiß, hat auch Herr Breitert uns schon erläutert. Aber hätte ja sein können, dass Sie da rein zufällig was beobachtet haben.«

»Nicht wirklich. Ich kann natürlich noch meine Kollegen von den anderen Schichten fragen, aber wenn ich mich recht erinnere, war das Besondere an Herrn Shahazad, dass er eher zurückgezogen war.«

»Am liebsten wäre mir, wenn Sie mal bei allen Mitarbeitern, das heißt auch bei den Freiwilligen oder der Leitung seines Deutschkurses, ein Foto von Herr Shahazad vorzeigen. Wenn sich irgendwer an irgendwas Besonderes erinnern kann, rufen Sie mich bitte auf dieser Nummer an.« Er gab Naunyn eine Visitenkarte. »Können Sie sich denn noch daran erinnern, wann Sie ihn zuletzt gesehen haben?«

Der Hangarleiter hob die Schultern. »Da müsste ich lügen, aber es werden schon ein paar Tage gewesen sein, vielleicht eine Woche, vielleicht auch zwei.«

»Hat Sie das nicht stutzig gemacht?«, fragte Ken ungläubig.

Er schüttelte den Kopf. »Nein. Wie gesagt: Hier kann jeder kommen und gehen, wie es ihm beliebt. Und gerade einige von unseren jungen Männern finden mitunter auch mal andere Übernachtungsgelegenheiten, und zwar durchaus auch für längere Zeiträume, wenn Sie verstehen, was ich meine.«

Ken zog irritiert die Augenbrauen zusammen. »Sie meinen ... die vögeln irgendwo rum?«

Naunyns Gesicht verzog sich zu einem süffisanten Grinsen. »Sie müssen wissen: Auf manche Menschen wirkt Bedürftigkeit durchaus erotisch.«

***

Draußen vor dem Hangar blies der Wind den Qualm von Kens Zigarette in Viktors Nase.

»Außer Spesen nix gewesen«, stellte Ken missmutig fest.

»Die KT könnte sich doch mal das Ladekabel anschauen. Eventuell kriegen wir ja einen Hersteller«, warf Viktor ein.

»Hm«, brummte Ken. »Sah eher wie ein No-Name-Teil aus. Und 'ne Funkzellenabfrage bei sechshundert Leuten ... dann noch die halbe Nachbarschaft und über mehrere Tage? Das wird wahrscheinlich ein Haufen Datenmüll, selbst wenn wir es auf bestimmte Fabrikate eingrenzen.«

»Na, zumindest können wir es mit dem Gerät am Ort der Explosion vergleichen«, versuchte Viktor es erneut.

»Du meinst, er war der große Unbekannte, der Yavuz umgenietet hat?«, fragte Ken mit skeptischem Blick, um dann fortzufahren: »Glaube ich zwar irgendwie nicht. Kann aber sein.«

»Müssten wir eigentlich nicht auch die anderen Bewohner des Hangars nach ihm fragen?«, erkundigte sich Viktor. »Mindestens seine unmittelbaren Nachbarn?«

Ken rollte die Augen. Es war einer dieser Blicke, die besagten: der Frischling mal wieder. Immerhin bequemte er sich zu einer Antwort: »Nix für ungut, Püppi, aber das ist nicht das erste Mal, dass ich in so einem Fall ermittle. Die Leute in diesem Hangar kommen aus Kulturkreisen, in denen die Polizei in aller Regel eher zu den Bösen gehört. Wenn wir die befragen, haben die alle nix gehört und nix gesehen, schon aus Prinzip. Da soll sich lieber mal das Personal umhören, zu dem haben sie mehr Vertrauen. Wenn dabei irgendwas rauskommt, kann man ja immer noch Vorladungen verschicken. Und ohne Dolmetscher geht da sowieso nichts. Was meinst du, wie viele Sprachen und wilde Dialekte da drin unterwegs sind?«

»Hm.« Viktor schürzte die Lippen. Das klang einleuchtend. Trotzdem fühlte es sich irgendwie komisch an, es nicht wenigstens einmal versucht zu haben.

»Moment mal«, sagte Ken. Er fummelte sein Handy aus der Tasche und schaute aufs Display. »Scheiße«, murmelte er.

»Was ist denn?«, fragte Viktor.

Statt einer Antwort hielt Ken ihm das Gerät vor die Nase, auf dessen Display Viktor jetzt den Namen des Anrufers ablesen konnte.

Direktor Richter.

10

Über eine imposante Eingangshalle, einen waschechten Paternoster und einige holzgetäfelte Flure gelangte sie zum Ziel: einer unscheinbaren Flucht mehrerer Büros hinter einer Glastür mit Zugangssicherung. Begüm zückte ihren Ausweis, und das elektronische Schloss gab den Weg frei. Wenige Augenblicke später stand sie vor der Tür des Mannes, dessentwegen sie hierhergekommen war. Auf einem schlichten Schild neben der Tür stand:

Dipl.-Ing. Dimitri Balkov
LKA 24 Cybercrime
Leitung

Sie atmete tief durch und klopfte an.
»Herrrein.«

***

»Kommt dir das auch alles so bekannt vor?«, flüsterte Ken ihm ins Ohr.

Viktor nickte. Das war in der Tat ein Déjà-vu. So ähnlich hatten sie vor einem halben Jahr schon einmal in Direktor Richters Büro gesessen. Er, Ken und Begüm auf der linken Seite vor Richters Schreibtisch. Rechts davor zwei Unbekannte, die sich dann als Mitarbeiter der Abteilung für Dienstaufsicht des LKA entpuppt hatten. Das Zusammentreffen hatte mit Kens vorläufiger Suspendierung geendet.

Allerdings fehlte Begüm diesmal auf der linken Seite. Und von den beiden Männern rechts war ihnen nur einer unbekannt. Der andere, Oberstaatsanwalt Bogenschneider, schaute Viktor in diesem Moment an, als ob er ihn fressen wollte.

»Danke für Ihr promptes Erscheinen«, eröffnete Direktor Richter in seine und Kens Richtung.

Normalerweise hätte Viktor Richter seinen üblichen Sarkasmus unterstellt, aber dieses Mal waren sie tatsächlich schnell gewesen, wenn auch nur durch einen glücklichen Zufall. Das Amtsgebäude des LKA-Direktors lag nämlich ebenfalls im Gebäude des Tempelhofer Flughafens, nur ein paar hundert Meter von der Flüchtlingsunterkunft entfernt.

»Herr Oberstaatsanwalt Bogenschneider ist Ihnen ja bereits bekannt. Und das hier ist Herr Johannes Sikorski von der Abteilung Zwo der Senatsinnenverwaltung.«

»Scheiße, Alter. Verfassungsschutz. Ich hab's geahnt«, flüsterte Ken neben Viktor so laut, dass der ganze Raum es gehört haben musste.

Richter aber ließ sich davon nicht beirren. »Dass es eine Verbindung zwischen der Ermordung des Neuköllner Handyladenbesitzers und der Explosion in Weißensee gab, ist Ihnen ja bereits bekannt«, führte er aus. »Aber nun hat sich auch eine mögliche Verbindung ins islamistische Milieu ergeben. Herr Oberstaatsanwalt

Bogenschneider hat daher angeregt, dass der Fall von nun an von einer Sonderermittlungsgruppe des Staatsschutzes übernommen wird, nämlich unserer Abteilung 5. Der Verfassungsschutz in Person von Herrn Sikorski wird die Leitung dieser Gruppe übertragen. Herr Sikorski wird Ihnen jetzt die Details erklären. Bitte schön.«

Er winkte in Richtung des Angesprochenen, eines knittrigen Mittfünfzigers, dessen Haar von undefinierbarer Farbe wirr vom Kopf abstand. Bartstoppeln sprossen aus geröteten Wangen, und sein Bauch übte ordentlich Druck auf seine Hemdknöpfe aus. In Paris unter einer Seine-Brücke liegend, hätte Viktor ihn für einen Clochard gehalten.

»Danke, Herr Direktor. Aber wenn es gestattet ist, würde ich vor Beginn meiner Ausführungen den Kollegen Tokugawa und Puppe gern eine Frage stellen.«

»Nur zu«, sagte Richter und faltete die Hände auf seinem Schreibtisch zusammen, der wie immer penibel aufgeräumt war.

Sikorski, der aus Viktors Perspektive hinter Bogenschneider saß, lehnte sich ein Stück nach vorne, um ihn und Ken besser anblicken zu können. Er trug eine Brille, die seine Augen etwas größer machte. Sie ließ ihn wie einen naiven Träumer wirken, wäre da nicht dieses hintergründige Lächeln gewesen.

»Was ich gerne wissen würde, verehrte Kollegen: Wann hatten Sie eigentlich vor, uns mitzuteilen, dass der getötete Yavuz islamistische Inhalte auf seinem Rechner gespeichert hatte?«

Ken schoss Viktor einen kurzen Blick von der Sorte »Ich-hab's-ja-gleich-gesagt« zu. Dann drehte er sich zu

Sikorski um. »Wegen so einer Kacke? Im Ernst jetzt? Also wenn ich Sie echt wegen jedem toten Kamelreiter anrufen soll, der irgend so einen IS-Fuck auf dem Rechner hat, muss ich ja den ganzen Tag mit euch Heinis quatschen und komm zu nix anderem mehr.«

»Hauptkommissar Tokugawa«, herrschte Richter ihn an. »Mäßigen Sie sich.«

»So was hat heute ja jeder Vorstadtteenager auf dem Rechner«, verteidigte sich Ken. »Ist doch albern!«

»Aber so weit mir bekannt, werden die Handys von Vorstadtteenagern normalerweise nicht als Sprengvorrichtung benutzt, oder?«, fragte Sikorski mit süffisantem Unterton.

»Ach, kommen Sie«, schimpfte Ken. »Das beweist noch gar nichts. Wahrscheinlich hat ja gar nicht er, sondern sein Mörder das Handy in dem Sprengsatz verbaut. Und außerdem: Welcher Islamist ist denn so bekloppt, seine Bombe ausgerechnet in einem verlassenen Gebäude explodieren zu lassen, wo sie dann nur ein, zwei Roma-Bettler erwischt?«

»Und einen afghanischen Flüchtling, wie Sie spätestens seit heute Morgen wissen«, versetzte Sikorski.

»Woher zum...?«, entfuhr es Ken, doch er verschluckte den Rest des Satzes, als er Richters strengen Blick gewahr wurde.

»Aus dem Labor der Rechtsmedizin«, erläuterte Sikorski mit fröhlichem Lächeln. »Nach dem Treffer in der Flüchtlingsdatenbank der BAMF hat man uns gleich mitinformiert. Offensichtlich ist dem Personal dort – im Gegensatz zu Ihnen – die neue Ziffer fünf Punkt eins Punkt drei der Richtlinien für das Straf- und Bußgeldverfahren bekannt. Ich zitiere: ›Bei Feststellung der Beteiligung von Migrantinnen und Migranten aus Herkunftsstaaten mit mehrheitlich muslimischer Bevölkerung an Straftaten gegen das Leben, die körperliche Unversehrtheit und / oder Straftaten mit Sprengmitteln ist die Staatsschutzabteilung des zuständigen Landeskriminalamts sowie die oberste Justizbehörde des Landes unverzüglich zu informieren.‹«

»Von dem Typen wurde ja nur Muspampe gefunden. Der war doch selbst ein Opfer«, maulte Ken.

»Ich bin mir sicher, lieber Herr Hauptkommissar, dass auch Ihnen nicht entgangen ist, dass der Begriff des Beteiligten im Strafverfolgungsrecht auch Geschädigte umfasst. Außerdem spricht die Tatsache, dass von dem Herrn nur noch kleinste Überreste gefunden wurden, ja möglicherweise sogar dafür, dass er den Sprengsatz höchstselbst gezündet hat.«

»Wofür dann ein Fernzünder? Und warum nicht mitten auf dem Alex? Oder in einer U-Bahn? Oder im verfi… im KDW?«

Sikorski zuckte mit den Schultern. »Vielleicht hat er kalte Füße bekommen, oder es ist etwas schiefgelaufen. Oder beides.«

»Ach, das glauben Sie doch selber nicht«, empörte sich Ken.

»Ich glaube überhaupt nichts, Herr Tokugawa. Ich verfolge lediglich Anhaltspunkte. Und hier habe ich gleich mehrere, die in eine gewisse Richtung deuten: die Rechnerinhalte Ihres Toten, die Tatsache, dass ein handygezündeter Sprengsatz benutzt wurde sowie die Beteiligung eines Afghanen, der übrigens laut BAMF im

Zuge der großen Welle im Jahr 2015 zu uns gekommen ist.«

»Aha. Und jetzt denkt ihr Heinis, ihr könnt uns das Ding wegnehmen?«, fragte Ken.

Sikorski zog die Schultern hoch. Die Geste wirkte fast entschuldigend. »Mit Verlaub, Herr Tokugawa, aber wenn sich die genannten Verdachtsmomente erhärten, ist der Fall bei uns einfach in den besseren Händen.«

»Genau. So wie Anis Amri«, spottete Ken.

»Sagt der Polizeibeamte«, meldete sich jetzt Oberstaatsanwalt Bogenschneider mit erhobenem Zeigefinger zu Wort, »der im letzten Jahr den Computer des amtierenden Justizsenators von einem Hacker hat infiltrieren lassen.«

»Der Typ hat seine eigene Nichte vergewaltigt«, brauste Ken auf.

»Also ich wäre ja dafür«, schaltete sich Sikorski wieder ein, »diese ollen Kamellen doch lieber auf sich beruhen zu lassen.«

»Das kann ich nur unterstreichen«, fügte Richter hinzu.

Sikorski strahlte den Direktor jetzt freundlicher an als ein Kind die Geschenke unter dem Weihnachtsbaum. Dann wandte er sich wieder Ken zu. »Hat Ihr heutiger Besuch im Flüchtlingsheim etwas ergeben?«

Ken sah nicht weniger verdutzt aus als Viktor. »Unser...? Aber wie...?«, stammelte Ken.

»Wir haben Sie überwachen lassen«, sagte Sikorski mit einem breiten Lächeln. »Von einer Drohne.«

Für einen Sekundenbruchteil war Kens Mund zu einer Maske ungläubigen Entsetzens gefroren. Doch dann sprang er auf und brüllte: »Haben Sie das gehört, Chef? Diese Typen schrecken doch wohl echt vor gar nichts...« Doch seine Tirade endete abrupt, als er bemerkte, wie sich Sikorski auf der anderen Seite des Raumes laut lachend auf die Knie schlug. »Was ist denn daran so lustig?«, fragte er irritiert.

Sikorski hob beschwichtigend die Hände. »Ich bitte um Verzeihung, aber das war doch nur ein Scherz, Herr Tokugawa. Sie glauben doch nicht im Ernst, dass Sie von uns überwacht werden.«

»Aber woher zum Henker wissen Sie dann davon?«, fragte Ken, der sich noch nicht völlig beruhigt hatte.

Sikorski zuckte mit den Schultern. »Ich kam gemeinsam mit dem Herrn Oberstaatsanwalt von der Autobahn auf den Tempelhofer Damm. Da hat Herr Bogenschneider Sie stehen sehen. Draußen beim Wärterhäuschen. Den Rest konnten wir uns zusammenreimen«, sagte er und faltete die Hände über dem Bauch zusammen.

Ken grummelte irgendetwas Unverständliches und sank auf den Stuhl zurück. Viktor stellte fest, dass es wahrscheinlich das erste Mal seit ihrem Kennenlernen war, dass er Ken quasi sprachlos erlebte.

»Und was haben Sie nun herausgefunden?«, hakte Sikorski nach. Doch Ken schien mit sich selbst beschäftigt.

»Nichts wirklich Erhellendes«, ergriff Viktor nun zum ersten Mal das Wort. Er berichtete, was sie über den Flüchtling erfahren hatten.

»Also war er zum Schluss quasi allein mit sich und seinen Sorgen?«, hakte Sikorski nach, und Viktor nickte zur Bestätigung. »So geht es ja meistens los«, sinnierte

Sikorski, bevor er sich erneut an Viktor wandte. »Und haben Sie schon geschaut, ob es eine Verbindung zwischen diesem Shahazad und Ihrem toten Handyladenbesitzer gibt, zum Beispiel über Social Media?«

»Haben wir als Nächstes vor«, grunzte Ken, ohne Sikorski anzuschauen.

»*Hatten* Sie vor, mein Lieber«, versetzte der Angesprochene.

»Chef, das kann doch wohl nicht wahr sein«, wandte sich Ken an den LKA-Direktor. »Ich meine, die haben schon den Weihnachtsmarkt verbockt und ...«

Richters erhobene Hand brachte ihn zum Schweigen, bevor er das Wort an Sikorski richtete. »Ich muss ganz ehrlich zugeben, dass auch ich von Ihrem Ansatz, dass wir es hier mit einem islamistischen Hintergrund zu tun haben, noch nicht ganz überzeugt bin.«

»Herr Direktor«, brauste nun Bogenschneider auf. »Darf ich Sie an Paragraf einhundertzweiundfünfzig Gerichtsverfassungsgesetz erinnern?«

»Das hierarchische Verhältnis zwischen Staatsanwaltschaft und Kriminalpolizei ist mir wohlbekannt, Herr Oberstaatsanwalt. Gleichwohl halte ich es schon für meine Pflicht, genau zu erwägen, welche meiner Abteilungen für die Aufklärung eines Falles am besten gerüstet ist. Und darüber hinaus, ob ich ein Konstrukt, bei dem der Verfassungsschutz die Leitung über mein Personal übernimmt, überhaupt gutheiße. Wenn Sie damit Schwierigkeiten haben, können wir die gerne mit dem Herrn Justizsenator klären«, blaffte Richter zurück.

Viktor musste innerlich schmunzeln. Es war ein offenes Geheimnis, dass der neue Justizsenator ein ehemaliger Zögling und glühender Bewunderer des LKA-Direktors war. Aus dem Augenwinkel versuchte er, einen Blick auf Bogenschneider zu erhaschen, als ein lautes Klingeln ertönte.

»Verzeihung«, murmelte Sikorski auf sein Display blickend. »Da muss ich kurz rangehen, das ist die Kriminaltechnik. Möglicherweise gibt es neue Erkenntnisse.«

Richter gab stumm seine Zustimmung, und Sikorski nahm den Anruf an.

Eine Weile konnten sie ihm beim Äußern diverser Jas, Neins und Achs lauschen. Dann beendete er das Gespräch mit einem breiten Lächeln.

»Ich denke, mein lieber Herr Direktor, unser Verdacht hat sich gerade erhärtet«, sagte er.

»Ich höre«, entgegnete Richter und stützte das Kinn locker auf die gefalteten Hände.

»Am Explosionsort sind auch Teile eines Reisekoffers gefunden worden, dessen Modell wir anhand der Überreste genau identifizieren konnten. Unsere Techniker haben es in einen Suchalgorithmus eingespeist und über Nacht mit CCTV-Material aus dem Umfeld des Explosionsortes abgeglichen. Und tatsächlich haben wir Bilder dieses Koffermodells gefunden, und zwar auf den Aufzeichnungen der Innenraumüberwachung eines Tramwaggons der M4 in Richtung Falkenberg vom gestrigen Vormittag. Leider ist die Überwachungstechnik in dem Waggon schon etwas älter, sie zeichnet nur alle fünfzehn Sekunden ein niedrigauflösendes Bild auf. Da die Tram am Hackeschen Markt startet und um die Uhrzeit von Beginn an sehr voll ist, kann man leider nicht genau sehen, wann und wie genau er hineingekommen ist. Allerdings ist er an der Haltestelle am Alexanderplatz kurz deutlich zu erkennen. Zu dem Zeitpunkt war der Waggon voll mit Menschen. Eine Explosion zu diesem Zeitpunkt hätte ein Blutbad ergeben.«

»Und wie ist er von da aus in die Klinik gekommen?«, fragte Richter.

»Die Tram fährt vom Alexanderplatz nach Weißensee, direkt an der Klinik vorbei.«

»Und der Afghane?«, warf Ken ein. »Was ist mit dem? Ihrer Theorie nach müsste der auf den Aufzeichnungen doch auch zu sehen sein.«

»Wie gesagt: Das Bildmaterial ist nicht besonders gut, und die Tram war zu Beginn der Fahrt recht voll besetzt.«

»Und später?«, fragte Ken.

»Steht der Koffer eine Weile lang herrenlos herum«, sagte Sikorski. »Allerdings ist kurz vor der Haltestelle der Klinik zu sehen, wie eine kleine dunkelhaarige Person mit dem Koffer aus dem Sichtfeld der Kamera verschwindet. Leider reicht der Winkel nicht für eine Gesichtsbiometrie.«

»Das ergibt doch hinten und vorne keinen Sinn«, wetterte Ken. »Warum zündet er die Bombe nicht, solange der Waggon noch voll besetzt ist? Warum lässt er den Koffer dann alleine stehen? Und warum schleppt er die Bombe in die verdammte Klinik und lässt sie dann da hochgehen?«

»Vielleicht ... hat die Zündung über das Handy nicht

funktioniert, und er wollte sie unbeobachtet reparieren«, meldete sich Viktor zu Wort.

»Alter! Was ist denn mit dir jetzt los?«, herrschte Ken ihn vorwurfsvoll an.

»Ihr Kollege zieht offensichtlich dieselben Schlüsse wie ich«, sagte Sikorski grinsend und fügte hinzu: »Vielleicht ist bei dem Reparaturversuch etwas schiefgegangen. Die beiden Roma waren dann vielleicht nur zur falschen Zeit am falschen Ort. Zufallsopfer.«

»Ach, macht doch, was ihr wollt«, knurrte Ken und verschränkte demonstrativ die Arme.

»Also mir erscheint das jetzt doch relativ eindeutig«, sagte Bogenschneider zu Richter.

Der Direktor lehnte sich zurück und starrte den Oberstaatsanwalt und seinen Sitznachbarn für ein paar Momente lang grübelnd an. Dann richtete er sich kerzengerade auf. »Die Ermittlungen in den Fällen Yavuz und der Explosion im Kinderkrankenhaus Weißensee übernimmt bis auf Weiteres eine Sonderermittlungsgruppe der Abteilung für Staatsschutz. Die Leitung hat für die Dauer der Ermittlungen oder bis auf Widerruf durch mich Herr Sikorski vom Referat II C Rechts- und Ausländerextremismus der Verfassungsschutzabteilung der Senatsverwaltung für Inneres. Herr Toku…« Doch er konnte seinen Satz nicht zu Ende bringen.

Mit einem lauten »Ist doch alles Scheiße« sprang Ken auf und stampfte durch das Zimmer geradewegs zur Tür hinaus.

Viktor starrte ihm entgeistert hinterher.

Es dauerte eine Weile, bis Richter das Schweigen brach. »Dann also Sie, Herr Oberkommissar Puppe. Sie sind mir dafür verantwortlich, dass Herr Sikorski alle Ihnen vorliegenden Beweismittel erhält. Betonung liegt auf alle. Haben Sie das verstanden?«

»Jawohl, Herr Direktor«, bestätigte Viktor.

»Gut, dann fangen Sie jetzt mal Ihren Kollegen wieder ein, bevor wir einen Amoklauf zu beklagen haben«, fügte Richter hinzu und winkte ihm zu gehen.

***

»Und was macht Gerrrät dann noch bei Ihnen?«, fragte Balkov und wies auf das iPad in Begüms Hand.

»Ich wollte mir das am Tatort erst mal anschauen«, antwortete sie.

»Ist meinerrr Kenntnis nach mehrrr als zwei Tage her«, erwiderte Balkov misstrauisch.

Begüm spürte, wie ihre Kopfhaut zu jucken begann.

»Da war so viel drauf. Ich wollte mir das noch mal in Ruhe im Büro ansehen. Aber dann gab es diese Explosion in Weißensee, und auf einmal war die Hölle los. Das Ding ist auf meinem Schreibtisch liegen geblieben«, sagte sie schnell. Dass sie über die Explosion nur von Kollegen gehört hatte, musste sie ihm ja nicht auf die Nase binden.

»Aber wieso haben Sie das rrresettet?«, fragte er.

»Hab ich ja gar nicht. Das hat es von selbst gemacht«, antwortete Begüm, halb darauf gefasst, dass er sie nun auslachen würde.

»Aah. Ein Rrrremote Rrrreset über Find-my-iPhone-Funktion wahrrrscheinlich«, sagte er und grinste von einem Ohr bis zum anderen.

»Genau«, bestätigte sie, ohne einen blassen Schimmer davon zu haben, worüber er geredet hatte. »Und kann man da noch was finden?«

»Wie meinen Sie? Von alten Daten? Kein Prrroblem. Meiste Leute glauben, wenn sie machen so eine Factorrrry Rrrreset, Daten sind verschwunden. Werden dabei aber nurrr Pfade zu Daten gelöscht. Daten bleiben auf Sssolid-Ssstate-Memorrry. Man muss nur Pfade rrreetablieren«, dozierte er mit wichtiger Miene. »Suchen Sie denn was Bestimmtes?«

»Die letzte Verbindung mit dem Gerät erfolgte über Skype. Ich möchte gerne wissen, wo der Anrufer zum Zeitpunkt des Anrufs war.«

Er stieß einen anerkennenden Pfiff aus. »Na, das ist mal Aufgabe fier meiner Mutter Sohn.«

»Ist das ein Problem?«, fragte Begüm mit mehr Ungeduld in der Stimme, als sie eigentlich zeigen wollte.

»Nein. Nur findet sich die Information nicht auf diesem Gerät, oder jedenfalls nicht nur.«

»Wie meinen Sie das denn jetzt?«, fragte sie irritiert.

»Na, auf Gerät ist vielleicht Nummer von Anrufer, wenn er sie nicht hat unterrrdrückt, aber fier seinen Standort muss ich seine ganze Lokationsdaten von seinem Provider haben.«

»Scheiße. Und das geht nur mit richterlichem Beschluss«, murmelte Begüm mehr zu sich selbst.

»Aber das krrriegen Sie doch sicher?«, fragte Balkov etwas zu neugierig.

»Ja, ja«, wiegelte sie ab. »Kümmern Sie sich um die Nummer, ich kümmere mich um den Richter.«

»Okay«, sagte er und beäugte sie ein paar Sekunden

skeptisch. Begüm versuchte, einen möglichst neutralen Gesichtsausdruck beizubehalten. Offensichtlich mit Erfolg, denn schließlich streckte Balkov die Hand nach dem iPad aus.

»Danke«, murmelte sie.

»Aktenzeichen ist wie in Sache Yavuz?«, fragte er, während er das Gerät in Empfang nahm.

»Was? Ach so, ja genau. Wie bei Yavuz.«

»Und wohin ich soll Ergebnis liefern?«

»Können Sie mir das nicht jetzt gleich geben?«

Balkov lachte. »Rrrekonstruktion von Daten wierrd schon dauerrn ein bisschen.«

»Okay, und bis wann?«, fragte sie.

Balkov schaute sie an. Seine Finger trommelten auf dem Tisch.

»Es ist wirklich wichtig«, sagte Begüm.

»Na gut. Habe ich Telefonnummer morgen.«

»Okay«, sagte sie und wandte sich zum Gehen.

»Aber nicht vergessen«, rief Balkov ihr hinterher. »Standorrrt von Anrufer nur mit rrrriechterlichem Beschluss.«

***

Wieder schrillte die Glocke.

»Ist ja gut«, rief er, wohl wissend, dass man ihn da unten doch nicht hören konnte. Zwischen der Balustrade und der Eingangstür lagen gut und gerne zwanzig Meter Luftlinie.

Vorsichtig schritt er die Freitreppe herab. Die Stufen waren noch feucht. Unten in der Empfangshalle war die Luft deutlich kühler als oben auf dem Dachboden, von dem der Störenfried ihn heruntergeholt hatte.

Noch einmal klingelte es an der Tür.

»Ich komm ja schon.«

Nur noch ein paar Schritte, dann war er an der Eingangstür mit ihren beiden mächtigen Flügeln. Er schaute kurz auf die Uhr. Halb zwei nachmittags. Ein Paketbote? Aber er hatte nichts bestellt.

Hinter dem Milchglas war nur ein dunkler Schatten erkennbar. Er streifte die staubigen Hände an seiner Arbeitshose ab und öffnete die Tür.

Eine Frau.

»Hallo. Wer sind Sie denn?«, fragte sie.

Wie anmaßend. Vor allem von so einer spindeldürren, kleinen Rothaarigen mit einem Ausschnitt, durch den er fast bis zu ihrem Bauchnabel herunterschauen konnte.

»Gundolf Seidel. Und wer sind Sie, wenn ich fragen darf?«

Für einen Moment wirkte sie verblüfft, aber ihre Verwirrung währte nur kurz. In einer etwas komischen Reihenfolge zupfte sie erst ihren Mini zurecht und streckte ihm dann die Rechte entgegen.

»Janine Geigulat von der *jungen Welt*.«

Er ignorierte ihre Hand und genoss ihre erneute Irritation, bis sie sie wieder sinken ließ.

»*Junge Welt*? Hab ich noch nie gehört. Was soll das sein?«, fragte er.

Wieder zupfte sie an ihrem Rock. »Eine Tageszeitung... so wie die Morgenpost. Nur viel li... äh sozialer«, antwortete sie dann.

»Aha«, sagte er und veränderte dabei seinen Blickwinkel so, dass er dadurch mehr von ihrem Ausschnitt zu sehen bekam. »Wir wollen kein Abo.«

»Nein. Das ist ein Missverständnis. Ich bin hier, weil ich jemanden suche«, erklärte sie und versuchte dabei, einen Blick an ihm vorbei in die Halle zu werfen.

»Und wen suchen Sie hier?«

»Wilhelm von Puppe.«

Er brauchte ein paar Sekundenbruchteile, um seine Fassung wiederzugewinnen. Fast war er versucht, einfach nur die Tür zuzuschlagen, aber das hätte so eine wie die hier nur noch neugieriger gemacht.

»Der ist schon seit den Neunzigern verschollen, wahrscheinlich längst tot. Weiß man das nicht bei Ihrem Blättchen?«, fragte er.

»Und ich habe gehört, er sei wieder aufgetaucht«, sagte sie und reckte das Kinn vor.

»Aha. Und wer erzählt solchen Unsinn?«, fragte er und trat dabei vor die Tür, sodass sie nun allenfalls ein paar Zentimeter trennten.

Es war unübersehbar, dass sie den ursprünglichen Abstand zurückgewinnen wollte, aber die erste Stufe der Treppe war direkt hinter ihren Füßen. Wollte sie also nicht rückwärts hinunterstolpern, musste sie wohl oder übel stehen bleiben.

»Jemand, der es wissen muss«, erwiderte sie trotzig.

»Aha. Und wer ist dieser jemand?«, fragte Seidel und rutschte dabei noch ein paar Zentimeter nach vorne, bis er mit seinem Bauch so dicht an ihre Brüste gekommen war, dass sie doch einen Schritt zurück machen musste.

»Meine Quellen behandele ich immer vertraulich«, sagte sie jetzt sichtlich gequält.

»Ich kann es mir auch so denken«, erwiderte er. »Sagen Sie Ihrer Quelle einen schönen Gruß von mir. Und dass er sich mal genau überlegen soll, wem er mit solchen Schauermärchen am Ende am meisten schadet.«

Sie begann in ihrer Handtasche zu wühlen. Dann zog sie ein Diktiergerät heraus und hielt es ihm unter die Nase. »Arbeiten Sie für Wilhelm von Puppe, Herr Seidel?«, fragte sie. Mut hatte die Kleine. Mehr jedenfalls als der, der sie geschickt hatte. Aber jetzt hatte er genug von dem Theater.

»Ich muss Sie bitten, das Grundstück augenblicklich zu verlassen.«

»Dafür müssten Sie vom Grundeigentümer Hausrecht bekommen haben. Hat Wilhelm von Puppe Sie beauftragt, hier nach dem Rechten zu sehen, Herr Seidel?«

»Wenn Sie nicht gleich gehen, rufe ich die Polizei.«

»Ich glaube nicht, dass Sie das wirklich tun würden. Denn das wäre wohl kaum in Herrn von Puppes Interesse, oder? Schließlich wird er immer noch per internationalem Haftbefehl gesucht, nicht wahr, Herr Seidel?«

Mit der jämmerlichen Tapferkeit einer Maus, die von einer Katze beäugt wird, reckte sie ihr kleines Diktiergerät empor. Seidel ergriff die Gelegenheit und ihr Handgelenk, schleifte sie die Treppe hinunter und zog die überraschte Frau durch den Park.

»Lassen Sie das!«, schrie sie hinter ihm, doch Seidel dachte gar nicht daran. »Hilfe! Das ist Körperverletzung.« Und noch einmal: »Hilfe!«

Seidel grinste nur. Die Nachbarhäuser zur Linken und Rechten waren beide mehr als einhundert Meter entfernt. Bald hatten sie die Toreinfahrt erreicht. Er zog sie an sich vorbei und schubste sie durch das Tor nach draußen.

»Ich warne Sie«, sagte er. »Lassen Sie sich hier nie wieder blicken. Das nächste Mal wird es für Sie nicht so glimpflich enden.«

Wieder reckte sie ihm ihr Diktiergerät entgegen.

»Warum drohen Sie mir, Herr Seidel? Haben Sie was zu verbergen?«

Kurz entschlossen entriss er der verdutzten Reporterin das Gerät und schleuderte es in hohem Bogen auf den Asphalt der Inselstraße, wo es krachend aufschlug.

Mit einem Schrei stürzte sie hinterher, konnte aber nur noch ein paar Trümmerteile von der Straße aufklauben.

»Sie Arschloch«, schrie sie mit Tränen in den Augen. »Das war ein Geschenk von meinem Verlobten.«

»Gehört der Schrott da Ihnen?«, entgegnete er unbeeindruckt und wies auf einen orangen Motorroller. »Dann empfehle ich Ihnen, damit schnell zu verschwinden, bevor er auch noch Schaden nimmt.«

Dann wandte er sich um und ging zurück zum Haus. Mit jedem Schritt durch den Park wurden ihre Wutschreie leiser.

Als er die Tür öffnete, empfing ihn eine wohlbekannte Stimme.

»Dein Verteidigungseifer in allen Ehren, mein lieber

Gundolf. Aber ich glaube nicht, dass die Dame sich davon dauerhaft abschrecken lässt.«

»Soll ich die Polizeiwache verständigen? Der Schichtleiter ist ein Freund von mir. Ich bin sicher, der würde dafür sorgen, dass die nie mehr einen Fuß auf die Insel setzt.«

Eine von zu viel Lebenszeit gegerbte Hand legte sich auf seine Schulter. »Dann werden an ihrer Stelle andere kommen, mein Lieber. Nein, ich fürchte, meine Tage hier sind gezählt.«

»Das war er«, stellte Seidel düster fest.

»Ich weiß, ich weiß. Vergib ihm, denn er weiß nicht, was er tut. Aber glaub mir, eines Tages wird er die Welt mit unseren Augen sehen.«

***

Viktor warf Ken einen Blick zu, doch der hatte die Augen geschlossen und den Kopf gegen die Nackenstütze gelehnt.

Er schaute wieder nach vorne und setzte den Blinker nach links in Richtung Hallesches Ufer. »Nach Hause oder ins Büro?«

»Büro, schätze ich«, sagte Ken, ohne die Augen zu öffnen.

Es waren die ersten Worte aus Kens Mund, seit Viktor ihn vor einer Viertelstunde beim Wagen eingeholt hatte. Auf Viktors »Hallo« hatte Ken ihm nur mit finsterem Blick den Schlüssel zugeworfen und sich schweigend auf den Beifahrersitz gesetzt.

»Schmollst du jetzt mit mir?«, fragte Viktor.

»Ach, vergiss es einfach«, antwortete Ken immer noch beleidigt.

»Hey, es tut mir leid, dass ich dir in die Parade gefahren bin. Das war nicht meine Absicht.«

»Ach ja?«

»Ja«, bekräftigte Viktor. »Es war einfach nur so, dass sich Sikorskis Argumente gar nicht so unplausibel angehört haben.«

Aus dem Augenwinkel konnte Viktor sehen, wie Ken ihm den Blick zuwandte und ihn ein paar Sekunden kopfschüttelnd von der Seite anschaute.

»Was denn?«, fragte Viktor schließlich. Das Verhalten seines Kollegen irritierte ihn zusehends.

»Ist dir schon mal in den Sinn gekommen, du Nullchecker, dass das alles nur eine Show war? Eine Inszenierung?«

»Wie meinst du das?«, fragte Viktor.

»Na, war das nicht unglaublich passend, wie dieser ominöse Anruf wegen dem Koffer in der Tram gerade in dem Moment eingeht, in dem Richter kurz davor ist, uns den Fall zu lassen?«

»Hä? Du meinst, Sikorski hat das...«

»...getimt. Genau«, vollendete Ken Viktors Satz. »Hast du nicht gesehen, wie er gerade kurz vorher irgendwas getextet hat? Das war das Signal. *Ruf mich jetzt an. Die Sache kippt.*«

»Denkst du wirklich?«, fragte Viktor skeptisch. »Das erscheint mir doch irgendwie etwas... überzogen.«

»Püppi«, entgegnete Ken, und vielleicht zum ersten Mal, seit sie sich kannten, freute Viktor sich ein wenig über den ungeliebten Spitznamen. »Wenn ich eines über diese Mini-Gestapo-Fritzen gelernt habe«, fuhr Ken fort, »dann, dass denen schlicht jede Schweinerei zuzutrauen ist. Ich meine, ist dir auch nicht aufgefallen, wie Sikorski nach dem Anruf seine Argumente runtergespult hat? Das klang doch fast so, als ob der sich das alles längst zurechtgelegt hatte. Und warum? Weil er natürlich schon vorher alle Gegenargumente kannte, mit denen er konfrontiert werden würde, der alte Sack.« Wie zur Bekräftigung schlug er auf die Armatur.

»Hm«, sagte Viktor, der immer noch alles andere als überzeugt war.

Eine Weile hingen sie beide schweigend ihren Grübeleien nach, während draußen um sie herum der Großstadtverkehr tobte.

»Warum hängst du eigentlich so an dem Fall?«, fragte Viktor.

»Hm. Keine Ahnung«, sagte Ken und zuckte mit den Schultern. »Ist halt was anderes als der übliche Manni, der Mandy absticht, weil sie was mit Kevin hatte. Da steckt auf jeden Fall mehr dahinter, auch wenn ich noch nicht weiß, was genau.«

»Das heißt, du hältst die Theorie mit dem Islamismus gar nicht für ausgeschlossen?«, fragte Viktor.

»Islamismus, Neoliberalfaschismus, Eklektizismus. Ist doch egal, oder? Alle Ismen sind gleich scheiße. Aber eins ist klar. So was darf man einfach nicht diesen Sicherheitsheinis überlassen. Die sind einfach die Pest. Die machen alles nur schlimmer.«

»Sikorski schien ganz nett zu sein«, wagte Viktor einzuwerfen.

»Pff. Scheiß Fassade«, schimpfte Ken.

»Hm«, sagte Viktor nachdenklich. Auch er hatte den Eindruck, dass Sikorski nicht in allem aufrichtig gewesen war. Aber der Mann wirkte auf ihn einfach nicht wie der manipulative Geheimdienstbösewicht, den Ken offensichtlich in ihm vermutete.

»Und willst du trotzdem weiterermitteln?«, fragte Viktor vorsichtig.

»Wie denn, Alter?«, entgegnete Ken gereizt. »Wenn der jetzt alles an sich reißt und abholen lässt, haben wir nichts mehr zu dem Fall. Keine Aufzeichnungen, keine Wohnungsdurchsuchung bei Yavuz, keine Zeugenaussagen, keine Beweismittel.«

»Das stimmt nicht ganz«, sagte Viktor nach kurzem Nachdenken.

»Und wieso?«, fragte Ken unwillig.

»Ein Beweismittel haben wir wohl doch noch«, antwortete Viktor grinsend.

Donnerstag, der 7. September

11

Die Tür schwang auf und knallte gegen die Wand. Viktor fuhr auf seinem Schreibtischstuhl herum.

Ein Uniformierter mit einer Sackkarre stand in der Türöffnung.

»Majewski mein Name. Kriminalhauptmeista. Sind Sie der Herr Tackugowa?«

»Nein, der ist gerade auf Toilette.«

Viktor schielte auf seine Uhr. Zwanzig nach neun. Eigentlich war Ken schon zehn Minuten weg, was für ihn allerdings nicht untypisch war. Denn wie immer hatte er zum »Morning Business«, wie er es nannte, etwas Lesestoff mitgenommen.

»Ick soll hier wat abholen.«

»Yep. Die Dokumente zum Fall Yavuz sollen ins Gestapo-Hauptquartier«, ertönte es hinter dem Uniformierten. »Wir wissen Bescheid.«

Ken drängelte sich an dem Mann vorbei und nestelte dabei an der offensichtlich noch nicht ganz verschlossenen Hose herum. Dann legte er die Zeitung, die er unter dem Arm trug, auf den großen Aktenstapel neben seinem PC und wies auf eine Reihe von Umzugskartons an der Wand. »Steht alles da. Der Kollege Puppe hilft Ihnen.«

Viktor starrte ihn überrascht an.

»Na, hopp, hopp«, sagte Ken mit väterlich strengem

Ton. »Oder willst du jetzt hier etwa deinen Rang raushängen und den armen Kollegen alleine machen lassen, nur weil er mittlerer Dienst ist?« Sprach's, ließ sich in den Schreibtischstuhl plumpsen und las die Zeitung.

Viktor schüttelte den Kopf. Vielleicht war das Kens Art, Viktor für seinen gestrigen »Verrat« bezahlen zu lassen. Seufzend stand er auf und begann, gemeinsam mit dem Uniformierten die Kartons vom Boden auf die Sackkarre zu stellen.

»Herzlichen Dank, ooch«, sagte der Mann, als sie fertig waren... in Kens Richtung.

Ken winkte gnädig, ohne die Augen von seiner Zeitung zu nehmen. Der Uniformierte kippte die Sackkarre an und verließ das Büro.

»Und jetzt?«, fragte Viktor, nachdem er die Tür geschlossen hatte.

»Was, und jetzt?«, entgegnete Ken hinter seiner Zeitung.

»Suchen wir jetzt nach Begüm? Wegen des Handys?«

Ken schaute ihn mit gerunzelter Stirn an. Gerade öffnete sein Kollege den Mund, als das Klingeln des Telefons auf Viktors Schreibtisch ihn verstummen ließ.

LKA KTI *3 Dr. Bevier* stand auf dem Display.

»Was guckst du denn so komisch?«, fragte Ken.

»Das ist Bevier von der Ballistik«, sagte Viktor.

Ken sprang auf wie von der Tarantel gestochen.

»Na, worauf wartest du noch?«, rief er, lief um den Tisch herum und drückte die Laut-Taste auf Viktors Telefon, noch bevor dieser protestieren konnte.

***

Sie ließen das Ortsausgangsschild hinter sich, und Viktor drückte wieder aufs Gas.

»Bad Kleinen«, sagte Ken. »Kommt mir irgendwie bekannt vor.« Er zog sein Handy heraus und begann zu tippen.

»Da wurden 1993 auf dem Bahnhof die zwei RAF-Terroristen Hogefeld und Grams festgenommen«, setzte Viktor Ken ins Bild. »War die letzte große Festnahme, bevor die Rote-Armee-Fraktion sich aufgelöst hat.«

»Stimmt. Ich erinnere mich. Wozu braucht man Wikipedia, wenn man dich hat, Püppi? Haben die nicht damals den einen Terroristen aus Rache für den Tod ihres Kollegen erschossen, als der schon wehrlos auf den Gleisen lag?«

»Das war nur ein Gerücht, das nie bewiesen wurde«, entgegnete Viktor.

Ken lehnte sich ein Stück zu ihm herüber und zog mit dem Zeigefinger sein Augenlid ein Stück herunter. »Manchmal bist du einfach zu gutgläubig, Püppi. Ist es noch weit?«

»Die Navi sagt, noch zwanzig Minuten«, sagte Viktor.

»Gut. Endlich.« Ken gähnte und rekelte sich. »Wie lang sind wir jetzt schon unterwegs, Alter? Zwei Stunden mindestens, oder?«

»Ein bisschen mehr sogar.«

»Krass«, stellte Ken fest. »Und guck mal, wie's hier aussieht. Voll die Einöde.«

Viktor warf einen Blick aus dem Seitenfenster, wo momentan ein Acker nach dem anderen an ihnen vorüberzog. Es war schon ein seltsamer Kontrast zu den Bildern, die sich in den letzten drei Tagen in seinen Kopf gefräst hatten. Erst der Mord in einem Souterrainladen mitten in Neukölln. Dann die Explosion in dem verlassenen Klinikgebäude in Weißensee. Das Flüchtlingsheim im Tempelhofer Flughafenhangar. Und jetzt hatte Beviers Hinweis sie zweihundertfünfzig Kilometer vor die Tore Berlins geführt, erst durch Brandenburg und dann immer weiter nördlich nach Mecklenburg-Vorpommern fast bis an die Ostseeküste.

Dort lebte Ralph Kunersdorf, der Mann, aus dessen Waffe laut Beviers Gutachten möglicherweise die Kugel stammte, mit der Yavuz umgebracht wurde. Und der war alles andere als ein Islamist.

Eher das genaue Gegenteil.

Kunersdorf war der Polizei nicht gerade unbekannt, daher hatten Ken und Viktor dessen »Werdegang« in wenigen Minuten recherchiert. Seine Polizeiakte war recht umfangreich, aber viel mehr Informationen ließen sich im Internet finden.

Geboren 1967 in Kassel als vierter Sohn eines Eisenbahnschaffners und einer Hausfrau, hatte er auf Betreiben seines Vaters schon als Teenager an Jugendlagern der rechtsextremen Wiking-Jugend teilgenommen. Im Zusammenhang mit einem Anschlag auf eine Bundeswehrkaserne im Jahr 1992 war er dann das erste Mal in Untersuchungshaft gekommen.

Bei dem Anschlag hatte eine Gruppe Unbekannter aus einer Waffenkammer diverse Schusswaffen und eine Kiste Handgranaten erbeutet. Ein wachhabender Soldat war von den flüchtenden Tätern erschossen worden. Obwohl ein Kamerad des getöteten Soldaten Kunersdorf als den Schützen erkannt zu haben glaubte, wurde er mangels weiterer stichhaltiger Beweise freigesprochen. Irgendein Bekannter hatte ihm ein windelweiches, aber letztlich nicht widerlegbares Alibi gegeben.

Jetzt aber hatte Bevier das Projektil, das Yavuz' Schädel zertrümmert hatte, aufgrund einiger »unverkennbarer Eigenheiten« derselben Waffe zuordnen können, mit der damals auch der Soldat getötet geworden war. Die Kugel war in seinem Körper stecken geblieben, aber die Tatwaffe nie gefunden worden. Kunersdorf hatte sie kurz nach dem Anschlag auf irgendeinem Polizeirevier als gestohlen gemeldet. Wahrscheinlich, so die einstigen Ermittler, hatte er sich ihrer so schnell wie möglich entledigt oder sie gut versteckt.

Wie so viele andere westdeutsche Neonazigrößen war Kunersdorf Mitte der Neunziger in die neuen Bundesländer übergesiedelt, wo man sich rechten Parolen gegenüber offener zeigte. Dort hatte er es in den Nullerjahren als Abgeordneter der NPD vorübergehend sogar in den Kreistag Nordwestmecklenburg geschafft.

Doch dann war ihm ein folgenschwerer Fehler unterlaufen: Beim Brandanschlag auf den Neubau einer jüdischen Synagoge in Schwerin im Jahre 2013 waren seine Fingerabdrücke an einem Molotowcocktail gefunden worden, der sich eher zufällig nicht entzündet hatte. Zwar war der Bau nur leicht beschädigt worden, aber da dort zum Tatzeitpunkt eine Festveranstaltung stattfand und nur durch glückliche Fügung keine Opfer zu beklagen waren, hatte das Oberlandesgericht Mecklenburg-Vorpommern Kunersdorf zu acht Jahren Freiheitsstrafe verurteilt, wovon er allerdings letztlich nur gut die Hälfte abgesessen hatte.

Das elektronische Archivstück seiner Polizeiakte endete mit dem Haftentlassungsbericht der Justizvollzugsanstalt Bützow. Demnach hatte Kunersdorf bei der Entlassung den Wohnort seiner Frau als neue Meldeadresse angegeben, die mit dem gemeinsamen Sohn seit Ralphs Inhaftierung durchgängig in demselben Dorf gewohnt hatte.

»Und wann wurde er entlassen?«, fragte Ken.

Viktor räusperte sich. »Eine Woche vor Yavuz' Tod«, sagte er dann.

»Siehste!«, triumphierte Ken.

»Ist ja gut. Da ist es übrigens«, sagte Viktor.

Wemel
Landkreis Nordwestmecklenburg

stand auf dem gelben Ortsschild.

Hinter einer Kurve kamen sie unvermittelt vor einem Tor zum Stehen. Rechts und links davon verlief ein mannshoher, dunkelgrün lackierter Gitterzaun aus Metall. Dahinter waren in der Ferne ein paar Häuser zu sehen. Alles in allem mochten es kaum mehr als ein Dutzend sein.

»Und jetzt?«, fragte Viktor.

»Gucken wir uns das mal an«, gab Ken zurück.

Viktor fuhr das Auto auf die Böschung der einspurigen Straße, stellte den Motor ab und stieg mit Ken aus. Im Westen, von wo jetzt ein eiskalter böiger Wind herüberwehte, hatte sich der Mittagshimmel bedrohlich verdunkelt. Auch wenn es noch nicht besonders stark regnete, lag ein nahendes Gewitter in der Luft.

Ken rüttelte an dem Tor. »Abgeschlossen«, stellte er fest. »Ein Dorf hinterm Zaun. Hast du so was schon mal gesehen?«

Viktor war ebenso verdutzt und schüttelte den Kopf.

»Guck doch mal nach, was das Internet dazu meint«, schlug Ken vor.

»Nicht viel«, sagte Viktor, der längst nachgeschlagen hatte. »Kein eigener Wikipedia-Eintrag. Gehört zur Gemeinde Dagelow, die wiederum der Verwaltungsgemeinschaft Stadt und Landkreis Grevesmühlen untergeordnet ist.«

»Hmpf«, grunzte Ken. »Dagelow. Grevesmühlen. Klingt wie Norddeutsch für Hillbillycountry. Lass uns mal da runter gehen, vielleicht ist dieser Zaun irgendwo durchlässig. Komm hier lang.«

Er zeigte auf einen Feldweg, der zwischen Zaun und angrenzendem Acker verlief und auf dem recht frische Reifenspuren erkennbar waren.

Doch eine Viertelstunde später hatte der Zaun immer noch kein Ende gefunden, und der unbefestigte Feldweg war durch den mittlerweile recht kräftigen Regen so aufgeweicht, dass beide herzhaft nasse Füße bekommen hatten.

»Guck mal«, rief Ken, der ein paar Meter weiter vorne stand. »Da ist einer.«

Viktor folgte seinem Fingerzeig. Tatsächlich war in vielleicht zweihundert Meter Entfernung bei einem der Gebäude ein einzelner Mann erkennbar, der eine Schubkarre über einen offenen Platz zu einer Scheune schob.

»Hey!«, brüllte Ken. »Ja, Sie da! Kommen Sie mal hierher, bitte!«

Falls der Mann sie bei dem Wetter überhaupt gehört hatte, ließ er es sich jedenfalls nicht anmerken. In aller Seelenruhe setzte er seinen Weg fort.

»Hey!«, brüllte Ken noch einmal, doch der Mann war bereits in der Scheune verschwunden.

Hinter ihnen war fernes Donnergrollen zu hören.

»Das bringt nichts«, meinte Viktor.

Ken schnaubte unwillig, aber er schien es ähnlich zu sehen wie Viktor, denn er drehte sich um und stapfte zurück in Richtung ihres Wagens.

Als sie beim Auto ankamen, regnete es in Strömen. Viktors Lieblingssneaker hatten sich in quietsch- und klitschnasse Schlammbrocken verwandelt.

»Und jetzt?«, fragte er Ken.

»Alter, warum soll ich eigentlich immer die Ideen haben?«, raunzte Ken ihn an. »Lass du dir auch mal was einfallen.«

Der Hinweis, dass diese ganze Aktion Kens Idee und zudem ein klarer Verstoß gegen Richters Entscheidung war, lag Viktor auf der Zunge, aber er schluckte ihn herunter. »Grevesmühlen?«, fragte er stattdessen.

»Weil da die Verwaltungsfuzzis sitzen?«, fragte Ken zurück. »Von mir aus.«

***

Der Mann, der seinen Bart zu einem Zopf gezwirbelt hatte, glotzte sie an. Viktor glotzte demonstrativ zurück. Der Bartbezopfte nahm schnell einen Schluck Bier und wandte sich wieder seiner Tischgesellschaft zu. Allesamt Männer, so wie auch die weiteren Besucher des

Gasthofs »Poggensee«, mit Ausnahme der Wirtin. Allesamt im »besten« Alter. Allesamt mit den wettergegerbten Gesichtern von Menschen, die den größten Teil ihres Lebens draußen verbrachten.

»Alter, wie die mich anstarren«, sagte Ken so laut, dass es garantiert jeder im Gasthof hören konnte. »Als ob ich Schlitzaugen hätte.«

Viktor musste grinsen, wenn auch etwas widerwillig.

Nachdem sie vor einer halben Stunde am Gebäude der Gemeindeverwaltung angekommen waren, mussten sie feststellen, dass das Behördenleben in einer kleinen mecklenburgischen Gemeinde nachmittags um zwei bereits weitgehend zum Erliegen gekommen war. Das Meldeamt war jedenfalls bereits geschlossen.

»Zwei Cola, die Häan.«

Die Wirtin, die jetzt die Gläser auf ihren Tisch stellte, war eine vierschrötige Person um die sechzig mit kurzen, leuchtend rot gefärbten Haaren und einem quietschbunten Kittel, dessen Farbkombi aus der Hausfrauenhölle der Wirtschaftswunderzeit stammte.

»Un? Wäaden die Häan denn noch wat speisen wollen?«, fragte sie mit dem Zungenschlag der Küstenbewohner.

»Nein, danke«, sagte Ken. »Aber ich hätte da mal eine Frage. Kennen Sie sich in Wemel aus?«

Ihr Blick verdüsterte sich augenblicklich. »Sinn Sie von 'n Fäahnsehn odä wat?«, fragte sie gereizt.

»Nein«, sagte Ken. »Wir wollten da nur äh... einen Bekannten besuchen.«

»Einen Bekanntn?«, fragte die Wirtin misstrauisch. »Wie solln däa heißn, iäh Bekanntä?«

»Ralph«, antwortete Ken. »Ralph Kunersdorf.«

Die Bierrunde am Nebentisch war jetzt mucksmäuschenstill. Und obwohl keiner mehr zu ihnen herüberschaute, war offensichtlich, dass Ken und die Wirtin spätestens in diesem Moment die exklusive Aufmerksamkeit des ganzen Schankraums genossen.

»Iäh Pressefuzzis solltet den Mann wirklich ma in Ruä lassn«, gab die Wirtin kund. »Der haddoch ächt schon genuch gelidden.«

»Schmoiß die Typn doch einfach raus, Conny«, tönte der Bartzopf.

Die Wirtin stemmte die Hände in die Hüften.

»Sie hamms gehört. Trinken Sie ma husch, husch Ihre Cola aus und gehn Sie. Rechnung gehd aufs Haus«, erklärte sie, verschwand hinter der Theke und begann dort damit, Gläser zu putzen.

Die Männer am Nebentisch tuschelten, unterbrochen nur von gelegentlichem lautem Gelächter.

Ein schmerzhafter Stoß gegen Viktors Schienbein riss ihn aus der Zuschauerrolle. Überrascht schaute er in Kens Augen, der seinen Blick demonstrativ nach unten richtete, dorthin, wo Viktor sein Handy auf dem Tisch abgelegt hatte. Viktor folgte seinem Beispiel. Das Display zeigte eine WhatsApp von *Tokugawa, Kenji* an. Viktor zog das Gerät zu sich und wischte die Bildschirmsperre weg.

So tun als ob wr Streit hättne. Bleib hier. Wir treffen usn nacher im Auto hatte Ken offenkundig hastig in sein Smartphone getippt.

Viktor schaute wieder zu Ken auf und sie tauschten einen wissenden Blick. Kaum hatte er den Kopf gehoben, als Ken auch schon einen Schwall Cola in Viktors Gesicht kippte.

»Du scheiß Nazi!«, rief Ken so laut, dass man es sicher noch draußen auf der Straße hören konnte. »Sag doch gleich, dass du 'n Fan von diesem Arschloch bist.« Er sprang so ruckartig auf, dass sein Stuhl polternd auf den Dielenboden fiel. »Geh doch mit deinen Arierkumpels knutschen, Alter. Ich bin raus.«

»Hey, hey«, tönte es aus der Richtung der Herrenrunde.

Mit wütendem Blick stapfte Ken zur Tür hinaus in den strömenden Regen, nicht ohne sich mit einem »Fickt euch, ihr Nazibauernkartoffeln« zu verabschieden. Viktor starrte ihm ein paar Sekunden hinterher und mimte den Entgeisterten.

»Sieht so aus, als könn'n Sie die hier gebrauchen.«

Vor ihm stand die Wirtin mit einer fleckigen Stoffserviette in der Hand. Im Gegensatz zu vorhin zeigte sich so etwas Ähnliches wie ein Lächeln auf ihrem Gesicht.

»Danke«, murmelte Viktor und begann, sich die Cola abzutupfen.

»Brauchn Sie sons noch was?«, fragte sie.

»Wie?«, entgegnete er.

»Na, Sie sehen jedenfalls so aus, als könnten Sie'n Schnaps vertragen.«

»Gib ihn ein auf moine Rechung, Conny«, sagte der Bartzopf. Mit einigem Widerwillen musste Viktor sich eingestehen, dass Kens Strategie aufzugehen schien. Die Wirtin Conny verschwand hinter der Theke und kam eine Minute später mit einem fast randvoll gefüllten Schnapsglas wieder zurück.

»Poggenseeer Sanddornbrand«, sagte sie und knallte das Glas auf den Tisch.

»Nur wat für echte Käale«, rief der Bartzopf und lachte heiser. »Prost.«

Viktor zwang sich zu einem Grinsen, hob das Glas und stürzte den Schnaps hinunter.

Für einen Moment hatte er das Gefühl, seine Kehle habe Feuer gefangen. Mit tränenden Augen versuchte er, den aufkeimenden Hustenanfall wieder zu unterdrücken, doch es gelang ihm mehr schlecht als recht. Die Männer am Nachbartisch grölten vor Schadenfreude.

»Meine Güte«, keuchte er, als er seine Stimme halbwegs wiedergefunden hatte. »Was ist denn da drin?«

»Heimaterde«, rief Bartzopf, und die anderen prusteten erneut drauflos. Unter dem Gelächter aller Anwesenden erhob sich der Mann und begann mit rauer Stimme zu singen:

»Wo die grünen Wiesen leuchten weit und breit, wo die Ähren wogen zu der Erntezeit...«

Die anderen standen auf und fielen mit ein.

Viktor kannte das Stück nur zu gut, es handelte sich um das Mecklenburglied. Eine dieser alten regionalen Hymnen, die vor Heimat, Gott und Vaterland nur so trieften. Er hatte sie bei den regelmäßigen Herrenabenden seines Großvaters aufgeschnappt, wenn er mal länger aufbleiben durfte. Damals waren sie zu einem vertrauten Teil seiner Kindheit geworden, später hatten sie dann für ihn nur noch schal und nach bösen alten Zeiten geklungen. Wer hätte gedacht, dass ihm dieses Liedgut irgendwann noch einmal von Nutzen sein würde? Er schluckte eine gehörige Portion innere Abscheu hinunter, stand auf und begann mit erhobenem Schnapsglas, so laut er konnte mitzusingen: »...von den Kiefernwäldern bis zum Ostseestrand, dor is miene Heimat Mecklenburger Land...«

***

Durch den strömenden Regen wankte er über das Kopfsteinpflaster.

»Alta, wo hassu sas vasammte Audo gepackt«, murmelte er vor sich hin. Seine Zunge lag in seinem Mund wie die aufgedunsene Leiche eines toten Fischs.

Endlich entdeckte er den vertrauten BMW in einer Seitenstraße. Für einen Moment hatte er das Gefühl, sich übergeben zu müssen. Er blieb kurz stehen, legte den Kopf in den Nacken und ließ den Regen auf sein Gesicht prasseln. Die eiskalten Tropfen fühlten sich gut an. Dann torkelte er weiter, riss die Tür auf und ließ sich in den Sitz plumpsen.

»Alter, du stinkst«, protestierte Ken.

»Die hamme raucht wie 'n Schlot«, sagte er und wunderte sich, dass seine Zunge stetig weiter anwuchs.

»Und du bist breit wie 'ne Natter.«

»Figg diss«, blubberte Viktor mühsam.

Das Nächste, woran er sich erinnerte, war eine Zwangspause an irgendeiner Landstraße, irgendwo in Mecklenburg oder vielleicht auch schon in Brandenburg. Er lehnte sich an einen Baum und reiherte über die Böschung.

Danach hatte er eine weitere Erinnerungslücke,

bis zu dem Moment, als Ken auf dem Parkplatz eines McDonald's anhielt, ausstieg und Viktors Beifahrertür öffnete.

»Scheiße«, fluchte Viktor. »Wo sind wir hier?«

»Neuruppin«, antwortete Ken.

»Und was willst du hier? Was essen? Ohne mich. Ich habe mindestens vier Liter Sanddorn ausgekotzt, und jetzt brummt mein Schädel.«

»Dann habe ich genau das Richtige für dich. Los komm mit.«

Fünf Minuten später saßen sie an einem Tisch im McCafé. Vor Viktor stand Kens Gegengift zur Bekämpfung der üblen Kombination aus Restalkohol und Kater: eine Tasse Filterkaffee mit Shot, der aus einem doppelten Espresso bestand, dazu eine Prise Salz und ein Teelöffel Zitrone.

»Voilà, ein *Zombie Eye*«, erläuterte Ken.

»Und ich muss das wirklich trinken?«, fragte Viktor.

»Ist ein Geheimrezept von meiner Mutter«, sagte Ken.

»Das sagst du nur, weil du weißt, dass ich vor Anneliese den allergrößten Respekt habe.«

»Also, weg damit.«

Viktor kniff Augen und Geschmacksnerven zu und kippte das Gebräu hinunter.

»Dann leg mal los, Püppi. Was hatten die zu erzählen?«

Viktor wühlte sich durch den Nebel seiner jüngsten Erinnerungen zurück in die Dorfkneipe. »Also: Kunersdorf wohnt immer noch in Wemel. Zwar nicht mehr im selben Haus, aber jedenfalls immer noch im Dorf.«

»Und die Sache mit dem Zaun?«, fragte Ken.

»Und damit kommen wir zum interessanten Teil«, sagte Viktor.

»Prima. Aber den kannst du mir dann gleich im Auto erzählen.«

***

Ken ließ den Motor an und setzte mit Schwung zurück.

»Also ein Nazidorf, sagst du?«, fragte er, während er den Wagen auf die Straße lenkte.

»Naja«, antwortete Viktor. »Das war jetzt nicht das Wort, das die Männer benutzt haben. Offensichtlich heißt es unter Eingeweihten Thule.«

»Klingt voll Nazi, wenn du mich fragst«, sagte Ken.

»Wie auch immer man das nennen will«, erwiderte Viktor. »Laut ihren Beschreibungen ist das wohl so eine Art Sammelbecken neogermanischer Strömungen. Man hält Thing-Versammlungen ab und feiert heidnische Feste. Ein- bis zweimal im Jahr versammelt sich dort die politische Prominenz aller möglichen rechten Gruppierungen, letztes Jahr sogar der stellvertretende Bundesvorsitzende der NPD. Als Fassade dient der Handel mit Produkten aus biologischer Landwirtschaft.«

»Und Kunersdorf?«, fragte Ken.

»Ist quasi der inoffizielle Dorfvorsteher. Wobei Dorf wohl etwas hochgegriffen ist. Insgesamt sind das anscheinend nur ein Dutzend Familien.«

»Wir brauchen sofort einen Durchsuchungsbeschluss für Kunersdorfs Haus«, meinte Ken.

»Können wir ja Sikorski vorschlagen«, sagte Viktor.

»Sikorski? Spinnst du?«, protestierte Ken.

»Falls du es schon vergessen hast«, rief Viktor Ken in Erinnerung. »Es ist jetzt sein Fall!«

»Nein. Sikorski hat einen Islamismusfall. Wir haben jetzt einen Nazifall.«

»Ich bezweifle sehr, dass Direktor Richter das auch so sieht. Vor diesem Hintergrund ist schon unser heutiger Ausflug grenzwertig.«

»Alter, bist du Sternzeichen Plüschhase, oder was?«, rief Ken aus.

Viktor rieb über seine schmerzenden Schläfen. »Kannst du bitte ein bisschen leiser sprechen? So wirksam war dein Zombiedings jetzt auch nicht.«

»Helft mir, Obi-Wan Kenobi. Ihr seid meine letzte Hoffnung.«

»Ach, Ken.«

Ken sog hörbar Luft durch die Nase ein. »Hör mal«, sagte er sichtlich darum bemüht, die Ruhe zu wahren. »Wir können dem Berliner Verfassungsschutz auf gar keinen Fall diese braune Kacke überlassen.«

»Warum nicht?«, fragte Viktor zunehmend genervt.

»Zum Beispiel, weil das derselbe Verfassungsschutz ist, der damals nach der Aufdeckung der NSU-Morde zwei Dutzend Akten zum Thema noch mal eben schnell geschreddert hat, bevor der NSU-Untersuchungsausschuss des Bundestages sie in die Finger kriegen konnte. Und Ende der Sechziger hat mal ein V-Mann von denen eine Bombe für den Anschlag auf ein jüdisches Gemeindezentrum geliefert. Bombe! Religiöses Gebäude! Kommt dir das irgendwie bekannt vor, Alter?«

Viktor atmete tief durch, bevor er antwortete. »Also erstens hat Richter es nun mal so entschieden und zweitens kannst du deine Bedenken ja jederzeit mit ihm teilen. Drittens: Unsere liebe Kollegin läuft immer noch mit einem zentralen Beweismittel zu dem Fall herum.«

»Ach jetzt fang doch nicht wieder damit an«, rief Ken nun so laut, dass sich die Schmerzen in Viktors Schädel verdreifachten.

»Was ist eigentlich dein verdammtes Problem?«, fauchte Viktor zurück.

Ken schoss ihm einen wütenden Blick zu. Dann wandte er sich wieder dem Verkehr zu und schwieg.

»Na, dann eben nicht«, murmelte Viktor ärgerlich und massierte weiter seine schmerzenden Schläfen.

»Die haben uns beobachtet.«

Es war fast nur ein Flüstern.

»Was?«, fragte Viktor, der sich einen Moment lang nicht sicher war, ob er sich Kens Stimme nur eingebildet hatte.

Ken schniefte hörbar. »Hab ich dir jemals von meinem Vater erzählt?«, fragte er dann.

»Nein«, gab Viktor zurück. Hoffentlich hörte Ken nicht an seiner Stimmlage, dass seine Antwort nicht ganz der Wahrheit entsprach.

»Okay. Also mein Vater war ein Tateno... Ich meine, er war so ein scheiß Imperialist.«

»Ein Tatenokai?«, fragte Viktor.

Überrascht schaute Ken ihn an. »Alter. Du bist echt 'n verficktes Lexikon.«

»Danke«, sagte Viktor mit leicht gequältem Lächeln.

Tatsächlich hatte er den Begriff das erste Mal von Stella gehört, die ihm damals, kurz nachdem Viktor ihr neuer Kollege geworden war, von Kens Vater erzählt hatte. Takashi Tokugawa, Spross einer alten Adelsfamilie, gehörte den Tatenokai an, einer Gruppe von hochgestellten Beamten. Sie wollte in der Tradition des Skandaldichters Yukio Mishima Japan wieder in ein Kaiserreich verwandeln. Als Ken noch in die Grundschule ging, verschwand sein Vater unvermittelt in sein Heimatland und versuchte dort mit seinen Kumpanen, sein politisches Ziel mit einer spektakulären Geiselnahme in einem Regierungsgebäude durchzusetzen. Erfolglos. Drei Jahre Gefängnis später war er, gezeichnet von einer schweren Verletzung, nach Deutschland zurückgekehrt. Doch seine Frau Anneliese, die den kleinen Ken derweil allein aufgezogen hatte, wollte nichts mehr von ihm wissen.

»Der alte Sack hat aber nichts unversucht gelassen, sich wieder in unser Leben zu drängen«, schnaubte Ken hinterm Steuer. »Hat sein Vitamin B zu irgendwelchen alten Nazis in den deutschen Geheimdiensten genutzt. Die haben dann in der Vergangenheit meiner Mutter rumgeschnüffelt. In dem Sorgerechtsstreit konnte er dem Gericht dadurch irgendwelche alten Kamellen servieren. Meine Mutter war während des Medizinstudiums ein paar Jahre Mitglied im SDS, und Baader und Ensslin hatten mal in ihrer WG in Schöneberg übernachtet. Alles künstlich aufgepumpte Luftnummern. Und als das nichts genutzt hat, haben die behauptet, sie hätte damals auch als Prostituierte gearbeitet. Da war zwar kein wahres Wort dran, aber solche Typen wissen, wie man gefälschte Beweismittel fabriziert. Die Anwaltskosten haben uns fast ruiniert. Meine Mutter verlor deswegen sogar ihre Approbation, kannst du dir das vorstellen? Und dann haben die monatelang auch noch vor unserer Wohnung rumgelungert und nicht mal versucht, sich unsichtbar zu machen. Die wollten uns weichkochen. Echt feine Typen, genau wie dein Freund Sikorski.«

»Jetzt hör mal auf. Nur weil ich ihm in einem Punkt recht gebe, bin ich noch lange kein Fan von ihm«, wehrte Viktor ab. »Aber Richter hat mir nach deinem fluchtartigen Verschwinden nun mal die Verantwortung übertragen, dass Sikorski alles bekommt, was mit dem Fall zu tun hat. Und wenn ich den Rest dieses Tages irgendwie überlebe, werde ich morgen genau diese Order befolgen und nichts anderes. Du weißt, was das letzte Mal passiert ist, als wir gegen Richters Anweisungen verstoßen haben. So was will ich nicht noch mal riskieren, verstehst du?«

Er schaute Ken hoffnungsvoll an, doch statt einer Antwort starrte sein Kollege nur düster auf die Fahrbahn vor ihm.

***

Der Mann auf ihrer Bettkante schaute Nicoleta durch seine dicken Brillengläser an.

»Sprichst du Deutsch?«

Sie nickte. Sprechen war möglich, aber immer noch schmerzhaft. Irgendetwas hatte sie am Hals getroffen, der komplett verbunden war. Auch hörte sie immer noch schlecht. Zwar wurde es langsam besser, aber sie merkte, dass die Leute sehr laut sprechen mussten, damit sie sie überhaupt verstand.

Außerdem hatte sie eine klaffende Wunde am Bein, die jetzt ebenfalls dick bandagiert war. Und noch eine Verbrennung an der Schulter, wo der Feuerball sie erwischt hatte. Es schmerzte recht ordentlich, aber abgesehen davon ging es ihr gut.

Sie konnte sich nicht erinnern, wann sie das letzte Mal in einem so sauberen Bett geschlafen hatte. Die Schwestern, eine Spanierin und eine aus Bulgarien, waren freundlich zu ihr und steckten ihr ab und an Süßigkeiten zu.

Einzig die Frau im Bett nebenan nervte sie. Den ganzen Tag lang beklagte sie sich über irgendwas. Den Lärm. Die ständigen Störungen. Das Essen. Doch so kannte Nicoleta sie, die Deutschen.

Aber wenn es nach ihr ging, hätte sie hier ewig bleiben können. Nur der Typ mit den dicken Brillengläsern machte ihr Angst. Warum, konnte sie nicht genau sagen. Es war nur so ein Bauchgefühl. Das Leben auf der Straße lehrte einen, wenn die Leute irgendwas zu verstecken hatten, irgendwas im Schilde führten. Und der hier versteckte eine ganze Welt hinter seinen Augen, die durch die Backsteingläser seltsam vergrößert wirkten. Das spürte sie.

»Erzähl mir, was passiert ist«, sagte er. Ein junger Mann in einem eng anliegenden Anzug, der ihn begleitete, beugte sich über seinen Papierblock und begann zu kritzeln, bevor sie überhaupt ein Wort gesprochen hatte.

Sie erzählte ihnen, was sie noch wusste, und das war nicht viel. Sie hatte Erinnerungslücken, aber wie sie um die Ecke in den Saal der aufgeschnittenen Kinder geschaut hatte, das wusste sie noch. Sie hatte Antoniu erblickt, mit den Hosen in den Kniekehlen, und Paulica, die vor ihm kniete. Wie Antoniu und Paulica ihre Gegenwart bemerkt hatten und sie gleichzeitig angeschaut hatten. Wie sich Paulicas Blick verändert hatte, als sie sie erkannte. Die Scham in Paulicas Gesicht und ihre eigene Scham, weil sie sofort erkannt hatte, dass sie schuld daran war, dass Paulica sich nun so schämte.

Wie sie für einen Moment Antoniu fast vergessen hatte, bis er Paulica einen solchen Tritt verpasste, dass sie zur Seite flog. Wie er in Sekundenbruchteilen bei ihr war, um ihr mit der Rechten eine gewaltige Ohrfeige zu verpassen, während er mit der Linken seine Hose festhielt.

Natürlich hatte er gleich den Koffer entdeckt. Natürlich hatte er sofort durchschaut, warum sie den Koffer hierhin gebracht hatte. Sie hatte zusehen müssen, wie er ihre kostbare Beute an ihr vorbei in den Saal geschleppt hatte. Wie er eine halbe Ewigkeit an dem Nummernschloss herumgenestelt hatte. Wie er dabei immer wütender und wütender wurde. Wie er Paulica befahl, die mit einer Platzwunde am Kopf an der Wand lehnte, ihm aus dem Schutthaufen in der Ecke des Saals einen großen Ziegelstein zu bringen. Zum Dank schubste er sie in Richtung Tür zu Nicoleta.

Wie er bemerkt hatte, dass sie ihn immer noch beobachtete. Wie er sie weggeschickt hatte, um sie zu bestrafen. Wie sie sich unter Paulicas mitleidigem Blick weinend umgedreht hatte, während er hinter ihr mit dem Stein auf das Schloss einschlug.

Das war der Moment, in dem die Hand sie ergriff. Es war natürlich keine Hand im eigentlichen Sinne, aber es hatte sich so angefühlt. Wie eine riesige Hand, die so groß war, dass sie ihren ganzen Körper umfasste und wie ein Blatt durch die Welt wirbelte.

Danach wurde ihre Erinnerung bruchstückhaft. Sie konnte sich erinnern, eine Weile lang wie betäubt oben vor der Treppe gelegen zu haben, über die sie noch kurz zuvor den Koffer nach oben geschleppt hatte. Doch die Schmerzen hatten zugenommen und sie weiter aus dem Gebäude getrieben.

Danach war eine Lücke. Später Bilder wie aus einem Film. Straßen, die sie nicht kannte. Leute, die sie anstarrten wie ein seltsames Tier. Und irgendwann eine Frau, die neben ihr kniete und irgendetwas schrie. Schließlich war sie in diesem Zimmer aufgewacht.

»Und als du den Koffer aus der Straßenbahn mitgenommen hast, war da noch irgendwer außer dir?«

Nicoleta schluckte. Der Mann war von der Polizei, so viel war sicher. Auch wenn er keine Uniform trug und eher einem armen, alten Opa glich.

»Du musst keine Angst haben«, sagte er. »Wir sind nicht wegen dir hier. Aber wir müssen herausfinden, wem der Koffer gehört hat. Verstehst du das?«

Sie schaute ihn an. Da war wieder diese verborgene Welt hinter seinen Augen. Aber trotzdem glaubte sie, dass er die Wahrheit sagte. Schließlich nickte sie.

»Schön«, sagte er und lächelte. »Also war da noch wer? Hast du irgendwen bei dem Koffer gesehen? Vorher. Hast du gesehen, wie irgendwer den Koffer abgestellt hat?«

Sie schüttelte den Kopf. »Koffer war da. Einfach da«, erklärte sie. »Habe erst es gesehen das nach große Platz. Platz von Alexander.«

»Verstehe«, sagte er. Er drehte sich zu dem Anzugmann um. »Das ist zwei Stationen nach Beginn der Linie.«

Er wandte sich wieder ihr zu, griff in seine Innentasche und zog etwas hervor. Ein Foto. Ein Junge oder eher ein Mann. Dunkle Haut, wie sie selbst, aber kein Roma.

»Hast du vielleicht den hier bei dem Koffer gesehen?«

Sie schüttelte den Kopf.

»Bist du dir ganz sicher?«

»Ja«, sagte sie leise. »Sicher.«

Er steckte das Foto ein und tauschte einen Blick mit dem Anzugmann aus. Ein komischer Blick. So ein Lächeln, als wenn er schon vorher wusste, was sie ihm gerade mitgeteilt hatte. Dann beugte er sich wieder zu ihr herunter. Er nahm die Brille ab und begann, sie vorsichtig mit einem kleinen gelben Tuch zu putzen.

»Davon darfst du niemand anderem erzählen, hörst du? Niemandem. Das ist sehr wichtig. Es könnten sonst böse Dinge passieren.« Er setzte die Brille wieder auf und richtete seinen Blick erneut auf sie, während seine Finger mit dem Gummischlauch an dem Zugang in ihrem Arm spielten.

»Sehr böse Dinge. Verstehst du?«

Nicoleta nickte.

Er ließ den Schlauch los, stand auf, hob die Hand und winkte.

»Auf Wiedersehen, kleine Nicoleta. Du hast mir sehr geholfen.«

Freitag, der 8. September

12

»Ich soll bitte WAS fier Sie tun?«

Viktor biss sich auf die Lippen. Er wusste genau, dass Balkov ihn bereits beim ersten Mal verstanden hatte, aber wohl lieber nicht verstehen wollte. Ein schlechter Einstieg.

Und der Tag hatte schon mäßig angefangen. Dank des enormen Katers hatte er den Wecker überhört. Als er endlich aufwachte, war es bereits früher Nachmittag, und dennoch fühlte er sich immer noch wie erschlagen. Aber er war nicht nur aus diesem Grund mit einem flauen Bauchgefühl zum Dienst gefahren.

Im Büro traf er erwartungsgemäß auf Ken. Auf Viktors Begrüßung hin hatte sein Kollege »Ach, fick dich doch ins Knie!« gemurmelt. Seither hatte er ihn konsequent ignoriert.

Begüm war wieder mal nicht in Sicht und Viktor sich bewusst, dass es keinen Zweck hatte, seinen Disput mit Ken über ihren Verbleib und Yavuz' Handy noch einmal aufzuwärmen. Immerhin hatte ihn die vergangene Nacht in seinem Entschluss bestärkt, Richters Auftrag zu erfüllen, koste es, was es wolle. Dafür musste er das letzte Pflichtenüberbleibsel dieses unerquicklichen Falls aus dem Weg räumen, und wenn er Begüm dafür auf dem Mars aufspüren musste.

Aber das war einfacher gesagt als getan. Die Gesuchte ging nicht an ihr Handy, Viktor hatte keine Ahnung, was sie derzeit tagsüber so trieb, und der Kommunikationsfaden zu dem Kollegen, der es im Allgemeinen wusste, war vorübergehend abgerissen. Nach einer Weile sinnloser Grübelei hatte er angefangen, auch exotischere Ansätze zu erwägen.

Zu ihnen gehörte Balkov.

»Sie sollen das Diensthandy von Frau Duran orten… bitte.«

Der Chef der Cybercrime-Abteilung lehnte sich in seinem Stuhl zurück und verschränkte die Arme vor dem perfekt gebügelten Hemd. »Und warrum bitte soll ich das tun?«

»Das ist kompliziert.«

»Sie verlangen von mir, dass ich ohne rriechterlichen Beschluss auf die Ortsdaten eines Chandys zugreife, das zudem noch ein Dienstgerät ist. Da wierrde ich schon erwarten, dass Sie zumindest versuchen, mir das Warrum zu errklären.«

Angesichts der Tatsache, dass er sich an Balkov schon einmal fürchterlich die Finger verbrannt hatte, hielt Viktor es für tunlich, seine Antwort eher knapp zu halten. »Ich glaube, Frau Duran könnte in Schwierigkeiten sein. Ich möchte ihr helfen, aber ich weiß nicht, wo sie steckt.«

Balkov beäugte ihn skeptisch. Fünf auf ein Gestell montierte Monitore ragten wie eine Art seltsamer Heiligenschein hinter seinem Schädel auf.

»Das heißt also, sie beantwortet Ihre Anrufe nicht. Sohnst wärren Sie nicht chier bei mir«, stellte Balkov fest. »Wocher soll ich wissen, ob die Schwierigkeiten, von denen Sie reden, nicht einfach nur zwischen Ihnen beiden bestehen?«

Viktor schluckte. Der Mann hatte nicht mal unrecht. Ein Teil des Problems schienen in der Tat »Schwierigkeiten« zwischen ihm und Begüm zu sein. Andererseits hatte sie mit Ken keine derartigen Probleme, und trotzdem hatte sie ihn nicht in ihre Pläne eingeweiht. Zumindest vermutete Viktor das.

»Noch mal: Ich glaube, dass sich Frau Duran möglicherweise in einer problematischen Situation befinden könnte, und ich kann Ihnen versichern, dass dieses Problem nicht von mir ausgeht.«

»Aber eine Idee, um was fier eine Art von Problem es sich chandelt, können Sie mir nicht geben?«

»Es ist persö… Ich meine, das ist irgendwie vertraulich.«

Die Halbglatze über Balkovs schmalem Gesicht legte sich in Falten. »Sie wollen von mir vertrauliche Daten Ihrer Kollegin, aber Sie können mir den Grund dafier nicht sagen, weil er vertraulich ist? Ich erbitte Pardon, aber das ergiebt alles ieberchaupt keinen Sinn. Meine Antwort lautet nein.«

Viktor atmete tief durch. Das hier hatte keinen Zweck, also murmelte er eine Verabschiedung, drehte sich um und öffnete die Tür.

»Sie haben sie übrrrigens nur knapp verpasst«, rief Balkov hinter ihm her.

Viktor fuhr herum. »Was verpasst?«, fragte er.

»Frrau Durrran«, sagte Balkov. »Sie war kurz vor Ihnen hier.«

»Und das sagen Sie mir erst jetzt?«, fragte Viktor aufgebracht.

»Dafier, dass Sie in selbes Ermittlungsteam sind, scheinen Sie rrecht wenig voneinander zu wissen, wenn Sie die Bemerrkung gestatten.«

»Wie auch immer... was wollte sie denn?«, fragte Viktor.

»Ironischerweise auch etwas, was ich ihrr nicht gebben konnte oder jedenfalls nicht ganz.«

***

Begüm verließ den Thai-Imbiss und zündete sich eine Zigarette an, dann zog sie den Zettel mit der Mobilfunknummer aus der Innentasche ihrer Jacke. Das war der Anschluss, der das iPad angerufen, die Aufnahme mit Gökhan gestreamt und am Ende den Reset veranlasst hatte.

Schön. Aber was nutzte ihr diese Nummer jetzt?

Überhaupt gar nichts.

Den Namen des Anrufers ahnte sie ohnehin längst. Unter Khalils Gefolgsleuten gab es nur einen Türken, den er mit einer derart wichtigen Aufgabe betraut hätte: Harun Dursun. Sein Mann für all die Fälle, die so schmutzig waren, dass nicht mal Khalils eigene Leute sie machen wollten.

Aber Harun würde ihren Bruder wohl kaum in den eigenen vier Wänden festhalten. Abgesehen davon wohnte er in einem von Khalils Häusern, die allesamt an irgendwelche Familienmitglieder oder deren Spießgesellen vermietet waren – von denen jeder zweite Begüm kannte. Da aufzutauchen wäre Gökhans Todesurteil. Gleichfalls ausschließen konnte sie Khalils Büro im Club, wo ihr das Video vorgespielt worden war. Aber in einer Stadt wie Berlin gab es nahezu unendlich viele Möglichkeiten, jemanden diskret wegzusperren.

Also brauchte sie die verfickten Standortdaten, doch genau das hatte Balkov abgelehnt. Sicher hatte sie von Anfang an gewusst, dass sie in ihrer Situation den erforderlichen richterlichen Beschluss nie bekommen würde, aber irgendwie hatte sie gehofft, Balkov doch noch überreden zu können. Zwecklos. Der Mann war ein Pedant, ein dämlicher Pfennigfuchser.

Und damit war sie wieder zurück am Ausgangspunkt. Was immer sie jetzt auch tat, schlafen war für die nächsten zwei Tage gestrichen. Auf Suhal würde dann mal wieder ihre Mutter... Aber ihre Mutter war ja...

SUHAL!!!

Mit zittrigen Fingern fummelte sie ihr Handy aus der Tasche.

»Hassiktir.«

Zwei Anrufe in Abwesenheit von der Kita Siebenpups. Wahrscheinlich hatte man Suhal längst in den Spätdienst gesteckt, und selbst in der Gruppe dürfte sie mittlerweile das einzige Kind sein. Dabei hatte sie ihr gestern hoch und heilig versprochen, sie wenigstens dieses eine Mal in der Woche abzuholen, damit sie es rechtzeitig zum Kinderballett um achtzehn Uhr schaffte.

Wo stand noch mal das verfickte Auto? Hatte sie es

nicht direkt vor dem Imbiss geparkt? Sie steckte das Handy ein und machte sich auf die Suche.

***

Gökhan betrachtete den Fingernagel im Licht der Schreibtischlampe. Er sah einfach gut aus. Dunkelroter Nagellack, ein bisschen Watte – selbst aus der Nähe wirkte es wie eine blutende Fleischwunde.

»Alter. Schämst du dich eigentlich nicht?«, fragte Harun hinter ihm.

»Wieso?«, entgegnete Gökhan.

»Die eigene Familie bescheißen«, sagte Harun. »So was machen echt nur scheiß Aleviten wie du.«

Gökhan zuckte mit den Schultern. »Ist doch nich meine Schuld, wenn sie auf der falschen Seite steht, oder?« Gökhan zog eine Zigarette aus seiner Jacke.

»Hm.« Harun schürzte die Lippen. »Hey. Rauch mich bloß nicht voll, Alter«, fauchte Harun. »Das ist verdammtes Gift.«

»Fick dich! Dann geh ich eben raus«, beschied ihn Gökhan, steckte die Zigarette wieder ein und stand von seinem Stuhl auf.

Doch noch bevor er auch nur einen Schritt tun konnte, stand Harun schon vor ihm. »Das wirst du schön lassen, Alter.«

»Ach komm, Arkadaş. Ich sitze seit vier Tagen in diesem scheiß Loch. Ich muss mal raus«, protestierte Gökhan.

»Musst du nicht«, erwiderte Harun mit einem gefährlichen Funkeln in den Augen.

Gökhan hörte, wie ein metallener Mechanismus einrastete. »Alter. Mach doch kein Scheiß. Is ja schon gut«, sagte Gökhan und setzte sich mit einer beschwichtigenden Geste auf seinen Stuhl.

Ohne die Augen von ihm abzuwenden, sicherte Harun die 45er. Eine Weile blieb er so stehen, die Waffe am ausgestreckten Arm baumelnd. Gökhan versuchte, locker zu wirken. Angst zeigen war tabu.

Schließlich steckte Harun die Waffe zurück in den Hosenbund. Dann ging er zur Couchecke, ließ sich in die Polster plumpsen und zückte sein Handy.

Eine Weile lang sah Gökhan ihm still beim Tippen zu. Aber es fiel ihm zunehmend schwerer, diese ständige Spannung zwischen ihnen beiden auszuhalten.

»Hat Khalil eigentlich gesagt, wo er ist?«, fragte er.

Harun grinste. »Nein. Aber ich weiß es trotzdem. Hab's voll gecheckt.«

»Echt. Cool, Alter. Und?«

Harun steckte das Handy wieder ein, legte die Füße hoch und verschränkte die Arme hinter dem Kopf. »Er sagte, er habe wen schmieren müssen, um dorthin zu kommen. Und als wir telefoniert haben, da war im Hintergrund so 'ne Durchsage mit Connection to Key irgendwas und…« Ein Klingelton unterbrach ihn. »Scheiße«, stieß er aus und fummelte hektisch in der Tasche herum, in der er gerade erst das Handy versenkt hatte.

»Khalil?«, fragte Gökhan neugierig.

»Keine Ahnung. Halt die Klappe«, herrschte Harun ihn an.

Das Handy rutschte aus seiner Tasche und landete

mit einem dumpfen Geräusch auf dem Boden zwischen Couch und Tisch.

»Böyle bir bok!« *So eine Scheiße*, rief er.

Dann hielt er endlich das Handy in der Hand.

»Ja?«, rief er.

Gökhan konnte den anderen Teilnehmer nicht hören, aber Haruns irritierter Gesichtsausdruck verriet ihm, dass nicht Khalil am anderen Ende der Leitung war.

»Fuck!«, sagte Harun nur und legte auf. Er zog seine Waffe und kam auf Gökhan zu. Sein Gesicht war dunkelrot.

»Was ist los, Arkadaş?«

Blitzschnell holte Harun aus. Der Aufprall der Waffe auf Gökhans Gesicht war so wuchtig, dass er vom Stuhl fiel. Ein paar Sekunden lang kämpfte er mit der Ohnmacht, doch dann holte ihn der Schmerz ins Bewusstsein zurück. Sein Gesicht fühlte sich an, als ob es gleich platzen würde.

»Scheiße!«, schrie er. »Was soll das? Bist du irre geworden?«

Langsam kehrte seine Sicht zurück. Harun stand über ihm, die Waffe in beiden Händen. Am Lauf klebte Blut. Sein Blut. Er betastete seine Wange. »Au. Scheiße, tut das weh.«

»Wer ist Viktor Puppe?«, brüllte Harun.

»Keine Ahnung, Alter. Woher soll ich das wissen?«

»Weil er nach deiner verfickten Schlampe von Schwester gefragt hat. Ist das ein Bulle?« Harun trat ihn in die Rippen, noch bevor er etwas sagen konnte. »Hat uns deine scheiß Schwester ihre Bullenkumpels auf den Hals gehetzt?«

»Keine Ahnung. Ich meine... nein. Das tut sie bestimmt nicht, Alter.«

Harun kniete sich mit einem Bein auf seinen Oberkörper und drückte mit dem Lauf der Waffe sein Gesicht auf den Boden.

»Alter, mit dieser Scheiße hier ist es jetzt vorbei. Du hast gesagt, wenn ich dich machen lasse, bringst du deine Schwester dazu zu spuren. Und was macht die? Setzt ihre scheiß Kollegen auf uns an.«

»Nein. Das würde sie nie...«

»HALT DIE VERDAMMTE FRESSE!«

Wieder schlug Harun mit der Waffe zu. Dann spürte er, wie Harun ihn an der Hand zum Sofa hinüberzog, als ob Gökhan nichts wog. Etwas schloss sich um sein Handgelenk. Eine Handschelle. Als er aufschaute, sah er gerade noch, wie Harun erneut mit der Waffe ausholte. Der Schmerz in seinem Kopf explodierte, und ihm wurde schwarz vor Augen.

***

Konsterniert steckte Viktor sein Handy ein. Der Mann hatte außer einem »Ja?« eigentlich nichts gesagt, und trotzdem beschlich ihn das ungute Gefühl, die Hand in ein Wespennest gesteckt zu haben.

Und hinsichtlich Begüms Verbleib hatte ihn das auch kein Stück weitergebracht.

»Tschuldigung«, erklang es hinter ihm.

Eine junge Mutter mit einem Kinderwagen. Erst jetzt wurde ihm bewusst, dass er mitten auf dem Bürgersteig stehen geblieben war.

»Sorry«, murmelte er und trat zur Seite.

Was tun?, überlegte er und schaute auf die Uhr. Es war kurz nach halb drei.

Er könnte sich zur Not vor ihrer Wohnung postieren. Irgendwann musste sie ja auftauchen, und wenn es bis in die Nacht dauerte. Der Gedanke, eine Kollegin zu observieren, war zwar seltsam, aber wenn es nicht anders ging...

Ein paar Meter vor ihm bog die Frau mit dem Kinderwagen um die Ecke eines Gebäudes und verschwand aus seinem Sichtfeld.

Vielleicht gab es doch noch einen einfacheren Weg.

13

Wenn man die Stirn von gewöhnlich verärgerten Menschen mit »umwölkt« bezeichnet, so war die der Leiterin der Kita Siebenpups, Sabine Mayer-Elster, eher hurrikanbekränzt zu nennen. Begüm versuchte es mit dem unterwürfigsten Lächeln, dessen sie fähig war, aber nach Mayer-Elsters Gesichtsausdruck zu urteilen, war sie weit davon entfernt, die für diese Situation erforderliche Sollstärke aufzubringen.

»Sie sind zu spät.«

»Isch weiß«, sagte Begüm, wobei sie ein wenig pseudomigrantischen Dialekt nachahmte. Erfahrungsgemäß reagierten viele Biodeutsche gegenüber Minderheiten etwas nachsichtiger als bei ihresgleichen. Normalerweise stank Begüm die darin enthaltene Überheblichkeit, die ja im Prinzip nichts anderes besagte als: »Sie können ja nichts dafür, Sie kleines Dummerchen.« Aber jetzt gerade konnte sie ein wenig davon bitter gebrauchen. »War ein dringender dienstlicher Anlass«, setzte sie nach. »Schbin Kriminalpolizistin.«

»Das ist mir bekannt, Frau Duran. Und ich verstehe völlig, dass es da mal zu Engpässen kommen kann, aber Frau Liberda, die Gruppenleiterin der Schmetterlinge, hat mir berichtet, dass Verspätungen in Ihrem Fall langsam zur Regel werden.«

»Tut mir escht leid, aber isch hab ja sogar noch versucht, ob jemand anders se früher abholen kann, aber manschmal ist 's halt wie verhext.«

»Ich versteh Sie ja, Frau Duran. Aber Sie müssen auch mich verstehen. Immer wieder müssen Kolleginnen Ihretwegen den Spätdienst ausdehnen. Die kleine äh...«

»Suhal«, ergänzte Begüm eilfertig.

»Richtig«, bestätigte Sabine Mayer-Elster gnädig. »Also die kleine Suhal ist jetzt seit einer Stunde buchstäblich das einzige Kind da unten. Und Frau Liberda macht nun nur ihretwegen Überstunden. Und die Kleine klagt auch noch über Bauchschmerzen. Wenn das so weitergeht... Also, gemäß Paragraf 1 Kitaförderungsgesetz bin ich ja auch dienstlich verpflichtet, mir über das Wohl der von uns betreuten Kinder Gedanken zu machen.«

»Was wollen Sie damit andeuten?«

Erst durch die leichte Irritation in Mayer-Elsters Gesicht wurde Begüm bewusst, dass sie gerade unwillkürlich von Migranten-Begüm zu Verhör-Begüm gewechselt war.

»Ich will gar nichts andeuten«, sagte die Kita-Leiterin schneidend. »Ich will lediglich darauf hinweisen, dass wir hier vor allem den Kindern verpflichtet sind.«

»Wie gesagt, 's kommt bestimmt nisch wieder vor. Wo kann isch sie 'n abholen?«, fragte Begüm und stand schnell in der Hoffnung auf, der Situation endlich entfliehen zu können.

Mayer-Elster runzelte die Stirn, aber offensichtlich hatte auch sie gerade Besseres zu tun, als mit der Predigt fortzufahren.

»Nun gut, aber ich werde die Abholzeiten – auch und vor allem im Interesse Ihrer Tochter – im Auge behalten«, sagte sie mit bedrohlichem Unterton.

»Cool. Vielen Dank«, entgegnete Begüm, huschte aus dem Büro und hastete die Treppe herunter zum Spätdienst. Am liebsten hätte sie geschrien oder wenigstens gegen was getreten, aber dazu war jetzt keine Zeit.

Hinter der Flügeltür zum Spätdienstraum erwartete sie Marion Liberda, die die Gruppe leitete, in die auch Suhal ging. Sie betrachtete sie mit ihren riesigen, vorwurfsvollen Kuhaugen, die Begüm schon zu oft gesehen hatte. Aber immerhin hatte sie nicht annähernd so behaarte Zähne wie ihre Chefin, eigentlich war sie eher der Typ totale Zahnglatze. Begüm stürmte an ihr vorbei auf Suhal zu, noch bevor der Erzieherin vielleicht welche wachsen konnten. Suhal hatte bis jetzt nicht einmal von ihrem Spielzeug aufgeschaut.

»Suhal, mein Schatz, es tut mir so leid, aber...«

»Ich habe Bauchschmerzen«, unterbrach die Kleine sie, immer noch ohne sie anzusehen.

»Das klären wir gleich. Zieh dich schon mal an, Şekerim.«

»Ich kann nicht.«

»Komm, ich helfe dir auch.«

»Ihre Sachen hängen jetzt draußen. Habe ich vom Gruppenraum hierher mitgenommen«, schaltete Liberda sich hinter ihr ein, wobei jedes Wort vor stummem Vorwurf nur so triefte.

»Danke. Vielen Dank und schönen Feierabend«, sagte Begüm, hob ihre widerstrebende Tochter auf die Beine und schob sie durch die Flügeltür aus dem Raum.

Ein paar Minuten später trabte sie ungeduldig über den Bürgersteig, Suhals Rucksack in der Hand.

»Kannst du dich bitte ein bisschen beeilen, Şekerim? Ballett geht in einer Viertelstunde los. Wir brauchen zehn Minuten, und du musst dich ja auch noch umziehen.«

»Ich hab so Bauchschmerzen.«

»Letzte Woche hattest du Ohrenschmerzen und die Woche davor Zahnschmerzen. Kann es sein, dass du gar nicht mehr zum Ballett willst? Dann kannst du mir das echt einfach sagen. *Ich* muss mir diesen Stress nämlich nicht jeden Freitag geben. Ehrlich.«

»Aber Mama...«, jammerte Suhal hinter ihr.

»Mir geht das echt langsam auf den Wecker«, schnitt Begüm ihr das Wort ab. »Als Anna Taekwondo gemacht hat, wolltest du unbedingt dahin. Dann hast du dich mit Anna zerstritten, und als Solveig mit Ballett anfing, musste es das sein. Könnten deine Bauchschmerzen etwas damit zu tun haben, dass Solveig jetzt lieber mit Elsa spielt?«, schimpfte sie über ihre Schulter.

Eine Frau blieb neben ihr wie angewurzelt stehen, blickte Begüm an und deutete hinter sie.

»Was ist?«, fuhr Begüm sie an. »Willst du mir Erziehungstipps geben, oder was?«

»Ist das Ihr Kind?«, fragte die Frau, ohne sie anzuschauen. »Ich glaube, mit der Kleinen stimmt was nicht.«

Begüm fuhr herum. Ihre Tochter hielt beide Hände auf den Bauch gepresst und stand vornübergebeugt. Dann knickten Suhals Beine ein und sie fiel auf den Bürgersteig.

»Suhal!«, schrie Begüm außer sich und stürzte los. Endlose Schritte später kniete sie über ihrer Tochter, die gekrümmt auf dem Boden lag und sich immer noch den Bauch mit den Händen hielt.

»Es tut so weh, Mama.«

»Wo denn, Şekerim?«, fragte Begüm, der jetzt die Tränen über die Wangen liefen. »Es tut mir so leid. Bitte sag mir, wo die Schmerzen sind.«

»Da am Bauch«, presste Suhal durch zusammengebissene Zähne hervor.

»Lass mich mal schauen, bitte«, erklang es über ihnen. »Ich glaube, ich weiß, was sie haben könnte.«

Begüm schaute nach oben. »Du?«, stieß sie aus. »Was machst du denn hier?«

***

Der Wedding mochte vielleicht nicht der feinste Kiez der Hauptstadt sein, aber in diesem Moment hatte er einen entschiedenen Vorteil: Der Rudolf-Virchow-Campus der Charité, Berlins ältestes Krankenhaus und eine der größten Universitätskliniken Europas, lag mitten im Bezirk.

Viktor hatte Begüm geholfen, ihre Tochter in das Auto zu verfrachten und zur Kinderrettungsstelle zu bringen. Dort hatte man sie nach kurzer Begutachtung sofort für die Operation vorbereitet. Akute Appendizitis, wie Viktor richtig vermutet hatte. Blinddarmentzündung.

Jetzt saß er mit seiner Kollegin im Wartebereich auf ein paar kreischroten Holzstühlen, während draußen in den Linoleumfluren hinter den Glaswänden der übliche Wahnsinn eines Großstadtkrankenhauses tobte.

»Wie hast du mich gefunden?«, fragte sie.

»Kita Siebenpups«, sagte Viktor. »Hab ich mir gemerkt.«

Begüm nickte, die Andeutung eines Lächelns auf dem Gesicht.

Wieder schwiegen sie. Draußen lief eine Herde Weißkittel vorbei, und Viktor bemerkte, wie Begüm sich in ihrem Stuhl aufrichtete. Doch das Grüppchen zog vorüber und verschwand schließlich in einem langen Flur, der verschiedene Stationen miteinander verband. Ein Rettungswagen fuhr am Außenfenster neben Viktor vorbei.

»Danke«, sagte Begüm leise.

Viktor brauchte einen Moment, bis er verstand, dass die Aussage ihm galt.

»Gern geschehen«, erwiderte er endlich.

Erneut breitete sich Stille zwischen ihnen aus. Begüm trommelte nervös mit den Fingern auf ihrem Oberschenkel herum, und Viktor konnte seinen Blick über die Gesichter der Wartenden streifen lassen. Im Wartezimmer einer Kinderklinik schien ein Gefühlszustand vorzuherrschen: stumme Anspannung.

»Hast du das in deinem Medizinstudium gelernt?«, fragte Begüm.

»Auch«, sagte Viktor, der froh über etwas Gesprächsstoff war. »Aber so eine Appendizitis ist echt nicht schwer zu diagnostizieren, auch wenn es natürlich immer nur erst mal ein Verdacht ist. Aber bei deiner Tochter zeigte sich am Unterbauch eine so typische

Schmerzsymptomatik, das war ja fast lehrbuchmäßig. Morris- und Kümmell-Punkt, daneben noch...« Er unterbrach sich, als er den düsteren Blick bemerkte, mit dem Begüm ihn bedachte. »Was denn?«, fragte er unsicher.

»Was willst du mir damit sagen?«, entgegnete sie grimmig. »Dass das jeder Idiot erkennen kann? Dass du mich für eine scheiß Mutter hältst?«

»Äh, nein«, stammelte er. »Natürlich nicht. Ich wollte nur... Ich meine...«

»Spar's dir.« Sie winkte ab, lehnte sich zurück und verschränkte die Arme. »Du hast recht. Ich bin eine scheiß Mutter. Ich sehe meine Tochter kaum noch. Neulich hat sie mich gefragt, wer auf sie aufpasst, wenn die Oma stirbt, verdammte Scheiße.« Trotzig wischte sie sich mit dem Ärmel ein paar Tränen weg. »Und dann bin ich sogar zu blöd dafür, es zu merken, wenn sie mal richtig krank ist«, fuhr sie fort. »Ich meine... sie hätte sterben können.« Sie legte die Hände vors Gesicht und begann zu schluchzen.

Viktor war schon dabei, seinen Arm nach ihren Schultern auszustrecken. Doch dann erinnerte er sich an ihr bisheriges Verhältnis, und auf einmal fühlte es sich unpassend an.

»Als die mir den Blinddarm rausgenommen haben«, begann er stattdessen. »hat meine Mutter darauf bestanden, dass der Arzt das laparoskopisch macht, also durch drei winzige Löcher. Ist heute Standard, aber damals war so eine Operation noch in der Erprobungsphase. Sie hatte das in irgendeiner von diesen populärwissenschaftlichen Zeitschriften gelesen, die sie immer verschlungen hat. Sie wollte nicht, dass *ihr Sohn so eine unansehnliche Narbe am Bauch bekommt,* wie sie es formulierte. Ich hatte echt übelste Schmerzen, aber meine Mutter hat denen gesagt, die sollen mir halt eine Schmerztablette verpassen. Sie wollte lieber ein, zwei Stunden warten, bis ein Chirurg aus einem anderen Krankenhaus kam, der das Verfahren schon beherrschte. Der musste dann sogar sein eigenes Team und OP-Besteck mitbringen, aber das war ihr egal.«

»Wie alt warst du?«, fragte Begüm.

»Acht oder neun vielleicht, ich weiß es nicht mehr so genau. Ein paar Wochen nach der OP waren ihre Bridge-Damen zu Gast, da musste ich meinen Bauch vorzeigen. Sie war so stolz, als ob sie selber das Messer geführt hätte. Später musste ich ihr dann sogar für eines ihrer Bilder Modell stehen. *Narcissus sucht Echo.* Sie hat viel gemalt, und ich war eines ihrer Lieblingsmodelle. Da musste ich wohl möglichst unversehrt sein.«

»Echt jetzt?«, fragte Begüm ungläubig. »Die war ja voll pervers, deine Alte.«

»Ich würde eher sagen, ein wenig egozentrisch.«

»Neeee«, sagte Begüm immer noch mit verheulten Augen, aber grinsend. »Direktor Richter ist egozentrisch. Deine Alte ist pervers.«

Viktor grinste ebenfalls und zuckte mit den Schultern. Offensichtlich hatte er mit seiner kleinen Anekdote sein Ziel erreicht.

»Lebt deine Mutter noch?«, fragte Begüm.

»Ja, aber sie ... Es geht ihr nicht gut. Nach dem Tod meines Vaters hatte sie einen psychischen Zusammenbruch und ist seitdem in einer geschlossenen Einrichtung.«

»Siehst du. Ich sag's ja: pervers«, murmelte Begüm grinsend.

Dann herrschte wieder Schweigen. Viktor schaute seine Kollegin verstohlen von der Seite an. Vielleicht war jetzt der richtige Zeitpunkt.

»Darf ich dich was fragen?«, begann er vorsichtig.

»Nee, aber du machst es ja trotzdem«, erwiderte Begüm. Es hörte sich eher flapsig als nach echter Ablehnung an.

»Was ist auf Yavuz' Handy?«

Sie wandte sich ihm wieder zu und betrachtete ihn, jedoch ohne das offene Misstrauen, das sie noch vor ein paar Minuten gezeigt hatte. Trotzdem war klar, dass sie ihn prüfte. Er versuchte, ihr standzuhalten, ohne zu verkrampfen. Es war nicht leicht. Begüms Blick hatte etwas Beunruhigendes.

»Okay, ich sag's dir. Aber wenn irgendwer anders bei der Polizei davon erfährt, schlitz ich dich auf und reiß dir die Eingeweide raus.«

Ob das auch Ken einschloss? Egal. Es war jetzt nicht der Moment, diese Frage zu stellen.

»Okay. Ich versprech's«, sagte Viktor.

»Schwör's beim Grab deines Vaters.«

»Wie bitte? Aber warum?«

»Tu es einfach«, beharrte Begüm.

»Ich schwöre beim Grab meines Vaters«, sagte Viktor und hob die Hand. *Beim Grab meines Selbstmördervaters*, schoss es ihm durch den Sinn. Es fühlte sich komisch an.

»Okay.« Begüm schien damit zufrieden. »Aber nicht hier. Lass uns kurz vor die Tür gehen. Ich muss eine rauchen.«

Sie hatte recht. Viktor hatte schon während ihres Gesprächs bemerkt, wie ihre Mitwartenden ihnen verstohlen neugierige Blicke zuwarfen.

Zehn Minuten später war Viktor auf dem neuesten Stand, und er war sich hundertprozentig sicher, dass er Ken nicht verschweigen durfte, was sie ihm gerade erzählt oder vielmehr gebeichtet hatte.

»Er kann helfen. Ken fällt immer irgendwas ein.«

»Vielleicht.« Mit skeptischem Blick zündete Begüm sich ihre dritte Zigarette an, während sie gemeinsam die Berliner Abendsonne genossen.

»Und du kennst diesen Khalil, der deinen Bruder festhalten lässt?«

Begüm nickte.

»Kommt es mir nur so vor, oder kann es sein, dass eure Bekanntschaft eher privater Natur ist?«

»Das geht dich einen Scheißdreck an«, sagte Begüm und funkelte ihn auf einmal wieder böse an. Die Frau war schlimmer als eine Kreuzung aus Mimose und Auster.

»Hast recht«, beeilte er sich zu versichern, wenn auch ohne echte Überzeugung. »Ist ja auch egal.«

Statt einer Reaktion zog Begüm so fest an ihrer Zigarette, als wäre es die einzige Möglichkeit, sich mit Atemluft zu versorgen.

»Was ist denn mit dem iPad? Vielleicht gibt es ja Fingerabdrücke, die man überprüfen lassen kann«, vermutete Viktor.

»Schon längst gemacht«, entgegnete sie trocken.

»Wow. Bist du ein mobiles Labor?«

Jetzt grinste Begüm wieder. »Du guckst wohl kein CSI, was? Jede Frau hat Fingerabdruckpulver in ihrer Handtasche. Nennt sich auch Rouge. Was abschaben, drüber bröseln, Überschuss wegpusten, dann einfach mit dem Handy abfotografieren und an den KDD schicken. Die bearbeiten das ein bisschen nach und jagen es durchs AFIS. Aber an dem iPad war nix. Klinisch rein.«

»Ist also vorsichtig, dieser Khalil«, stellte Viktor fest.

Begüm zuckte mit den Schultern. »Wäre er das nicht, wäre er schon lange im Knast oder tot«, erklärte sie.

Viktor gab ihr recht. Das Leben eines Paten musste wohl notwendigerweise eher das eines Zirkusartisten auf dem Seil sein.

»Ob so jemand wohl einen Face...«, begann er.

Doch Begüm unterbrach ihn. »Halt mal kurz die Klappe. Mein Handy.«

Viktor seufzte im Stillen. Ihre Manieren waren gewöhnungsbedürftig, das würde sich wohl so schnell nicht ändern.

»Duran«, sagte sie mit dem Handy am Ohr.

Dann wurde ihr Gesicht auf einmal kalkweiß.

»Was ist...«, flüsterte er.

Doch sie legte den Finger auf die Lippen.

Für ein paar Momente lauschte sie einem für Viktor unhörbaren Gesprächspartner, bevor sie schlagartig ihren Blick hob und ihn mit einer Mischung aus Fassungslosigkeit und Entsetzen ansah.

Sie ließ das Handy sinken. Es rutschte aus ihrer Hand und fiel ins Gras des Grünstreifens.

»Was hast du getan?«, keuchte sie.

»Was meinst ... Was ist denn los?«, stammelte Viktor.

»Du hast die angerufen? Bist du irre? Die werden ihn umbringen.«

Urplötzlich stürzte sie sich auf ihn und deckte ihn mit Ohrfeigen, Schlägen und Tritten ein. Viktor hob instinktiv die Arme über den Kopf.

»Du dämlicher Vollidiot«, schrie sie, während er vor ihr zurückwich.

»FRAU DURAN!«

Die Schläge hörten ebenso plötzlich auf wie sie begonnen hatten. Viktor wagte es, wieder aufzuschauen. Ein Arzt stand am Rand des Grünstreifens und starrte sie entgeistert an. Sein Namensschild wies ihn als Doktor Schneidereit aus.

»Was um Gottes willen ist denn hier los?«, fragte er mit reichlich Empörung in der Stimme.

Begüm strich sich eine Haarsträhne aus dem Gesicht. »Geht Sie nix an«, sagte sie schroff. »Was ist? Was wollen Sie? Ist irgendwas mit Suhal? Jetzt sagen Sie schon«, bellte sie ihn an.

Ihre Lautstärke schien ihn aus seiner momentanen Erstarrung erlöst zu haben. »Ich bin eigentlich gekommen zu sagen, dass Ihre Tochter jetzt im Aufwachraum ist.«

»Ist sie wach? Kann ich zu ihr?«, rief Begüm, wieder ganz besorgte Mutter.

»Deswegen komme ich ja. Wenn Sie wollen, kann ich Sie hinführen.«

»Ich komme mit«, sagte Begüm. Der Arzt drehte sich um und stapfte davon. Begüm eilte ihm hinterher. Viktor entdeckte hinter ihr etwas Glänzendes im Gras. Er bückte sich und hob es auf.

»Dein Handy«, rief er ihr noch nach. Doch der Lärm eines vorbeifahrenden Rettungswagens verschluckte seine Stimme.

***

Viktor klingelte an seiner eigenen Wohnungstür. Es war ein seltsames Gefühl, aber unter den gegebenen Umständen wäre es ihm irgendwie komisch vorgekommen, einfach hineinzustürmen.

Noch einmal drückte er auf den Knopf. Von innen war das Schrillen der Klingel deutlich zu hören.

Dann ging er die Stufen wieder hinunter und trat ein paar Schritte zurück. Die Villa lag im Dunkel. Nichts rührte sich.

»Na gut«, murmelte er, zog seinen Schlüssel aus der Tasche und ging wieder hinauf.

Eine Minute später stand er in der Eingangshalle. Sie war kühl und musste schon eine Weile nicht mehr beheizt worden sein. Andererseits war der riesige Raum ohnehin kaum warm zu kriegen.

Er ging zurück zur Tür und betätigte den alten Drehschalter. Der Leuchter erwachte zum Leben und tauchte den Raum in mildes Licht. Irgendetwas irritierte ihn, und schließlich fand er auch den Grund dafür.

Auf der ansonsten klinisch reinen Platte des Esstisches, an dem sie noch vor ein paar Tagen zu dritt gesessen hatten, lag jetzt ein einzelner weißer Briefumschlag. Selbst von der Tür aus konnte Viktor erkennen, dass darauf in großer Schrift sein Name geschrieben stand.

Er ging hinüber und nahm den Umschlag in die Hand. Die Buchstaben waren großzügig geschwungen, als habe der Verfasser einen Kalligrafiekurs belegt. Er kannte diese Schrift. Der Umschlag war nicht zugeklebt, darin ein einzelner Briefbogen. Er zog ihn heraus und entfaltete ihn.

Viktor, mein lieber Junge,
Deine »sprechende« Botschaft ist angekommen.
Sehr hübsch übrigens. Du hast eindeutig ein Auge
für die Weiblichkeit. Wie auch immer, ich beuge
mich Deinem Freiheitsdrang und streiche die Segel.
Wir sehen uns in einem anderen Leben.
Lebe wohl,
Dein Großvater

»Scheiße«, fluchte er, wobei seine Stimme durch das große Haus hallte.

Er hätte sich ohrfeigen können. Natürlich hatte Wilhelm recht: Nichts anderes als diesen »Exorzismus« hatte er im Sinn gehabt, als er der aufdringlichen Reporterin eine E-Mail geschrieben hatte, anonym selbstverständlich. Aber jetzt hatte sich einiges geändert. Er hatte Mist gebaut, oder zumindest betrachtete Begüm es so. Und ihm fiel nur eine Person ein, die ihm noch am ehesten bei dem Versuch helfen konnte, es wieder geradezubiegen: sein Großvater.

»Zufrieden?«

Viktor fuhr herum. Seidel stand höhnisch grinsend

in der Tür zum Küchentrakt, als wäre er dem Boden entsprossen.

»Wo ist er?«, fragte Viktor.

Seidels Grinsen wurde breiter. »Sieh an. Da hat es sich jemand anders überlegt. Zu spät, würde ich sagen«, erwiderte er.

»Ihren billigen Spott können Sie sich sonst wohin stecken. Ist er jetzt bei Ihnen untergekrochen? Richten Sie ihm aus, dass ich ihn sprechen muss. Sagen Sie ihm, es sei wichtig.«

»Ich bin ganz gewiss nicht Ihr Botenjunge«, sagte Seidel leise. Aller Sarkasmus war aus seinem Blick verschwunden, übrig blieb nur noch abgrundtiefer Hass.

»Was habe ich Ihnen eigentlich jemals getan?«, fragte Viktor, dem es bei Seidels Blick kalt den Rücken herunterlief.

Seidel schien zu bemerken, dass er sich hatte gehen lassen. Sein Gesichtsausdruck wechselte wieder zu diesem spöttischen Lächeln, mit dem er Viktor zumeist begegnete.

»Mir? Gar nichts, vermute ich. Und übrigens«, fügte er hinzu, »er hat auch mich nicht in seine Pläne eingeweiht.«

Viktor sah ihn skeptisch an. Es war schwer zu glauben, dass sein neunundneunzigjähriger Großvater sich aus dem Staub gemacht hatte, ohne dabei die Hilfe seines willigen Faktotums zu beanspruchen.

»Wenn Sie mich jetzt entschuldigen wollen«, sagte Seidel.

»Was hatten Sie überhaupt hier zu suchen, um diese Zeit?«, fragte Viktor.

»Oh, ich habe nur das Licht bemerkt. Da wollte ich einfach nach dem Rechten sehen.«

»Durch die Küche?«, beharrte Viktor.

»Ich spaziere gerne am Ufer entlang«, erklärte Seidel. »Da lag der Hintereingang nahe. Und genau dort werde ich jetzt wieder hinausgehen. Auf Wiedersehen, Herr von Puppe.«

Ohne Viktors Antwort abzuwarten, drehte er sich um und verschwand in das Dunkel jenseits der Halle.

Samstag, der 9. September

14

»Schauen Sie einmal, wen ich Ihnen hier mitgebracht habe«, erklärte der Arzt.

Ihr Blick hellte sich auf. »Viktor, mein Lieber. Wie schön. Du kommst gerade richtig zum Abendessen.«

»Es ist zehn Uhr morgens, Mutter«, sagte Viktor.

»Wirklich?« Ihr Blick verschwamm, als ob ihr Ich sich hinter einen Vorhang zurückzog. Er hatte das schon Hunderte Male gesehen. Er wusste, dass sie nichts dafür konnte; es machte ihn trotzdem unbeschreiblich wütend.

»Sophie, darf ich mir Ihren fabelhaften Herrn Sohn für einen Moment ausleihen?«

Sofort kehrte der Glanz in ihre Augen zurück, und sie winkte huldvoll zur Bestätigung. »Mit Ihnen teile ich ihn gerne, Herr Rocholl.«

»Auf ein Wort, Herr von Puppe.«

Der Arzt zog ihn mit sanfter Gewalt vor die Tür und außerhalb des Sichtfeldes seiner Mutter. Zwar befanden sie sich noch in Hörweite, aber in der Welt von Viktors Mutter existierten sie nun nicht mehr.

»Herr von Puppe, ich dachte, wir hätten das besprochen«, eröffnete der Arzt vorwurfsvoll. »Die Realität Ihrer Mutter darf nicht infrage gestellt werden.«

Viktor war versucht, die auf der Hand liegende Frage

nach dem Grund zu stellen, aber er verkniff sie sich und nickte stattdessen schicksalsergeben.

»Mein Fehler. Ich werde mir ab jetzt mehr Mühe geben.«

Doktor Rocholl, der mit seinem tadellosen Anzug und den perfekt coiffierten Haaren eigentlich eher wie eine Art Zeremonienmeister aussah, nickte nun seinerseits, auch wenn er eine gewisse Restskepsis nicht verhehlen konnte. »Ihre Mutter ist eine wirklich bemerkenswerte Frau, und wir wollen sie doch nicht verstören, nicht wahr?«, fragte er mit einer aufreizenden Herablassung, die besser einer Gouvernante zu Gesicht stünde.

»Um Gottes willen«, wehrte Viktor ab.

Offensichtlich eine Spur zu sarkastisch, denn die skeptischen Falten im Gesicht des Arztes vertieften sich aufs Neue.

»Sie können wirklich unbesorgt sein«, fügte Viktor rasch hinzu.

»Nun gut«, gab sich Rocholl zufrieden. »Wenn irgendetwas sein sollte, betätigen Sie bitte den Rufknopf neben der Tür. Ich bin in einer Sekunde wieder bei Ihnen.«

»Selbstverständlich«, sagte er und setzte dazu sein gewinnendstes Lächeln auf. Wenn man in seiner Familie eines gelernt hatte, dann den sekundenschnellen Aufbau einer perfekten Fassade.

»Dann auf ein Neues. Kommen Sie«, sagte der Arzt.

In einer nahezu identischen Wiederholung ihres Auftritts einige Minuten zuvor klopfte er schwungvoll an die Tür.

»Schauen Sie einmal, wen ich Ihnen hier mitgebracht habe.«

»Viktor. Das ist ja wundervoll. Gerade habe ich an dich gedacht. Lass uns zusammen...«

Sie stutzte kurz. Viktor merkte, wie der Arzt neben ihm erstarrte. Doch diesmal kehrte sie von selbst zu sich und dieser Welt zurück.

»...lass uns zusammen essen«, vervollständigte sie den Satz.

»Sehr gerne, Mutter. Ach, könnten Sie das bitte veranlassen, lieber Herr Rocholl?«, fragte Viktor und genoss dabei den pikierten Blick des Arztes, mit dem er ganz eindeutig signalisierte, dass derartige Tätigkeiten weit unter seiner beruflichen Würde rangierten.

»Ich werde die Küche entsprechend informieren«, sagte er und klang verschnupft.

»Das ist wirklich ganz reizend von Ihnen, Herr Rocholl«, bedankte sich seine Mutter. »Ist er nicht ein reizender Mensch, Viktor?«

»Unvergleichlich, Mutter«, sagte Viktor, ohne seinen Blick von dem Arzt abzuwenden. Rocholl deutete eine knappe Verbeugung an und ging.

Viktor wandte sich wieder seiner Mutter zu.

Sophie Luise Philippine Amalie von Puppe, geborene Gräfin von Aubach, war in der Tat eine beeindruckende Erscheinung, eine lebende Metapher der Mondänität und selbst mit vierundsechzig immer noch eine attraktive Frau. Es schien wie eine seltsame Ironie des Schicksals, dass sie gerade aufgrund ihrer geistigen Unzulänglichkeiten ihre Umwelt noch fester im Griff hatte als je zuvor.

Viktor verstand bis heute nicht, wie ihr Geist nach jenem Unglücksfall funktionierte. Warum war sie auf der einen Seite in der Lage, eine Beziehung zu ihrem behandelnden Psychiater aufzubauen (den sie allerdings für den Direktor des besonders exklusiven Hotels hielt)? Und wie konnte sie andererseits Viktors Besuch innerhalb von Sekunden, nachdem er ihr Blickfeld verlassen hatte, vollständig vergessen?

Irgendetwas jedenfalls war in ihr zerbrochen, damals, als sie sich ein halbes Jahr nach dem Selbstmord seines Vaters in dessen Sportwagen gesetzt hatte und mit »verkehrsunangepasster Geschwindigkeit«, wie es die Polizei in ihrem Unfallbericht vermerkt hatte, in eine Kurve gefahren war. Der Unfall hatte sich an der Inselstraße in Schwanenwerder ereignet, und erst nach mehrfachem Überschlag war der Wagen kopfüber im Uferwasser der Havel liegen geblieben. Ein Spaziergänger barg Sophie, doch sie war bewusstlos gewesen und ihr Kopf einige Momente unter Wasser.

Als sie sechs Wochen später aus dem Koma erwachte, wurde schnell deutlich, dass sie fortan ihren damals noch minderjährigen Sohn nicht weiter versorgen konnte. Die Ärzte vermuteten irgendwelche organischen Schäden, auch wenn sich diese letztendlich nicht nachweisen ließen. Viktor seinerseits hatte irgendwann die Theorie entwickelt, dass seine Mutter die schicksalhafte Zäsur dazu genutzt hatte, endlich umzusetzen, wonach sie schon immer gestrebt hatte: die Schöpfung ihrer eigenen Welt. Ein Paralleluniversum, in dem nur das passierte, was ihrer Meinung nach gerade zu geschehen hatte. Die Rolle der Mutter war in dieser Welt nicht mehr enthalten, jedenfalls nicht für einen zuwendungsbedürftigen Elfjährigen.

Viktors Großvater hatte schon immer bei Sohn und Schwiegertochter in der Villa Puppe gelebt, oder vielmehr Viktors Eltern bei ihm. Und so lag es trotz seiner vierundsiebzig Lebensjahre für alle Beteiligten nahe, dass er nun die Sorge für seinen Enkel übernahm. Was so lange gut gegangen war, bis irgendein findiger Historiker die Verbindung zwischen dem verschollen geglaubten KZ-Mediziner »Erwin Scharbeutz« und dem noch sehr lebendigen Adeligen Wilhelm von Puppe hergestellt hatte.

»Mutter, ich bin gekommen, um dir eine Frage zu Großvater zu stellen.«

»Oh, wie geht es Wilhelm?«, wollte sie sogleich wissen. »Ich habe ihn bestimmt seit Wochen nicht mehr gesehen.«

Nein, Mutter. Du hast ihn seit seinem Untertauchen vor achtzehn Jahren nicht mehr gesehen. »Gut, vermute ich«, sagte er stattdessen. »Ich kann ihn nur gerade nicht finden.«

»Bestimmt ist er oben in seinem Arbeitszimmer. Wollen wir ihn besuchen gehen?«

Wiederum schluckte Viktor mühsam die Richtigstellung herunter, die ihm auf der Zunge lag.

»Nein, Mutter. Er hat die Villa verlassen. Wie es aussieht, für immer. Er hat mir sogar so eine Art Abschiedsbrief hinterlassen.«

»Tatsächlich?« Sie runzelte die Stirn. »Nun. Wilhelm war schon immer ein sehr exzentrischer Mensch.«

»Nicht der Einzige in unserer Familie, denke ich.«

»Viktor!«, rief sie empört aus. »Halt mich nicht für so naiv, als dass ich deinen unangebrachten Sarkasmus nicht erkennen könnte.«

»Ich bitte um Entschuldigung, Mutter. Es war durchaus als Kompliment gemeint.«

»Nun ja«, sagte sie schmunzelnd. »Diesen Hang, Galanterien der eher zweifelhaften Sorte auszusprechen, teilst du jedenfalls mit deinem Vater.«

»Das ist sehr tröstlich, Mutter. Um aber wieder auf Großvater zurückzukommen...«

»Oh, Wilhelm kann auch sehr ungezogen sein«, fiel sie ihm ins Wort. »Ein Charmeur, aber wirklich unglaublich unartig. Weißt du, ohne ihn wäre ich ja sogar vielleicht noch am Leben.«

»Ja, Mutter, aber... Moment. Was hast du da gerade gesagt? Wie meinst du das: noch am Leben? Ich meine, du sitzt gerade hier und wir unterhalten uns.«

»Ach.« Seine Mutter winkte mit einer perfekt manikürten Hand ab. »Das ist doch nicht dasselbe.«

»Mutter, ich habe jetzt keine Zeit für diesen Unsinn«, sagte Viktor gereizt.

»Unsinn?«, rief sie empört aus. »Was erlaubst du dir denn, mein lieber Junge? Er hat es mir doch geraten.«

»Geraten? Was denn geraten?«

»Nun, die Kurve hinter dem Haus der Neuwingers. Er hat mir genau gesagt, mit welcher Geschwindigkeit...«

»Mutter. Du hattest fast zweieinhalb Promille im Blut. Da wäre sogar ein Profirennfahrer von der Strecke abgekommen.«

»Ja, dein Großvater und ich hatten vorher vielleicht

ein oder zwei Gläschen zu viel getrunken«, sagte sie mit einem leutseligen Lächeln, als erzähle sie gerade von einem vergnüglichen Kaffeeklatsch.

»Mutter, das ist vollkommen absurd. Großvater war zu jenem Zeitpunkt mit dem Earl of Lancaster gerade auf einer Zugreise durch die Highlands. Er kann gar nicht mit dir gesprochen haben.«

»Aber... das ist...« Die Augen seiner Mutter brachen. Sie stand auf und stolperte zur Tür des Raums.

»Herr Direktor!«, rief sie mit schriller Stimme.

Viktor eilte ihr hinterher, sich innerlich für seine Idiotie ohrfeigend. Doch es war schon zu spät.

»Was ist denn hier los?«

Mit vor Ärger gerötetem Gesicht stand Rocholl in der Tür. Irritiert musste Viktor mit ansehen, wie seine Mutter dem Mann förmlich um den Hals fiel.

»Es geht mir nicht gut«, jammerte sie. »Ich glaube, ich brauche meine Bachblüte.«

»Selbstverständlich«, sagte der Arzt und zog eine Schachtel aus der Tasche, der er eine einzelne Tablette entnahm. »Ein Glas Wasser für Frau von Puppe!«, brüllte er über seine Schulter den Gang hinunter.

»Aber das ist doch Rohypnol«, sagte Viktor entsetzt.

»Ich denke, Sie sollten jetzt gehen, Herr von Puppe.«

»Nennen Sie das etwa Therapie? Ich glaube, es wird Zeit, dass ich meine Mutter aus diesem Laden heraushole.«

Während ein Pfleger Sophie von Puppe ein Glas Wasser reichte, schob Rocholl ihn ein Stück weiter in den Raum hinein.

»Dieser *Laden*, wie Sie ihn nennen, ist immerhin

die Einrichtung mit der besten Ausstattung ihrer Art in ganz Deutschland. Und wie Sie wissen, unterliegt Ihre Mutter nicht Ihrer Betreuung, sondern der von Herrn Notar Doktor von Boitzen. Und jetzt bitte ich Sie ein letztes Mal höflich darum zu gehen. Oder muss ich erst die Sicherheit kommen lassen?«

Viktor war kurz davor, sich auf den Mann zu stürzen, aber gleichzeitig wusste er, dass es keinen Zweck hatte. Und zu allem Überfluss war er auch noch selbst schuld. Er hätte sich längst nach Wilhelms Verschwinden, der dieses Arrangement initiiert hatte, die rechtliche Betreuung für seine Mutter und das Treuhandvermögen übertragen lassen können. Aber wenn er ganz ehrlich zu sich war, hatte er weder Betreuungsrecht noch die Treuhänderpflichten gewollt.

»Dann also auf Wiedersehen, Herr Doktor Rocholl«, presste er zwischen den Zähnen hervor.

»Hoffentlich nicht so bald, Herr von Puppe«, sagte der Arzt mit einem maliziösen Lächeln.

Er wandte sich um in Richtung Tür, wo seine Mutter mit leerem Blick auf einem Stuhl saß. Die Augen nach innen gerichtet und regungslos, wie eine menschliche Marionette, die in eine Art Standby verfallen war. Neben ihr kniete ein massiger Pfleger und fühlte ihren Puls.

»Auf Wiedersehen, Mutter«, sagte Viktor.

Sie schaute nicht auf. Ihre Lippen bewegten sich leicht, aber sie brachte kein Wort heraus.

Viktor wollte schnell das Zimmer verlassen, als er neben dem Türrahmen einige Familienfotos bemerkte.

»Moment«, sagte er mehr zu sich selbst.

»Herr von Puppe?«, erklang es hinter ihm bedrohlich.

»Nur eine Sekunde«, sagte er, den Blick auf eines der Bilder geheftet. Es zeigte seinen Großvater lächelnd inmitten von einigen anderen Männern, alle gemischten Alters. Er kannte das Foto. Früher hatte es immer auf Wilhelms Arbeitstisch gestanden. »Narbenmänner« hatte er die Gruppe als Kind genannt.

Vielleicht gab es doch noch eine Möglichkeit, seinen Großvater zu finden.

ZWEITES BUCH

Montag, der 11. Scheiding

15

»Deutschland gibt's gar nicht.«

Stille.

Alle Augen waren jetzt auf den Sprecher gerichtet: Yannik, einen zwölfjährigen, etwas grobschlächtigen Jungen, der die Aufmerksamkeit seiner Mitschüler nun sichtlich genoss.

Viktor atmete tief durch, während die anderen Kinder langsam zu flüstern begannen. Doch schon bald richteten sich die ersten Augen wieder auf ihn.

Was wird er jetzt machen?, stand darin geschrieben.

Tat er nichts, würde ihm die Situation im Handumdrehen entgleiten.

»Woher hast du das, Yannik?«, fragte er rasch.

Keine besonders smarte Frage für einen Lehrer, aber wenigstens gut für eine kurze Atempause, während er sich überlegte, wie er am besten reagieren konnte.

»Na«, begann Yannik, »weil das Deutsche Reich ja gar nicht zu Ende gegangen ist.«

Viktor atmete innerlich auf. Nun hatte er eine Lücke, in die er seinen Finger stecken konnte.

»Welches Reich meinst du denn jetzt, Yannik?«, fragte er.

Dem Angesprochenen schoss die Röte ins Gesicht. »Na ja, das Deutsche Reich eben.«

»Aber davon gab es ja bekanntlich mindestens drei. Und wir haben vorhin in der ersten Stunde auch schon darüber gesprochen. Luise?« Viktor wandte sich an eine aufgeweckte Neunjährige in der ersten Reihe, deren Haare zu langen blonden Zöpfen geflochten waren. »Welche drei Reiche meine ich wohl?«

Während Luise ihr Wissen herunterspulte, schielte Viktor zur Uhr des Klassenzimmers hinüber.

Fünf nach halb zehn. Wieder Glück gehabt.

»Danke, Luise. Das war sehr gut«, lobte er sie. »Und jetzt ist kleine Pause.«

Lärmend stürmten die Kinder aus dem Klassenzimmer. Viktor schaute ihnen kopfschüttelnd hinterher. Er kam sich vor, als habe er eine Zeitmaschine bestiegen. Die Mädchen trugen weiße Blusen, lange Röcke mit Schürzen und bevorzugt »Zöpfchen-ums-Köpfchen«- Frisuren, während die Jungen mit trachtenartigen Hemden und dunklen Hosen mit derben Gürteln oder Hosenträgern vorliebnahmen. Dank kurz geschorener Schläfen und Nacken schienen sie geradewegs einem Nazi-Jugendpropagandafilm entstiegen zu sein.

Einige Minuten später stand Viktor an dem Zaun, der den selbst ernannten »Freistaat Thule« vom Rest der Republik trennte, also jenem verfemten Land, dessen Existenz der kleine Yannik vorhin keck geleugnet hatte. Für viele Bewohner der Siedlung war das eine Art Glaubensbekenntnis, wie Viktor sofort nach seiner Ankunft am gestrigen Abend bereits lernen durfte.

Er genoss die Wärme der Sonne auf seiner Haut. Die letzten Ausläufer des scheidenden Sommers. Die Luft war klar und schon recht kühl.

In der Ferne war der einspurige Forstweg erkennbar, den er vor ein paar Tagen mit Ken erkundet hatte. Und wahrscheinlich befand er sich gerade ziemlich genau da, wo er an jenem Tag auch mit Ken gestanden hatte – nur eben auf der anderen Seite. Wenn er sich umdrehte, lag hinter ihm die Scheune, in der damals der alte Mann mit der Schubkarre verschwunden war.

Das Gebäude direkt daneben, eine ehemalige Remise, hatte sich als die Schule entpuppt. Jetzt fanden darin die gut dreißig Kinder der hier ansässigen Familien Platz. Obwohl sie allen denkbaren Altersstufen entstammten, wurden sie gemeinsam unterrichtet. Viktor fragte sich, welche Schulbehörde einem derartigen Konzept die Freigabe erteilt hatte. Aber hier in Thule schienen die Uhren in vielerlei Hinsicht anders zu ticken als andernorts in der Republik. So viel hatte Viktor seit seiner Ankunft bereits festgestellt.

»Guten Tag.«

Viktor fuhr herum.

Eine kleine, zierliche Blondine stand vor ihm, oder besser gesagt leicht versetzt neben ihm. Sie war hübsch, allerdings auf eine eher kindlich elfenhafte Weise. Auch ihr Kleid wirkte ein wenig antiquiert, wenngleich die sonst offensichtlich ortsübliche Schürze fehlte. Und ihre Zöpfe waren etwas windschief und zerzaust, womit ihre Erscheinung angesichts der akkuraten Flechtkunstwerke, die er bis jetzt bestaunen durfte, einen sympathischen Kontrast bildete.

Im ersten Moment hatte er gleichwohl vermutet, eine seiner Schülerinnen vor sich zu haben. Jemand, dessen Gesicht ihm einfach noch nicht aufgefallen war. Doch dafür war sie zu alt, Anfang zwanzig vielleicht. Und, wie Viktor nun auffiel, baumelte ein Blindenstock an ihrem Handgelenk.

»Guten Tag«, grüßte er. »Viktor Puppe.«

»Oh«, sagte sie mit deutlicher Enttäuschung im Gesicht. »Thorsten meinte, Sie wären der Baron.«

»Freiherr«, sagte Viktor lachend. »Verraten Sie es nicht weiter. Ich geh damit nicht so gern hausieren.«

»Ah.« Sie lächelte wieder, wenn auch leicht an ihm vorbei.

»Und mit wem habe ich das Vergnügen?«, fragte Viktor.

»Oh, Verzeihung«, sagte sie und lief sofort tiefrot an. »Magda. Magda Mayerhofer. Aber Sie können gerne Magda zu mir sagen. Also so nennen mich jedenfalls die Kinder...« Sie pausierte kurz und strich sich eine Strähne aus dem Gesicht. »Wenn Sie aber lieber alleine sein wollen, sagen Sie es mir bitte. Thorsten meinte, dass Sie gerade hier stehen. Und da wollte ich nur kurz...«

Wiederum stockte sie.

»Nein, nein«, beeilte Viktor sich, zu versichern. »Im Gegenteil. Ich bin froh über charmante Gesellschaft. Sie erwähnten die Kinder. Unterrichten Sie auch?«

»Ja«, sagte sie. »Ich bin die Musiklehrerin.«

»Ach, was für ein wunderbares Fach. Meine musikalischen Fähigkeiten halten sich eher in Grenzen, dafür bin ich sozusagen hingebungsvoller Konsument.«

Eine kurze Pause entstand. Ihrer Miene war deutlich anzusehen, wie sie fieberhaft nach einer geeigneten Fortsetzung des Gespräches suchte. Jeder neue

Gedanke schien wie eine Wolke ungefiltert über ihr Gesicht zu ziehen.

»Was hören Sie denn so?«, fragte sie schließlich, und ihre Gesichtsröte kehrte so intensiv zurück, als habe sie ihn um ein intimes Bekenntnis gebeten.

Viktor betrachtete sie. Ihr Kleid. Ihre übertrieben aufrechte Körperhaltung. Das Notenheft, das sie fast wie einen Schutzpanzer mit beiden Händen vor ihrem Bauch festhielt. Instinktiv beschloss er, dass er mit Jazz oder Punkrock als Antwort möglicherweise falschlag.

»Bach«, sagte er stattdessen, eher aufs Geratewohl.

Sofort verfiel ihr Gesicht in das freudigste Strahlen, das er je bei einem Menschen gesehen hatte. »Das ist mein Lieblingskomponist«, erklärte sie und hielt ihr Notenheft noch etwas fester umklammert, während ihre Brust sich jetzt sichtbar hob und senkte.

»Ah«, sagte Viktor. »Welch ein schöner Zufall. Mein Lieblingsstück war immer die Kaffeekantate.«

»Und warum ausgerechnet die?«, fragte sie.

»Die habe ich schon als kleiner Junge mit meiner Mutter zusammen gehört. Ich habe sie dann jedes Mal bestürmt, mir immer wieder aufs Neue die Geschichte von den Kaffeeschnüfflern zu erzählen.«

»Kaffeeschnüffler? Was ist denn das?«, fragte sie mit großen Augen.

»Ach, die kennen Sie nicht? Also...«, begann Viktor. »Friedrich der Große war in den 1780er-Jahren wohl ähnlich besorgt um seine Handelsbilanz wie heute ein gewisser amerikanischer Präsident. Aber ebendiese wurde ihm vom Kaffeekonsum seiner Untertanen gewaltig verhagelt. Die Leute rösteten ihren Kaffee nämlich schwarz, respektive am staatlichen Röstereimonopol vorbei, um sich dadurch die horrenden Kaffeesteuern zu sparen. Also stellte der König kurzerhand vierhundert Invaliden des Siebenjährigen Krieges als Kaffeeschnüffler in Dienst, die fortan sogar das Recht hatten, jederzeit Privathäuser zu betreten, um dort Monopolverstöße quasi buchstäblich zu erschnuppern. Meine Mutter konnte mir das so bildhaft erzählen, dass ich jedes Mal so einen alten, einbeinigen Höllenhund mit Krücke, Dreispitz, geteertem Zopf und preußischblauem Uniformrock vor Augen hatte, wie er sich in einer Küche durch die Vorratstöpfe schnuppert.«

»Was für eine fantastische Geschichte«, sagte sie und klatschte die Hände zusammen. »Die Kinder haben wirklich Glück, Sie nun als Geschichtslehrer zu haben.«

»Ich bin mir nach meinen ersten beiden Unterrichtsstunden nicht ganz sicher, ob die Kinder das auch so sehen«, entgegnete er grinsend.

»Ich weiß, was Sie meinen. Aber wenn ich an Ihren Vorgänger denke...« Sie brach ab.

»Stimmt«, sagte Viktor. »Mir wurde gesagt, da hätte es einen Herrn Rieberg gegeben, oder so. Was ist eigentlich aus dem geworden?«

Sie kratzte sich recht undamenhaft am Kopf. »Herr Rieback. Es hieß, er sei beim Wandern gestürzt und habe sich den Arm und ein paar Rippen gebrochen. Er muss wohl einige Wochen im Krankenhaus verbringen.«

»Wann ist das passiert?«, fragte Viktor ahnungsvoll.

»Das war gestern Morgen. So gesehen grenzt es fast an ein Wunder, dass wir Sie so schnell gefunden haben«, sagte sie.

»Ja. Welch ein Zufall«, sagte Viktor, der sich nun sicher war, dass alles andere als Zufall dahintersteckte.

»Machen Sie jetzt weiter, Herr Puppe?«

Viktor und seine Gesprächspartnerin drehten sich um. Hinter ihnen stand nun Yannik, der Republikleugner.

»Hallo, Fräulein Mayerhofer«, sagte er in schnoddrigem Tonfall, den Blick unverblümt auf ihren sittsam verschnürten Busen gerichtet.

»Hallo, Yannik«, grüßte die Angesprochene in seine ungefähre Richtung zurück.

»Kann ich heute Nachmittag die Trommel abholen? Wir brauchen eine für das Fest«, sagte er.

»Eigentlich gerne«, antwortete Magda. »Aber heute bin ich nicht zu Hause. Vielleicht morgen?«

Viktor schaute auf seine Uhr. Er hatte die Pause bereits um zehn Minuten überzogen, und das Gespräch ging ihn sowieso nichts an.

»Ich fürchte, ich muss wieder. Yannik kann ja nachkommen«, sagte er.

»Oh, natürlich. Bis... später dann«, stotterte sie und winkte.

Er winkte im Gehen zurück, nur um sogleich zu realisieren, wie unsinnig seine Geste war. Also wandte er sich dem Schulgebäude zu und stapfte los.

»Herr von... ich meine, Herr Puppe?«, rief sie ihm hinterher. Er fuhr herum.

»Ja, Frau Mayerhofer?«

»Mögen Sie mich morgen Nachmittag vielleicht besuchen? Vielleicht so um drei?«

Wieder war ihr Gesicht leuchtend rot. Viktor zögerte.

»Wir könnten Kaffee trinken«, fügte sie hinzu, »und die Goldbergvariationen hören. Ich habe eine Aufnahme von Glenn Gould, auf der man hören kann, wie er mitsummt.«

»Ja, sehr gerne«, sagte Viktor.

»Schön«, sagte sie. »Dann bis morgen.«

»Bis morgen«, sagte er. Sein Blick fiel auf Yannik, auf dessen Gesicht sich das anzüglichste Grinsen abzeichnete, zu dem ein Zwölfjähriger fähig war.

***

Die Pistole zielte genau auf seine Herzgegend. Viktor war vollständig erstarrt.

»Drück ab«, erklang es hinter dem Jungen.

Der Kleine schaute Viktor bange an. Die Waffe in seinen Händen zitterte leicht.

»Nicht zögern, Finn. Jetzt drück endlich ab.«

Finn kniff ein Auge zusammen und betätigte den Abzug.

»Scheiße, tut das weh. Verdammt.«

Der Aufprall riss Viktor fast von den Füßen. Er schaute an sich herab. Sein linker Ärmel war in Neonpink getaucht. Nach einem ersten Gefühl der Betäubung breitete sich dort nun ein dumpfer Schmerz aus.

Er rieb sich den Oberarm.

»Jetzt guck dir das an. Du hast nach links verrissen. Wenn er auch eine Waffe gehabt hätte, könnte er dich jetzt immer noch erschießen.«

Finn hatte sichtlich Tränen in den Augen, aber er

biss sich auf die Unterlippe und nickte stumm. Der junge Mann, der ihn so harsch zurechtgewiesen hatte, war Thorsten Kunersdorf, der fünfundzwanzigjährige Sohn des Siedlungschefs und Lehrer für »Wehrsportertüchtigung«. Bei diesem Fach bestand der Unterrichtsinhalt darin, dass die Wemeler Jungen – und nur die Jungen – durch den Wald hinter der Siedlung streiften und unter Thorstens fachkundiger Anleitung Räuber und Gendarm spielten, oder vielmehr »Deutsche und Fremdvolk«. Ausgerüstet waren sie mit Paintballpistolen, und die Sportbekleidung bestand aus Tarnuniformen.

Viktor hatte Thorsten nach Schulende kennengelernt, der sogleich eine Einladung ausgesprochen hatte, die Viktor unter den gegebenen Umständen nicht ablehnen konnte. Immerhin bildete Thorsten möglicherweise den besten Zugang zu seinem Vater. Also diente er den Schülern nun als lebende Zielscheibe. Sie waren seit einer Stunde unterwegs, und er hatte schon den vierten Treffer kassiert. Trotz eines wattierten Schutzanzugs und Thorstens gegenteiliger Beteuerungen war jeder Einzelne davon ziemlich schmerzvoll.

»Alles in Ordnung, Herr von Puppe?«

Obwohl Viktor bei Thorsten Kunersdorf abgewiegelt und ihn sogar geduzt hatte, bestand der Wehrsportleiter auf der Anrede mit dem Adelsprädikat. Angesichts der ehrerbietigen Zackigkeit, die er dabei an den Tag legte, fehlte eigentlich nur noch, dass er die Hacken aneinanderknallte, sodass Viktor sich wie ein Wehrmachtsgeneral aus »Die Brücke von Arnheim« vorgekommen wäre.

»Bestens, lieber Thorsten. Wer ist als Nächster dran?«
Thorsten drehte sich um.
»Yannik? Komm her. Deine Runde.«
Yannik nahm die Paintballpistole in die Hand und griente Viktor mit gieriger Schadenvorfreude an.

***

Eine halbe Stunde später saßen sie am Lagerfeuer.
»Und wie ist Ihr Großvater so?«, fragte Thorsten, der jetzt neben ihm mit einem Stock in der Asche stocherte.
Viktor rang eine Weile mit sich. »Er hat mich aufgezogen«, antwortete er schließlich möglichst knapp.
Wider Erwarten gab Thorsten sich mit der Nichtantwort zufrieden. Viktor atmete innerlich auf. Seit er hier angekommen war, tanzte er diesen seelischen Eiertanz.
Undercover.
Das hatte sich wundervoll abstrakt angehört, als er seinen Plan vorab mit Ken besprochen hatte, und irgendwie auch abenteuerlich. Aber den Teil mit der permanenten Selbstverleugnung hatte er sich nicht ansatzweise so schmerzlich vorgestellt. Man konnte sich hundertmal sagen: *Tu einfach so, als seist du ein hundertprozentiger Neonazi.* Doch selbst durch dieses Mantra wurde es bei der Umsetzung keinen Deut einfacher.
Den Weg hierher hatte ihm am Ende tatsächlich sein Großvater gebahnt, nachdem er ihn im Haus seiner alten Studentenverbindung aufgestöbert hatte, wo er nun quasi als ständiger Ehrengast der Abkömmlinge seiner ausschließlich blaublütigen Jugendfreunde

weilte. Das Foto in der Wohnung von Viktors Mutter, auf dem ein jugendlicherer Wilhelm inmitten eben dieser Freunde zu sehen war, hatte ihm den Weg gewiesen.

Sein Großvater hatte ihn zu seinem Scharfsinn überschwänglich beglückwünscht. Auch schien es so, als würde er ihm die Episode mit der Reporterin nicht im Mindesten übelnehmen, als hätte Viktor aus Wilhelms Sicht nur einen Lausbubenstreich begangen. Dann hatte er Viktor genötigt, einer Mensur beizuwohnen. Eine Ehre, auf die er gerne verzichtet hätte, die er aber im Kreis der neuen Freunde seines Großvaters nicht ablehnen konnte, ohne einen kleinen Eklat heraufzubeschwören. Also hatte er es als eine Art Strafe akzeptiert, als die es wahrscheinlich gemeint war.

Mit wachsender Beklemmung hatte er dabei zugeschaut, wie sich zwei junge Männer mit schweren Degen gegenseitig die Gesichter zerfetzten, bevor anschließend der »Paukarzt« mit Rosshaaren die Wunden versorgte, sodass ihre Narben noch kapitaler hervorstachen.

Irgendwann hatte Wilhelm ihn erlöst. Sie hatten sich in ein Hinterzimmer absentiert, während vor der Tür eines der verbindungstypischen Gelage stattfand, die sogenannte »Kneipe«.

Viktor hatte ihm ohne Umschweife sein Anliegen erklärt: Zugang zu Thule unter irgendeiner passenden Legende. Wilhelm hatte ihm ruhig zugehört, eine teure Zigarre paffend. Am Ende seines Vortrags hatte Viktor erwartet, dass Wilhelm ihn nach den Gründen für sein Anliegen fragen würde, doch es geschah nichts dergleichen. Stattdessen hatte sein Großvater versichert, er werde sich darum kümmern, und ihm ein Glas Tokajer aufgenötigt. Er stellte ihm sogar in Aussicht, sich bereits am nächsten Tag zu melden.

Den Sonntagmorgen hatte Viktor zunächst vor dem Fernseher verbracht. Die Welt war mal wieder in einem deprimierenden Zustand. Ein Erdbeben in Mexiko hatte neunzig Todesopfer gefordert. In Syrien hatte der IS offensichtlich Tausende von Blankopässen erbeutet, und Hurrikan Irma, einer der schlimmsten, der je in der Karibik gewütet hatte, stand kurz davor, das amerikanische Festland zu treffen.

Er hatte die Nachrichtenlage mit einem sehr schwarzen Kaffee heruntergespült, dann endlich seinen Mut zusammengenommen und sich bei Ken gemeldet. Zu seiner Überraschung war Ken wegen ihres Streits vom Freitag nicht mehr verstimmt. Also war Viktor auch bei ihm gleich zur Sache gekommen und hatte ihm berichtet, welch möglicherweise schlimmen Konsequenzen sein Telefonanruf haben konnte. Zwar war er der Meinung, dass Begüm ihm dafür zu Unrecht die Schuld gab, schließlich hatte er nicht wissen können, wen er da eigentlich anrief. Aber irgendwie fühlte er sich nun gleichwohl in der Verantwortung, Begüm, so gut es ging, dabei zu unterstützen, ihren Bruder zu finden – sofern er noch lebte. Es überraschte Viktor nur wenig, dass Ken sogleich Feuer und Flamme für die Undercover-Idee war, schon allein um »Sikorskis Westentaschengestapo« eins auszuwischen, wie er sagte.

Natürlich waren Ralph Kunersdorf und sein »Thule« hinsichtlich der Rettung von Begüms Bruder nur ein Strohhalm, aber es war Viktors einziger. Würde es ihm gelingen, bei Kunersdorf die Mordwaffe im Fall Yavuz zu finden, dann wäre Gökhan Duran entlastet. Damit wäre auch sein Treffen mit Yavuz kurz vor dessen Ermordung als Schuldeneintreiber keine Bedrohung mehr für seinen Boss Khalil. Was auf den ersten Blick wie der Auftrag eines Berliner Mafiapaten zur Ermordung eines unbotmäßigen Schuldners aussah, würde sich als ein dummer Zufall herausstellen. Eventuell gelang es sogar, Begüms Bruder auf diese Weise komplett aus der Sache rauszuhalten.

Aber dafür brauchte Viktor erst einmal Zugang zu Thule und Kunersdorf. Da sein Großvater in diesen Kreisen einen Ruf hatte wie ein Donnerhall, hoffte er, dass Wilhelm ihm diesen Zugang verschaffen konnte.

Als Viktor am frühen Nachmittag noch nichts von seinem Großvater gehört hatte, wurde er ein wenig nervös, immerhin war die Lage für Begüms Bruder lebensbedrohlich. Fraglich war zwar, wie akut diese Gefahr war, aber Zeit gab es nicht zu verlieren.

Gerade als Viktor darüber nachzusinnen begann, ob sein Großvater die Angelegenheit dringlich genug behandelte, hatte sein Telefon geklingelt und...

»Tut das weh?«, fragte der kleine Finn.

Viktor schaute ihn überrascht an. Erst dann fiel ihm auf, dass er unwillkürlich die Rippen seiner Herzgegend betastet hatte, an genau der Stelle, wo Yannik vorhin auf kaum zwei Meter Entfernung einen Volltreffer erzielt hatte. Viktor verfluchte sich innerlich für seine Wehleidigkeit.

»Ein deutscher Mann kennt keinen Schmerz«, sagte er theatralisch in einem Tonfall, von dem er hoffte, dass er möglichst schneidig klang. Zu seiner Erleichterung schien es, dass Thorsten Viktors Schauspiel abkaufte.

»Habt ihr gehört, Wölflinge?«, rief er in die Runde der Jungen.

»Jawohl, Herr Jungzugführer!«, erklang es aus einem Dutzend kleinerer und größerer Kehlen.

Jungzugführer!

Viktor schluckte mal wieder einen Brocken Bestürzung herunter. »Was machen die Mädchen jetzt eigentlich?«, fragte er.

»Handarbeiten, wie es sich für deutsche Frauen gehört«, erklärte Thorsten, den Blick wieder auf die Glut gerichtet. »Wir brauchen noch Kostüme. Übermorgen, am Mittwoch, feiern wir Herbstopferfest. Die Kinder führen die Siegfriedsaga auf.«

»Herbstopferfest«, wunderte sich Viktor. »Ist das nicht erst am dreiundzwanzigsten September?«

»Das heißt dreiundzwanzigster Scheiding«, krähte Yannik dazwischen.

»Nur, dass die germanischen Monate exakt von Neumond zu Neumond reichten und die zahlenmäßige Lage sich daher von Jahr zu Jahr ändert«, entgegnete Viktor, der seine Lehrerrolle das erste Mal ein wenig genoss.

»Siehste. Der Mann kennt sich aus«, sagte Thorsten. Yannik schoss Viktor einen gehässigen Blick zu.

»Wir haben das Fest ein bisschen vorverlegt, weil wir am Mittwoch hohen Besuch erwarten«, erläuterte Thorsten dann. »Doktor Ernst Heumann wird erwartet.«

»Heumann.« Viktor grübelte. »Da klingelt was.«

»Ihm gehört der Alfrun-Verlag, der auch den Völkischen Boten herausgibt. Ohne ihn gäbe es diese Siedlung gar nicht... sagt mein Vater jedenfalls.«

»Tatsächlich? Warum?«

Thorsten zuckte mit den Schultern. »Geld«, meinte er nur, als sei damit bereits alles erklärt.

»Und der schaut am Mittwoch vorbei?«, fragte Viktor.

»Nicht nur er. Da kommen noch ein paar andere.«

»Dann ist dein Vater bestimmt auch dabei?«

Thorsten schaute ihn einen Moment lang forschend an. Dann begann er wieder in der Glut zu stochern. »Sicher«, sagte er schließlich auf eine Art, die Viktor ahnen ließ, dass Thorsten dieses Thema nicht vertiefen wollte. »Verstehe«, bemerkte Viktor, der sich langsam fragte, welchen Sinn sein Einsatz eigentlich hatte, wenn sein Hauptermittlungsziel durch Abwesenheit glänzte.

»Wir brauchen übrigens noch einen Fafnir«, sagte Thorsten unvermittelt.

»Einen was?«, fragte Viktor, der nicht richtig zugehört hatte.

»Na, Fafnir, den Drachen. Für die Siegfriedsage. Der wird immer von einem Erwachsenen gespielt, wegen der Größe. Wäre das nichts für Sie?«

Während Viktor noch nach einer geeigneten Ausflucht suchte, hatte Thorsten sich schon an die Kinder gewandt.

»Was meint ihr, Jungs?«

Begeisterte Hurrarufe besiegelten Viktors Schicksal.

16

»Komm, Vater Odin, sei unser Gast, und segne, was du uns bescheret hast.«

Nicole van Houten ließ Viktors Hand los. Er nutzte die Pause, um sich bei seinen Gastgebern umzusehen. Möbel aus Kiefernholz beherrschten die Einrichtung. Tisch, Stühle, Wandtäfelung, sogar der Schirm der Deckenleuchte über ihnen. Ignorierte man den immens riesigen Flachbildschirm, der vor der Wand schräg hinter dem Gastgeber angebracht war, hätte die Wohnung ein Museum der IKEA-Siebziger sein können.

Auch im Hobbyraum, den sie Viktor bei seiner gestrigen Ankunft im Keller zur Verfügung gestellt hatten, »bis sich was Besseres findet«, regierte dieser Stil, einschließlich Minisauna und Partyecke mit Bar und eigener Zapfanlage.

»Yannik! Teilst du bitte die Suppe aus«, befahl die Hausherrin.

»Warum immer ich?«, maulte Viktors Sitznachbar zur Linken.

»Weil ich es so sage«, wies ihn seine Mutter zurecht.

Grummelnd stand Yannik auf und ergriff die Schöpfkelle sowie seinen Teller.

»Dem Gast zuerst. Wir sind hier ja nicht bei den Hottentotten.«

Ratlos starrte Yannik erst auf Viktors Teller und dann auf den in seiner Hand.

»Ach, du lieber Allvater«, seufzte seine Mutter, stand auf und riss ihm die Kelle aus der Hand.

Sie schöpfte eine Portion grünlichen Sud aus dem Topf und entleerte sie in Viktors Suppenschale.

»Bitte sehr, Herr von Puppe.«

»Ach, bitte Viktor. Alle hier siezen mich nur. Ich fühle mich schon wie ein Außerirdischer.«

»Also Viktor«, sagte sie mit resoluter Freundlichkeit. »Ich heiße Nicole. Das hier ist übrigens eine Bärlauchcremesuppe mit Kürbiskernöl. Nur falls Sie sich gefragt hatten.«

»Das sind alles Produkte von uns«, ergänzte Ove van Houten, dessen niederländischer Akzent und silbergraue Stirntolle an Rudi Carrell erinnerte, auch wenn er eine etwas fülligere Kopie abgab.

Er reichte Viktor eine Tüte, deren Etikett eine schwarz-weiß-rote Banderole umschloss.

Kürbiskerne
k.g.b.a.
200 gr.
Thule-Höfe
Land Mecklenburg-Schwerin
Deutschland

Unter dem Etikett war eine schwarze Sonne abgebildet, die Viktor aus einem Buch über Rechtsesoterik bereits kannte.

»K.g.b.A.?«, fragte er.

»Kontrolliert germanisch biologischer Anbau«, sagte Ove und nahm ihm grinsend die Tüte aus der Hand. »Das war Ralphs Idee. Die Mann ist eine Propagandagenie. Das ist die Technik von die Unbewusstheit. Subliminal. Verstehen Sie?«

»Du«, insistierte Viktor.

»Tschuldigung«, sagte van Houten und kratzte sich am Kopf. »Ich muss mich da erst dran gewöhnen. Weißt du ... für die meesten hier bist du so eine Art Star.«

Viktor lächelte gequält. Aber vielleicht war Starruhm ja die beste Basis für die Frage, die ihn vor allem anderen interessierte. »Wo ist er denn eigentlich?«

»Wer?«, fragte Ove.

»Na, Ralph Kunersdorf! Alle reden von ihm, aber ich habe ihn noch nirgendwo gesehen.«

Van Houten zuckte mit den Schultern. »Geschäftlich unterwegs«, sagte er und mied dabei Viktors Blick. »Warum willst du das wissen?«

Viktor war sich nicht sicher, ob plötzlich Neugier oder doch eher Misstrauen in van Houtens Stimme lag. Jedenfalls hielt er es für besser, das Thema erst mal nicht zu vertiefen.

»Läuft es denn gut, euer Geschäft?«, fragte er stattdessen.

»Hm.« Ove wackelte mit seiner Linken. »So lala.« Dann schluckte er hastig einen Löffel Suppe herunter. »Die Gewinn ist nicht schlecht, aber die legen uns immer wieder Steinen in den Weg.«

»Wer, die?«, fragte Viktor.

Ove zuckte mit den Schultern. »Du weißt schon. Die da draußen halt. Die BRD-GmbH.«

»Ach ja«, sagte Viktor und hoffte, dass man ihm seine Unwissenheit nicht ansah. »Und was sind das für Steine, die die euch in den Weg gelegt haben?«

»Ich habe unsere Buchhaltung die letzten Jahre so ein beetje kreativ gemacht, wenn du verstehst. Aber irgendso een kut...«

»Ove!«, fuhr Nicole van Houten ihren Mann an.

»Entschuldigung, also irgend so eine Idiot hat uns bei das Finanzamt verpfiffen. Und jetzt haben wir Schulden. So viele...« Er breitete zur Illustration die Arme aus.

»Das ist ja unglaublich«, sagte Viktor und hoffte, dass er das richtige Maß an Empörung getroffen hatte. »Und jetzt? Was wollt ihr jetzt machen?«

»Wir haben Unterstützung von die richtige Leute«, sagte Ove mit einem verschmitzten Augenzwinkern.

»Meinst du diesen Verleger?«, fragte Viktor, der sich an das nachmittägliche Gespräch mit Thorsten Kunersdorf erinnerte.

»Ernst Heumann«, nickte Ove. »Aber wir hier sagen alle Onkel Ernie zu ihn. Ist eine tolle Typ. Du wirst ihn kennenlernen bei unsere feestje.«

»Ja, davon habe ich schon gehört.«

»Er spielt den Drachen, Papa«, krähte Yannik van Houten dazwischen.

»Werkelijk? Das finde ich echt toll, dass du mitmachst«, sagte Ove und gab Viktor ein Daumenhoch. »Das wird eine große Spaß, obwohl ich eigentlich finde, so wie du aussiehst, du wärst eine prima Hagen von Tronje. Was meinst du, Nicole?«

»Ich meine, ihr solltet eure Suppe endlich aufessen.

Der Braten ist nämlich schon fertig.« Damit stand sie auf und verschwand in Richtung kiefernholzverkleideter Einbauküche.

»Jawel, mevrouw«, sagte Ove und salutierte seiner Frau hinterher. »Du siehst, wer die Hosen hier anhat bei uns, richtig?«, meinte er mit einem erneuten Zwinkern.

Viktor rang sich ein höfliches Grinsen ab. »Woher kommt die Verbindung zu Heumann?«, versuchte er das Gespräch wieder auf interessantere Bahnen zu lenken.

»Oh, er hat zusamme mit Ralph die Siedlung vor fünfzehn Jahr gegründet.«

»Tatsächlich?«, sagte Viktor. »Und wie spielte sich das ab? Ich meine... Standen all die Gebäude hier leer, und sie haben alles aufgekauft, oder wie kann man sich das vorstellen?«

»Wie man sich das vorstellen kann, fragt er, Schatz«, sagte Ove und starrte unverblümt seiner Frau auf den Hintern, während sie einen dampfenden Römertopf auf den Tisch bugsierte. Er legte seinen Löffel auf den mittlerweile leer gegessenen Suppenteller, stützte die Ellenbogen auf und faltete die Hände.

»Man kann sich das so vorstelle, dass Ralph hier zuerst gekauft hat die eine Resthof. Und weiter kann man sich das so vorstelle, dass er überzeugt hat die andere Nachbar, mit starke Argumente, auch ihre Häusen zu verkaufen.«

»Meinst du damit, dass er ihnen einen besonders guten Preis bezahlt hat?«, hakte Viktor nach.

»Oh, es gibt noch stärkere Argumente, wenn du verstehst, was ich meine«, sagte Ove und lehnte sich mit einem süffisanten Grinsen zurück, während seine Frau den Braten auftat.

»Du meinst, solche Argumente wie bei dieser Synagoge in Schwerin?«

»Ach«, winkte Ralph ab. »Du musst nicht glaube, was diese Lügenreporter schreiben.«

»Aber er wurde doch dafür verurteilt?«

Ove hob die Hände. »Hey, in diese Land, wenn irgendwas passiert mit de jodendom, ihr spielt alle verrückt. Aber ich bin nur eine dumme kaaskopp. Ich versteh das nicht, diese Nazi-Komplex. Was die Israel macht mit die Palästinenser. Ist das etwa nicht nazi? Vielleicht ihr müsst mal wieder frisch gemacht werden, von so eine richtige Anführer. So eine wie den Putin, oder so. Dat is tenminste dat, wat ik ervan denk.«

»Ja, aber …«, begann Viktor, bevor ihm Nicole van Houten ins Wort fiel.

»Und jetzt genug von der Politik. Oder soll mein Braten etwa kalt werden?«, fragte sie streng.

Widerstrebend zwang Viktor sich zu einem demütigen Lächeln. »Nein, das wäre ein echtes Verbrechen. Ich bitte um Verzeihung, liebe Nicole.«

Mit vorgehaltener Hand, als würde er ihm ein Geheimnis verraten, beugte Ove sich zu ihm herüber. »Jetzt verstehst du, was ich meine, niet waar?«

***

Du schaust auf das Messer in deinem Bauch. Wartest auf den Schmerz. Stattdessen ist es, als ob alle Kraft aus den Knien weicht. Die Wand in deinem Rücken fängt den Sturz auf, aber du sackst zusammen. Die Holzsplitter, die sich dabei in deine Haut bohren, sind das Erste, was du fühlst.

Du prallst auf den Boden, und in deinem Bauch explodiert der Schmerz.

Deine Hand umfasst das Heft des Messers und zieht daran, doch der Schmerz lässt dich fast ohnmächtig werden. Du siehst, wie das Blut zwischen deinen Fingern hindurchströmt und im Stoff der Jeans versickert. Schubweise quillt es hervor. Du begreifst, dass du das erste Mal mit eigenen Augen sehen kannst, mit welchem Rhythmus dein Herz das Blut durch deinen Körper pumpt. Zugleich weißt du, dass es nicht mehr lange schlagen wird. Dir bleiben nur Momente.

Du streckst den Arm nach dem Engel aus, doch er sieht dich nicht an. Dein Mund formt Worte, doch er versteht dich nicht.

Langsam kriecht die Dunkelheit aus den Ecken der Hütte, schleicht sich von allen Seiten an dich heran. Allein der Engel scheint der Düsternis zu trotzen, hell wie ein Stern.

Und dann wird es dir klar. Es war vorbestimmt. All die vielen Tage, die endlose Flucht, all die Mühsal, der Schmerz und die Trauer haben hier und jetzt ein Ende. Und der Engel... er hat auf dich gewartet.

Denn so steht es geschrieben:

Der Engel des Todes, der über euch eingesetzt ward, wird eure Seelen hinnehmen; zu eurem Herrn dann werdet ihr zurückgebracht.

***

Ich schaue auf das Messer in seinem Bauch und versuche dabei, ihr Kreischen zu ignorieren.

»Halt die Klappe«, zische ich ihr zu, doch sie hört mich nicht. Es ist, als ob sie gar nicht merkt, dass ich da bin.

Ich möchte sie am liebsten ohrfeigen, sie schütteln und anschreien.

»*Ich musste das tun, verstehst du? Sonst hätte er es wieder gemacht. Hätte dir wehgetan. So wie damals. So wie er es immer wieder getan hat und immer wieder tun wird. Und Mutter? Mutter sieht weg.*«

Er schaut mich an mit diesem Blick. Ich sehe, dass er es jetzt versteht. Er kann ihr nicht mehr wehtun. Ich habe gesiegt. Genau wie das letzte Mal und das Mal davor. Und ich werde ihn wieder besiegen, egal wie oft es noch nötig ist. Es ist ein herrliches Gefühl. Purer Friede.

Ich betrachte die Fensterscheibe, doch statt meiner selbst spiegeln sich nur ihre Augen darin. Leer starren sie zurück.

***

Viktor ließ die Häuser hinter sich und tauchte in den Wald ein.

Von dem Zaun, der die Siedlung von den angrenzenden Äckern trennte, war hier nichts mehr zu sehen. Offensichtlich endete er am Saum des Waldes.

Er genoss die nächtliche Kühle. Sie vertrieb den letzten Nebel des bizarren Albtraums aus seinem Kopf, der ihn aus dem Schlaf gerissen hatte. Die Uhr neben dem

Futon, den sie ihm hingestellt hatten, hatte halb drei angezeigt. Er wusste nicht mehr, was er geträumt hatte, nur dass er zu aufgewühlt war, um sich wieder hinzulegen.

Typisch Alkohol und schweres Essen, hatte er sich gedacht.

Also hatte er sich angezogen, war aus dem Keller und durch das Esszimmer nach draußen geschlichen. Die Familie seiner Gastgeber im oberen Stockwerk wissend, war er sich wie ein Dieb oder wenigstens wie ein Eindringling vorgekommen. Und dann war ihm bewusst geworden, dass er eigentlich nichts anderes war.

Gott sei Dank hatten sie ihm einen eigenen Schlüssel gegeben. Draußen vor der Haustür hatte er vor Erleichterung aufgeatmet, ohne zu wissen, worüber er eigentlich so erleichtert war. Alles war so still gewesen. Nirgendwo brannte mehr Licht.

Dann hatte er den Wald hinter der Siedlung erblickt, von dem er magisch angezogen wurde. Der größte Teil von Schwanenwerder war bewaldet. In seiner Kindheit hatte er sich gerne nachts aus der Villa geschlichen und war in Sichtweite des Ufers durch die Bäume gestreift.

Vorsichtig hob er den Fuß über einen am Boden liegenden Baumstamm. Zwar war die Nacht sternenklar, aber im September drang das Licht des Halbmonds nur hier und da durch die noch begrünten Wipfel der Bäume.

Ein Stück weiter vorne knackte ein Ast. Viktor blieb stehen und hielt den Atem an.

Plötzlich fiel ihm ein Zeitungsbericht ein, den er vor ein paar Wochen gelesen hatte. Demzufolge gab es auch in Mecklenburg mittlerweile wieder einige Wölfe, die die Wälder auf der Suche nach Beute durchstreiften. Vereinzelt hatten sich schon Bauern und Schäfer beschwert, dass ein Rudel ihre Tiere gerissen hatte.

Er stand still und lauschte.

Stille.

Schließlich schüttelte er den Kopf über seine eigene Schreckhaftigkeit. Er hatte sich die Gegend auf Google Maps angeschaut, bevor er nach Wemel gekommen war. Der Wald war viel zu klein, um dauerhaft ein Wolfsrudel zu beherbergen. Wenn es hier Wölfe gab, dann wahrscheinlich nur die, die er beim Betreten des Waldes hinter sich gelassen hatte.

Er beschloss, sich ein Weilchen auf den Baumstamm zu setzen.

Solange er sich bewegt hatte, wirkte der nächtliche Wald wie eine chaotische Welt voll unheimlicher Überraschungen. Oft genug ertappte er sich dabei, wie er sich mit einem Blick über die Schulter versicherte, dass er nicht verfolgt wurde. Hinter jedem Baum konnte eine Gefahr lauern.

Aber wenn man verharrte, wurde man zu einem Teil der Dunkelheit. Nun war Viktor selbst zum Betrachter geworden, zu einem Teil des Waldes.

Auf einmal hatte er das Bedürfnis, sich eine Zigarette anzuzünden. Dabei war er eigentlich gar kein Raucher. Aber irgendwie hatte er es in letzter Zeit mit zu viel Rauchern zu tun... oder vielmehr Raucherinnen. Stella. Begüm.

Wobei die beiden in dieser Hinsicht absolute Gegensätze waren. Bei Stella bildete die Raucherei eher einen delikaten Gestus, bei Begüm einen völlig unelegranten Habitus. Sie rauchte so schnell und flüchtig wie ein Frontsoldat im Winter. Aber derzeit konnte er es ihr auch nicht verdenken ...

Ein Lichtschein, weit im Dickicht, unterbrach seine Gedanken. Und diesmal war er sich sicher, dass ihm seine Sinne keinen Streich gespielt hatten.

Langsam erhob er sich von dem Stamm und bewegte sich in Richtung der Stelle, von der er glaubte, dort das Licht zuletzt gesehen zu haben.

Je weiter er voranging, desto mehr hatte er das Gefühl, dass vor ihm noch etwas anderes war als nur Bäume und Unterholz.

Etwas Größeres, Dunkles.

Staunend blieb er stehen und betrachtete das Bauwerk, das gleichsam aus dem Boden gewachsen schien. Wände aus Brettern. Ein schlichtes Satteldach. Kleine Fenster mit halb zerrissenen Mückennetzen. Eine Art Veranda, und im Dunkel des Vordachs die vagen Umrisse einer Tür. Wahrscheinlich ein Forsthaus.

Und während Viktor noch überlegte, ob er die Hütte aufbrechen sollte, kam *er* auf ihn zu.

Viktors Herz setzte einen Schlag aus.

Selbst im Dämmerlicht erkannte Viktor ihn sofort. Der kahl geschorene Schädel. Der breite Nacken. Das kantige Kinn. Ein Augenbrauenring blitzte im Mondlicht auf. An den Schläfen waren halb verwaschene Tätowierungen erkennbar, die über die nackte Schädelhaut bis in den Nacken reichten. Aber trotz all dem glich er einer älteren Version seines Sohnes.

Ralph Kunersdorf.

Mörder.

Brandstifter.

Siedlungschef.

Der Mann, den er seit seiner Ankunft zu finden versuchte.

Auch wenn er Kunersdorfs Augen nicht ausmachen konnte, wusste Viktor, dass er ihn im Näherkommen unverwandt anstarrte. Stumm. Einen langen glänzenden Gegenstand in der Hand. Ein undefinierbares Knäuel in der anderen. Unwillkürlich trat Viktor einen Schritt zur Seite.

»Hallo He...«, begann er, doch da war Kunersdorf schon an ihm vorüber. Wortlos. Grußlos.

Viktor schaute ihm entgeistert hinterher und folgte mit seinem Blick dem Mann, bis ihn die Nacht wieder verschlungen hatte. Träumte er vielleicht immer noch?

Dienstag, der 12. Scheiding

17

»Wat gucken Sie 'n da?«

Der Mann glotzte ihn unfreundlich an.

»Entschuldigung«, sagte Viktor und schaute auf das Klingelschild. »Herr Deinert. Sind Sie das?«

»Und was geht Sie das an?«, fragte der Angesprochene.

»Ich muss mich noch mal entschuldigen. Ich bin Viktor Puppe, der neue Geschichtslehrer.«

»Aaaah.« Ein Leuchten erstrahlte über das ganze Gesicht des Mannes. »Na, dann sagen Sie dat doch gleich. Christoph Deinert, mein Name.« Er streckte eine haarige Pranke aus, die Viktor, so herzhaft er nur konnte, ergriff. »Und wat kann ich für Sie tun? Stimmt mit Marlon irgendwat nicht?«

»Wie?«, fragte Viktor. »Ach so, nein. Alles in Ordnung. Ich suche nur eine andere Familie und weiß nicht, wo auf dem Gelände sie wohnt.«

»Wen suchen Sie denn? Vielleicht kann ich ja helfen?«

»Mayerhofer. Magda Mayerhofer. Die Musiklehrerin.«

»Ach, die Mayerhofers«, sagte der Mann mit vielsagendem Grinsen und in einem Tonfall, als hätte Viktor ihn gerade auf einen berüchtigten Mafiaclan angesprochen. »Na, die werden Sie hier nicht finden.«

»Ach, und wo dann?«, fragte Viktor leicht konsterniert.

»Na, unser feiner Herr Professor wohnt natürlich nicht unter unsereinem, sondern außerhalb.«

»Oho«, machte Viktor, der sich langsam fragte, in was für ein Wespennest er jetzt wieder gestochen hatte.

»Ich... also... Magda... Frau... Fräulein Mayerhofer hat mich... wir wollten Kaffee«, stammelte er, während das Grinsen auf dem Gesicht seines Gegenübers mit jedem Wort breiter wurde.

»Soso, Kaffeetrinken mit der kleenen Magda«, sagte Deinert schließlich. »Na, dann passen Sie mal lieber auf, dass Ralphs Kleiner das nicht mitkriegt.« Noch bevor Viktor in der Lage war, den Sinn dieser Warnung voll zu erfassen, hatte der Mann sich auch schon in Richtung Dorfeinfahrt umgedreht. »Gehen Sie einfach raus und dann links den Feldweg zwischen Zaun und Acker entlang. Sehen Sie den?«

Viktor folgte seinem Fingerzeig. »Ja«, sagte er. Es war derselbe Weg, den er vor einigen Tagen mit Ken im Regen entlanggegangen war.

»Gehen Sie den einfach immer weiter bis zum Wald und dann noch ein Stück am Waldrand entlang. Irgendwann kommen Sie zwangsläufig beim Haus von Herrn Professor vorbei«, sagte er, um dann mit einem verschwörerischen Grinsen hinzuzufügen: »Das heißt, wenn es dann noch steht.«

»Ja,... äh, danke«, sagte Viktor.

Der Mann hob zwei Finger an die Stirn.

»Besser Sie beeilen sich ein bisschen, bevor das da

runterkommt«, riet er zum Abschluss, den Blick skeptisch gen Himmel gerichtet.

Viktor folgte seiner Blickrichtung, doch alles was er am blauen Mittagshimmel erkennen konnte, waren zwei Kondensstreifen, die langsam verdunsteten.

***

»Chemtrails«, sagte sie lachend.

»Chem was?«, fragte Viktor.

»Das ist ein Kofferwort von Chemie und Trails, also Kondensstreifen. Viele Menschen glauben, dass in den Kondensstreifen von Flugzeugen irgendwas drin ist.«

»Und was soll da drin sein?«, fragte er.

Magda zuckte mit den Schultern. »Alles Mögliche«, sagte sie. »Krankheitserreger. Drogen. Gift. Oder alles zusammen. Ihr Vorgänger glaubte auch an so was. Er dachte, in den Kondensstreifen wäre eine Substanz, die Männer homosexuell macht.«

»Im Ernst?«, fragte Viktor entgeistert.

»Ja, wirklich«, sagte sie.

»Aber Sie glauben doch nicht an so was, oder?«

»Nein, natürlich nicht. Sie etwa?«

»Um Gottes willen«, gab Viktor zurück und lachte.

Nicht zum ersten Mal hatte er das Gefühl, ihr das Du anbieten zu wollen. Aber jedes Mal, wenn ihm der Gedanke kam, sagte ihm ein seltsames Bauchgefühl, dass sie das vielleicht gar nicht wollte. Dass es für sie irgendwie besser so war, wie es sich jetzt zwischen ihnen eingespielt hatte: Sie, Viktor. Sie, Magda. Formelle Anrede mit Vornamen: Das Hamburger Sie.

Er schaute sich in dem hellen Wohnzimmer um. Peter Mayerhofer, pensionierter Berliner Professor für Bildhauerei, wie Viktor mittlerweile in Erfahrung gebracht hatte, hatte sich von einem befreundeten Architekten ein kleines Schmuckstück an den Waldrand bauen lassen. Eine modernere Version der Bauhausarchitektur aus den Sechzigerjahren, mit bodentiefen Fenstern und Fußböden in dunklem Schiefer. Und überall standen Skulpturen herum, die aus seiner Hand stammten. Mal aus Stein, mal aus Holz oder Metall. Vieles davon erinnerte Viktor vage an eine Ausstellung über die Kunst der Azteken, die er einmal mit seiner Mutter besucht hatte. Rechts neben ihnen bot ein ausladendes Panoramafenster einen grandiosen Ausblick auf das Ackerland unter dem weiten Nachmittagshimmel.

Nichts in diesem Haus ließ auf irgendeine Verbindung zwischen den Mayerhofers und der Siedlung schließen, eher im Gegenteil. Verstohlen betrachtete er aus den Augenwinkeln Magda, die hochaufgerichtet neben ihm vor ihrem Kaffee saß. Ein sanftes Lächeln auf den Lippen, wiegte sie sich fast unmerklich zu den Bach-Sonaten.

Sie duftete nach irgendeinem Zitronenhauch. War sie auch bei ihrem letzten Treffen schon so stark parfümiert gewesen?

»Sie sind nicht wie die«, platzte es aus ihm heraus.

»Wie meinen Sie das?«, fragte sie und kratzte sich dabei hinter dem Ohr.

»Na, Sie glauben nicht an diese Chemtrails und auch nicht daran, dass Homosexualität was Schlimmes oder die Bundesrepublik nur eine GmbH ist.«

»Nein«, sagte sie und lächelte noch etwas mehr. »Und Sie?«

Viktor schüttelte den Kopf, bemerkte seinen Fehler aber schnell. »Nein, ich auch nicht«, sagte er.

Sie schwieg. Viktor seufzte innerlich. Es war nicht ganz einfach, das Gespräch mit ihr am Laufen zu halten.

»Aber Sie unterrichten immerhin deren Kinder?«, fragte er.

»Die Kinder können ja nichts dafür, was ihre Eltern so denken«, meinte sie. »Und anderen etwas beibringen, ist einfach eine wunderbare Arbeit, finden Sie nicht?«

»Ja, das stimmt wohl«, sagte Viktor, der dabei wieder an Yannik und die nichtexistierende Bundesrepublik denken musste.

Die Musik endete, bevor erneut die Ouvertüre einsetzte. Sie hatte wohl den Repeat-Modus eingestellt.

»Kommen Sie auch zu dem Fest morgen Abend?«, fragte er.

»Ich weiß noch nicht genau«, sagte sie und strich sich eine Strähne aus dem Gesicht. »Kommen Sie denn?«

»Ich muss«, sagte Viktor. »Ich spiele Fafnir, den Drachen.«

»Ach«, sagte sie lachend. »Dann muss ich unbedingt kommen.«

»Müssen Sie«, sagte er. »Ich brauche Ihren Beistand. Thorsten Kunersdorf hat mich quasi schanghait.«

»Thorsten? Ja, manchmal ist er etwas ...« Ihre Augen irrlichterten hin und her.

»... bestimmend?«, half Viktor aus.

»Ja, das ist er wohl.«

Wieder Schweigen. Goulds Finger schlichen jetzt sanft über die Klaviatur.

»Jemand im Dorf sagte, Sie seien befreundet. Also Sie und Thorsten«, fragte Viktor so unschuldig wie möglich.

Sofort wurde sie im Gesicht puterrot, und ihr Lächeln wirkte unsicher. »Wir kennen uns schon, seit ich und Papa hierhergezogen sind. Da war ich elf und Thorsten zwölf. Aber eigentlich sind wir nur ein Dreivierteljahr auseinander. Wir sind immer zusammen nach Grevesmühlen zur Schule gefahren. Nach der Schule haben wir zusammen im Wald gespielt.«

»Gab es damals die Grundschule in der Siedlung noch nicht?«

Sie lachte. »Um Gottes willen, nein. Und selbst wenn, hätte mein Vater mich dort sicher nie hingehen lassen.«

»Also sind Sie und Thorsten so eine Art Sandkastenfreunde?«, hakte Viktor neugierig nach.

»Er war der Einzige, der mich wegen meiner Blindheit nicht wie ein rohes Ei behandelt hat. Als mein Vater mir verbieten wollte, alleine in den Wald zu gehen, hat Thorsten sich einfach mit mir rausgeschlichen. ›Ich will sehen, ob du gegen ein paar Bäume rennst‹, hat er damals gesagt.«

»In den Wald scheint er ja immer noch gerne zu gehen. Gestern waren wir mit den Jungs aus der Klasse draußen. Die spielen da Soldat.«

»Ja, ich weiß«, meinte sie bekümmert und sah dabei überhaupt nicht mehr fröhlich aus.

»Entschuldigung«, sagte Viktor. »Falls ich irgendwie Ihre Gefühle verletzt habe, tut es mir...«

»Nein, nein«, wehrte sie ab. »Ich... er... ich meine, es ist nur so schade. Er hat sich so verändert in den letzten Jahren. Ich glaube, es ist wegen seinem Vater. Immer redet er von der Gefahr, und dass wir uns wehren müssen.«

»Wogegen wehren?«

»Gegen das, was er und sein Vater als Umvolkung bezeichnen.«

»Flüchtlinge?«, fragte Viktor.

»Ja, genau. Ich habe versucht, mit ihm darüber zu reden, dass die, die da zu uns kommen, auch nur Menschen sind... Menschen, die sich einfach nur in Sicherheit bringen wollen, vor Krieg und vor Verfolgung, aber er...«, sie rang mit den Händen. »Ich weiß auch nicht. Es ist, als ob er in diesen Momenten jemand anders ist. Gar nicht mehr der Thorsten von früher.«

Entsetzt bemerkte Viktor, dass ihr Tränen über die Wangen liefen.

»Es tut mir leid«, sagte er. »Jetzt habe ich Sie traurig gemacht. Das lag nicht in meiner Absicht. Moment. Ich habe hier irgendwo Taschentücher.«

Er drehte sich zur anderen Seite, wühlte hektisch in der Innentasche seiner Jacke und zog schließlich eine halb leere Packung Tempos heraus.

»Hier«, sagte er.

Sie kicherte trotz ihrer Tränen. »Sie müssen mir schon zeigen, wo genau«, sagte sie.

»Oh, Entschuldigung.«

Er ergriff ihre Hand und...

Im Nachhinein wusste er gar nicht mehr, wie es passiert war. Nur, dass ihre Lippen auf einmal seinen Mund berührten. Dass er davon so überrascht war, und dass er vergaß, sich zu fragen, ob er selbst überhaupt so etwas gewollt hatte. Und als ihm der Gedanke kam, dass es irgendwie nicht richtig war, da spürte er bereits, wie sie sich noch stärker an ihn drängte, so nah, dass er das Schlagen ihres Herzens fühlte. Wie...

»Was zum Teufel tun Sie da?«

Viktor fuhr herum.

Ein Mann stand im Zimmer. Er war klein, gedrungen, mit einem Kranz grauer Haare, den man ohne Übertreibung eine Mähne nennen konnte. Sein Gesicht glühte förmlich vor Empörung.

»Ich bitte um Entschuldigung, Herr Mayerhofer. Ich bin Viktor. Viktor Puppe, und...«

»Raus aus meinem Haus!«, brüllte Mayerhofer und wies in Richtung Tür.

»Aber Vater...«, begann Magda. »Bitte.«

»Ich habe dir gesagt, ich dulde dieses Faschistenpack nicht in meiner Wohnung«, sprach er nun immerhin etwas leiser, aber nicht minder aufgebracht.

Warum auch immer, aber Mayerhofer hatte ihn offensichtlich bereits der Siedlung zugeordnet. Viktor kam zu dem Schluss, dass jetzt nicht der Zeitpunkt für irgendwelche Erklärungen war. Er ergriff seine Jacke, rutschte von der Sitzbank und stand auf.

»Es tut mir leid, dass ich Sie gestört habe, Herr Mayerhofer. Das lag nicht in meiner Absicht. Magda.« Er wandte sich ihr zu. »Falls ich Ihre Gastfreundschaft missbraucht haben sollte, möchte ich auch Sie herzlichst um Entschuldigung bitten.« Zwar zwickte es ihn ein bisschen, sich vor Mayerhofer als Schwerenöter darzustellen, aber er wollte Magda keine Schwierigkeiten machen. Sollte Mayerhofer doch glauben, dass Viktor der Schurke in diesem Spiel war. »Ich will Sie beide nun nicht länger belästigen«, sagte er, drehte sich um und verließ das Haus.

***

Ove van Houten lachte.

»Ja«, sagte er schließlich. »Das klingt nach die alte Mayerhofer. Wir würde sagen: Hij is een mopperpo… Auf duits: Er ist eine Miesepeter.«

»Aber warum?«, fragte Viktor.

Van Houten schaute ihn gedankenvoll an.

»Komm mit«, sagte er dann, schloss die Tür seines Hauses und ging den Weg zur Hauptstraße der Siedlung hinunter.

»Wo willst du hin?«

Ove drehte sich im Gehen um und rief ihm zu: »Wir schlachten ein Ferkel.«

»Wie bitte?«, fragte Viktor, der glaubte, nicht ganz richtig gehört zu haben.

»Komm mit«, rief Ove noch mal. »Ich zeige es dir.«

Widerstrebend ob dieser Aussichten, folgte Viktor Ove van Houten.

Gemeinsam gelangten sie an ein flaches Gebäude mit Wellblechdach.

»Wie kommst *du* eigentlich hierher?«, fragte Viktor einem plötzlichen Impuls folgend.

Ove blieb stehen, drehte sich um und musterte ihn. Das erste Mal lag so etwas wie leichtes Misstrauen im Blick des Holländers.

»Was meinst du?«, fragte er.

»Naja...«, stotterte Viktor los, der sofort seine lose Zunge bereute. »Du bist ja nicht von hier und...«

»Du wolltest fragen, wat macht den stomme Kaaskopp unter die ganze Moffen?«, fragte Ove.

»So was Ähnliches«, murmelte er vorsichtig

»Dann sag ik je dat mal.« Oves Blick war jetzt fest in seinen verkeilt. »Dat is, weil mein Bruder is een slachtoffer van racisme... von die Rassismus, verstehst du?«

»Äh... ja«, sagte Viktor zögerlich und hoffte, dass man ihm das Gegenteil nicht allzu sehr ansah.

»Mein Bruder Maart hatte een schoonmaakbedrijf, also so ein Reinigungsfirma. Da hatte der twintig werknemer beschäftigt. Und bei die war dieser Clarence. So eine aus Surinam. Die Surinam war früher eine kroonkolonie van die Niederlande, aber jetzt sind die frei. Aber viele von denen sind einfach dageblieben, weißt du? Und mein Bruder war so eine stomme Liberale. Der meinte, man muss die alle eine Chance geben. Aber, dieser Clarence war so ein richtige lul... ein Arschloch. Kam immer zu spät werken. Hat nur Mist gemacht. Und eines Tages hat er sich Geld aus die Kasse genehmt.« Ove spuckte so unvermittelt aus, dass Viktor einen Schritt zur Seite machen musste. »Maart hat sein contract beëindigd, natürlich«, fuhr er fort. »Aber die Schwein ist gegangen zu so eine linke advocaat, und der hat dann gemacht daraus die ganz große Welle. Als Nächste war eine Artikel in die Volkskrant, wo stand mijn Bruder hat den Mann wegen sein Hautfarbe gefeuert. Und dann hat sogar so eine Politikerfrau von den Christdemokrate, wo is auch aus Surinam, in een Interview gesagt, mein Bruder is een racist. Maart, diesen Dummkopf, hat immer zu mich gesagt: Das geht wieder vorbei. Aber dann musste er sein bedrijf schließen, weil keine Kunden mehr sind gekommen, und die Bank hat ihm sein Kredit für sein huis beëindigd. En op heit einde hat ihn sein vrouw entlassen mit die Kinder. Da hat er wohl nicht mehr gedacht, dass das geht wieder vorbei. Da hat er seine Pistole genommen und een kogel in seine oude kaaskopp geschoten.«

Ove wischte sich über die Augen, das Gesicht vor Wut zerfurcht. Er hob den Zeigefinger und bohrte ihn in Viktors Brust.

»Den Typ, die er hat rausgeschmissen«, sagte er dann leise. »Die hat später een nederlands meisje vergewaltigt und ist dann in die gevangenis gekommen. Aber da gab es keine Artikel drüber in de Volkskrant und kein Politiker hat een Interview gegeben. Weil mein Bruder und die meisje, die waren ja nur blanke, so wie du und ich.« Eine Weile lang fixierte er Viktor. »Ich hab eine Weile gebraucht, bis ich das hab kapiert«, sagte er dann. »Ich war nämlich auch so eine stomme Liberale, wie Maart. Aber dann hab ich auf Ralph getroffen, auf so eine Segelei op het Ijsselmeer. Und der hat mich erklärt, wie das is mit die *omgekeerd racisme*. Da hab ich endlich verstanden. Das war meine *verlichting*.« Damit drehte er sich abrupt um und deutete auf ein längliches Gebäude. »Das ist unsere Schweinestall.« Ove öffnete die Tür und winkte Viktor, an ihm vorbeizugehen.

Ein betäubender Geruch empfing ihn.

Der Stall war rechts und links durch schlichte Metallzäune in einzelne Segmente aufgeteilt, die mit Stroh ausgelegt waren. In jedem Segment tummelten sich drei bis vier Tiere.

Ove ging an ihm vorbei bis zu einem der beiden hintersten Segmente, in dem Viktor eine dicke Sau und einige Ferkel erkennen konnte. Ove lehnte sich auf den Außenzaun.

»Das ist unsere Freya«, sagte er und zeigte auf die Sau. »Die Ferkels sind jetzt exakt sechs Wochen alt. Die nennt man Spanferkel. Werden noch von die Mama gesäugt. Die Kleine da hinten, siehst du den?«

Er zeigte auf ein Ferkel, das ganz hinten in der Ecke des Stalls stand und sie aus winzigen Augen anblinzelte.

»Die Kleine hat Pech gehabt, weil seine Eier sind nich rausgekommen. Verstehst du? Wir können die nicht kastrieren.«

Viktor hatte keine Ahnung, wovon Ove da redete, also blieb er stumm. Ove nahm einen Sack, der über dem Außenzaun hing, entriegelte das Gatter und ging in das Segment. Die Schweine wichen quiekend vor ihm zurück.

»Ohne Kastrierung ist schlecht«, rief er Viktor über die Schulter zu. »Wenn er kommt in puberteit, er fängt an zu riechen und dann schmeckt sein Fleisch nicht mehr gut. Verstehst du? Also wird er die Braten für unser Fest morgen.«

Mittlerweile hatte er das Ferkel in der Ecke von den anderen isoliert. Mit einer blitzschnellen Bewegung warf er den Sack über das Tier, riss an dem Zugband und hob den Sack hoch.

»Guck mal«, sagte er mit einem breiten Lächeln zu Viktor, den Sack in der Hand. »Ist ganz ruhig.«

Vorsichtig hob er sich den Sack mit dem Ferkel über die Schulter, durchquerte die Pforte und schloss sie hinter sich. Träge schaute die Sau ihm hinterher.

»Komm«, rief er ihm wieder über die Schulter zu. »Jetzt kommt die Part, wo du mich helfen musst, Herr Lehrer.«

Viktor überlegte kurz, ob es vielleicht nicht doch irgendeine Möglichkeit gab zu kneifen. Aber seine Anwesenheit hier beruhte, soweit er wusste, auf einem gewissen Nimbus. Und irgendwie schien das hier gerade so eine Art Test zu sein. Außerdem war Ove, so hatte er es mittlerweile von anderen gehört, so etwas wie der zweite Mann im Dorf nach Ralph Kunersdorf. Also beschloss er, die Zähne zusammenzubeißen.

Neben einem kleinen Tisch, der genau neben dem Eingang des Stalls stand, blieb Ove stehen und setzte den Sack vorsichtig ab.

»Jetzt brauch ich dich. Pass mal kurz auf die Ferkel auf, ja?«

Viktor nickte und nahm den Sack fest in den Blick.

»Nee, nich einfach dastehen. Festhalten... hier und hier.«

Er ergriff Viktors Hände und zog sie dahin, wo Ove in dem Sack Bauch und Rücken des Tieres vermutete. Das Ferkel lag auf der Seite.

»Zo is beter.«

Durch den Sack konnte Viktor spüren, wie das Ferkel unter seinen Händen panisch atmete. Für einen Moment sah er sich den Sack ergreifen und damit davonlaufen. *Viktor und das Schweigen der Ferkel*, dachte er spöttisch.

»Hier, jetzt musst du echt gut festhalten«, befahl ihm Ove, der sehr zu Viktors Unbehagen plötzlich einen Zimmermannshammer in der Hand hielt.

»So. Pass mal auf. Hier ist den Kopf.« Er zeigte auf die Seite des Sackes, wo die Öffnung war. »Ich mach die Sack ein beetje zurück, damit ich besser treffe kann. Dann wird die Ferkel wahrscheinlich ein wenig zappeln. Aber du musst den festhalten, okay?«

Viktor hielt die Luft an und nickte. Wenn das hier seine Eintrittskarte zum inneren Zirkel war, dann war es das wohl wert, so hoffte er zumindest inbrünstig.

Ove löste die Schlaufe des Zugbands, griff mit einer Hand in die Öffnung des Sackes und hob den Hammer. »Bereit, Chef?«, fragte er.

18

Viktor ließ sich auf die Bank der Haltestelle fallen und atmete durch. Vor ihm glitzerte die Abendsonne im Wasser eines Dorfweihers.

Anderthalb Kilometer Fußmarsch lagen hinter ihm. Er schaute auf die Uhr. Der Bus sollte in weniger als einer Viertelstunde hier sein. Er hob die Hand an seine Nase und stellte voller Ekel fest, dass sie immer noch nach Blut roch, obwohl er sie mindestens zehn Minuten lang mit Kernseife geschrubbt hatte.

Der Geruch und die Bilder des gerade Geschehenen würden ihn bestimmt ein Leben lang verfolgen.

Das Geräusch des nahenden Busses riss Viktor aus seiner Erinnerung. Er stieg ein, löste eine Fahrkarte und war froh, einen Platz ganz hinten zu finden, weit genug entfernt von dem halben Dutzend weiterer Fahrgäste. Er legte den Kopf zurück und versuchte, an irgendetwas Angenehmes zu denken, aber die Bilder der Schlachtung kehrten wie eine aufdringliche Schmeißfliege immer wieder vor sein inneres Auge zurück.

Das Ausbluten hatte minutenlang gedauert. Minuten, in denen Viktor sich heilige Eide geschworen hatte, dass er in seinem Leben nie wieder ein Stück Fleisch anrühren würde. Irgendwie war ihm die ganze Zeit über klar, dass van Houten sein Unbehagen spürte und sogar genoss. Das war wohl seine Art, seine Position als zweiter Mann der Siedlung unter Beweis zu stellen.

»Jetzt bist du eine richtige Thule-Mann«, hatte er am Ende gesagt und Viktor väterlich auf die Schulter geklopft.

Danach hatte er gemeinsam mit Viktor das Ferkel nach Hause getragen und in einer großen Kühlbox im Keller seines Hauses verstaut.

Schließlich hatten sie sich zusammen in die Partyecke neben Viktors Futon gesetzt. Ove hatte ein Fass angestochen, und sie hatten sich ein frisch gezapftes Bier genehmigt. Dabei hatte van Houten ihm erzählt, was es mit der explosiven Gemütslage von Magdas Vater auf sich hatte.

Peter Mayerhofer war sechsundfünfzig Jahre alt, bis zu seiner vorzeitigen Emeritierung Professor der Bildhauerei an der Kunsthochschule Weißensee in Berlin und – wie Ove van Houten mit süffisantem Lächeln bemerkte – ein *salonsocialist*. Magda war sein einziges Kind.

Magda war auch der Grund, warum er eines Tages im Jahre 2005 die Hochschule um Entlassung gebeten hatte, um weit weg von Berlin einen Ort zu finden, an dem er und seine Tochter zur Ruhe kommen konnten. Was genau zu dieser Entscheidung geführt hatte, wusste van Houten nicht, nur dass sich *een ramp* ereignet hatte, eine Katastrophe. Irgendetwas sehr Persönliches. Und dass diese Katastrophe irgendwie mit der Ursache für Magdas Blindheit zusammenhing.

Peter Mayerhofer hatte dann den alten Dienstsitz eines Försters erworben und das baufällige Gebäude abreißen lassen. Den nächsten Teil der Geschichte kannte Viktor bereits von Magda: Ein befreundeter Architekt hatte das neue Wohnhaus für Vater und Tochter im Stil moderner Bauhausarchitektur entworfen und bauen lassen. Mayerhofer hatte die Ruhe gefunden, die er sich für sich selbst und Magda erträumte. Jedenfalls schien es zunächst so.

Wemel war für ihn bis dahin nur ein Fleck auf der Landkarte gewesen. Ein Dörfchen, das den kunstsinnigen und weltläufigen Professor sicherlich mit offenen Armen willkommen heißen würde.

Aber genau in dem Punkt hatte er sich gründlich geschnitten, wie van Houten hämisch bemerkte.

Schon acht Jahre vorher hatte sich ein anderer Zuwanderer in Wemel breitgemacht: Ralph Kunersdorf, Führungsfigur und heimlicher Star der westdeutschen Neonaziszene.

Und der hatte gemeinsam mit seinem Gönner und Mentor, dem rechtsnationalen Verleger Ernst »Ernie« Heumann, Mitte der Neunzigerjahre die Idee entwickelt, eine »national befreite Zone« einzurichten. Wemel hatte sich geradezu angeboten: In den Nachwehen der Wendezeit hatte der Osten sich noch nicht gefunden und war damit empfänglich für allerhand Glücksritter, Quacksalber und Rattenfänger. Das ländliche Mecklenburg lag für Ralphs Zwecke weit genug vom Radar feindlich gesinnter Behörden und Presseorgane entfernt. Die bodenständige Bevölkerung hingegen zeigte sich mehrheitlich durchaus offen für Ralphs anfänglich eher zahme Botschaften, die aber schon einen deutlichen nationalkonservativen Einschlag trugen.

Insofern nahm zunächst niemand Anstoß daran, dass Ralph Kunersdorf Wemels alternder Bevölkerung – mit Heumanns finanzieller Unterstützung – weitere Grundstücke abkaufte. Nach und nach siedelten sich dort die Familien alter Kampfgenossen an, und lange Zeit hatte sich auch niemand daran gestört, dass die Neuankömmlinge etwas eigenartige Sitten pflegten: Sie begingen heidnische Feste, schmückten ihre Häuser mit germanischen Runen oder Hoheitszeichen aus der Kaiserzeit oder zeigten im Gespräch ganz offen Sympathie für die Episoden der deutschen Geschichte, die nach offizieller Lesart verfemt waren.

Als dann aber irgendein sturköpfiger, alter Bauer seinen Hof partout nicht verkaufen wollte und eines Nachts seine Scheune in Flammen stand, da mussten die Alteingesessenen erkennen, dass sie im eigenen Dorf zur Minderheit geschrumpft waren. Die Brandursache konnte nicht aufgeklärt werden, der Besitzer der Scheune aber hatte die heiße Botschaft verstanden. Auch er verkaufte sein Grundstück, jetzt allerdings weit unter Wert, und verließ den Ort.

Danach bedurfte es bei den restlichen Bewohnern in der Regel nur noch eines einzigen Gesprächs mit Ralph, um sie davon zu überzeugen, dass auch ihre Zeit in Wemel gekommen war. Schließlich hatte Kunersdorf sein Ziel erreicht: Jeder Alteingesessene war durch einen treuen Gefolgsmann ersetzt worden.

Seitdem war die Siedlung zu einem Kristallisationspunkt der völkischen Szene mutiert. Honoratioren rechter Parteien, Führungsgestalten der Reichsbürgerszene und der identitären Bewegung, rechtsesoterische

Verschwörungstheoretiker, Altnazis – sie alle pilgerten nach Wemel, wo es jetzt in einem alten Wirtschaftsgebäude sogar ein »Volksschulungszentrum« gab, in dem sich die führenden Köpfe dieser Gruppen vernetzen konnten und gegenseitig in ihrer Ideenwelt bestärkten.

Der ganze Umwandlungsprozess fand hinter der Fassade einer Kooperative von Biolandwirten statt, die von Sanddornhonig über »Odinsbräu« bis hin zu Heilkristallen alles verkauften, was an der Schnittstelle zwischen Öko und Eso teutonischer Prägung nachgefragt wurde.

Die für Wemel zuständigen Verwaltungsämter in der nächstgelegenen größeren Ortschaft Grevesmühlen samt Bürgermeister hatten sich wohl oder übel mit der Situation abfinden müssen, sofern sie ihnen überhaupt allzu starkes Kopfzerbrechen bereitet hatte. So mancher in der Verwaltung, so hieß es hinter vorgehaltener Hand, hatte die Entwicklung sogar heimlich beklatscht. Allgemein herrschte die Ansicht vor, dass die Neuwemeler ein Recht auf freie Entfaltung hatten, solange sie dort keine »krummen« Sachen abzogen – schließlich stand es doch so oder so ähnlich in diesem Grundgesetz, das die Einheit ihnen allen beschert hatte.

Als Peter Mayerhofer 2005 nach Wemel zog, war der Prozess der »freundlichen« Übernahme des Dorfes aber noch nicht vollständig abgeschlossen. Doch ungefähr in diese Zeit fiel der Scheunenbrand des störrischen Bauern. Mayerhofer mochte sich nach Ruhe gesehnt haben, aber ein Nazidorf in seiner Nachbarschaft konnte und wollte er nicht dulden. Also versuchte er, Widerstand zu organisieren; zunächst vor Ort, doch als seine Bemühungen nicht fruchteten, suchte er Hilfe bei einigen alten Freunden in Berlin.

Ein Benefizkonzert wurde organisiert. Ein mit Mayerhofer befreundeter Politiker ließ seine Verbindungen spielen, und so kam es, dass die Bühne auf einem landeseigenen Grundstück in Hörweite des Dorfes aufgebaut werden konnte. Bundesweite Prominenz aus dem Musikbusiness beehrte den Anlass nur allzu gerne mit ihrer Anwesenheit, und im Vorverkauf für das Festival gingen fast zweitausend Tickets weg.

Doch auch Ralph Kunersdorf hatte politische Verbindungen, wie van Houten Viktor mit einem Augenzwinkern erzählte. Ein paar Tage vor dem geplanten Konzerttermin fand sich auf einmal eine anonyme Anschlagsdrohung auf einer Neonaziseite aus den USA. Die Spuren waren gut verwischt worden, sodass sich kein Rückschluss auf die Hintermänner ziehen ließ. Doch die Sicherheitsbehörden nahmen die Drohung ernst und bliesen die Veranstaltung ab. Mayerhofer vermutete sofort ein Komplott einiger rechtslastiger Lokalpolitiker und Polizeifunktionäre, die seiner Ansicht nach den Drohungen nur allzu bereitwillig aufgesessen waren, aber das änderte letztlich nichts am Ergebnis.

Danach hatte er erst einmal resigniert, auch wenn der Konflikt noch eine Weile lang weiterbrodelte. So fand Mayerhofer einige Tage nach Erscheinen eines von ihm verfassten und vor Empörung triefenden Artikels in der »Zeit« seinen Range Rover mit zerstochenen Reifen vor. Als er auf die mittlerweile an mehreren Stellen Wemels gehissten Reichskriegsflaggen mit einer Europafahne vor seinem Haus reagierte, war davon ein paar Tage später nur noch der Stumpf des sauber mit einer Kettensäge gekappten Mastes übrig. Irgendwann, so erzählte van Houten, hatte auch der alte Mayerhofer die Botschaft verstanden. Seither herrschte Burgfrieden.

So kurios die Freundschaft zwischen Magda und Thorsten vor diesem Hintergrund wirken mochte, so augenscheinlich war sie bei näherer Betrachtung. Peter Mayerhofer hatte ja ursprünglich nicht vorgehabt, seine Tochter durch den Umzug zu isolieren. In den ersten Tagen hatte er nicht geahnt, mit wem sie sich da einließ. Aber auch als der Konflikt längst eskaliert war, ließ sich der Kontakt gar nicht vermeiden, denn für die beiden Elfjährigen gab es nur eine Schule mit der im Bundesland vorgesehenen Orientierungsstufe. Ihre schulischen Wege trennten sich erst, als Magda nach der sechsten Klasse aufs Gymnasium und Thorsten auf die Gesamtschule wechselte, aber da waren sie schon *onafscheidelijk*, wie van Houten sagte: unzertrennlich.

Die Freundschaft der beiden hatte, wenigstens nach van Houtens Eindruck, den Zwist zwischen ihren Vätern bis zum heutigen Tage überdauert. Allerdings sahen sie sich deutlich weniger, seit Thorsten eine Ausbildung in einem nahegelegenen Steinbruch angefangen hatte, während Magda sich wiederum an der Hochschule in Wismar für ein Fernstudium in internationaler Betriebswirtschaftslehre eingeschrieben hatte.

»Und warum erlaubt Peter Mayerhofer seiner Tochter, die Wemeler Kinder in Musik zu unterrichten?«, hatte Viktor van Houten gefragt, doch darauf kannte auch der Niederländer keine gescheite Antwort. In einer recht skurrilen Verdrehung der realen Gegebenheiten hatte van Houten gemutmaßt, dass Mayerhofer seiner Tochter gegenüber eben nicht so »faschistisch« auftreten wollte wie gegenüber den Wemelern.

Die Geschichte hatte bei Viktor viele Fragezeichen hinterlassen. Welche Art von privater Katastrophe, so fragte er sich, konnte einen Mann wie Mayerhofer dazu getrieben haben, eine prestigeträchtige Hauptstadtprofessur gegen ein neues Zuhause einzutauschen, das mitten im Nirgendwo lag? Und noch wichtiger: Was genau hatte es mit Magdas offensichtlich nicht angeborener Sehbehinderung auf sich?

Doch immerhin verstand er jetzt sehr gut, warum Mayerhofer keinen weiteren Kontakt zwischen Magda und irgendwelchen Männern wünschte, die er dem Wemeler Umfeld zurechnete. Ob seine Tochter ihn über seinen Irrtum aufgeklärt hatte? Wobei... welchen Irrtum überhaupt? Auch wenn er Magda gegenüber hatte erkennen lassen, dass seine Ansichten nicht denen des Durchschnittswemelers entsprachen, so musste ihr Vater dennoch annehmen, dass er ein Teil der Szene war. Schlimmer noch: Wenn sein Großvater bereits Dorfgespräch war, mussten auch die Mayerhofers davon gehört haben.

Und sie selbst? Hatte ihn geküsst. Und irgendetwas sagte ihm, dass sie es nicht spontan getan hatte. Wie sollte er damit umgehen? Bei aller Sympathie wusste er definitiv zu sagen, dass sie nicht sein Typ war. Und das würde er früher oder später klarstellen müssen. Keine wirklich angenehme Vorstellung, auch angesichts seiner ohnehin prekären Situation.

»Bahnhof Wismar. Endhaltestelle. Bitte alle aussteigen« stand auf dem Bildschirm geschrieben, der vorne über dem Fahrer an der Windschutzscheibe angebracht war. Der Bus kam zum Stehen.

Viktor stieg aus und streckte sich. Es roch nach Meer und alten Kohleöfen. Er zückte sein Handy, öffnete WhatsApp und wählte die letzte Nachricht:

20 Uhr im Alten Schweden, du alter Schwede! Er grinste und öffnete die Karten-App.

***

»Salat, Alter?«, ereiferte sich Ken. »Du nimmst nur einen Salat? Bist du unter die Kaninchen gegangen?«

Viktor hatte keine Lust, ihm den Grund seines vegetarischen Anfalls en détail zu erläutern, und zog es vor zu schweigen.

»Hm. Ich glaub, ich nehme das Schweineschnitzel«, sagte Ken und klappte die Karte zu. »Na, dann erzähl mal, Alter.«

Viktor lehnte sich zurück. Er hatte erst gut zwei Tage in der Siedlung verbracht, aber jetzt kam es ihm gerade so vor, als sei er von einem mehrjährigen Aufenthalt auf einem fremden Planeten zurückgekehrt und gäbe sein erstes Interview. Wo anfangen? Er fühlte sich buchstäblich sprachlos.

»Hat das mit meinem Urlaub geklappt?«, fragte er stattdessen, um sich erst mal ein bisschen Zeit zu verschaffen.

»Yes, Sir«, sagte Ken. »Zwei Wochen. Kam schon am Montag mit Unterschrift vom Chef per Mail. Hab deinen Account gecheckt.«

»Und wie geht's Begüm?«,

»Geht so«, sagte Ken. »Suhal ist zwar noch im Krankenhaus, aber schon wieder fit genug, ihr auf den Senkel zu gehen. Leider hat sie noch immer keine Spur von ihrem Bruder.«

»Hat der Typ, ich meine, hat sich sein Entführer noch mal gemeldet?«

»Nein.«

»Aber sie weiß, wer es ist?«

»Sie denkt schon. Irgend so ein Harun.«

»Und der arbeitet für diesen Mafiaboss Khalil?«

»Exakt, Khalil al-Miri. Der ist eine stadtbekannte Szenegröße. Chef des al-Miri-Clans, eine arabisch-kurdische Familie aus dem Libanon. Die hatten schon dort permanenten Arschkarten-Status. Das hat sich hier dann nahtlos fortgesetzt. Nennt sich aufenthaltsrechtliche Duldung. Heißt auf Ausländerbehördisch so viel wie: Wenn es das scheiß Asylrecht nicht gäbe, würden wir dich mit einer Mittelstreckenrakete nach Taka-Tuka-Land abschieben. Die dürfen ohne polizeiliche Erlaubnis nicht mal furzen. Wundert mich persönlich nicht wirklich, wenn die dann andere Wege zur gesellschaftlichen Teilhabe finden. Wenn du in der Presse schon mal einen von diesen Artikeln über kriminelle Parallelwelten in Neukölln, Schweigegelübde und schwarze Justizlöcher gelesen hast, dann kam irgendwo darin bestimmt auch Khalil al-Miri vor.«

»Ah. Und woher kennt Begüm den Kerl?«, fragte Viktor betont beiläufig.

Ken grinste. »Netter Versuch, Püppi. Aber wenn sie es dir nicht gesteckt hat...«

»Immerhin geh ich hier für sie ein ganz schönes Risiko ein«, protestierte Viktor. »Da habe ich doch wohl ein Recht zu wissen, wie sie eigentlich in diese Sache reingerutscht ist.«

Ken hob die Hände. »Alter, hab ich dich etwa gefragt, wie genau du eigentlich das Ticket zu diesem Naziklub bekommen hast?«

Da hatte Ken gut gekontert, wie Viktor sich zähneknirschend eingestehen musste. Und er fühlte sich auch nicht in der Stimmung, sich dazu zu erklären.

»Hast du denn schon was erreicht?«, fragte er stattdessen. »Oder könnte man vielleicht Futanari fragen?«

Ken grinste. »Schlägst du etwa illegales Hacking vor? Moment, da muss ich ja glatt einen Sondereintrag in meinem Ich-und-mein-Püppi-Tagebuch machen. Mit Staun-Smiley.«

»Mach dich nur lustig. Nein, im Ernst: Könnte Futanari nicht eine Standortbestimmung von dem Typen machen, der Begüms Bruder entführt hat?«

»Die Idee hatte ich auch schon«, sagte Ken. »Aber ich habe das Gefühl, dass Futanari momentan nicht von mir gefunden werden will – und du weißt, dann habe ich keine Chance. Vergiss bitte nicht, dass sie uns beiden eine Nahknastererfahrung verdankt.«

»Ich erinnere mich sehr gut«, sagte Viktor seufzend.

»Wir sind also weiter auf dich angewiesen, mein Lieber«, stellte Ken fest. »Und jetzt rück mal raus: Bist du irgendwie vorangekommen?«

Seufzend begann Viktor, ihm von seinen ersten beiden Tagen in der Siedlung und vor allem der seltsamen Begegnung mit Ralph Kunersdorf zu berichten.

»Und das war alles?«, fragte Ken entrüstet. »Mehr hast du nicht hingekriegt?«

»Und du?«, blaffte Viktor zurück. »Du hast ja jetzt auch nicht die Superbilanz vorzuweisen.«

»Na, ich hab mich halt auf dich verlassen. Außerdem... irgendwer muss ja schließlich noch das Tagesgeschäft abarbeiten.«

»Na, und ich muss mir halt erst mal mein Standing *erarbeiten*. Das ist eine eingeschworene Gemeinschaft, die kommen nicht gleich alle angelaufen und bieten mir Blutsbrüderschaft an. Und was soll ich denn bitte machen, wenn Kunersdorf quasi verschwunden ist?«, protestierte Viktor.

»Keine Ahnung. Was ist mit seiner Frau? Hättest du die nicht schon mal unter die Lupe nehmen können? Oder dessen ominösen Sohn?«, schimpfte Ken.

»Thorsten? Das ist ein Jungnazi, wie er im Buche steht. Wie stellst du dir das vor? Soll ich zu ihm hingehen und sagen: Entschuldige mal, aber wir glauben, dein Vater hat in Neukölln einen Türken erschossen. Könntest du mir mal bitte seine Waffen zeigen?«

»Keine Ahnung, Mann«, fauchte Ken zurück. »Lass dir halt was einfallen. Du bist doch sonst so ein schlaues Kerlchen.«

»Bevor Sie weiterdebattieren, meine Herren, sollten Sie vielleicht erst mal was essen«, schlug der Kellner vor. »Ich hätte hier einen Caesar Salad und ein saftiges Schnitzel.«

»Die Grasleichen sind für ihn«, gab Ken zurück.

Grummelnd nahmen sie ihre Teller entgegen und begannen zu essen.

Im Stillen fragte sich Viktor, ob er Ken nicht recht geben musste. Seit dem folgenreichen Telefonat mit dem Entführer von Begüms Bruder waren schon vier Tage vergangen, und was hatte er in der Zwischenzeit herausgefunden? Exakt nichts. Andererseits: War denn etwas anderes zu erwarten gewesen? War es nicht auch bei ordnungsgemäß abgesegneten Undercover-Einsätzen so, dass man sich in der neuen Umgebung erst mal einleben, seine Umgebung von seiner Tarnung überzeugen und ein Vertrauensverhältnis zu den Zielpersonen aufbauen musste? Leider hatte er seine Zielperson noch nicht einmal richtig zu Gesicht bekommen.

Allerdings war unter dieser Prämisse der Besuch bei Magda pure Zeitverschwendung gewesen. Selbst wenn Ralph Kunersdorf wirklich der Schlüssel zur Lösung von Begüms Problemen und der Aufklärung von Yavuz' Ermordung war, würde die blinde Tochter seines Erzfeindes dazu kaum etwas Erhellendes beitragen können. Wenn er ganz ehrlich war, hatte er schnell gemerkt, dass sie für ihn schwärmte. Zwar hatte er sich vor dem Nachmittagskaffee eingeredet, dass sie über irgendwelche wichtigen Informationen verfügen könnte, aber vielleicht war es am Ende doch nur seine dämliche Eitelkeit, die ihn die Einladung hatte annehmen lassen.

Und jetzt, da Ken es erwähnt hatte, fragte er sich in der Tat, warum er noch nicht versucht hatte, einen Kontakt zu Ralphs Frau Helga zu knüpfen. Doch bei ihrer kurzen Begegnung im Wald hatte Kunersdorf nicht den Eindruck gemacht, als würde er eine Annäherung an seine Familie hinter seinem Rücken goutieren.

»Aber Kunersdorf ist jetzt da?«, fragte Ken ebenso unvermittelt wie schnitzelkauend.

»Ich vermute es. Er ist mir jedenfalls letzte Nacht über den Weg gelaufen. Vorher hieß es immer, er sei geschäftlich unterwegs. Aber wenn ich nachgehakt habe, wurde man plötzlich sehr maulfaul.«

»Dann klopf halt morgen an seine Tür«, sagte Ken leichthin.

»Das wird wohl nicht nötig sein«, entgegnete Viktor.

»Wwwießo?«, fragte Ken durch mehrere Pommes hindurch und schaute ihn leicht irritiert an.

»Morgen ist ein Fest, bei dem auch der wichtigste Gönner der Siedlung erwartet wird. Es gibt Spanferkel und die Kinder führen ein Stü...«

»Moment mal«, fiel ihm Ken ins Wort. »Ein Fest sagst du. Abends?«

»Ja«, sagte Viktor, der sich fragte, warum sein Kollege auf einmal so interessiert wirkte.

»Ein Nazifest? Wahrscheinlich so mit Saufen und Lagerfeuer und so?«, bohrte Ken weiter.

»Ja. Und die Kinder führen die Siegfriedsage auf, und ich muss den Drachen Faf...«

Ken ließ sein Besteck auf den Teller fallen und klatschte in die Hände. »Die Siegfriedsage, sagst du?«, rief er so laut, dass es die ganze Gaststube hören konnte. »Na, besser geht's ja gar nicht.«

Irgendeine innere Stimme sagte Viktor, dass Kens Begeisterung nichts Gutes verhieß.

Mittwoch, der 13. Scheiding

19

»Sind Sie Fatma al-Miri?«, sagte der Blonde in lupenreinem Hocharabisch.

Die beiden Männer steckten in Anzügen, die ebenso nichtssagend und langweilig waren wie ihre Gesichter. Fatma konnte Regierungsschergen erkennen, wenn sie sie vor sich hatte. Die sahen in allen Ländern gleich aus.

»Was wollen Sie? Mein Mann ist nicht hier in Berlin. Er besucht Verwandte im Libanon.«

Sie wollte die Tür schließen, aber einer der beiden stellte den Fuß dazwischen.

»Das hat er *Ihnen* vielleicht gesagt, Frau al-Miri.«

»Was soll das heißen? Wollen Sie etwa sagen, mein Mann lügt mich an?«

»Ihre eheliche Kommunikation geht uns nichts an, Frau al-Miri. Und das ist auch nicht der Grund, warum wir hier sind. Könnten wir vielleicht kurz hereinkommen?«

»Nein!« Sie schüttelte energisch den Kopf. »Das geht jetzt nicht. Sie müssen warten, bis mein Schwager da ist.« Sie schob mit einer Hand ihren drängelnden Ältesten zurück in den Flur hinter sich. »Verschwinde, Yassin. Geh mit deiner Schwester spielen!« Wieder versuchte sie, die Tür zu schließen, doch da war immer noch der Fuß. Was erlaubten sich diese Kerle?

Die beiden redeten jetzt in ihrer eigenen Sprache miteinander. Es klang hässlich und abgehackt, als ob sich zwei Maschinen unterhielten. Dann klappte der Blonde eine Ledermappe auf, die er bis dahin in der Hand gehabt hatte, und zog einen Pass heraus.

»Frau al-Miri. Ist der von Ihrem Mann?«

Sie nahm ihm das Büchlein aus der Hand. So einen Pass stellten sie hierzulande Leuten wie ihnen aus. Leuten, die keine Staatsangehörigkeit hatten, weil kein Land der Welt sie haben wollte. Sie schlug ihn auf. Ihr Gesicht begann zu prickeln.

»Woher haben Sie den?«

***

Viktor verließ das Haus der van Houtens mit einem flauen Bauchgefühl, das er sich nicht so recht erklären konnte.

Erst viel später, als er in dem Waldstück bei Wemel den Lauf einer Pistole an seinem Rücken spüren sollte, würde er sich die Frage stellen müssen, ob es vielleicht eine Art Vorahnung gewesen war.

Aber in jenem Moment, hier vor der Tür der van Houtens, hatte er hinsichtlich seines ungutes Gefühls eher andere, weniger existenzielle Umstände im Verdacht. Seinen »großen« Auftritt zum Beispiel. Oder die Aussicht auf noch mehr »rechte« Gesellschaft. Und nicht zuletzt natürlich Kens Plan.

Selbst das Wetter schien ein Spiegelbild seines Befindens. Tagsüber war es zwar noch einmal angenehm sonnig und warm geworden, bevor am Horizont einige dunkle Wolken aufgezogen waren. Sporadische Böen verkündeten den nahenden Wetterumschwung.

Eine der ortsansässigen Familien zog freundlich grüßend an ihm vorbei. Mittlerweile kannten die meisten sein Gesicht. Obwohl erst ein paar Tage vergangen waren, kam es ihm so vor, als gehöre er bereits zum Inventar dieser bizarren Enklave. Noch vor Tagen hatten ihn die allgegenwärtigen Dirndl der Mädchen und die Kleidung der Jungen irritiert, die von Hitlerjugend-Uniformen abgekupfert worden waren. Jetzt fielen sie ihm fast nicht mehr auf.

Als er die Festwiese der Siedlung betrat, füllten sich die Biertische mit allerhand angeregt schwatzenden Menschen. Die Böschung links und rechts der kleinen Forststraße in Richtung Grevesmühlen war bis zum Horizont mit parkenden Autos vollgestellt. Von den abgestellten Wagen mäanderte ein stetiger Strom Besucher zum Tor der Siedlung, das heute ausnahmsweise weit offen stand.

Das Bierzelt verzeichnete bereits regen Betrieb. Ein paar Meter weiter erhitzte eine gewaltige Feuerstelle die Umgebung und schickte Flammen in den Abendhimmel. Über der Glut befanden sich mehrere Bratroste und ein Drehspieß, auf dem Viktor schaudernd das geschlachtete Ferkel erkannte, das dort vor sich hin schmorte.

»Guck mal«, sagte Ove van Houten, der mit ihm zur Festwiese gekommen war. Er wies auf das gegenüberliegende Kopfende der Tische, wo im Schatten einer gewaltigen Eiche eine kleine Bühne aufgebaut worden war. Neben Vorhang und üppiger Beleuchtungstechnik gab es auch eine Art Backstage-Zelt, in das eine Gruppe

Frauen gerade die Kostüme für die spätere Aufführung schleppte, darunter auch ein großer Drachenkopf aus Pappmaschee.

»Freust du dir schon?«, fragte van Houten hämisch grinsend.

Offensichtlich sah Viktor genauso geplagt aus, wie er sich fühlte, denn sein Gastgeber klopfte ihm aufmunternd auf den Rücken.

»Komm. Wir holen uns eine Bier.«

Viktor dachte an all die Aufgaben, die ihm heute noch bevorstanden. »Ich glaube, ich nehme lieber ein Wasser«, sagte er kleinlaut.

»Wasser? Was ist bloß los mit die germanische Adel?«, rief van Houten lachend. Kopfschüttelnd zog er in Richtung Bierzelt, Viktor trottete hinterher.

Eine halbe Stunde später stand er immer noch an der Theke, ein Glas »Wemeler Vollmondabfüllung« in der Hand. Eine Mutter aus der Siedlung hatte ihn in eine migrationspolitische Debatte verwickelt, die – nicht zuletzt aufgrund ihrer immensen Schnapsfahne und dem breitesten Schwäbisch – von Minute zu Minute anstrengender wurde.

»Frühr häd man die oifach zurüggggeschiggd.«

»Recht so«, sagte Viktor höflich um Zustimmung bemüht, damit keine Risse in seiner Tarnung entstanden.

»I mai, i kann ja verschdeha, wenn die älle hierherkomma wolla, so wie's bei dena zugohd. Weil, die oriendalische Rassa, die sind hald so.«

»Andere Länder, andere Sitten«, sagte Viktor und erinnerte sich fast sehnsüchtig, wie er am Rand von Berlin wegen ähnlicher Kommentare einmal nachts ein

Taxi verlassen hatte und lieber einen Kilometer bis zur nächsten Nachtbusstation gegangen war.

»Die sind ja älle ehr so heißblüdich. Vielleichd wega der ganza Sonne.«

»Vielleicht«, stimmte Viktor seufzend zu.

»I bin ja eigendlich in Schdurgert-Feierbach ufgewachsa. Aba heud isch des ja faschd wie Klein-Ischdanbul«, sagte sie, um sich dann zu ihm herüberzubeugen und mit einem verschwörerischen Augenzwinkern so laut in sein Ohr zu flüstern, dass es das halbe Bierzelt hören musste: »Also bei Adolf häd's des ned geba.«

»Soweit ich weiß, war der Führer ein glühender Bewunderer des türkischen Volkes und seines Anführers Mustafa Kemal Atatürk, Verehrteste«, ertönte eine nur allzu vertraute Stimme hinter Viktor.

Mit einem Ruck drehte er sich um. Wilhelm von Puppe stand hoch aufgerichtet vor ihnen, ein breites Lächeln im gekerbten Greisengesicht.

»Aha. Und wohr wolla Sie des wissa?«, fragte die Frau barsch, nachdem sie ihre erste Überraschung überwunden hatte.

»Oh, ich hatte das Vergnügen, Hitler bei der Ausführung seiner Ansichten zur Türkei und ihrem Führer höchstpersönlich lauschen zu dürfen. Wenn ich mich recht erinnere, war das 1940 bei einem Empfang anlässlich des fünften Jahrestags der Gründung der Führerschule der Deutschen Ärzteschaft in Alt Rehse. Das ist übrigens nur etwa zwei Stunden entfernt von diesem schönen Ort.«

Dem Gesichtsausdruck der Frau war jetzt anzusehen, dass sie sich nicht schlüssig war, ob sie Viktors Großvater für einen Angeber oder einen Verrückten halten sollte.

Doch Wilhelm wusste ihre Sprachlosigkeit auszunutzen. »Darf ich Ihnen meinen Enkel kurz entführen?«

Noch bevor sie auch nur die Chance zur Antwort hatte, hakte er sich bei Viktor unter und zog ihn fort.

»Es sieht so aus, als hätte ich dich innerhalb einer Woche schon zum zweiten Mal gerettet, mein Lieber. Ich hoffe doch übrigens, ich darf mich auch weiter auf deinen Teil unseres kleinen Gentlemen's Agreements verlassen, oder?«

»Ist das der Grund, warum du hierhergekommen bist?«, fragte Viktor. »Um mich an meine Verpflichtungen zu erinnern?«

»Nein. Natürlich nicht«, antwortete Wilhelm. »Derartiges Misstrauen dir gegenüber wäre wahrhaft unhöflich. Ein von Puppe hält immer sein Wort, nicht wahr?«

Damit zog er ihn zu einer Gruppe älterer, in dichte Schwaden von Zigarettenrauch gehüllter Herren.

»Ich möchte dich gerne jemandem vorstellen. Herr Doktor Heumann?«

Einer der Männer drehte sich um und schaute Viktor prüfend an. Erst auf den zweiten Blick dämmerte Viktor, warum er ihm so »bekannt« vorkam. Mit seiner fleischigen Glatze, dem Zwirbelbart und dem antiquierten Zwicker wirkte er einem Gemälde von George Grosz entstiegen. Es fehlte lediglich noch eine Pickelhaube.

»Der Junker von Puppe«, donnerte Heumann so laut, als ob er ihn dem gesamten Festplatz ankündigen wollte. »Welch eine Freude, Sie und Ihren werten Herrn Großvater unter uns zu wissen. Und? Wie machen sich Ihre Schüler? Ist es Ihnen schon gelungen, ihnen etwas deutschen Fleiß und Disziplin in ihre kleinen, unwürdigen Schädel einzubläuen?«

»Ich bin...«, begann Viktor, doch er hatte keine Chance seinen Satz zu Ende zu bringen.

»Großartig!«, brüllte Heumann mit hochrotem Gesicht. »Von einem von Puppe habe ich auch nichts anderes erwartet.«

In dieser Art setzte sich das Gespräch noch ein paar sinnentleerte Minuten lang fort. Heumann bellte eine Frage, und noch bevor Viktor darauf reagieren konnte, schien er schon genau die Antwort gehört zu haben, die er erwartet hatte.

Dann dankte er Wilhelm und Viktor abrupt für das »inspirierende« Gespräch, um mit seiner unablässig qualmenden Entourage zwischen den Häusern der Siedlung zu verschwinden.

***

»Viktor!«

Er fuhr herum.

»Autsch.«

»Oh, Entschuldigung. Das war wirklich ungeschickt von mir«, sagte er betreten.

»Nicht so schlimm«, antwortete Magda Mayerhofer, sich die Schulter reibend. »Was war denn das?«

»Oh, das war Fafnir... Äh, ich meine der Drachenkopf, den ich für die Aufführung trage.« Er stellte das Ungetüm aus Pappmaschee auf einen Tisch hinter sich und wandte sich ihr wieder zu. »Was machen Sie...«

Er brach ab, als er merkte, wie ihre Stirn sich in Falten legte. Nein, wahrscheinlich war das Hamburger Sie im Lichte der jüngeren Entwicklungen wirklich nicht mehr angemessen. »Ich wollte sagen, was machst du denn hier?«

»Ich wollte dir für die Aufführung viel Glück wünschen«, antwortete sie und strich sich eine widerspenstige Strähne hinter das Ohr.

Peinlich berührt bemerkte er, wie ihm gegenüber Nicole van Houten und zwei andere Siedlungsbewohnerinnen innehielten, die etwa ein Dutzend Kinder zu schminken. Auffällig unauffällig lugten sie über die Spiegel zu ihnen herüber. Die Angelegenheit mit Magda war eindeutig dabei, aus dem Ruder zu laufen.

»Äh. Das ist wirklich lieb von dir. Aber ...« Er brach ab.

»Aber was?«, fragte sie.

Er schaute an ihr herunter. Das etwas zu weite schwarze Trägerkleid passte mehr zu einer Cocktailparty als einem Dorfgrillfest. Und er hatte definitiv noch nie so viel Make-up in ihrem Gesicht gesehen. Tatsächlich hatte er überhaupt noch nie so viel Make-up im Gesicht einer Frau bemerkt, und ihr Parfüm nebelte das Zelt ein.

Die Botschaft, die ihr Aufzug vermittelte, war mehr als deutlich. Aber diese Botschaft jetzt und hier zurückzuweisen, wäre nicht nur grausam, sondern unnötig gewesen.

»Nichts. Ich meinte einfach nur vielen Dank. Schaust du denn... ich meine, bist du nachher dabei?«

»Ein erwachsener Mann in einem Drachenkostüm?

Das lasse ich mir bestimmt nicht entgehen«, meinte sie grinsend.

Noch bevor er reagieren konnte, ließ sie mit ihrer Rechten den Blindenstock los, den sie bis dahin mit beiden Händen umklammert hatte, und tastete nach seinem Kopf. Als sie ihn zu fassen bekam, legte sie den Arm um seinen Nacken, zog ihn stürmisch und ungelenk zu sich herunter und drückte ihre Lippen auf seine.

Viktor spürte, wie sein Gesicht heiß wurde, während das Hintergrundgetuschel und das Gekicher der Kinder merklich anschwollen.

Nach einer gefühlten Ewigkeit löste sie ihren Mund von ihm und gab seinen Nacken frei. Auch ihr Gesicht glühte förmlich.

Erst jetzt bemerkte er, dass das Getuschel und Gekicher aufgehört hatte. Den schreckstarren Mienen der Frauen und Kinder folgend, wandte er sich um.

Dort, ein paar Meter hinter ihm im Zelteingang, stand fassungslos Thorsten Kunersdorf. Er bebte vor kaltem Zorn.

***

Ernst Heumann erhob sich und stieß mit dem Messer an sein Weinglas.

Stille rollte wie eine Welle über den Festplatz, bis nur noch vereinzeltes Wispern hier und da zu hören war.

Viktor hatte sich zu den Kindern vor den Vorhang gestellt. Schräg vor ihm am Bühnenrand saß Thorsten

Kunersdorf, den Blick wie alle auf Heumann gerichtet, neben dem nun unverkennbar Thorstens Eltern Platz genommen hatten.

»Sehr geehrte Volksgenossinnen und Volksgenossen«, begann Heumann mit dröhnender Stimme. Haltung und Gestik verrieten den geübten Redner. »Nun ist es also wieder ein Jahr her«, fuhr er fort, »dass wir uns alle das letzte Mal gesehen haben. Und was für ein Jahr: In den Vereinigten Staaten ist ein Mann an die Spitze des Landes gewählt worden, der mit uns viele Ansichten teilt, so zum Beispiel auch über die illegale, unkontrollierte Zuwanderung. Obwohl... Zuwanderung?« Er machte eine dramatische Pause, indem er die Arme verschränkte, den Zeigefinger vor die Lippen legte und sein Publikum unter dichten Augenbrauen prüfend musterte. »Sollte ich nicht vielmehr sagen... Ach, ich wag es jetzt einfach mal, das Kind beim Namen zu nennen: Umvolkung. Das ist es doch, worum es hier eigentlich...« Der Rest seiner Worte ging im tosenden Applaus unter. Die Leute erhoben sich von ihren Stühlen, klatschten und johlten frenetisch. Erst nach mehreren Beschwichtigungsversuchen kehrte langsam wieder Ruhe ein.

»Ich sehe schon«, fuhr er fort. »Ich bin hier unter Klarsichtigen, unter Leuten, die sich nichts vormachen lassen. Denn wir sehen doch mittlerweile, wohin das alles führt, nicht wahr? Brüssel, Nizza, Manchester, London, Sankt Petersburg, Barcelona. Wie viel Blut muss noch fließen, bis diese sogenannten Politiker verstehen?«

Wiederum brandete stürmischer Applaus auf, den er erst nach einigen Versuchen bändigen konnte.

»Diese *Politiker*, die, statt sich um wirkliche Probleme zu kümmern, Gesetze erlassen, die es den Perversen erlaubten, demnächst auch noch einen Hund zu ehelichen.«

Wieder Beifall, diesmal gemischt mit Lachen und Schenkelklopfen allerorten. Fasziniert beobachtete Viktor, wie der Mann, der ihm vorhin kaum zwei Worte lang zuhören konnte, die Menge fest im Griff hatte. Ja, er schien mit instinktiver Präzision zu wissen, welche Knöpfe er drücken musste. Eher Entertainer als Ideologe.

»Diese Politiker, die es zulassen, dass eine Meute sogenannter linker Krawalltouristen eine stolze deutsche Stadt in Schutt und Asche legt.« Auch hier eine effektvolle Pause, wiederum zuverlässig von Ovationen überbrückt. »Aber wie schon eingangs bemerkt: Es gibt auch Hoffnung«, sagte er mit erhobenem Zeigefinger. »Sei es mit der Wahl von Präsident Donald Trump, sei es mit dem Erstarken völkisch-national gesinnter Bewegungen in so vielen europäischen Ländern, oder dem absehbaren Einzug der AfD in den Deutschen Bundestag. Die AfD ist der langersehnte politische Silberstreif am Horizont, auch wenn viele von uns nicht in allen Punkten mit ihr übereinstimmen.«

Der eher verhaltene Applaus ließ Viktor darüber grübeln, wo die Mehrheit der Festbesucher sich wohl im Verhältnis zur AfD verortet sah.

»Aber Hoffnung gibt es manchmal auch jenseits der großen Bühne namens Weltpolitik, und sogar hier bei uns um die Ecke, womit ich zum Abschluss meiner kurzen Ansprache kommen will. Denn die Hoffnung sitzt heute neben mir. Ihr alle wisst, welches Martyrium unser lieber Genosse Ralph hier«, er wies auf Kunersdorf neben ihm, »welches Martyrium Ralph Kunersdorf in den vergangenen Jahren im Namen der Sache, unserer Sache, auf sich nehmen musste. Seine Verurteilung, das brauche ich wohl hier nicht zu sagen, war natürlich rein politisch motiviert. Nichts als der durchsichtige Versuch, einen der Unseren durch die Folter der Isolationshaft nachhaltig mundtot zu machen. Aber ich sage euch heute, es ist ihnen nicht gelungen, unseren Ralph zu brechen.«

Wieder frenetischer Applaus. Kaum jemand blieb jetzt noch auf seinem Stuhl, während der so Gefeierte mit gesenktem Blick und verschränkten Armen fast so wirkte, als ob ihn das alles nicht betreffe.

»Aber was rede ich alter Mann hier von anderer Leute Ruhm und Ehre«, rief Heumann mit fast entschuldigend erhobenen Armen. »Wenn die Helden da sind, können sie selbst ein Lied von ihren Ruhmestaten singen. Ich möchte Sie also nun alle bitten, dem Mann Ihr Ohr zu leihen, der wie kein anderer für diese Insel der Wahrheit, Freiheit und Rechtschaffenheit steht, in der wir heute die Ehre haben, Gäste zu sein.« Totenstille. »Genossinnen und Genossen:« Pause. »Ralph Kunersdorf.«

Der Jubel explodierte. Für Minuten schien der Festplatz nur noch aus klatschenden, stampfenden und jubelnden Menschen zu bestehen, während derjenige, dem all das galt, immer noch seltsam reglos auf seinem Stuhl saß, den Blick fest auf den Tisch vor sich gerichtet. Erst als Heumann ihm die Hand auf die Schulter legte und ihn dann förmlich am Kragen hochzog, kam Bewegung in Ralph Kunersdorf.

Das erste Mal richtete er seinen Blick in die Menge. Schnell kehrte wieder Ruhe ein. Widerwillig musste Viktor sich eingestehen, dass der Mann Ausstrahlung besaß. Mit seinen stechend hellen Augen, dem kantigen Kinn und dem massigen Körper wirkte er wie ein alter Wikingerfürst. Nur dass er in diesem Moment eher so aussah wie ein gefangenes Tier. Das Einzige, was sich an ihm zu bewegen schien und Regung verriet, war sein Brustkorb, der sich heftig hob und senkte.

Endlich räusperte er sich. Selbst aus der Entfernung konnte Viktor sehen, dass die Stirn des Mannes glänzte und... War es tatsächlich möglich, fragte sich Viktor, dass seine Augen schwammen?

»Liebe...«, begann Kunersdorf, brach gleich wieder ab und schluckte dann schwer. Seine Augen suchten den Himmel, als erwarte er von dort irgendeine Art von Hilfe. Eine Weile lang stand er so da, während die Sekunden immer zähflüssiger dahinflossen. Hier und da war erstes unruhiges Getuschel zu vernehmen.

»Ich danke euch allen«, sagte er schließlich leise, aber gut vernehmlich. Dann sank oder vielmehr fiel er auf seinen Stuhl, den Blick wieder auf irgendeinen Punkt direkt vor sich gerichtet.

Aus dem Getuschel wurde jetzt ein flächendeckendes Brausen. Viktor konnte sehen, wie Kunersdorfs Frau Heumann zu sich herunterzog und ihm irgendetwas ins Ohr flüsterte. Der prominente Gastredner hatte mit sichtlich konsterniertem Blick auf seinen Protegé gestarrt, doch jetzt reagierte Heumann schnell.

»Und wir danken *dir*, lieber Ralph«, sagte er, den Blick fest auf die Menge gerichtet, »dass du uns daran erinnerst, wie viel eitles Geschwätz es schon auf dieser Welt gibt – und zu wenig mannhafte Tat. Wahrheit will wenig Wort, sagt man. In diesem, deinem Sinne möchte ich daher allen unseren Gästen sagen: Das Herbstopferfest ist eröffnet.«

Er hob das Glas, während hinter ihm ein erstes Wetterleuchten zu sehen war.

Erst etwas verhalten, aber dann doch mit wachsendem Enthusiasmus folgten die Leute seiner Aufforderung. Prost und Beifall auf allen Plätzen. Die Spannung, die durch Kunersdorfs seltsames Verhalten entstanden war, schien sich zu lösen.

Nur schräg vor Viktor, da saß immer noch Kunersdorfs Sohn Thorsten, starr und unbeweglich wie sein Vater.

20

Viktor drückte vorsichtig die Klinke herunter, bis die Tür sich öffnete. Der Vorteil einer komplett eingezäunten Siedlung, in der jeder jeden kannte und man einander vertraute, lag auf der Hand: Keiner der Einwohner verschloss sein Haus.

Er warf noch einen kurzen Blick über die Schultern, um sich zu versichern, dass ihm niemand gefolgt war, dann schlüpfte er in den Flur und schloss die Tür.

Ein Donnergrollen erinnerte ihn daran, dass er eventuell nicht viel Zeit hatte. Wenn das Wetter umschlug – und vorhin hatte es ganz danach ausgesehen –, würden viele Festbesucher nach Hause gehen. Also musste er sich beeilen.

Obwohl es draußen noch dämmerte, war es hier im Flur so dunkel, dass er seine Umgebung nur schemenhaft erkennen konnte. Er tastete nach der kleinen Hochleistungstaschenlampe, die er sich eingesteckt hatte.

»Autsch«, entfuhr es ihm.

Behutsam befühlte er die Stelle links auf seinem Rippenbogen, dort wo ihn vorhin Thorstens Holzschwert getroffen hatte. In der Probe hatte er den Streich immer nur angedeutet, doch Vortäuschen war Thorsten offensichtlich nicht mehr ausreichend erschienen. Selbst aus dem Publikum war hier und da schockiertes Keuchen zu hören gewesen, als Thorsten ihn erwischt hatte. Hätte Viktor sich nicht instinktiv zur Seite gedreht, so wäre möglicherweise Schlimmeres passiert. So war er wahrscheinlich mit einer Prellung davongekommen. Das Furchterregendste an der Episode aber war Thorstens Gesichtsausdruck: Die anfängliche Bewunderung für Viktor hatte sich in hasserfüllte Feindschaft gewandelt.

So war er gleich aus zwei Gründen froh, dass sein Auftritt nach der Schwertkampf-Szene zu Ende war, während die anderen Schauspieler noch ein ansehnliches Restprogramm vor sich hatten.

Er richtete die Taschenlampe auf den Boden und schaltete sie ein. Der Lichtkegel war hell, aber auch von recht kleinem Umfang. Vorsichtig ließ er ihn durch den Flur gleiten. Eine Garderobe mit diversen Jacken und Mänteln. Ein Schuhregal. Die Schuhe in einer Reihe aufgestellt wie Zinnsoldaten, genau wie die ordentlich gerahmten Familienfotos an der Wand. Schlichte Raufasertapete. Was er sah, passte zur Familie Kunersdorf oder zumindest zu seiner Vorstellung von ihr.

Aber er hatte jetzt keine Zeit, sich lange mit soziologischen Betrachtungen aufzuhalten. Ken hatte ihm ein paar Tipps für typische Verstecke gegeben. Das Beste wäre sicherlich, seine Anweisungen systematisch abzugehen.

An den Flur schloss sich ein Wohnzimmer an. Im Schein eines erneuten Wetterleuchtens konnte er für einen Augenblick durch das Terrassenfenster den Garten erkennen, der direkt am Waldsaum endete. Er drehte sich um und hob die Taschenlampe. Neben dem Flur war ein Durchgang zur Küche erkennbar.

Wenn er den Grundriss des Hauses einigermaßen korrekt abschätzte, war hier unten kein Platz mehr für das, was er eigentlich suchte. Also zurück in den Flur, wo hinter einem Holzpaneel die Treppe zum Obergeschoss führte.

Ein dumpfer Aufprall ließ ihn innehalten. Reflexartig schaltete er die Taschenlampe aus. Dann horchte er bewegungslos in die Stille. Von der Ferne drang Beifall zu ihm herüber. Es musste sich um Szenenapplaus handeln, denn laut den Proben hatte er noch eine gute Viertelstunde, bis das Stück mit Siegfrieds Ermordung durch Hagen endete, der von Yannik gespielt wurde.

Ein erneutes Geräusch direkt vor ihm ließ ihn zusammenzucken. Erst nach einer Schrecksekunde wurde ihm klar, was er da gehört hatte, und er schaltete die Taschenlampe wieder ein.

Im Lichtkegel leuchteten vor seinen Füßen ein Paar grüne Augen auf. Eine rundliche Perserkatze beschwerte sich maunzend über das helle Licht und trottete dann gemächlich an ihm vorbei in Richtung Wohnzimmer. Offensichtlich lehnte Wemel nicht alle Migranten aus dem Orient ab.

Viktor atmete erleichtert auf und wischte sich über die feuchte Stirn. Prickelnd ebbte die Adrenalinwelle, die seinen Körper erfasst hatte, wieder ab; sein Herzschlag normalisierte sich. Jetzt erinnerte er sich, dass Ove van Houten die Katze sogar irgendwann erwähnt hatte. Im Stillen beglückwünschte er sich, dass die Kunersdorfs keine Hundeliebhaber waren.

***

Ralph Kunersdorf wühlte in seiner Tasche. Fand nichts. Wühlte tiefer. Er rutschte ein Stück nach vorne, um die Hand noch etwas weiter in die Tasche seiner Jeans hinein zu bekommen, doch da waren nur ein paar Münzen und der Schlüssel.

»Scheiße«, flüsterte er.

»Was ist? Was hast du?«, wisperte seine Frau neben ihm.

»Nichts«, zischte er ärgerlich.

Aus den Augenwinkeln bemerkte er, dass ihn jetzt von der anderen Seite Ernst Heumann anstarrte. Das hatte ihm gerade noch gefehlt.

»Ich muss mal pissen«, murmelte er halblaut und stand auf, während auf der Bühne Oves plumper Sohn einer sommersprossigen Kriemhild stockend erklärte, wo sich Siegfrieds einzig verwundbare Stelle befand.

Trotz des Theaterstücks hatte er das quälende Gefühl, dass jetzt fast alle Augen auf ihn gerichtet waren. Sie klebten an seinem Körper wie tausend Nadelstiche.

Er schob irgend so einen biervernebelten Idioten zur Seite, der ihn mit glasigen Augen anglotzte, und bahnte sich einen Weg zum Rand des Festplatzes.

Erst als er die erste Häuserreihe hinter sich gebracht hatte und den Blicken der Menge entschwunden war, wagte er eine kurze Pause. Er lehnte sich an die Wand eines Hauses und atmete tief durch.

Erst jetzt merkte er, dass ihm Tränen über die Wangen liefen. Scheiß verdammte echte Tränen. Und sein Herz klopfte ihm bis zum Hals. Die Welt – seine Welt – stand Kopf. Noch ein paar Minuten mehr, und er war reif für die Klapse.

Er biss die Zähne zusammen, stieß sich von der Wand ab und setzte sich wieder in Bewegung.

***

Das Obergeschoss bestand aus einem weiteren kleinen Flur, an den sich ein Schlafzimmer, ein großzügiges Bad und eine Art Büro anschlossen. In der Ecke zwischen Bad und Schlafzimmer führte eine enge Wendeltreppe ins Dachgeschoss hinauf.

Kens Vermutung klang in seinen Ohren nach: *Leute, die glauben, eine Waffe nötig zu haben, haben sie nachts gern in ihrer Nähe.*

Er steuerte das Schlafzimmer an. Im Schein der Taschenlampe sah er ein simples Ehebett, flankiert von je einem Nachttisch rechts und links. Auf dem linken lag ein Buch, das ein geblümter Umschlag zierte. Er ging daher zu dem rechten herüber, zog die Schublade auf und wühlte darin, als er auf etwas Unerwartetes stieß.

»Was in aller...«, flüsterte er, als plötzlich eine Tür im Erdgeschoss zuschlug. Rasch schloss er den Nachttisch und lauschte. Jemand atmete schwer. Auf einmal drang vom Flur ein schwacher Lichtstrahl herein. Dann hörte er eine Treppenstufe knarren.

Verdammte Scheiße.

Die Taschenlampe in der Hosentasche, schlich er sich schnellstmöglich zur Wendeltreppe, die glücklicherweise im Rücken des Aufgangs vom Erdgeschoss lag. Dann tapste er auf Zehenspitzen nach oben, wo ihn abermals ein kleiner Flur und eine Tür erwarteten.

Während unten jemand die letzten Stufen der Treppe

überwand, überlegte er fieberhaft, welche Optionen ihm noch blieben. Unter ihm ging das Licht im Obergeschoss an.

Er beschloss, sich einfach flach auf den Boden zu legen, statt hinter der Tür zu verschwinden. Wenn der Ankömmling zu ihm heraufkam, war es sowieso zu spät.

Vorsichtig schob er sich ein winziges Stück nach vorne. Gerade noch rechtzeitig, um unter sich Ralph Kunersdorf zu erkennen, dessen markanter Schädel in diesem Augenblick durch die Tür im Schlafzimmer verschwand.

Was zum Henker hatte der Mann vor? Die Vorstellung war noch nicht zu Ende. Warum war er jetzt hier? Wenn er blieb, bis schlimmstenfalls der Rest seiner Familie dazukam, war Viktor im Dachgeschoss gefangen.

Er hörte ein Klappern, das ihm bekannt vorkam, und auf einmal wusste er, was Ralph Kunersdorf noch während der Vorstellung hierhergetrieben hatte.

***

Er starrte auf die kleine Tablette in seiner Hand. Schon der Anblick senkte seinen Puls, ja er machte ihn fast euphorisch. Es war demütigend. Aber welche Wahl blieb ihm schon.

Er ging hinüber zum Bad, füllte einen Zahnputzbecher mit Wasser und spülte das Tavor herunter. Dann setzte er sich auf den Toilettendeckel und legte das Gesicht in die Hände. Kaum, dass er die Tablette geschluckt hatte, spürte er schon, wie er ruhiger wurde. Eine Illusion, denn er wusste genau, dass die Wirkung erst nach einer halben Stunde einsetzte. So weit war es schon gekommen, dass allein das Gefühl, das Zeug in sich zu haben, seine inneren Dämonen besänftigte. Die Welt hörte auf, eine chaotische Vorhölle zu sein, und war nun einfach wieder die Welt, so wie er sie vor Bützow gekannt hatte. Was für eine bittere Ironie.

Erst war es die Enge und die Einsamkeit, den ganzen Tag auf zehn Quadratmetern zu vegetieren. Es hatte ihn mürbe gemacht. Aber als sie ihn vor zwei Wochen rausgelassen hatten, musste er feststellen, dass sich sein Gefühl der Beengtheit ins Gegenteil verkehrt hatte. Nun war es die Weite, die Uferlosigkeit der Welt, die vielen Menschen darin, die ihn schier um den Verstand brachten.

Das Brummen des Handys in seiner Tasche riss ihn aus seinen Gedanken. Noch so eine Sache, an die er sich nicht gewöhnen konnte. Er zog das Gerät hervor. Eine Nachricht von Helga:

Was ist? Wo bist du? Heumann wird schon unruhig. Was soll ich ihm sagen?

Er seufzte. Dann legte er die Hände auf die Knie und stemmte sich mühsam in den Stand. Nach jedem Anfall fühlte man sich, als ob einen eine Dampfwalze überrollt hatte. Aber es half nichts. Wenn irgendjemand davon erfuhr, war er geliefert. Ein Neonaziboss mit Panikattacken – beinahe hätte er bei dem Gedanken selbst laut aufgelacht. Nicht einmal Helga konnte er das erzählen.

Er drehte sich kurz zur Seite, wo der Spiegel hing. Das Gesicht, das ihn anschaute, sah grau und müde aus. Genauso grau und müde, wie er sich fühlte.

Er löschte das Licht und ging zur Treppe.

***

Viktor schaute angestrengt auf den Bildschirm, so als könnte er dadurch den Ladebalken zu schnellerer Entwicklung antreiben. Auf der anderen Seite des Schreibtischs war ein großes Fenster, das auf den Waldrand hinausging. Wieder einmal wurde die Baumreihe für einen Sekundenbruchteil in grelles Licht getaucht. Dann verschwand das Wetterleuchten. Einige Zeit später war fernes Grollen zu hören. Das Unwetter schien immer noch ein paar Kilometer entfernt.

Aber selbst wenn der Regen die Leute nicht ins Trockene trieb, konnte das Stück nun jede Minute zu Ende sein. Und dann würde die Menge in Bewegung kommen. Viele Bewohner würden ihre Häuser aufsuchen oder Gäste hereinlassen, und sei es nur, um die Toilette zu benutzen.

Er schaute auf die Uhr. Vor knapp zehn Minuten hatte Ralph Kunersdorf das Haus verlassen. Die Schachtel Beruhigungsmittel, die Viktor im Nachttisch entdeckt hatte, war verschwunden. Kunersdorf musste sie mitgenommen haben. Das hatte Viktor überprüft, nachdem er sich zuvor noch zu einem kurzen Blick in Thorstens Zimmer hatte hinreißen lassen, das hinter der Tür im Dachgeschoss lag.

Aber bei der Betrachtung von Postern von rechten Rockbands und Bettwäsche von Hansa Rostock war ihm endgültig aufgegangen, dass die Suche nach Yavuz' Mordwaffe in diesem Haus ganz ohne jeden Anhaltspunkt sinnlose Zeitverschwendung war. Also hatte er sich Kens Plan B zugewandt, bevor es auch dafür zu spät war.

Der USB-Stick, den Ken ihm mitgegeben hatte, stammte direkt von Balkov. Wenn alles richtig funktionierte, hatte er in Kürze die Festplatte von Kunersdorfs Rechner geklont.

Noch fünfundzwanzig Prozent zeigte jetzt der Ladebalken an, das entsprach etwa drei Minuten. Um sich die Zeit zu verkürzen, las er die Namen der Ordner durch, die Kunersdorf auf seinem Desktop abgelegt hatte.

Auch den inoffiziellen Bürgermeister einer Neonazisiedlung plagten offensichtlich ganz profane Probleme, wovon Ordnernamen wie etwa Auftraggeber, Bank, Behörden und so weiter zeugten. Bis Viktor an einem Dateiordner hängen blieb, der den seltsamen Namen »Zuvay« trug. Kam ihm irgendwie bek...

»Keine Bewegung!«, ertönte eine nur allzu bekannte Stimme hinter ihm. Dann hörte er, wie ein Sicherungshebel einrastete, bevor Viktor das kühle Metall der Waffe an seinem Hinterkopf spürte.

***

»Willst du mir erzählen, der Boss des al-Miri-Clans ist tot, weil ihm im verfickten Florida eine verfickte Palme auf den Schädel gefallen ist?«, brüllte Harun Dursun – oder Harun, der Ziegenficker, wie Khalil ihn gerne betitelte – ins Telefon.

»*Don't kill the messenger*«, erklang es aus dem Hörer.

»Red Deutsch mit mir, verdammt noch mal!«

»Ich meinte, ich kann ja auch nichts dafür.«

So sehr Harun auch Lust hatte, den Typen weiter zusammenzuscheißen, er hatte irgendwie recht. Und wenn das stimmte, war er als Nichtfamilienmitglied bald auf alle Sympathien angewiesen, die er bei dem scheiß Clan hatte.

»Okay. Woher weißt du das?«, fragte Harun.

»Fatma hat es mir gesagt.«

»Und woher weiß die es? Hat es ihr der verfickte Prophet ins Ohr geflüstert? Warum muss ich dir eigentlich alles einzeln aus der Nase ziehen?«

»Da waren so Typen bei ihr, die haben es ihr gesagt.«

»Typen? Was für Typen denn, Maschallah?«

»Irgend so eine Behörde, Mann. Fatma meinte, die haben sich ihr nicht vorgestellt.«

»Was für Pisser. Scheiß Kartoffelstaat. Und jetzt?«, bohrte Harun ungeduldig weiter.

»Keine Ahnung, Mann.«

»Was ist mit seinem Bruder Ibrahim?«

»Was soll mit dem sein? Die Familie wird sich von keinem Arschficker führen lassen.«

»Stimmt«, sagte Harun gedankenvoll. Khalils einziger Bruder war schwul und hatte sich damit selbst für die Nachfolge disqualifiziert.

»Und Kasim?«

»Vielleicht. Aber er ist nur ein Cousin zweiten Grades. Und er ist gerade erst dreißig geworden. Das müssen die Alten entscheiden.«

»Hm.« Harun dachte nach. Ein Ältestenrat. Die Großvätergeneration. Etwa ein halbes Dutzend. Zwar alles Leute, die lange nicht mehr im Geschäft waren, aber er hatte schon davon gehört, dass ihre Meinung in Krisensituationen Gesetz war. Zum Beispiel damals, als einer von diesen Affen seine eigene Cousine vergewaltigt hatte, weshalb deren Brüder ihn (und sie gleich mit) umbringen wollten. Harun hatte die Alten noch nie zu Gesicht bekommen. Der Gedanke, dass da irgendein anonymer Zirkel seniler Wichtigtuer über sein weiteres Schicksal entschied, machte Harun extrem wütend. Aber das war bei Weitem nicht das einzige Problem, das er hatte. »Und was mache ich mit Gökhan?«, fragte er.

»Khalils Laufbursche? Was ist mit dem Türkenpenner?«, fragte der Mann am anderen Ende der Leitung.

Harun biss sich auf die Zunge. Offensichtlich hatte sein Gesprächspartner vergessen, dass er es auch gerade mit einem »Türkenpenner« zu tun hatte. Egal. Nicht die Zeit, sich neue Feinde zu machen.

»Ich habe ihn hier. Er ist in so eine scheiß Schweinerei verwickelt. Einen Mord in Neukölln. Irgendjemand, der Khalil Geld geschuldet hat. Khalil wollte damit nicht in Verbindung gebracht werden. Also hat er mir gesagt, ich soll ihn festsetzen. Aber was mache ich jetzt mit ihm?«

»Keine Ahnung. Puste ihn um.«

»Aber eine von den Bullen, die in der Sache in Neukölln ermitteln, ist seine Schwester.«

Sein Gesprächspartner pfiff ins Telefon. »Begüm Duran, die sexy kleine Fotze? Ehrlich jetzt?«

»Ja. Khalil wollte sie unter Kontrolle halten, damit sie das Ding mit dem Toten nicht am Ende ihm anhängen. Er hatte Angst, dass die ihn dann zurück in den verfickten Libanon schicken. Verstehst du?«

»Ja, da war er echt super paranoid, der alte Ficker. Möge Allah seiner Seele gnädig sein. Und du sagst, Gökhan hat einen von Khalils Schuldnern umgenietet?«

»Nein, Mann. Glaube ich jedenfalls nicht. Aber er hat die Leiche gefunden. Und seine Schwester hat das Handy von dem Toten, mit so 'nem Chat drauf, wo Gökhan ihm wegen der Schulden droht. Und das bringt Khalil mit dem Mord in Verbindung. Verstehst du?«

»Hm.«

»Also was soll ich jetzt mit dem Typen machen?«

»Sag ich doch: Puste ihn um und lass ihn verschwinden.«

»Bist du verrückt? Dann habe ich Begüm und ihre scheiß Bullen am Hals.«

»Dann lass ihn frei.«

»Scheiße. Das geht nicht. Dann habe ich sie auch am Hals.«

»Wieso, Alter?«

Harun drehte sich zur Heizung herüber, vor der eine gekrümmte Gestalt auf dem Boden lag. »Na ja, er... ist gerade nicht so gut drauf.«

»Alter. Ist doch scheißegal, was du mit dem Arschloch machst. Ich habe jetzt echt andere Probleme, okay? Also kümmer' dich halt irgendwie darum. Ich muss jetzt aufhören. Die laufen hier alle Amok wegen Khalil, okay?«

»Aber...«, begann Harun, doch sein Gesprächspartner hatte schon aufgehängt.

***

»Der Typ ist ein Spitzel. Hier guck.«

Thorsten reichte sein Handy an seinen Vater weiter. Abgesehen von Ralphs Falten und Wikingerhabitus hätten die beiden Zwillinge sein können.

»Hm.« Ralph Kunersdorf nahm das Gerät entgegen und streckte den Arm aus. Altersweitsicht, schoss es Viktor durch den Kopf.

»›Ermittler im Fall des Todesmeisters versteckt Nazi-opa auf Schwanenwerder‹«, las Kunersdorf etwas mühsam vor. »›Von unserer Polizeireporterin Janine Geigulat. Viktor von Puppe ist einer der Kommissare, die den Fall um…‹ Blablabla. Ah, hier wird es interessant: ›Nun sieht es so aus, als ob ebendieser Kommissar von Puppe auf dem Schloss seiner Familie auf der Halbinsel Schwanenwerder im Nikolassee im gleichnamigen Berliner Ortsteil seinen berühmt-berüchtigten und lange verschollen geglaubten Großvater Wilhelm von Puppe versteckt, der selbst für den Tod von Hunderten Kindern während der Naziära verantwortlich gemacht wird…‹« Er brach ab und wandte sich an Viktor. »Bist du ein Bulle?«, fragte er nüchtern.

Viktor überlegte, ob es irgendeine sinnvolle Ausflucht gab, aber ihm fiel keine ein. Er zuckte die Schultern.

»Siehst du? Ein Spitzel. Ich hab's doch gesagt«, fauchte Thorsten mit hasserfülltem Blick.

Sein Vater sah auf eigentümliche Weise unbeeindruckt aus, wie einer, den ohnehin nichts mehr überraschen kann. Viktor fragte sich, wie viel von dieser demonstrativen Gelassenheit auf das Medikament zurückzuführen war, das Kunersdorf sich vorhin aus seinem Nachttisch geholt hatte.

»Stimmt das?«, fragte Ralph Kunersdorf.

Doch Viktor war jetzt eher auf Thorsten fixiert, der auf dem Schreibtischstuhl seines Vaters saß und Viktor immer noch mit der Pistole bedrohte.

Eine Browning Hi Power. Neun Millimeter. Die Mordwaffe im Fall Yavuz hatte laut Doktor Bevier von der Abteilung für Ballistik sechs rechtsspiralige Rillen gehabt. Von seiner Zeit als Sportschütze wusste Viktor, dass das zum Beispiel auf eine Beretta zutraf, aber auch auf eine Browning Hi Power.

»Mein Vater hat dich was gefragt, du Arschloch«, sagte Thorsten, lehnte sich nach vorne und stieß ihm den Lauf so heftig gegen die Stirn, dass Viktors Kopf schmerzhaft gegen die Wand stieß.

»Mach mal halblang, Kleiner«, herrschte Ralph ihn an.

»Der Typ ist hier eingebrochen. Hat rumgewühlt. Der war sogar bei mir oben«, protestierte Thorsten und zeigte zu der Wendeltreppe, die zu seinem Zimmer im Dachgeschoss führte.

»Woher willst du das wissen?«, fragte sein Vater. »Du sagst doch, du hast ihn hier vor dem Rechner gefunden.«

Thorsten zuckte mit den Schultern. »Ich hab 'ne Kamera mit Bewegungsmelder installiert. Wenn da jemand rumschnüffelt, krieg ich sofort 'nen Alarm auf mein Handy.«

»Aha«, sagte sein Vater grinsend. »Und an wen hast du da so gedacht?«

Thorstens schaute seinen Vater konsterniert an. Offensichtlich hatte ihn dessen Bemerkung kurz aus dem Konzept gebracht.

»Ist doch egal«, sagte er schließlich. »Auf jeden Fall müssen wir den da liquidieren.« Er wies mit der Pistole auf Viktor.

»Äh, Moment mal...«, begann Viktor.

»Du hältst die Fresse, Spitzel«, brüllte Thorsten, dessen Gesicht dabei dunkelrot anlief.

»Schrei hier nicht so rum«, herrschte ihn sein Vater an. »Es muss ja nicht gleich die ganze Welt hören, was hier los ist.«

»Na und?«, versetzte Thorsten großspurig. »Ist mir doch egal. Ich werde den Typen jetzt umnieten.«

Er nahm die Waffe in beide Hände und zielte. Instinktiv schloss Viktor die Augen.

Doch statt des erwarteten Schusses hörte er wieder Ralph Kunersdorfs Stimme. »Das wirst du nicht tun«, sagte er mit bedrohlichem Unterton.

»Wer soll's mir denn verbieten?«, fragte Thorsten trotzig. »Du etwa? Stimmt wahrscheinlich, was die anderen sagen. Der Knast hat dich weichgekocht. Du bist nicht mehr derselbe.«

Die Ohrfeige traf Thorsten völlig unvorbereitet und war so hart, dass sie ihn von den Füßen fegte. Selbst Viktor hatte sie nicht kommen sehen.

Keuchend lag der junge Mann auf dem Rücken und hielt sich die Wange. Neben ihm lag die Pistole. Aber zwischen Viktor und ihr stand die massige Gestalt von Ralph Kunersdorf, der sich jetzt drohend über seinen Sohn beugte.

»Stell nie wieder meine Autorität infrage«, sagte er in einem Tonfall, der keinen Widerspruch duldete. »Hörst du?«, brüllte er, als Thorsten nicht reagierte.

»Ja, ist ja gut«, fauchte sein Sohn bockig und rieb sich die Wange. Doch Ralph Kunersdorf schien noch nicht mit ihm fertig zu sein.

»Kommst dir echt cool vor, mit der Wumme in der Hand, oder? Und richtig clever auch noch. Hier willst du ihn abknallen? Hältst dich wohl für James Bond. Hast dir bestimmt auch schon überlegt, wie du hinterher die ganze Schweinerei beseitigst, wenn seine Bullenkumpels nach ihm suchen kommen, oder?«

»Scheiße, ich hab's ja kapiert«, maulte Thorsten.

Sein Vater hob die Pistole auf und richtete sie wiederum auf Viktor. »Steh auf, Bulle!«, befahl er.

»Was haben Sie vor?«, fragte Viktor. »Mich erschießen? Dann haben Sie die halbe Berliner Polizei am Hals. Haben Sie doch selbst gesagt.«

Ralph Kunersdorf schnaubte nur verächtlich. Dann packte er Viktor mit seiner mächtigen Pranke am Kragen und riss ihn hoch. Er schubste ihn an sich vorbei und stieß ihm mit der Waffe so fest in den Rücken, dass er unwillkürlich in Richtung Treppe zum Erdgeschoss stolperte. In dieser Manier trieb er Viktor die Stufen herunter, durch den Flur und die Haustür ums Haus herum in Richtung Waldrand. Mittlerweile hatte es zu regnen begonnen, und die Luft hatte sich merklich abgekühlt.

Kunersdorf wandte sich zu seinem Sohn um, der ihnen wie ein Dackel gefolgt war.

»Was hast du jetzt wieder vor, Thorsten?«, fragte er gereizt.

»Na, mitkommen. Ich will sehen, wie du das Schwein alle machst.«

»Kommt überhaupt nicht infrage«, versetzte sein Vater.

»Aber Vater...«

Ralph Kunersdorfs erhobener linker Zeigefinger schnitt ihm das Wort ab. »Du bleibst hier und passt auf, dass uns keiner folgt. Wenn irgendwer nach mir sucht, sagst du, es gab einen Notfall und ich musste weg.«

»Scheiße. Was denn für ein Notfall?«, fragte Thorsten.

»Keine Ahnung. Lass dir was einfallen...«, sagte sein Vater, während er mit der Linken irgendwas in sein Handy tippte. »Irgendwer hat einen zu viel gesoffen und ich muss ihn ins Krankenhaus nach Grevesmühlen bringen. Und jetzt hau ab zum Festplatz, bevor die anfangen, hier nach uns zu suchen.«

Thorsten stand unschlüssig vor ihnen, die eine Hand immer noch an der Wange.

»Hau ab!«, zischte sein Vater.

Widerwillig drehte Thorsten sich um und verschwand zwischen den Häusern.

21

Der Donner rollte über die Wipfel. Wie in einem schlechten Film, dachte Viktor, während er über zunehmend matschigeren Waldboden stapfte.

Exekution im Regen während eines Gewitters.

Zu dumm, dass es seine eigene war. Nach dem Tod seines Vaters hatte er viel über Sterblichkeit nachgedacht, auch die eigene, und wie es sich wohl anfühlen würde, wenn man den eigenen Tod kommen sah. Jetzt musste er sagen, dass es sich auf eine schreckliche Weise nach gar nichts anfühlte. Völlige Leere, gepaart mit einem Gefühl totaler Unwirklichkeit.

Ein Teil von ihm erwartete, dass jeden Moment jemand hinter einem der Bäume hervorsprang, um das Bühnenlicht anzuschalten und ihnen beiden für ihre hervorragende Vorstellung zu danken.

Dann wieder überkam ihn bei dem Gedanken daran, was ihn in diese Lage gebracht hatte und wie unglaublich dumm und naiv er hineingestolpert war, eine plötzliche Welle der Wut.

Am schlimmsten aber war die Angst vor dem Moment des Todes. Wie würde Kunersdorf es tun? Würde er ihm in den Kopf schießen, von hinten, während Viktor kniete? Oder würde er seinem Mörder dabei in die Augen sehen müssen? Was davon war eigentlich besser? Konnte man in solch einem Fall überhaupt von besser oder schlechter sprechen? Beinahe hätte er angefangen, über diesen Gedanken zu lachen, so absurd erschien ihm die Situation.

Konnte man nicht irgendwie miteinander reden? Warum wollte Kunersdorf ihn überhaupt töten? Dann fiel ihm siedend heiß ein, dass er sich ursprünglich ins Dorf geschmuggelt hatte, um den Mann des Mordes an Yavuz zu überführen – und damit eventuell auch des Mordes an diesem Bundeswehrsoldaten. Das war wohl Motiv genug. Mord zur Verdeckung einer Straftat laut Paragraf 211 Absatz 2 Strafgesetzbuch. Und ironischerweise hatte Kunersdorf die beiden Morde ausgerechnet mit der Waffe begangen, mit der er jetzt auch ihn erschießen würde, irgendwo in diesem Wald. Weiß der Teufel, wo genau.

Was suchte der Mann eigentlich? Irgendeine Grube, die man nur zuschütten musste? Einen Tümpel auf einer Lichtung, in dem er ihn versenken konnte, wahrscheinlich mit irgendetwas beschwert, damit die Leichengase, die sein Körper absondern würde, ihn nicht nach oben trieben.

Sein Körper.

Etwas in ihm rebellierte. Das war nicht möglich. Das durfte nicht sein. Abrupt blieb er stehen und drehte sich halb zu Kunersdorf um. Sofort spürte er wieder den eiskalten Lauf an der Schläfe.

»Denk nicht mal dran, Arschloch!«, herrschte Kunersdorf ihn an.

Ein paar Minuten standen sie wie angewachsen.

»Weiter!«, sagte Kunersdorf schließlich.

Viktor musste sich regelrecht zur Bewegung zwingen, als hätten seine Glieder auf einmal ein Eigenleben entwickelt. Mit weichen Knien stolperte er weiter voran über Äste und Wurzeln.

Kurz fiel das Licht der Taschenlampe auf die kleine Försterhütte, und für einen Moment war Viktor in der Zeit zurückversetzt. Nur ein paar Tage zuvor war er schon einmal hier gewesen. Das war eine Ewigkeit her...

Verdammt.

Viktor war über einen dickeren Ast, nein, eine Art Hügel gestolpert, doch bevor er hinschlug, packte ihn eine kräftige Pranke an der Schulter und verlieh ihm wieder die nötige Stabilität.

»Danke«, murmelte er, nur um im selben Moment zu realisieren, wie abwegig diese Bemerkung angesichts der Umstände war.

Eine gefühlte halbe Stunde später lichteten sich die Bäume. Viktor war sich sicher, dass sie deutlich weiter gegangen waren, als er das letzte Mal gekommen war. Irgendwie hatte er das Gefühl, dass sie sich bereits dem Westrand des Waldes näherten. Was hatte Kunersdorf vor? Wollte er ihn gar nicht hier erschießen, sondern eher irgendwo auf dem Acker, der laut Google Maps jenseits der Landstraße hinter...?

»Stopp!«

Viktor blieb sofort stehen, nach all der Stille eher vor Schreck als vor Kunersdorfs Befehl.

»Setzen!«

»Hören Sie, wir können bestimmt eine Lösung für... für... für all das hier finden.«

Sofort war wieder der Lauf an seiner Schläfe.

»Du sollst nicht quatschen, sondern dich hinsetzen. Sonst puste ich dir gleich mal die Eier weg.«

Viktor setzte sich.

»Hände über dem Kopf falten.«

Er tat, wie ihm geheißen.

Er hörte, wie Kunersdorf ein Windfeuerzeug auf- und zuschnappen ließ. Dann wurde es wieder still. Sie waren definitiv in der Nähe des Waldrands. Durch eine Wolkenlücke hindurch konnte er hinter ein paar Bäumen den Mond erkennen. Wenn er einfach aufsprang und loslief, war er in drei, vielleicht vier Sprüngen auf der Landstraße. Aber was dann? Es war nirgendwo ein ...

Doch.

In ziemlicher Entfernung konnte Viktor zwei Scheinwerfer ausmachen. Vorsichtig warf er einen Blick über die Schulter. Kunersdorf rauchte immer noch und starrte jetzt ebenfalls auf die Straße, soweit Viktor es im Halbdunkel ausmachen konnte. Während das Auto sich allmählich näherte, wägte Viktor blitzschnell seine Optionen ab.

Wenn er rasch genug und genau im richtigen Moment auf die Straße rannte, würde er im Lichtkegel der Scheinwerfer stehen. Vielleicht würde Kunersdorf ihn trotzdem einfach erschießen, aber einen Versuch war es wert. Was aber, wenn Kunersdorf dann auch noch den oder die Insassen des Wagens erschoss? Wozu sollte er lästige Zeugen riskieren? Während er überlegte, wie wahrscheinlich diese Variante wirklich war, stellte er entsetzt fest, dass das Auto, das kurz in einer Bodensenke verschwunden war, in etwa fünfhundert Metern

Entfernung wieder auftauchte. Ihm blieben allenfalls Sekunden.

Vorsichtig, ohne sich zu rühren, spannte er seine Muskeln an.

Drei.

Er bewegte seine Fußgelenke ein wenig.

Zwei.

Er holte tief Luft.

Eins und...

LOOOOOOS!

Er wusste nicht, ob er es nicht sogar wirklich laut gebrüllt hatte. Er wusste nur, dass er auf allen Vieren über Äste und Unterholz loggestolpert war, bis Kunersdorf hinter ihm etwas schrie und selbst zu laufen anfing. Unvermittelt tauchte ein armdicker Stamm vor ihm auf, gegen den er mit voller Wucht frontal prallte. Direkt hinter ihm brüllte immer noch Kunersdorf.

Er rappelte sich wieder auf und lief weiter, bis sich vor ihm ein Loch auftat und er erneut stürzte. Viktor war in einen Graben geplumpst, der sich direkt am Straßenrand befand.

Kaum, dass er diesen Gedanken gefasst hatte, tauchte über ihm Kunersdorfs Gesicht auf.

Sofort riss er die Hände hoch, griff panisch nach Grasbüscheln und Baumwurzeln und zog sich halb krabbelnd in Richtung Straße.

Weiter. Noch weiter.

Nicht das Gleichgewicht verlieren.

Wo war der Wagen...

»Haaaalt!«

Er riss die Arme hoch. Der Wagen war zu nah... viel

zu nah. Doch zum Weglaufen war es zu spät. Viktor schloss die Augen. Hörte nur das fürchterliche Quietschen der Bremsen, das wütende Aufhupen.

Etwas hob ihn von den Beinen, ließ ihn durch die Luft fliegen. Er flog. Einen Sekundenbruchteil. Dann Dunkelheit.

Frieden.

Stille.

Leere.

Geräusche, Arme, noch mehr Arme. Atem. Kopfschmerz. Eine Stimme. Jemand brüllte ihn an. Direkt vor seinem Gesicht.

»Was soll das, du Idiot?«

Kunersdorf.

Er lag auf Viktor.

Mühsam schaute er sich um. Sie waren gemeinsam auf der anderen Seite der Straße gelandet. Ein paar Meter weiter war der Wagen zum Stehen gekommen.

Eigentlich hätte das Auto ihn voll erwischen müssen. Er hatte direkt davorgestanden. Irgendwie …

Dann begriff oder vielmehr ahnte er, dass Kunersdorf ihn gerettet hatte. Aber warum bloß?

Die Beifahrertür ging auf. Im Schein der Rückleuchten und der Warnblinkanlage kam ein Schatten auf sie zu und blieb vor ihnen stehen.

»Na, Herr Puppe, alles noch dran?«, fragte jemand mit jovialer Süffisanz.

Viktor konnte nicht glauben, was er gerade gehört hatte. »Sie?«, stieß er entgeistert aus.

***

Rücksitz. Cremefarbenes Kunstleder. Armaturen im Wurzelholzdekor. Wortkarger Chauffeur.

Trotzdem fühlte Viktor sich fast ein bisschen wie ein Straftäter. In der Seitenscheibe spiegelte sich die blaue Instrumentenbeleuchtung des BMW. Bald sah es so aus, als würde sie in der Dunkelheit über den Äckern schweben, an denen sie gerade vorbeifuhren. Die Szenerie erinnerte ihn an den alten Audi, den seine Mutter gefahren hatte, als er noch ein kleiner Ju...

»Na? Schlafen Sie?«, fragte Sikorski, der auf dem Beifahrersitz saß, über die Schulter.

»Nein«, antwortete Viktor trotzig. Tatsächlich wollten ihm jeden Moment die Augen zufallen.

Um sich wachzuhalten, versuchte er sich wieder ins Gedächtnis zu rufen, was er vor einer halben Stunde erlebt hatte.

Er war fast gestorben. So viel stand fest. Nur nicht, wie befürchtet, durch eine Kugel aus Kunersdorfs Waffe. Nein, im Gegenteil. Kunersdorf war es, der ihm das Leben gerettet hatte, kurz bevor Sikorski ihm mit seinem anrauschenden BMW beinahe ein Ende gesetzt hätte.

Ralph Kunersdorf, sein Lebensretter.

Er konnte es immer noch nicht fassen. Denn es ergab keinen Sinn. Oder vielmehr hatte es keinen ergeben, bis Sikorski und Kunersdorf ein Gespräch begannen. Und zwar so, wie alte Bekannte eben miteinander reden. Kunersdorf hatte gefragt, warum das so lange gedauert hatte. Darauf hatte Sikorski irgendwas von Hubschrauber, Wismar und Blaulicht gefaselt. Viktor fiel es anfänglich schwer, ihnen zu folgen. Wenn man gerade den Tod vor Augen gehabt hatte, schienen das Licht des

Mondes oder das nächtliche Zirpen der Grillen bedeutsamer als ein profaner menschlicher Konflikt.

Doch dann hatte der interessante Teil des Gesprächs begonnen. Kunersdorf hatte Sikorski zur Sau gemacht, oder es zumindest versucht, indem er sich darüber beschwert hatte, wie Sikorski ihm den da – und hier war dann Viktor höchstselbst gemeint – auf den Hals schicken konnte. Als ob Sikorski irgendetwas mit Viktors Mission zu schaffen hatte. Die Bemerkung hatte ihn dann endgültig aus seiner Starre geholt.

Sikorski war wohl ebenso baff über die Anschuldigung wie Viktor. Oder zumindest wirkte es so. Doch bei Sikorski wusste Viktor nie so richtig, woran er war. Also zog er in dieser Phase des Gesprächs vorübergehend sogar in Betracht, dass Sikorski gerade nur irgendeine gigantische Show abzog. Erst dann fiel ihm auf, dass das allerdings voraussetzte, dass er – Sikorski – Viktor ohne dessen Wissen oder erkennbaren Grund durch irgendeine teuflische Manipulation auf Ralph angesetzt hatte.

Das war der Moment, an dem er erst den Kopf geschüttelt und sich dann ein Glas Wasser erbeten hatte. Woraufhin ihm Sikorskis spinnenhaft dürrer Kollege oder Fahrer tatsächlich eine ungeöffnete Halbliterflasche Evian aus dem Wagen gereicht hatte. Eisgekühlt, als ob sie dort für Viktor bereitgehalten wurde. Das kalte Wasser hatte den letzten Nebel aus seinem Kopf vertrieben. Und auf einmal hatte er begriffen, was längst auf der Hand lag.

Kunersdorf, der Oberwikinger, Kunersdorf, der Neonazi, Kunersdorf, der Majestix jenes von unbeugsamen Germanen bevölkerten Dorfes – Kunersdorf war ein Informant, nichts als ein läppischer, kleiner Informant des Verfassungsschutzes.

Viktor hatte zu lachen angefangen. Er hatte gelacht, bis ihm die Tränen gekommen waren, bis die Rippen anfingen zu schmerzen und er keine Luft mehr bekam. Kunersdorf hatte ihn dabei angestarrt wie einen Außerirdischen, Sikorski hingegen still vor sich hin gelächelt. Dieses milde Lächeln, das bei ihm so eine Art Alltagsmiene zu sein schien.

Irgendwann war Kunersdorf so wütend, dass er das Gespräch abbrach und grußlos im Wald verschwand. Das war keine zwanzig Minuten her, und trotzdem kam es Viktor bereits so unwirklich vor, als habe es in einer anderen Zeit, in einer seltsamen Parallelwelt stattgefunden.

»Wie haben Sie ihn gekriegt?«, fragte er in die kühle Stille des Autos, auch um sicherzugehen, dass er sich nicht in einem seltsamen Traum oder eben doch schon im Jenseits befand.

»Ein Selbstmordversuch«, antwortete Sikorski ohne Zögern. »Der Beamte hat ihn nur deswegen rechtzeitig aus der Schlinge gezogen, weil im Trakt kurz das Licht ausgefallen war und die Zellen außer der Reihe kontrolliert wurden. Ich hatte den Direktor gebeten, mir Bescheid zu geben, wenn er so etwas versuchen sollte. So war ich am nächsten Tag schon da. Habe an seinem Bett gesessen und quasi seine Hand gehalten, als er wieder aufgewacht ist. Dann haben wir uns sehr lange unterhalten. Fast eine ganze Nacht. Ich wäre ein guter Therapeut geworden, wissen Sie?«

Viktor glaubte ihm aufs Wort. »Und jetzt?«, fragte er.

»Fahre ich Sie zurück nach Berlin«, antwortete Sikorski leichthin.

»Und das ist dann alles?«

Sikorski zog die Luft hörbar durch die Nase ein. Dann drehte er sich so weit nach hinten, dass er Viktor direkt ansehen konnte. Hinter seinen dicken Brillengläsern waren Sikorskis Augen so stark vergrößert, dass es fast lächerlich wirkte.

»Ich bin kein nachtragender Mensch, Herr Puppe. Also werde ich vergessen, dass Sie sich der Weisung Ihres Vorgesetzten widersetzt haben, sich aus der Sache Yavuz herauszuhalten.«

»Soweit ich mich erinnere, bezog sich die Weisung auf Ihre Ermittlungen zu einer Verbindung des Falles Yavuz mit einem fehlgeschlagenen islamistischen Bombenattentat. Von einer Verbindung zu einer Neonazisiedlung war nie die Rede«, entgegnete Viktor.

»Ach, Herr Puppe. Ihr Kollege Herr Tokugawa mag derartige Winkeladvokatur ja für clever halten. Aber Ihnen hätte ich da doch mehr zugetraut«, bemerkte Sikorski und drehte sich wieder zurück nach vorn.

»Sie können mich von mir aus auch irgendwo auf dem Acker absetzen, aber das wird mich nicht davon abhalten, Kunersdorfs mögliche Verstrickung in den Todesfall Yavuz weiter zu untersuchen«, erwiderte Viktor.

»Sie meinen, nichts außer dem halben Dutzend Straf- und Dienstvorschriften, die Sie dadurch verletzen würden«, entgegnete Sikorski.

»So langsam habe ich das Gefühl, die Meinung meines Kollegen über Ihre Behörde und deren Arbeitsweise ist mehr als nur ein Vorurteil«, sagte Viktor.

»Ich glaube, meine Behörde und ihre Motive werden leider nur allzu häufig missverstanden«, entgegnete Sikorski fast melancholisch.

»Sie schützen einen Mörder, einen widerlichen Neonazi, der hier gemeinsam mit seinen Kumpanen unter Ihrer Obhut seine Träume von einem Vierten Reich ausleben darf. Schämen Sie sich nicht?«

Der Verfassungsschützer saß regungslos in seinem Beifahrersitz, so als habe er Viktor gar nicht gehört.

»Können Sie da überhaupt noch in den Spiegel schauen?«, setzte Viktor nach.

Sikorski wandte sich wieder zu ihm um und betrachtete ihn jetzt eindringlich.

Eine Sekunde.

Zwei Sekunden.

Die Brille verstärkte noch den Eindruck, dass hier ein Forscher sein Forschungsobjekt im wahrsten Sinne des Wortes unter die Lupe nahm. Dann drehte er sich wieder nach vorne und verschränkte die Arme hinter dem Kopf.

»Ich will Ihnen mal eine Geschichte erzählen, lieber Herr Puppe. Sie handelt von meinem Großvater Richard Sikorski. Der wurde 1895 geboren, in Königsberg, heute besser bekannt als Kaliningrad, das damals zum Kaiserreich gehörte. Bei Beginn des Ersten Weltkriegs war Richard gerade neunzehn Jahre alt geworden. Er machte das Notabitur und meldete sich sofort freiwillig zur Front. Mit dem Ersten Kaiserlichen Füsilier-Regiment lag er vor Verdun und Spa. Obwohl er nur der Sohn eines einfachen Tuchhändlers war, qualifizierte er sich allein durch Leistung für die Offizierslaufbahn. Schon nach zweieinhalb Kriegsjahren war er Oberleutnant und stellvertretender Kompaniechef. Bei einem Sturm auf die französischen Linien schlug dicht neben ihm eine Artilleriegranate ein. Ein Splitter drang in sein rechtes Auge. Trotz der Verletzung führte er den Angriff erfolgreich zum Abschluss. Die feindlichen Gräben wurden überrannt. Die Frontlinie verschob sich um einige hundert Meter nach vorn... für zwei Tage jedenfalls. Mein Großvater erhielt das Eiserne Kreuz Erster Klasse und wurde zum Hauptmann befördert. Bei Ende des Krieges war er Major und hatte für weitere Verdienste beim Rückzug anderer Einheiten auch noch den Pour le Mérite erhalten. Nach dem Krieg studierte mein Großvater in der jungen Republik Rechts- und Verwaltungswissenschaften und qualifizierte sich für den Staatsdienst. Seine erste Position war die des stellvertretenden Polizeidirektors von Potsdam. Sie können mir noch folgen, Herr Puppe?«

»Nur weiter«, antwortete Viktor, der keinen blassen Schimmer hatte, worauf Sikorski hinauswollte.

»Gut. 1929 berief man ihn in das preußische Innenministerium, wo er in kurzer Zeit zum Abteilungsleiter aufstieg. Doch dann kam das Jahr 1933 und mit ihm das Gesetz zur Wiederherstellung des Berufsbeamtentums. Auf einmal erinnerte sich das Land, für das mein Großvater gekämpft und geblutet hatte, dass er Richard *Ignatz* Sikorski hieß. Mein Großvater hatte sich für sein Judentum nie interessiert. Religion war für ihn Opium fürs Volk, womit er, der liberalkonservative Patriot, ganz mit Karl Marx übereinstimmte. Aber jetzt war es dieser von ihm selbst belächelte Umstand, der ihn zunächst den Staatsdienst kostete. Wenigstens konnte er sich, dank Hindenburgs berühmter Intervention und des Frontkämpferprivilegs, in der Folge als Rechtsanwalt niederlassen. Auf diese Weise war er immerhin in der Lage, meine Großmutter und seine vier Kinder weiter zu ernähren, wenn auch mehr schlecht als recht, denn von einem jüdischen Anwalt wollten allenfalls nur noch andere Juden vertreten werden. Aber Ende 1938 war es auch damit vorbei. Von nun an musste meine Großmutter eine sechsköpfige Familie mit simplen Näharbeiten über Wasser halten, denn mein Großvater war aufgrund von Spätfolgen seiner Kriegsverletzung zu körperlicher Arbeit kaum mehr in der Lage. Als schließlich im Sommer 1942 die Gestapo an der Tür meines mittlerweile schwerkranken und depressiven Großvaters klingelte, um ihn, meine Großmutter und ihre vier Kinder abzuholen, hatte mein Vater Glück. Er, das jüngste Kind meiner Großeltern, war gerade bei den Nachbarn, die – von meinem Großvater wegen ihrer kommunistischen Einstellung anfänglich verachtet – immer mehr zu Freunden und Helfern geworden waren. Sie haben meinen Vater bis zum Kriegsende in ihrer Wohnung versteckt, die er vier Jahre lang nicht verlassen konnte, während seine Eltern und drei älteren Schwestern in Auschwitz-Birkenau ins Gas gingen. Als er im Mai 1945 als Zehnjähriger zum ersten Mal die Wohnung seiner Retter verlassen konnte, hatte er fast vergessen, dass es da draußen noch eine andere Welt gab. Auch in seinem späteren Leben verließ mein Vater das Haus nur, wenn er musste.«

Sikorski pausierte. Viktor war seiner Erzählung erst

mit böser Vorahnung, dann mit Entsetzen und schließlich mit wachsender Scham gefolgt.

»Übrigens«, setzte Sikorski wieder ein, »haben Recherchen zu meiner Familiengeschichte ergeben, dass ungefähr zu jener Zeit, als mein Großvater wohl im Lager eingetroffen sein muss, der Dienst an der Rampe sporadisch auch von einem aufstrebenden jungen Arzt versehen wurde. Sein Name war Erwin Scharbeutz alias Wilhelm von Puppe. Es ist also durchaus möglich, dass unsere Großväter sich dort begegnet sind. Ist das nicht ein charmanter Gedanke?«

Er drehte sich wieder um, dasselbe leicht spöttisch-melancholische Lächeln auf den Lippen, das Viktor mittlerweile schon vertraut war. Peinlich berührt wandte Viktor den Blick ab und schaute stattdessen aus dem Seitenfenster.

»Ich dachte mir, dass Sie diese Geschichte genauso inspirierend finden würden wie ich«, fuhr Sikorski im Plauderton fort. »Meine Großmutter mütterlicherseits war übrigens halbe Polin und ist in Lodz aufgewachsen. Auch ihre Familie ist im KZ gestorben. Fast drei Dutzend Menschen. Großmutter hat nur deswegen überlebt, weil sie stenografieren konnte, was wohl der Lagerleitung zupasskam. Sie hat mir einmal von einem Sprichwort der polnischen Juden erzählt. Eines, das man nach der Besetzung durch die Deutschen häufiger zu hören bekam. Es ist nicht ganz einfach zu übersetzen, aber es bedeutet so viel wie: Willst du die Hölle meiden, musst du manchmal den Teufel lausen.«

***

Grabow

Das Licht des vorbeifahrenden Autos, das das Ortsschild kurz erleuchtet hatte, verschwand hinter der nächsten Kurve. Viktor schätzte die Entfernung nach Berlin auf immer noch gute zweihundert Kilometer. Eindeutig zu viel zum Laufen.

In einem Haus etwa hundert Meter links vor ihm konnte er den wechselhaften Lichtschein eines Fernsehers erkennen. Wenn er Glück hatte, würde er jemand antreffen, der ihm ein Taxi rufen konnte, falls es so etwas hier mitten im Nirgendwo um die Zeit überhaupt noch gab. Langsam taten ihm jedenfalls die Füße weh.

Sikorski hatte am Ende seiner Geschichte Viktors »Wunsch« erfüllt und ihn buchstäblich an einem Acker abgesetzt. Viktor war immer noch zu peinlich berührt und auch zu überrumpelt, um ernsthafte Gegenwehr zu leisten.

Angenehme Besinnung, hatte Sikorski ihm zum Abschied mit einem Augenzwinkern gewünscht.

Dann war der BMW davongeschossen in die mittlerweile wieder sternklare Nacht. Eine halbe Stunde lang war Viktor parallel zur Straße über Ackerfurchen gestolpert, bis er das Ortsschild sah. Ein paar Autos hatten ihn überholt. An einem anderen Tag hätte er vielleicht den Daumen rausgehalten. Aber heute war ihm nicht danach, obwohl die Temperatur in dieser Nacht schon in grenzwertige Bereiche gerutscht war, vor allem wenn man in feuchter Kleidung unterwegs war.

Das Grundstück des Hauses mit dem Fernseher war von einem schlichten deutschen Jägerzaun eingefriedet. Er musste sich leicht bücken, um den Riegel der Tür zur Seite zu schieben, und kam sich dabei nicht zum ersten Mal an diesem Tag wie der letzte Haderlump vor. Mit knarrenden Scharnieren ließ sich das Gatter aufdrücken. Etwas verhalten beschritt er die schlichten Steinplatten. Vor den Stufen zum Eingang blieb er stehen. Was würde er sagen? Liegen gebliebenes Auto? Fing so nicht jeder zweite B-Movie-Horrorstreifen an?

Egal. Sollten die Menschen glauben, was sie wollten. Wenn es sein müsste, würde er eben vor der Tür auf das Taxi warten. Taxi? Hatte er überhaupt noch...? Er tastete nach seiner Geldspange, als seine Finger eine andere, aber ebenso vertraute Form spürten.

Vielleicht, dachte er grinsend, *hat der Teufel auch für mich noch ein paar Läuse übrig.*

Donnerstag, der 14. September

22

»Und war das nun *die* Pistole?«

Viktor rang die Hände. »Ich vermute es. Aber wie kann ich das genau wissen? Ich habe sie nur ganz kurz zu Gesicht bekommen.«

»Hm.« Ken versank in tiefes Grübeln, während Viktor ihn mit zunehmender Irritation betrachtete. Irgendwie kam ihm der Aspekt der Lebensgefahr, in der er sich vor vielleicht gerade einmal zwölf Stunden gewähnt hatte, in ihrer Konversation entschieden zu kurz. Stattdessen wurde von ihm offensichtlich eine Art teleballistische Fähigkeit erwartet.

Regentropfen perlten über die Fenster ihres Büros. Etwas widerwillig musste Viktor feststellen, dass gegen die hektische und graue Großstadt da draußen das Dorf der vergangenen Tage ein grünes Idyll der Ruhe gewesen war. Rein äußerlich jedenfalls. Es mochte ein absurder Gedanke sein, aber – wenn er die gestrige Nacht außer Betracht ließ – fühlte er sich fast ein bisschen so, als ob er aus einer Art Urlaub in den Alltag zurückgekehrt war.

»Also haben wir rein gar nichts, nada, nitschewo«, brummte Ken frustriert.

»Wir haben immerhin Kunersdorfs Festplatte auf dem USB-Stick«, protestierte Viktor. »Ist das etwa gar nichts?«

»Balkov sagt, es wird Tage dauern, bis er die Verschlüsselung geknackt hat«, winkte Ken ab.

Viktor seufzte. Er hatte es geschafft, den USB-Stick heimlich hinter seinem Rücken aus Kunersdorfs Rechner zu ziehen, während dessen Sohn Thorsten ihn mit der Waffe bedrohte. Eigentlich war er doch ein wenig stolz auf seine Courage. Aber augenscheinlich lagen die Erwartungen seines Partners etwas höher.

»Wir müssen noch einmal ins Flüchtlingsheim«, eröffnete Ken, als sei das die klarste Sache der Welt.

»Wie bitte?«, fragte Viktor, der sich nicht sicher war, ob er richtig gehört hatte. »Aber warum?«

»Ist momentan die einzige Spur, die uns noch bleibt«, antwortete Ken, die Augen auf irgendeine Kritzelei gerichtet, die er gerade auf einem Schreibblock fabrizierte. »Vielleicht finden wir doch noch etwas mehr über unseren pulverisierten Flüchtling heraus. Welche Freunde er hatte. Was er so gemacht hat. Wemel ist ja jedenfalls jetzt verbrannt.«

Verbrannt.

Viktor flehte seinen Schöpfer inständig um Demut an und atmete tief durch, bevor er antwortete. »Das hat Sikorski doch schon längst getan«, wandte er ein.

Ken schürzte die Lippen. »Hm. Sicher?«, fragte er dann. »Vielleicht war das ja alles nur ein gigantisches Ablenkungsmanöver, um seinen Naziinformanten zu schützen.«

Viktor lag eine patzige Bemerkung auf der Zunge, aber er schluckte sie herunter. Ja. Es klang mal wieder wie eine von Kens kruden Verschwörungstheorien, allerdings hätte er bis gestern die Idee, dass es sich bei

Kunersdorf um Sikorskis V-Mann handelte, wohl auch nur für eine krude Verschwörungstheorie gehalten. Und ganz bestimmt dann, wenn Ken sie geäußert hätte.

Aber eines stand fest: Sikorski sollten sie lieber nicht noch mal in die Quere kommen.

»Wir riskieren unseren Job. Das hat Sikorski ganz eindeutig klargemacht«, sagte er und hoffte, dass es so eindringlich klang, wie es gemeint war.

»Muss ja niemand erfahren«, sagte Ken stetig weiterkritzelnd.

Viktor war kurz davor, zu seinem Kollegen herüberzuspringen und ihm den Bleistift zu entreißen. »Und wie willst du da reinkommen, ohne dass die Leitung es an Sikorski weitergibt?«, fragte er stattdessen.

»Hm.« Wieder versank Ken in Grübelei. Diesmal so tief, dass darüber sogar sein Gekritzel erlahmte. Doch dann breitete sich auf einmal ein Lächeln auf seinem Gesicht aus.

»Vielleicht müssen wir ja gar nicht hinein.«

***

»Hey, Meister«, rief Ken und klopfte gegen die Scheibe.

Der Wachmann dahinter setzte sich auf.

»Was denn?«, formten seine Lippen.

»Kommen Sie doch mal raus, bitte«, rief Ken. »Ich will Ihnen was zeigen.«

Schwerfällig erhob sich der Mann aus seinem Stuhl, öffnete die Tür und trat heraus in den Nieselregen vor seinem Wärterhäuschen. Beklommen schaute Viktor sich um. Selbst wenn es hier draußen keine Überwachungskameras oder Ähnliches gab, war ihm unwohl bei dem Gedanken, nun doch wieder bei dem Flüchtlingsheim im Flughafen aufzutauchen. Halb rechnete er damit, dass jeden Moment Sikorski oder einer seiner Leute aus einem Busch gehüpft kam, um ihnen Handschellen anzulegen.

»Ihr schon wieder? Wat is denn noch?«, fragte der Wachmann unwirsch, der sich mittlerweile aus seinem Häuschen herausgequält hatte.

»Dieser Mann ist irgendwann in den letzten zwei Wochen aus dieser Unterkunft verschwunden und nicht mehr zurückgekommen«, sagte Ken und hielt ihm ein Foto von dem pulverisierten Flüchtling unter die Nase. »Kennen Sie ihn? Haben Sie ihn schon mal gesehen und falls ja, wann und unter welchen Umständen?«

Der Wachmann hob die Augenbrauen. »Hier komm und jehn tächlich Hunderte von denen durch, und Sie erwarten jetze im Ernst, det ick mir an een von den erinnere?«

»Genau das«, sagte Ken.

»Hm«, brummte der Wachmann und steckte die Hände in die Taschen seiner Uniformhose. »Seid ihr als Bull… äh als Polizisten ooch für Datenschutz und so 'n Zeug zuständig?«

Ken runzelte verständnislos die Stirn. »Also wissen Sie jetzt was oder nicht?«, fragte er ungeduldig. »Datenschutz steht bei unserer Abteilung jedenfalls nicht ganz oben auf der Agenda«, fügte Viktor aufs Geratewohl hinzu.

»Ach ja?«, der Wachmann kratzte sich am Kopf. »Na

denn. Aba ditt is 'n bisschen kompliziert. Sie ham doch ooch von diesem Amri jehört, wa?«

»Der von dem Anschlag am Weihnachtsmarkt? Ich bin ja nicht scheintot.«

»Also 'n alter Kollege von mir hat in eener Unterkunft in NRW jearbeitet, wo der Amri ooch mal war. Und als dann det Ding mit dem Anschlach passierte, ham die den völlich auseinanderjenomm, stundenlang. Von wejen, wo der Amri wann, wie und warum war. Aber Bernd... ick meine, mein Kolleje, der konnte sich an reinewech janüscht erinnern. An dem sind ja ooch buchstäblich Tausende von diesen Typen vorbeijezogen. Trotzdem haben die den 'ne janze Nacht durch die Mangel jedreht. Der durfte nich ma Pinkeln gehen, hatta mir erzählt. Und als ick ditt jehört habe, ha ick jedach... also da dachte ick mer, Knut, dacht ick, mach doch einfach Fotos.«

Ken starrte ihn konsterniert an.

Auch Viktor brauchte ein paar Sekunden, bevor er die Tragweite des gerade Gehörten begriffen hatte. »Heißt das«, fragte er unsicher, »Sie haben alle Insassen dieser Unterkunft fotografiert?«

»Beim Rin- und Rausjehn«, antwortete der Gefragte mit stolzgeschwellter Brust und triumphierendem Grinsen.

»Ist ja schlimmer als die Stasi«, sagte Ken. Es sollte wohl bewundernd klingen, kam aber bei dem Wachmann nicht so an.

»Ick kann det ooch jerne jetzt jleich allet löschen, wa?«, fauchte er wütend.

»Nein, nein, nein.« Ken hob beschwichtigend die

Hände. »Ist doch prima. Und ich interessier mich bestimmt nicht für Datenschutz und derartige Bürokratenkacke. Du vielleicht, Kollege?«, sagte er mit einem Blick auf Viktor, der mit gespielter Empörung den Kopf schüttelte.

»Sehen Sie«, sagte Ken zu dem Wachmann. »Kein Grund zur Aufregung. Hab ich das jetzt also richtig verstanden, dass das alles auf Ihrem Handy ist?«

»Ha, bei mein funzlijen sechzehn Jijabyte. Ick bin doch keen Idiot«, sagte der Mann und tippte sich zur Bekräftigung mit dem Zeigefinger an die übliche Behausung aller menschlichen Idiotie. »Det hab ick allet inne Klaut jespeichert.«

Viktor musste sich darauf konzentrieren, seinen Unterkiefer wieder in die Waagerechte zu bringen. Auch Ken schien kurz der Atem zu stocken, bevor er antwortete. »F-fantastisch«, stotterte er. »Dann brauchen wir ja nur noch Ihre Zugangsdaten.«

»Wie? Von meim Account und so? Brauchen Se da nich irjendwie so 'n richtalichen Beschluss?«

»Richterlicher Beschluss meinen Sie?«, sagte Ken und kratzte sich am Kinn. »Also wir kümmern uns ja nicht um Datenschutz, aber Meyer und Regener vom Büro neben unserem, die machen doch so Sachen, oder Viktor? Ist das nicht 'ne unerlaubte Ablichtung Schutzbefohlener? Magst du sie mal anrufen und fragen?«

Viktor reagierte sofort. »Schon dabei«, sagte er und zog sein Handy.

»Okay, okay. Is ja schon jut, Jungs. Ick schreib's ja uff.« Der Wachmann verschwand in seinem Kabuff.

»Unerlaubte Ablichtung Schutzbefohlener?«, raunte

Viktor Ken zu. »Das ist aber aus einem anderen Strafgesetzbuch als dem, das ich kenne.«

»Pff. Kann ich ja nix dafür, wenn du nicht ordentlich studierst, Püppi«, entgegnete Ken grinsend.

Der Wachmann kam mit einem Zettelchen wieder aus seinem Kabuff zurück. »Hier. Aba könn Se mer da ansonsten bitte raushalten, Meista?«

»Großes Halbjapanerehrenwort«, gab Ken zurück und zupfte ihm den Zettel aus der Hand. »Na, dann frohes Wachen noch.«

Ken drehte sich um und stapfte durch das Tor. Gerade als Viktor ihm folgen wollte, fuhr sein Kollege noch mal zu dem Wachmann rum, der schon wieder auf dem Weg in sein Häuschen war.

»Hey, Meister«, rief er.

»Wat 'n jetz noch? Is ja wie bei Columbo hier«, grummelte der Angesprochene.

»War außer uns eigentlich noch jemand hier?«

Der Wachmann legte die Stirn in Falten. »Wie meinen Si 'n det jetz?«

»Andere Polizisten«, meine ich.

»Nöö. Nich in meina Schicht jedenfalls. Wieso, ham Se welche valorn?«

Doch Ken hatte sich längst wieder umgedreht, um Viktor bedeutungsschwanger zuzuzwinkern.

***

Viktor rieb sich die schmerzenden Schläfen.

Der Wachmann war sehr fleißig gewesen. Zweihundert Fotos war ein durchschnittlicher Tag, und auf vielen waren ganze Gruppen von Menschen zu sehen, die leider nicht immer biometrietauglich in die Kamera blickten. Dann musste man jedes Halbprofil, jeden Hinterkopf ganz genau studieren, um auszuschließen, dass nicht das Objekt ihrer Suche darunter war.

Er schloss einen Ordner und übersprang den nächsten. Die geraden Tage hatte sich Ken reserviert, der ihm schräg gegenübersaß und missmutig auf den eigenen Bildschirm starrte. Viktors Bildschirmuhr zeigte halb eins. Seit zwei Stunden blätterte er sich virtuell durch Foto um Foto.

»Gibt es für so was nicht biometrische Software?«, fragte er.

»Wie?« Ken schaute von seinem Rechner auf.

»Ich meine: Könnte man das nicht von Balkov irgendwie biometrisch untersuchen lassen?«

»Balkov will ich lieber nicht ablenken. Der soll die scheiß Festplatte knacken.«

»Besteht denn die Cyberkriminalität nur aus ihm?«

Ken legte die Arme in den Nacken und lehnte sich zurück.

»Alter, erstens ist er dort der Chef, und zweitens weißt du nicht, wie tief ich in seinen Enddarm kriechen musste, bis er sich dazu herabgelassen hat, eine Ausnahme zu machen und die Sache mit der Festplatte vorzuziehen. *Werrr zuerrrst kommt, mahlt zuerrrst, Kohmmissarrr Tockugawa.*«

Viktor musste über Kens Balkov-Imitation schmunzeln. Seufzend wandte er sich dem nächsten Foto zu. »Wow«, entfuhr es ihm unwillkürlich.

»Was denn?«, fragte Ken neugierig.

»Nichts. Ich hätte nur nicht gedacht, dass sich solche Frauen für arme syrische Flüchtlinge interessieren.«

»Du weißt ja noch, was Naunyn erzählt hat, von wegen Erotik der Bedürftigkeit«, entgegnete Ken.

»Stimmt«, sagte Viktor nachdenklich.

»Zeig mal«, meinte Ken, stand auf und stellte sich hinter ihn. Dann stieß er einen anerkennenden Pfiff aus. »Beim Schamhaar von Dolly Buster, jetzt verstehe ich, was du meinst. Soll das 'n Kleid sein? Da kann man ja bis zum Blinddarm raufsehen. Das würde ja selbst auf der Reeperbahn nicht mal als Bikini durchgehen. Gibt's die auch noch mal von vorn zu sehen?«

Viktor zuckte mit den Schultern. »Keine Ahnung. War das Erste von ihr bis jetzt.«

»Sag mal...«, murmelte Ken und zeigte mit dem Finger auf Viktors Bildschirm. »Der Kleine, Schmale da neben ihr, könnte das nicht glatt unser Mann sein?«

Viktor beugte sich etwas nach vorne und kniff die Augen zusammen. »Könnte sein«, murmelte er nachdenklich. Irgendwas an dem Anblick verursachte ihm ein komisches Gefühl. Eine seltsame Vorahnung.

»Los. Klick mal zum nächsten«, sagte Ken, dessen Enthusiasmus offensichtlich gerade erwacht war.

Viktor ließ die Maus über den rechten Steuerungspfeil schweben und klickte. Langsam, Zeile für Zeile baute sich das Bild auf. Dann war das erste Gesicht erkennbar.

»Oh mein Gott«, entfuhr es Viktor.

»Jaaa. Das ist er, richtig?«, rief Ken aufgeregt.

»Wer?«, keuchte Viktor verdattert.

»Na, unser Mann. Da schau doch. Jetzt kann man sogar die karierte Hose sehen.«

Doch Viktor hörte seine Worte nicht und starrte stattdessen mit offenem Mund auf den Bildschirm.

»Was ist denn?«, fragte Ken ungeduldig. »Ist dir jetzt 'n Ei verrutscht, oder was?«

Doch Viktor hörte ihn immer noch nicht.

»Ich glaub es einfach nicht«, keuchte er atemlos. »Das ist absolut unmöglich.«

***

Diese Mähne. Viktor wusste, dass es unter den gegebenen Umständen eine mehr als unpassende Beobachtung war. Aber Peter Mayerhofer war mit seinen grauen Locken, die er jetzt zu einer gewaltigen Tolle auftürmte, einfach geradezu das Klischee des alternden Kunstgelehrten. Seine Augenbrauen wucherten bereits, wie es sich für einen Mittfünfziger gehörte, aber im Gegensatz zu seinem Haar waren sie immer noch kohlrabenschwarz. Tief darunter lagen zwei hellblaue Augen in den Höhlen, in denen jetzt Tränen standen.

»Mein armes kleines Mädchen«, wimmerte der Mann über Kens Handy gebeugt.

»Dann ist das also wirklich Ihre Tochter?«, fragte Ken.

Doch Mayerhofer starrte einfach nur weiter auf das Display, während Tränen auf die Tischplatte tropften.

»Herr Professor Mayerhofer«, sagte Ken und zog vorsichtig das Handy zu sich herüber.

»Nein.« Für einen Moment wirkte es so, als würde Mayerhofer nach dem Gerät greifen wollen, aber dann sank er auf seinem Stuhl zusammen und legte die Hände vor das Gesicht.

Ken startete einen neuen Versuch. »Herr Professor Mayerhofer. Ich kann verstehen, was für ein Schock das jetzt für Sie sein muss. Aber können wir Ihnen vielleicht ein paar Fragen stellen?«

Nach einer gefühlten Ewigkeit ließ Peter Mayerhofer die Hände auf den Tisch sinken. Den wässrigen Blick auf die Äcker vor dem riesigen Panoramafenster gerichtet, nickte er stumm.

»Die Frau auf den Fotos ist Ihre Tochter Magda Mayerhofer. Können Sie sich vielleicht erklären, was sie vor dem Flüchtlingsheim in Tempelhof zu suchen hatte?«

Er schwieg, starrte brütend in die Ferne. Viktor begann schon daran zu zweifeln, dass er die Frage überhaupt vernommen hatte. Doch dann räusperte er sich.

»Dort ist sie jede Woche.«

Die Worte hingen eine Weile in der Stille des Wohnzimmers, während Ken und Viktor einen überraschten Blick austauschten. Plötzlich hatte Viktor ein Wort von Heimleiter Breitert im Ohr:

Donnerstagnachmittagsgruppe.

»Sie gibt dort einen Deutschkurs. Immer donnerstags«, bestätigte Mayerhofer seinen Verdacht, um dann etwas leiser und mit einem kurzen Blick auf Kens Handy hinzuzufügen: »Oder jedenfalls hat sie mir das gesagt.«

»Also auch heute?«, fragte Ken.

Mayerhofer nickte.

»Wann kommt sie zurück?«

»Morgen«, murmelte Mayerhofer. »Sie übernachtet immer bei ihrer Tante.« Er zögerte kurz. »Jedenfalls behauptet sie das«, fügte er dann hinzu.

»Und wie kommt sie überhaupt dorthin? Also nach Berlin, meine ich«, fragte Viktor erstaunt.

Mayerhofer schaute ihn für einen Moment an, als habe er gerade etwas unglaublich Dummes gesagt. »Mit Bus und Bahn«, sagte er sichtbar verärgert. »Meine Tochter ist blind, nicht schwachsinnig.«

»Entschuldigung«, sagte Viktor. »Das lag nicht in meiner... Ich meine, das wollte ich damit auch nicht andeuten.«

»Apropos blind«, mischte sich Ken ein. »Auf den Fotos sieht sie ganz normal aus, also ich meine Folgendes: Auf den Fotos sieht es aus, als ob sie sehen könnte. Haben Sie dafür irgendeine Erklärung?«

Schweigen.

Mayerhofers Augen schienen sich jetzt noch tiefer unter den buschigen Brauen verstecken zu wollen. Stumm und unbeweglich saß er da. Den Blick stur aus dem Fenster gerichtet, als erhoffe er sich von dort eine Antwort. Nur das beständige Mahlen der Kiefermuskulatur verriet seine innere Anspannung. Viktor öffnete den Mund, doch Kens diskret erhobener Zeigefinger ließ ihn innehalten, also lehnte er sich zurück.

Ken behielt recht. Mayerhofer holte einmal tief Luft, sein Brustkorb hob und senkte sich, dann begann er zu sprechen.

»Sie ist nicht blind geboren«, sagte er. »Es ist nichts Organisches.«

»Und seit wann hält dieser Zustand an?«, fragte Viktor.

»Seit zwölf Jahren. Also... seit sie elf ist«, sagte Mayerhofer.

»Also seit etwa 2005. War das nicht auch das Jahr, in dem Sie hierhergezogen sind?«, fragte Viktor, der sich an sein Gespräch mit van Houten zurückerinnerte.

Mayerhofer nickte stumm.

»Was genau ist passiert?«, fragte Viktor.

Der Kunstprofessor schloss seine Augen und massierte sich die Nasenwurzel. Dann stand er plötzlich auf. »Warten Sie kurz«, sagte er und verschwand in einem Nebenzimmer.

Viktor schaute zu Ken, der nur stumm die Schultern hochzog. Nach zwei Minuten tauchte Mayerhofer mit einem Stück Papier wieder auf, das er vor ihren Augen entfaltete.

Eine Zeitungsseite vom 6. Mai 2005 aus der BILD-Zeitung, wie Viktor auf den ersten Blick erkannte. Darunter war das Bild eines Mannes zu sehen, über dessen Augen ein knapper Anonymisierungsbalken lag. Der Abgelichtete hatte ein schmales Gesicht und dunkle Locken, die sich an der Stirn bereits lichteten.

»Dramatischer Selbstmord – der neue Skandalregisseur der Volksbühne Bijan Dschafari nimmt sich das Leben!«, lautete die Schlagzeile neben dem Foto.

Viktor und Ken beugten sich gemeinsam über den Artikel, der abgesehen von dem Foto fast die ganze Seite einnahm.

Bühnenreifer Abgang eines Skandalregisseurs

Bijan Dschafari (28), der neue Star an der Volksbühne, der mit seinen skandalträchtigen Shakespeare-Interpretationen schon seit Wochen die Berliner Theaterwelt durcheinanderwirbelt, wurde am gestrigen Donnerstag tot in seiner Wohnung im Künstlerkiez Prenzlauer Berg aufgefunden. Entdeckt hatte ihn laut anonymer Quellen die dort ebenfalls wohnhafte Tochter seiner Lebensgefährtin Lena Mayerhofer (35), der langjährigen Chefdramaturgin der Volksbühne.

Theater-Export aus dem Mullahland

Es war Mayerhofer, die Dschafari vor fünf Jahren an einer kleinen Off-Bühne in der iranischen Hauptstadt Teheran entdeckte und dann an die Volksbühne holte. Bijan Dschafari saß wegen seiner kritischen Äußerungen zum Mullah-Regime in einem von Irans berüchtigtsten Knästen ein. Lena Mayerhofer konnte mehrere Bundestagsabgeordnete der Grünen und der Linken dazu überreden, sich für seine Freilassung und Ausreise einzusetzen, was zu Beginn des Jahres 2000 auch gelang. BILD berichtete.

Der Schock der Tochter im »Blutbad«

Offensichtlich hat sich Bijan Dschafari in der Badewanne der luxuriösen Altbauwohnung die Pulsadern aufgeschnitten. Wegen der Schreie der elfjährigen Magda, Lena Mayerhofers Tochter aus ihrer Ehe mit dem Kunstprofessor Peter Mayerhofer (39), haben hinzugeeilte Nachbarn die Feuerwehr gerufen.

Die Badewanne war übergelaufen. Das arme Mädchen stand mitten in einem See aus Blut und schrie wie am Spieß, so Nachbarin Erna M.

Für Bijan Dschafari kam trotz intensivster ärztlicher Bemühungen jede Hilfe zu spät.

Der wollte ganz sichergehen. Hat so eine Rasierklinge genommen und sich damit nicht nur die Handgelenke, sondern auch die Halsschlagader geöffnet, so ein Mitglied des OP-Teams gegenüber BILD.

Das Mädchen musste von den Rettungskräften mit einem schweren Schock in die psychiatrische Abteilung des Sankt-Joseph-Krankenhauses eingewiesen werden. Polizeikräfte sollen am Ort des Selbstmords einen Abschiedsbrief gefunden haben, in dem Bijan Dschafari gegenüber Lena Mayerhofer seine Liebe beteuerte.

War ein Beziehungsstreit der Hintergrund?

Wie Freunde von Bijan Dschafari BILD berichten konnten, war dessen Beziehung zu Lena Mayerhofer mehr als turbulent.

Die waren mal Romeo und Julia, mal Katz und Hund. Mal warfen sie sich Kusshändchen zu, dann auch mal die Teller, sagt Monique D., Berliner Partylöwin und Freundin des Pärchens.

Nicht nur einmal mussten Nachbarn des Paares die Polizei verständigen, weil sie ungewollt Zeugen eines lautstarken Streits der beiden wurden. Eine im Jahre 2004 eingereichte Anzeige wegen Körperverletzung gegen Bijan Dschafari hat Lena Mayerhofer allerdings später zurückgezogen.

Die wildeste Ehe von Berlin

Bijan Dschafari war kurz nach dem Jahrtausendwechsel und unmittelbar nach seiner Ausreise aus dem Iran bei Lena Mayerhofer und ihrer Tochter eingezogen. Lena Mayerhofer hatte im Zuge dessen auch die Trennung von ihrem Noch-Ehemann Peter Mayerhofer bekannt gegeben, die Ehe wurde bis heute nicht geschieden.

Volksbühne trauert

Urs Neuchâtel (62), der langjährige Intendant der Berliner Volksbühne, verlieh gegenüber BILD seiner Trauer

Ausdruck. »Das Haus verliert ein unglaubliches Talent, das erst am Anfang einer vielversprechenden Karriere stand. Das Ensemble und ich sind geschockt.«

Man habe dennoch entschieden, die bereits im Spielplan enthaltenen Inszenierungen unter neuer Regie, aber im Geiste des Verstorbenen aufführen zu wollen, um auf diese Weise dessen Andenken zu ehren. Auch Kultursenator André Piontek sprach der Familie des Verstorbenen sein Beileid aus. Lena Mayerhofer hält sich laut Informationen von BILD bei Freunden außerhalb Berlins auf.

»Ist das der Grund für ihre Erblindung?«, fragte Viktor, nachdem er den Artikel zu Ende gelesen hatte. »Der Schock über das Auffinden des Toten?«

»Der Artikel enthält nur einen Bruchteil der Wahrheit«, sagte Peter Mayerhofer, den Kopf in seine Hände gestützt.

»Und die wäre?«, fragte Ken.

Mayerhofer nahm den Artikel, faltete ihn zusammen und schob ihn an das äußerste Ende des Tischs, als ertrüge er den Anblick nicht.

»Der Abschiedsbrief«, begann er dann. »Er war nicht an meine Ex-Frau gerichtet, sondern an meine Tochter.«

»An Ihre Tochter?«, fragte Viktor verblüfft. »Aber Sie sagten doch, dass sie damals gerade...«

Mayerhofer blickte ihn wiederum kurz an, und Viktor blieb der Rest des Satzes im Hals stecken. Dann wühlte Mayerhofer wieder mit einer Hand in seinem Haar, als müsse er sich auf diese Weise die Gedanken aus dem Kopf ziehen.

»Ich…«, begann er. Brach ab. Schluckte schwer und wischte sich über die Augen. »Es ist meine Schuld«, sagte er schließlich. »Ich habe sie mit diesem Schwein allein gelassen. Habe zugelassen, dass er sich an ihr vergreifen konnte, weil ich blind vor Wut war, als Lena mich wegen diesem Parvenü verlassen hat. Ich hätte Magda gleich mitnehmen sollen, aber stattdessen habe ich mich wie ein winselnder Schwächling in mein Schneckenhaus zurückgezogen. Ich habe nicht mal versucht, sie bei mir zu behalten. Und warum? Weil ich ein jämmerlicher, egoistischer Idiot bin.« Seine Stimme versagte und er stockte, während ihm die Tränen herunterliefen.

»Habe ich das richtig verstanden, Herr Mayerhofer? Dieser Bijan…«

»Dschafari. Er hieß Dschafari«, ergänzte Mayerhofer.

»Also dieser Bijan Dschafari hat Ihre Tochter sexuell missbraucht? Aber weshalb hat er sich dann umgebracht?«

Peter Mayerhofer wischte sich die Tränen ab und verschränkte die Arme vor der Brust, den Blick an die Decke gerichtet, als sei dort Trost zu finden. Dann begann er wieder zu erzählen.

Seine Tochter hatte ihn zwei Wochen vor Dschafaris Selbstmord aufgesucht und dabei eine Art Nervenzusammenbruch erlitten. Erst auf Mayerhofers intensives Nachfragen hatte sie angefangen, zu berichten, dass Dschafari sie schon seit Jahren fast regelmäßig missbrauchte, während ihre Mutter davon nichts bemerkte oder bemerken wollte. Mayerhofer hatte Magda bei ihrer Großmutter untergebracht und dann sofort die Polizei verständigt. Danach war er zu seiner alten Wohnung gefahren, zu der er immer noch die Schlüssel hatte, und hatte Dschafari zur Rede gestellt. Es war zu einem lautstarken Streit gekommen, in den Lena hereingeplatzt war. Sofort hatte ihr Noch-Mann begonnen, ihr bittere Vorwürfe zu machen. Doch sie hatte seine Behauptungen nicht wahrhaben wollen und ihn schließlich aus der Wohnung geworfen.

Einige Tage darauf habe er dann von gemeinsamen Freunden erfahren, dass sie ausgezogen sei und Dschafari verlassen habe. Ein Bekannter, der mit allen dreien befreundet war, hatte Dschafari kurz darauf besucht und ihn stark alkoholisiert vorgefunden. Dschafari hatte dem Freund gegenüber einen Selbstmord angedeutet, sich aber, als dieser deswegen die Polizei rufen wollte, wieder davon distanziert. Dieser Freund war auch der Letzte, der Dschafari lebend gesehen hatte.

Am Tag von Dschafaris Tod hatte Mayerhofer einen Anruf seiner Mutter erhalten. Magda war plötzlich verschwunden, hatte aber ihr Mobiltelefon zurückgelassen. Darauf fand Mayerhofer eine Sprachnachricht von Dschafari, in der er Magda zugleich beschuldigte, sein Leben zerstört zu haben, sie aber im gleichen Atemzug anflehte, zu ihm zu kommen.

Voll böser Vorahnung fuhr Mayerhofer zu seiner alten Wohnung, doch als er dort ankam, stand die Polizei bereits vor der Tür und seine Tochter war schon auf dem Weg in die Psychiatrie.

Drei Monate lang war Magda, die zu Beginn nicht ansprechbar war, stationär untergebracht. Während der durch den Schock hervorgerufene Stupor nach einigen

Wochen abklang, stellte sich heraus, dass sie auf unerklärliche Weise ihren Sehsinn eingebüßt hatte.

Wochenlang schleppte Peter Mayerhofer seine Tochter von Spezialist zu Spezialist, doch ohne Ergebnis. Eine organische Ursache für ihre Blindheit war nicht feststellbar. Die Ärzte tippten daher bald auf den Schock als Wurzel des Sehverlusts. Solche Fälle seien zwar selten, so sagte man Mayerhofer, aber in der medizinischen Literatur immer mal wieder beschrieben worden. Die gute Nachricht sei, dass zumindest die Chance bestünde, ihr Sehsinn könnte irgendwann wiederkehren. Die schlechte Nachricht war allerdings, dass es keinen Weg gab, diesen Prozess zu beschleunigen oder irgendwie zu erzwingen.

Mittlerweile hatte es – wohl durch ein Leck bei der Polizei oder der Staatsanwaltschaft – Presseberichte zur wahren Ursache von Dschafaris Selbstmord gegeben. Die Boulevardpresse der Hauptstadt hatte versucht, aus dem Skandal kräftig journalistisches Kapital zu schlagen. Peter Mayerhofer hatte schnell begriffen, dass es in Berlin keine Chance gab, Magda vor der Sensationsgier der Öffentlichkeit zu schützen. Also hatte er beschlossen, die Professur an den Nagel zu hängen, was ihm auch nicht besonders schwerfiel, denn die Kunst hatte ihn reich gemacht. Bei der Suche nach einem abgelegenen Ort, hatte er im alten Herkunftsgebiet seiner Mutterfamilie gesucht und war so auf die kleine Ortschaft Wemel gestoßen. Damals, so sagte er in einer gruseligen Parallele zu dem, was Viktor bei Ove van Houten erfahren hatte, hatte er keine Ahnung, dass er damit buchstäblich vom Regen in die Traufe zog.

»Und Sie meinen, dass sie ihren Sehsinn jetzt wiedererlangt haben könnte?«, fragte Ken.

Mayerhofer zuckte mit den Schultern. »Die Ärzte haben gesagt, dass es irgendwann passieren könnte«, begann er mit heiserer Stimme. »Ich hätte nur nie gedacht, dass... ich meine, dass sie so...« Er stockte wieder, rieb sich die Augen.

»Aber können Sie sich ihren ungewöhnlichen Aufzug erklären?«

Er schüttelte den Kopf.

Ken sog hörbar die Luft durch die Nase ein, bevor er erneut das Wort an Mayerhofer richtete. »Laut der Metadaten wurden die Fotos vor drei Wochen aufgenommen. Wir waren anhand von Bildmaterial aus Videokameras der infrage kommenden Buslinien in der Lage zu ermitteln, dass Ihre Tochter mit einer der anderen auf dem Foto abgebildeten Personen in Richtung Berliner Hauptbahnhof gefahren ist. Dort war sie dann auf den Bahnsteigkameras mit ebendiesem Flüchtling beim Warten auf den Regionalzug nach Wismar zu sehen. Es besteht also die Möglichkeit, dass die beiden auf dem Weg nach hier waren. Daher meine Frage: Haben Sie den Mann, der auf diesem Bild direkt neben Ihrer Tochter steht, hier oder anderswo gesehen?«

Er rief noch einmal das Foto auf seinem Handy auf, vergrößerte den Bildausschnitt und schob es Mayerhofer herüber. Doch der schüttelte nur stumm den Kopf.

»Wollen Sie es nicht wenigstens noch mal anschauen?«, insistierte Ken.

»Hat Ihnen Ihr Kollege nicht erzählt, was für feine Nachbarschaft wir hier haben?«, sagte Mayerhofer mit einem finsteren Seitenblick auf Viktor. »Glauben Sie, das wäre mir nicht aufgefallen, wenn Magda ausgerechnet mit einem von diesen armen Teufeln aufgetaucht wäre?«

»Könnte Ihre Tochter ihn irgendwo versteckt haben?«

»Was weiß denn ich?«, schrie Mayerhofer und hieb mit der flachen Hand auf den Tisch.

Er starrte sie an, den Blick wild zwischen ihnen hin- und herirrend. Seine Augen wollten schier aus den Höhlen treten. Viktor brauchte ein paar Sekunden, um sich von dem Schreck über den plötzlichen Wutausbruch zu erholen. Ken schien es nicht anders zu gehen. Von einem Moment zum nächsten aber brach Mayerhofers Blick, und seine angespannte Körperhaltung erschlaffte.

Schließlich rutschte er wortlos von seinem Stuhl, ging herüber zu einem Kabinettschränkchen und schenkte sich aus einer der darin befindlichen Flaschen irgendeinen Obstbrand in ein Schnapsglas, bis es fast überlief. Dann stürzte er alles in einem Schluck herunter. Wiederum tauschten Viktor und Ken einen stillen Blick aus.

»Herr Mayerhofer«, sagte Ken. »Gibt es vielleicht irgendeinen Ort in der Nähe, wo Ihre Tochter sich besonders gerne aufhielt?«

Leicht schwankend, den Arm auf eine Anrichte gelehnt, stand der alte Mann nun da, mit leerem Blick, während Ken und Viktor auf seine Antwort warteten.

»Ich meine, etwas, wo sie sich besonders sicher

fühlt«, setzte Ken schließlich nach »Ein Lieblingsbaum, ein Kinderversteck? So etwas in der Art.«

Mayerhofer seufzte tief.

»Ja«, sagte er dann. »So etwas gibt es tatsächlich.«

23

Die Tür öffnete sich und gab den Blick auf Richter frei. Er trug einen Smoking mit Fliege.

»Frau Duran«, stellte er fest. »Schön, Sie dann doch mal wieder zu Gesicht zu bekommen, auch wenn Zeit und Ort eher ungewöhnlich sind.«

»Tschuldigung«, murmelte Begüm. »Kann ich mal reinkommen? Es ist echt dringend.«

Sie kam sich bescheuert vor. Andere Leute um etwas bitten, war noch nie ihr Ding gewesen, und Richter war auch der Letzte, den man um irgendetwas bitten mochte. Und der forschende Blick, mit dem er sie gerade betrachtete, machte es nicht besser. Am liebsten wäre sie weggelaufen, aber sie hatte keine Wahl.

»Folgen Sie mir«, sagte er.

Zu spät, es sich anders zu überlegen. Begüm atmete tief durch und schaute sich noch einmal um. Ein kleines, aber feines Reihenhaus mit einem winzigen Vorgarten war bereit, sie zu verschlucken.

Es hatte sie einiges an Arbeit und wertvolle Zeit gekostet herauszufinden, wo Richter wohnte. Die sogenannte Fliegersiedlung im Stadtteil Tempelhof war gleichzeitig mit dem ersten Berliner Verkehrsflughafen in den Zwanzigerjahren entstanden. Hier war kein Haus höher als drei Stockwerke. Alle hatten kleine Gärten, und es gab mehrere Parks. Es herrschte der Eindruck vor, als ob man sich irgendwo am Ortsrand befinde und nicht mitten Berlin.

Begüm folgte ihrem Chef durch einen schmalen Flur in das Erdgeschoss. Die Räume waren zwar nach alter Bauart hoch gebaut, aber im Übrigen eher eng und verwinkelt. Der Flur öffnete sich zu einem Wohnzimmer, das durch eine Art Durchgang in Wohn- und Essbereich aufgeteilt war. An das Esszimmer schloss sich ein Terrässchen an, das wiederum in einen Garten führte, der eher die Fläche eines Handtuchs aufwies.

Von irgendwoher dudelte klassisches Klaviergeklimper von der Sorte biodeutsche Bildungsbürgerklassik. Im Wohnbereich stand ein Billardtisch. Daran lehnte, in der einen Hand ein Queue, in der anderen eine qualmende Zigarre, ein ebenso großer wie kräftiger Mann mit rotem Gesicht und Vollbart, der Begüm vage bekannt vorkam. Auch er trug einen Smoking.

»Guten Abend, Frau Duran«, begrüßte sie der Mann in einem volltönenden Bass.

»'n Abend«, murmelte Begüm.

Offensichtlich hatte ihr Gesichtsausdruck sie verraten, denn der Mann fügte eilig hinzu: »Oh, ich bitte um Entschuldigung. Sie können sich nicht erinnern. Wie auch. Die Umstände waren ja denkbar unglücklich. Ich bin Uwe Gerig.«

Uwe Gerig. Der Name klang in der Tat vertraut. Dann fiel es ihr ein. Der Todesmeisterfall. Ein Friedhof in Kreuzberg. Ken hatte den Mann zuerst gesehen und erzählt, dass er und Richter ein Paar waren.

»'n Abend«, wiederholte Begüm. Und dann, als ihr

angesichts des etwas irritierten Blicks ihres Gegenübers einfiel, dass es schon das zweite Mal war: »Tschuldigung, dass ich störe. Ich muss mal mit dem Chef sprechen.«

»Kein Problem«, sagte Gerig mit einem freundlichen Lächeln. »Er gehört ganz Ihnen.«

»Kommen Sie mit«, erklang es hinter ihr. Während Gerigs Stimme voll und warm klang, ließ die von Richter sie regelrecht erschauern.

Der Direktor ging an ihr vorbei in den Essbereich und bedeutete ihr mit einer Handbewegung, auf einem Stuhl am Tisch Platz zu nehmen. Sie tat wie geheißen, und Richter setzte sich ihr gegenüber. Auf der anderen Seite hatte Richters Lebensgefährte seine Zigarre abgelegt und war gerade dabei, auf dem Carambolage-Billardtisch Maß für einen Stoß zu nehmen, während er leise zur Musik mitsummte.

»Um was soll es so spät am Abend denn gehen?«, fragte Richter. »Falls es wegen der Anforderung von Herrn Tokugawa ist: Die Kollegen aus Mecklenburg haben bereits zwei Teams mit Hunden in Bewegung gesetzt.« Er schaute auf seine Uhr. »Die müssten eigentlich schon vor Ort sein.«

»Was? Ach so. Nee, nich deswegen«, haspelte Begüm.

»Aha.« Richter lehnte sich mit verschränkten Armen zurück und zog die Augenbrauen zusammen. »Und weswegen dann?«

Für einen Moment hatte Begüm das fast unwiderstehliche Verlangen, einfach nur zu sagen, dass es sich um einen Irrtum handelte. Denn was sie sich vorgenommen hatte, würde wehtun. Richtig wehtun. Aber so wie es aussah, hatte sie keine Alternative. Und jede weitere Minute konnte über Leben und Tod ihres Bruders entscheiden.

Also holte sie tief Luft und begann.

***

Ein Wald konnte zu einem Zimmer werden. Das stellte Viktor erstaunt beim Anblick der gleißenden Strahlen der Scheinwerfer fest. Sie erzeugten ein seltsames Raumgefühl, das die Bäume am Rand der Lichtung wie eine Art Wand aussehen ließ, hinter der die Welt zu enden schien. Das zwischen den Stämmen gespannte Absperrband verstärkte den Eindruck noch.

Innerhalb dieses erhellten Raumes wimmelte es nur so von Polizeiuniformen. Gerade verschwand ein Hundestaffelführer mit einem massigen Schäferhundrüden hinter der Jagdhütte, die Viktor mittlerweile nur allzu bekannt war. Neben Viktor und Ken hatte sich Peter Mayerhofer postiert. Im künstlichen Licht schimmerte sein grimmiges Gesicht unter dem dichten Haarschopf kalkweiß, wie das Marmorbild eines antiken Rachegottes. Stumm und unbeweglich stand er da, während zwei Männer in den weißen Overalls der Spurensicherung an ihm vorbei in die kleine Hütte drängten, deren Inneres nun ebenfalls taghell erleuchtet war. Lediglich ein sachtes Vor- und Zurückschwanken verriet, dass er nicht zur sprichwörtlichen Salzsäule erstarrt war.

Plötzlich ging das Licht in der Hütte aus, und für eine Weile war darin nur kurzes Aufblitzen und vage

Bewegung zu sehen. Dann wurden die Scheinwerfer wieder angestellt. Kurz darauf kam eine hochgewachsene, schmale Zivilbeamtin mit ergrautem Kurzhaarschnitt aus der Hütte und hielt auf Ken und Viktor zu.

»Hauptkommissarin Jansen. Verbindungsbeamtin der PI Rostock, KK Außenstelle Grevesmühlen. Guten Abend, die Herren«, sagte sie mit einem neugierigen Seitenblick auf Mayerhofer, der seinerseits weiter starr die Hütte fixierte.

»Kommissare Tokugawa und Puppe. LKA Berlin«, stellte Ken sie vor. »Danke, dass Sie so schnell hier waren und wir in Ihrem Sandkasten spielen dürfen.«

»Solange Sie hinterher wieder aufräumen und keine von unseren Schäufelchen mitnehmen«, sagte Jansen mit einem schiefen Grinsen.

»Großes Hauptstädteehrenwort«, versicherte Ken und kreuzte die Finger. »Können Sie denn schon was sagen?«

Jansen schürzte die Lippen und nickte. »Die KT hat soeben willkürlich ein bisschen Luminol versprüht. Ganz unsystematisch. Nur ein paar Stichproben. Die halbe Hütte leuchtet wie ein Weihnachtsbaum.«

»Also ist das ein Tatort?«, hakte Ken nach.

»Da wir Metzgereifachbetrieb wohl ausschließen können, gehe ich mal schwer davon aus. Darauf lässt übrigens auch die Form der Flecken schließen. Da war Gewalt im Spiel.«

»Wissen Sie schon, in welcher Form?«, fragte Viktor.

»Schusswunden schließe ich aus«, antwortete Jansen. »Einige Spritzer scheinen auf Stichverletzungen, andere eher auf stumpfe Traumata hinzudeuten.«

»Heißt das, es gab möglicherweise mehr als ein Opfer?«, wollte Viktor wissen, doch eine Antwort bekam er nicht.

»Hey, kommt mal hierher!«

Alle drehten sich in Richtung des Rufers um. Hinter der Hütte tauchte der Hundestaffelführer auf und winkte ihnen zu.

Jansen stapfte los, Ken und Viktor folgten ihr auf dem Fuß. Eine Minute später verstanden sie, was die Aufmerksamkeit des Hundes erregt hatte. Etwa zwanzig Meter abseits der Hütte lag ein hüftdicker Baumstamm quer auf dem Boden. Bei genauerem Hinsehen schmiegte sich eine Art länglicher Erdhaufen an diesen Stamm. Unter dem Herbstlaub war er, sofern man in einem Winkel von neunzig Grad vor ihm stand, nicht gut sichtbar, aber wenn man ein bisschen aus der Sichtachse trat, fiel er umso deutlicher ins Auge.

Jansen gab einem der Spurensicherer ein Zeichen. Der Mann verschwand kurz in der Hütte und kam dann mit einem langen, dünnen Metallstab wieder zurück, den er senkrecht in den Haufen steckte.

»Leichenschaschlikspieß«, flüsterte Ken.

Gebannt starrten alle auf den Mann, während dieser den Stab vorsichtig immer tiefer in den Haufen hineinbohrte. Schließlich war deutlich zu sehen, dass er auf einen Widerstand gestoßen war. Er wählte sich einen zweiten Punkt, der einen halben Meter neben der ursprünglichen Einstichstelle lag, und wiederholte die Prozedur mit demselben Ergebnis.

»Da ist was«, stellte er fest.

Sofort bewegten sich ein paar seiner Kollegen mit

allerlei Grabungsgeräten zu dem Hügel hin und begannen ihre Arbeit. Eine Weile lang war nur das Geräusch von Schaufeln, das Rascheln des Laubes und das schwere Atmen der Männer zu hören.

Ein plötzlicher Stoß in den Rücken ließ Viktor unfreiwillig einen Satz nach vorne tun. Mit einiger Mühe gelang es ihm jedoch, sein Gleichgewicht wiederzufinden, bevor er auf die grabenden Männer fiel.

Viktor fuhr herum. »Was zum...?«, begann er, bevor er überrascht abbrach.

Hinter ihm lag bäuchlings im feuchten Laub Peter Mayerhofer.

»Schnell!«, rief Jansen ein paar Uniformierten zu. »Wir brauchen hier eine Rettungskraft.«

»Kommt«, bestätigte einer der Männer, drehte sich um und begann in sein Funkgerät zu sprechen.

Ken und Viktor knieten sich neben Mayerhofer und brachten ihn gemeinsam in die stabile Seitenlage. Ein leises Stöhnen beruhigte sie ein wenig, trotzdem machte Viktor sich Vorwürfe.

»Das war eine dumme Idee«, murmelte er. »Wir hätten ihm das nie erlauben sollen.«

»Er hat die Hütte gepachtet und darauf bestanden. Da wir hier quasi eine Hausdurchsuchung vornehmen, konnten wir ihm das überhaupt nicht verwehren, selbst wenn wir gewollt hätten«, erwiderte Ken.

»Hey!«, erklang es in ihrem Rücken.

Sie fuhren herum.

Der Mann, der ein paar Minuten zuvor die Sonde in den Boden gesteckt hatte, winkte sie mit hektischen Handbewegungen herbei.

Schon im Näherkommen sah Viktor, was der Mann gefunden hatte. Aus dem freigelegten Erdreich ragte bleich und schmutzverkrustet eine menschliche Hand.

***

»Verstehe ich das richtig? Sie haben ein Beweismittel in einem Mordfall unterschlagen?«

Richters Stimme war nicht einmal besonders laut. Trotzdem klang jedes seiner Worte wie ein Schlag in ihr Gesicht. Sie rutschte auf dem Holzstuhl hin und her.

»Nein«, verteidigte sie sich. »Ich wollte ja nur der Spur nachgehen.«

»Die Ihren eigenen Bruder betraf.«

»Ja, aber das ist jetzt nicht so wichtig…«

»Nicht wichtig?«, unterbrach Richter und schlug mit der flachen Hand auf den Tisch. »Sie entwenden ein Beweismittel, um die Beteiligung eines Familienmitgliedes zu vertuschen, und Sie finden das nicht wichtig?«

»Ich wollte nichts vertuschen«, protestierte Begüm. »Ich wollte nur Gökhan finden. Vielleicht hat er ja den Mörder gesehen.«

»Oder er ist es gleich selbst.«

»Nein«, sagte Begüm und bemühte sich, die Tränen zurückzuhalten. »So was würde er nie tun.«

Richter beugte sich nach vorne und fixierte sie mit diesem… diesem Richter-Blick, als ob er sie mit den Augen aufspießen wollte. »Sie selbst haben mir doch gerade gesagt, dass er Mitglied des al-Miri-Clans ist. Wir hatten allein letztes Jahr fünf Morde im Umfeld dieser Organisation.«

»Ja«, rief Begüm fast flehentlich. »Aber Gökhan ist nur ein verfi... nur ein kleiner Handlanger.«

»Das ist jetzt eindeutig ein Fall für die Innenrevision«, sagte Richter und zog ein Handy aus der Westentasche seines Smokings.

»Nein, warten Sie doch. Bitte!«, rief Begüm. Mittlerweile rollten ihr die Tränen über die Wangen, aber es war ihr egal.

Überraschenderweise hielt Richter tatsächlich inne.

»Sie können alles tun«, sagte Begüm schnell, bevor er wieder loslegen konnte. »Sie können mich feuern, einsperren von mir aus. Aber jetzt brauche ich Ihre Hilfe. Mein Bruder ist in Lebensgefahr. Sie müssen mir helfen, bitte.«

Richter starrte sie immer noch an, eingefroren in der Bewegung. Dann begann er wortlos auf seinem Handy zu tippen. Begüm legte die Hände vors Gesicht. Sie hatte das Gefühl, jeden Moment vom Stuhl zu kippen.

»Erich«, brummte hinter ihr eine Bassstimme. »Jetzt hör dir doch erst mal zu Ende an, was sie zu erzählen hat.«

Begüm ließ die Hände sinken. Neben ihr stand Gerig, das Queue in der Hand. Richter sah ihn schweigend an, einen unergründlichen Ausdruck auf dem Gesicht. Dann tippte er ein letztes Mal auf das Handy, legte es beiseite und verschränkte wieder die Arme.

»Also«, sagte er zu Begüm. »Ich höre.«

Sie schluckte schwer, atmete tief durch und wischte sich übers Gesicht. »Khalil al-Miri hat meinen Bruder eingesperrt und gefoltert, um seine Verbindung zu dem Mord zu vertuschen.«

»*Verbindung*«, sagte Richter ärgerlich. »Ich dachte, es gibt keine Verbindung.«

»Gökhan macht für Khalil den Schuldeneintreiber. Er war nur zur falschen Zeit am falschen Ort.«

»Woher wollen Sie denn das alles wissen?«, fragte Richter.

»Er hat es mir gesagt. Also Gökhan, meine ich.«

»Wie das denn nun wieder?«, hakte Richter ungläubig nach. »Eben sagten Sie noch, er sei eingesperrt worden.«

Begüm wollte gerade antworten, als Gerig wieder neben ihr auftauchte und eine dampfende Tasse Tee vor ihr abstellte.

»Hier«, sagte er freundlich. »Baldrian mit Zitronengras. Ich glaube, den könnten Sie gerade gebrauchen.«

»Danke«, murmelte Begüm und wagte es nicht, ihm dabei in die Augen zu sehen. Das war alles so unglaublich peinlich. Sie würde nie wieder ein Wort mit Gökhan sprechen, sofern er es überhaupt …

»Lassen Sie ihn noch zwei Minuten ziehen.«

»Okay.«

»Ich geh dann mal ein bisschen abwaschen«, sagte er und drehte sich um.

Begüm hatte das seltsame Verlangen, nach seiner Hand zu greifen und ihn zurückzuhalten. Richters strenge Stimme beendete diesen Gedankengang abrupt. »Und? Wie sind Sie nun mit Ihrem Bruder in Kontakt gekommen?«

»Er hat mich angerufen?«

»Wann?«

»Vor etwa drei Stunden«, sagte sie.

»Also um sechs. Sie sagen, er sei eingesperrt, und man lässt ihn telefonieren?«

»Nein.« Sie schüttelte schnell den Kopf. »Es war das Handy seines Bewachers Harun Dursun. Der ist so was wie Khalils rechte Hand. Er muss es ihm irgendwie kurz abgeluchst haben.«

Richter schaute sie ungläubig an. Sie konnte es ihm nicht verdenken. Was sie sagte, klang nach Räuberpistole. Der Anruf war gekommen, als sie gerade noch einmal bei Suhal im Krankenhaus gewesen war, die morgen entlassen werden sollte. Trotzdem wollte ihre Tochter sie nicht gehen lassen. Gerade als sie Suhal beinah beruhigt hatte, klingelte das Handy.

»Und was hat er gesagt?«

»Er hat gesagt, dass Khalil tot ist.«

»Was?« Sie hatte diese Reaktion erwartet. Trotzdem zuckte sie unter Richters Stimme zusammen. »Khalil al-Miri soll tot sein? Und warum erfahre ich das erst jetzt?«

»Ich weiß es ja selber erst durch den Anruf. Da war doch dieser Hurrikan in Florida…«, begann Begüm.

»Irma«, warf Richter ein.

»Richtig. Also offensichtlich war er wegen der Sache mit Yavuz… also dem Toten in Neukölln und wegen Gökhan abgehauen.«

»Warum? Ich dachte, der Mörder soll irgendjemand anders sein.«

»Gökhan sollte ja für ihn Schulden eintreiben. Und die Kollegen von der OK hatten Khalil schon länger wegen allem Möglichen auf dem Kieker. Er ist staatenlos, und spätestens seit dem ganzen Zeitungswirbel und der politischen Debatte um Parallelwelten waren die unter

Druck. Und da hatte er wohl Angst, dass man das nutzt, um ihm was anzuhängen und ihn abzuschieben. Also ist er weg, bis sich der Staub wieder legt. Und dann hat's ihn drüben erwischt.«

»Ist das sicher?«

»Ich hab's beim AA gecheckt. Die haben von den Amis eine Liste bekommen, und da steht tatsächlich sein Name drauf.«

»Und warum erfahren wir nichts davon, wenn einer der berüchtigsten Paten Berlins unter solchen Bedingungen ums Leben kommt?«

»Das habe ich den Typen vom AA auch gefragt, und da hat der mich angeranzt, ob ich mir eigentlich vorstellen könnte, was bei denen gerade los ist. Außerdem meinte er, ein Kollege hätte den Verfassungsschutz informiert.«

»So so, den Verfassungsschutz«, sagte Richter nachdenklich. »Und wie ist das passiert?«, fügte er nach einigen Sekunden hinzu.

»Es heißt, ein Baum sei auf seinen Mietwagen gefallen, als er wohl gerade ins Landesinnere flüchten wollte«, erklärte Begüm.

Richter schüttelte den Kopf. »Da möchte man ja fast ein Dankgebet sprechen«, sagte er mehr zu sich selbst.

»Ja«, sagte Begüm ungeduldig. »Aber jetzt will Harun meinen Bruder abknallen.«

»Aber wenn al-Miri wirklich tot ist, warum lässt ihn dieser Harun nicht einfach frei?«

Begüm atmete durch. Innerlich fühlte sie förmlich, wie ihr wertvolle Zeit unter den Fingern zerrann, aber für die Kartoffeln war die Welt eines kriminellen Araber-Clans eben ein scheiß Rätsel. Das galt mitunter sogar für die Kollegen von der OK. Immerhin war Richter nicht so begriffsstutzig wie manche von den anderen Bullen. Sie musste es ihm nur erklären.

»Der Boss ist tot«, begann sie. »Und jetzt müssen alle anderen ihre Hintern absichern, weil der Kampf um die Führung beginnt. Harun ist kein Familienmitglied. Noch schlimmer: Er ist kein Araber, sondern wie Gökhan *nur* ein Türke. Das ist bei denen eigentlich das unterste Ende der Hackordnung. Khalil hat ihn trotzdem protegiert, weil Harun so ein eiskaltes Arschloch ist, der für ihn die ganze Drecksarbeit gemacht hat, für die sich seine Cousins zu schade sind. Aber jetzt, wo Khalil weg ist, ist Harun selbst in Gefahr. Den anderen war er schon immer zu nah an Khalil dran, und da kann er einen zweiten Türken, der zudem noch in eine laufende Mordermittlung verwickelt ist, nicht gebrauchen. Gökhan ist jetzt nur noch ein scheiß Klotz am Bein. Verstehen Sie?«

Richter lehnte sich wieder zurück. »Ich verstehe vor allem gerade, dass Sie sich in dieser Welt erstaunlich gut auskennen.«

Begüm fühlte, wie ihr die Röte ins Gesicht stieg. Sie wandte den Blick ab und strich sich eine Strähne aus den Augen.

»Ich musste da mal was ermitteln«, murmelte sie eine Erklärung, die so hanebüchen klang, dass sie sogar in ihren eigenen Ohren wehtat.

Doch zu ihrer Überraschung vertiefte Richter den Punkt nicht. »Und was genau wollen Sie jetzt von mir?«, fragte er stattdessen.

Begüm schluckte wiederum einen großen Kloß

schlechtes Bauchgefühl herunter. »Ich brauche ein SEK für Khalils Nachtklub im alten Reichsbahnbunker in der Reinhardtstraße in Mitte. Da hält Harun ihn fest, in einem Panic Room, der hinter Khalils Büro versteckt ist.«

Sie hatte mit weiteren Fragen gerechnet, aber Richter starrte sie einfach nur an. Für einen kurzen Moment hatte sie ein merkwürdiges Déjà-vu. Genauso hatte Khalil sie angeschaut, damals, als sie ihm eröffnete, dass sie es an die Polizeihochschule geschafft hatte.

»SEK?«, fragte Richter schließlich, als müsse er sich überzeugen, ob er richtig gehört hatte.

»Das ist der einzige Weg«, sagte Begüm. »Das Ding ist wie eine verfickte Festung.«

Ein Klingeln ließ sie hochschrecken. Verwirrt hörte sie, wie Gerig die Tür öffnete und mit dem offensichtlich überraschenden Besuch ein paar halblaute Worte wechselte. Dann waren ein paar schnelle Schritte zu hören und sein gerötetes Gesicht erschien im Flur.

»Erich, wie konntest du nur?«, sagte er voller Empörung.

Zwei uniformierte Polizisten drängelten sich an ihm vorbei, von denen Begüm einen kannte. Er wies mit ungläubigem Blick auf sie.

»Das ist doch Begüm Duran. Die sollen wir mitnehmen?«

Richter nickte mit finsterem Blick. Begüm fühlte sich wie eine Teilnehmerin bei der Ice-Bucket-Challenge.

»Sie... Sie Arschloch«, keuchte sie. »Sie hatten die vorhin schon gerufen. Sie wollten mich die ganze Zeit nur beschäftigen.«

Richter seufzte. »Haben Sie tatsächlich geglaubt, dass Sie mit so was durchkommen?«, fragte er kopfschüttelnd.

Begüm fühlte, wie die Wut in ihr überkochte. Sie spuckte. Der Speichel traf ihn knapp unter dem linken Auge. Unbeeindruckt zog er sein Einstecktuch aus dem Smoking und wischte sich das Gesicht ab. Dann nickte er den beiden Uniformierten zu.

»Komm, Kleine«, sagte der, den sie nicht kannte, ein kräftiger Typ mit rötlichen Haaren. Er ergriff ihren Arm, während der andere immer noch peinlich berührt zuschaute. Wie betäubt ließ sie sich hochziehen. Der Mann hakte sie unter und zog sie an Gerig vorbei, der sie mit einer Mischung aus Schock und Schuldbewusstsein anschaute.

24

»Hallo, Magda.«

Ihr Gesicht hellte sich auf. »Viktor, bist du das?«

»Ja, ich bin's«, sagte er, dabei um einen möglichst neutralen Ton bemüht.

Sie schob ihre Hand über den Tisch zu ihm herüber. Es fiel ihm schwer, das offensichtliche Angebot oder vielmehr den offensichtlichen Hilferuf zu ignorieren, aber das hier war kein Freundschaftstreffen.

»Was ist mit dir?«, fragte sie mit bangem Gesichtsausdruck. »Haben sie dich auch hier eingesperrt? Was wollen die nur von uns?«

Verunsichert drehte Viktor sich zu dem Venezianischen Spiegel in seinem Rücken um, hinter dem Ken und die Polizeipsychologin standen und ihn und Magda beobachteten. Aber es half nichts. Das hier würde unangenehm werden, aber gehörte nun mal zu seiner Arbeit.

Er wandte sich ihr wieder zu. »Magda, seit wann gibst du die Sprachkurse im Flughafen Tempelhof?«

»Die Sprachkurse?«, fragte sie zurück. »Seit Anfang März. Aber woher...« Sie brach ab. Ihr Gesicht wechselte von bleich zu tiefrot.

»Bist du einer von denen? Aber warum?«

Lassen Sie sie gar nicht zum Nachdenken kommen, hatte die Psychologin ihm mit auf den Weg gegeben.

»In deinem Kurs gab es einen Teilnehmer namens Shahazad, mit den Vornamen Asmahan Omar. Er war siebzehn Jahre alt und kam aus Afghanistan. Kannst du dich an ihn erinnern?«

Ihre blicklosen Augen zuckten wild hin und her. »Ich weiß nicht«, sagte sie schließlich. »Da waren so viele Männer in dem Kurs. Vielleicht. Aber warum willst du das wissen?«

»Du hast dich mit ihm getroffen, an einem Mittwoch vor zwei Wochen.«

»Mittwoch?« Im unerbittlichen Licht der Deckenleuchte waren ihre Stirnfalten deutlich sichtbar. »Aber da gebe ich doch gar keinen Kurs.«

»Sagen dir die Namen Abdul Hamid bin Sulaimi oder Shafiq Terai etwas?«

»Ich weiß nicht? Warum? Wer ist das?«, sagte sie. Die Furcht in ihrem Gesicht schnitt ihm ins Herz. Er schob das Gefühl weg.

»Andere Teilnehmer, mit denen du dich getroffen hast. Außerhalb des Kurses. Du bist mit ihnen nach Wemel gefahren. Bin Sulaimi war der Erste. Das muss im April gewesen sein. Zwei Monate später hast du dich dann mit Terai getroffen.«

»Nein«, rief sie und schüttelte heftig den Kopf. »Daran würde ich mich erinnern.«

»Du warst mit diesen Männern in Wemel«, beharrte Viktor.

»Nein«, rief sie fast flehentlich und schüttelte den Kopf. »Bestimmt nicht. Warum sagst du so etwas?« Wieder rotierte ihr leerer Blick quer durch den kleinen Raum, als sei sie nicht sicher, wo er sich in diesem

Augenblick wirklich befand. Konnte ihr gesamtes Verhalten tatsächlich Fassade sein? Es war kaum vorstellbar.

»Viktor?«, fragte sie. »Sag doch etwas. Warum bist du auf einmal so... so böse?« Ihre Augen füllten sich mit Tränen.

Am liebsten hätte er sie in den Arm genommen, aber Zuneigung war bei einem Verhör nicht vorgesehen. »Wir wissen, dass du mit zwei der Männer in Wemel warst, weil wir sie dort gefunden haben.«

»Gefunden?«, fragte sie verwirrt. »Aber ich... ich verstehe nicht. Was soll das heißen?«

Er beugte sich nach vorne. »Das soll heißen, dass wir ihre Leichen gefunden haben«, sagte er. »Jemand hat sie verscharrt. Und weißt du wo?«

»Nein.« Wieder schüttelte sie den Kopf, während ihr die Tränen über das Gesicht liefen.

»An deinem Lieblingsort: der Jagdhütte.«

»Nein!« Diesmal hatte sie geschrien. »Das ist nicht wahr. Wie kommst du auf so was?«

Schluchzend legte sie die Hände vors Gesicht. Ein leises Klicken an der Scheibe hinter seinem Rücken ließ ihn herumfahren. Er schaute auf seine Uhr. Etwa zehn Minuten. Der von Peter Mayerhofer beauftragte Anwalt konnte jeden Moment hier sein.

»Hör auf mit diesem Theater«, polterte Viktor, und sie zuckte zusammen. Er fühlte sich wie der Bösewicht in einer Schmierenkomödie. »Du hast sie umgebracht. Wir haben ihr Blut in der Hütte gefunden, dazu überall deine Fingerabdrücke.«

Das war zwar eine stark verkürzte Version der tatsächlichen Gegebenheiten, aber darauf kam es jetzt nicht an.

»Nein, nein, nein«, schrie sie und presste die Hände auf die Ohren.

Viktor nahm seinen ganzen Mut zusammen und wappnete sich für das Finale. Er stand auf und ging um den Tisch herum. Dann stellte er sich direkt neben sie, ergriff ihren Arm und zog ihre Hand vom Ohr.

»Ich habe Fotos von dir gesehen, als du dich mit ihnen getroffen hast«, flüsterte er mit drohendem Unterton. »Du bist eine Schlampe, eine verdammte Hure!«

»Nein«, flehte sie. »Bitte, lass mich.«

Sie versuchte, ihm den Arm zu entwinden, doch er verstärkte seinen Griff.

»Du tust mir weh«, rief sie.

»Hat es dir gefallen, sie zu ficken, bevor du sie mit dem Messer bearbeitet hast, du Hure? Hast du es genoss...«

Sie landete einen so harten Treffer, dass er ein paar Schritte zurücktaumelte und dort gegen die Wand des kleinen Raums prallte. Kaum, dass er Schmerz und Verwirrung überwunden hatte, sah er vor sich einen Schatten.

»Lass sie in Ruhe, du Schwein«, rief Magda mit einer Stimme, die er noch nie zuvor bei ihr gehört hatte.

Dann hagelte es Schläge und Tritte. Unwillkürlich rutschte er auf die Knie und legte die Hände über den Kopf, doch sie malträtierte ihn weiter.

Und dann... So plötzlich wie alles gekommen war, war es wieder vorbei. Vorsichtig betastete er sein Gesicht. Dann wagte er es, die Augen zu öffnen.

Vor sich sah er Ken und die Psychologin, beide schwer damit beschäftigt, Magda zu bändigen, die sich wie eine Verrückte wand und schrie wie am Spieß.

Plötzlich hielt sie inne, die Augen jetzt fest auf Viktor gerichtet.

»Ich bring dich um, du widerliches Schwein«, herrschte sie ihn mit eigentümlich heiserer Stimme und einem bösen Grinsen an. Blitzartig zuckte ihr Kopf nach vorne. Der Speichel traf Viktor mitten im Gesicht.

***

»Nicht im Ernst, Kollege«, sagte Begüm, vor deren Augen ein paar Handschellen herabbaumelten.

»Mach's uns nicht so schwer, Begüm«, sagte der andere Beamte.

»Was soll 'n das jetzt, Dieter? Wir kennen uns seit dem Studium. Ohne mich hättest du deine StPO-Hausarbeit niemals bestanden«, protestierte sie.

Die zwei Männer, die ihr jetzt gegenüberstanden, schauten sich unschlüssig an, und Begüm nutzte die Gunst des Augenblicks.

Dem Deppen, der immer noch die Handschellen an einer der beiden Schlaufen auf halber Höhe hielt, die zweite blitzschnell um das Handgelenk zu legen, war die einfachste Übung.

Dann trat sie Dieter mit voller Wucht in die Eier. Die Erinnerung, dass seine Hausarbeit damals um eine Note besser bewertet worden war als ihre, erhöhte ihre Treffsicherheit.

Der Abschluss war dann schon wieder Routine. Ein

Ruck am Arm des Kollegen, dem sie die eine Schlaufe der Handschelle umgelegt hatte, und sie hatte die beiden aneinandergefesselt. Insgesamt hatte es vielleicht zwei Sekunden gedauert, und Hunderte Stunden Krav Maga im tiefsten Rudow hatten sich endlich ausgezahlt.

»Sorry, aber du hast ja schon vier Kinder«, sagte sie zu Dieter, der vor Schmerz wimmerte. »Grüßt den Chef, Jungs«, verabschiedete sie sich und spurtete in Richtung Taxistand am Tempelhofer Damm.

Ihr Auto musste sie stehenlassen. Es würde sicher nur ein paar Minuten dauern, bis die Fahndungsmeldung raus war.

***

Der Anwalt blickte kopfschüttelnd in Viktors Gesicht und studierte die Kratzer darauf.

»Das wird für Sie alle noch ein Nachspiel haben«, sagte er.

Ken zuckte die Schultern. »Tun Sie, was Sie nicht lassen können«, sagte er. »Wir müssen jetzt erst mal unsere Ermittlungen zu Ende führen.«

Viktor schielte auf die Uhr des fensterlosen Besprechungsraums, die mittlerweile zwei Stunden nach Mitternacht anzeigte, und fragte sich, wie ernst sein Kollege das wohl meinte.

»Das müssen Sie dann ab jetzt ohne meine Mandantin tun«, entgegnete der Anwalt.

»Ihre Mandantin ist verdächtig, zwei Menschen getötet zu haben«, sagte Ken.

»Lächerlich«, winkte der Anwalt ab. »Ich kenne

Magda schon seit mindestens fünfzehn Jahren. Das Mädchen kann keiner Fliege etwas zuleide tun.«

»Das Gesicht meines Kollegen spricht eine andere Sprache«, entgegnete Ken.

Wie zur Bestätigung pochten die Kratzwunden auf Viktors Stirn und Wangen noch ein wenig stärker.

»Bestimmt können Sie mir erklären, wie eine Blinde mit dem Körper eines Teenagers zwei ausgewachsene Männer überwältigt und getötet haben soll«, wollte der Anwalt wissen.

»Vermutlich drei Männer«, präzisierte Ken. »Wir haben Filmaufnahmen aus einem Verhörraum, in dem ihre Mandantin offensichtlich äh… unblind auf Herrn Oberkommissar Puppe hier losgegangen ist. Und zwar ziemlich brutal.«

»Ich bezweifle doch sehr, dass das heimliche Filmen illegaler Verhöre zu gerichtsverwertbaren Beweismitteln führt, aber vielleicht lernt man heutzutage im Polizeistudium ja was anderes. Man konnte da ja unlängst das eine oder andere in den Zeitungen lesen«, sagte der Anwalt ungerührt.

»Was, wenn wir an den Leichen Spuren Ihrer Mandantin gefunden haben?«, fragte Ken.

»Hätten Sie welche gefunden, so hätte ich hier jetzt sicher einen Haftbefehl vor mir liegen.«

»Die Spurensicherung ist noch vor Ort, und die Leichen sind auf dem Weg in die Gerichtsmedizin. Das ist also nur eine Frage der Zeit«, sagte Ken.

»Zeit ist das Stichwort. Denn Ihre ist jetzt abgelaufen. Da kein Haftbefehl gegen meine Mandantin vorliegt, werde ich sie nun mitnehmen. Und zwar sofort. Oder muss ich erst Herrn Oberstaatsanwalt Bogenschneider anrufen, der übrigens ein alter Studienkollege von mir ist? Da fällt mir ein: Kommendes Wochenende bin ich mit ihm zum Golfen verabredet.«

»Hm.« Ken lehnte sich zurück. »Ich glaube, da gibt es ein Problem.«

»Was für ein Problem?«, fragte der Anwalt mit gerunzelter Stirn.

Ken warf der Polizeipsychologin, die bis jetzt schweigend neben Viktor gesessen hatte, einen Blick zu. Der Anwalt schaute irritiert zwischen den beiden hin und her.

»Ich habe jetzt wirklich nicht die Zeit für Ratespielchen«, fauchte er. »Wenn Sie mich also gefälligst endlich über die aktuelle Situation meiner Mandantin aufklären würden?«

Neben Viktor lehnte sich die Psychologin, eine sportliche, braun gebrannte Mittdreißigerin mit straff zusammengebundenem Pferdeschwanz und Silberreifen an den Ohren, nach vorne. Sie hatte den geschäftsmäßigen Habitus einer Unternehmensberaterin. »Verzeihung. Ich habe mich noch nicht vorgestellt: Doktor Mira Danwitz, Abteilung forensische Psychologie des LKA. Bedauerlicherweise befindet sich Ihre Mandantin in einem Zustand akuter Dissoziation, in dem eine Eigen- beziehungsweise Fremdgefährdung nicht mit hinreichender Sicherheit ausgeschlossen werden kann. Ich habe daher gemäß Paragraf 23 Absatz 2 des Berliner Gesetzes über Hilfen und Schutzmaßnahmen bei psychischen Erkrankungen die Einweisung Ihrer Mandantin in eine geschlossene psychiatrische Einrichtung veranlasst.«

»Eine Einweisung nach PsychKG? Dazu hatten Sie kein Recht«, rief der Anwalt sichtlich empört.

»Daher sprach ich ja auch nur von Veranlassung«, führte Danwitz betont sachlich aus. Wohl um den Anwalt nicht noch mehr zu reizen, vermutete Viktor. »Allerdings hat der von mir einbezogene Chefarzt der Psychiatrie die Einweisung nach kurzer Inaugenscheinnahme Ihrer Mandantin für Recht befunden und sie folgerichtig stationär aufgenommen.«

»Also erst traumatisieren Sie eine wehrlose Schwerstbehinderte, und dann weisen Sie sie ein. Das ist ja wirklich unerhört«, polterte der Anwalt.

»Ich kann Ihnen versichern, dass die im Verlauf unseres Gesprächs mit Ihrer Mandantin zutage getretenen Probleme schon seit Längerem bestanden.«

»Ach, papperlapapp«, sagte der Anwalt. »Ich verschwende hier offensichtlich meine Zeit. Wo befindet sich meine Mandantin jetzt?«

»In der psychiatrischen Fachabteilung des Wenckebach-Klinikums.«

Ohne ein weiteres Wort griff der Anwalt seinen Mantel sowie Aktentasche und verließ den Besprechungsraum. Gedankenvoll sah Viktor ihm hinterher.

»Dok-tor-iur-utr«, las Ken von der Visitenkarte ab. »Heißt das, er hat Uterusrecht studiert?«

Viktor verdrehte die Augen. »Doctor iuris utriusque. Also Doktor beider Rechte, er hat auch über Kirchenrecht promoviert.«

»Manchmal machst du mir Angst, Püppi«, sagte Ken grinsend.

Aber Viktor war nicht zum Flachsen aufgelegt. Der

Anblick von Magda, die ihn – von Ken und Frau Danwitz mühsam gebändigt – mit ihrem hasserfüllten Blick förmlich durchbohrt hatte, war wie ein visuelles Echo in seinem Kopf eingebrannt.

»Glaubt ihr das wirklich… ich meine, glaubt ihr wirklich, sie hat diese Männer umgebracht?«, fragte er.

Die Psychologin rotierte auf ihrem Drehstuhl zu Viktor herum. »Wie würden Sie jetzt wohl aussehen, wenn sie vorhin eine Waffe gehabt hätte?«

Viktor seufzte. Dann wäre er mausetot. Daran bestand wohl kein Zweifel.

»Nehmen Sie es sich nicht so zu Herzen«, sagte die Psychologin tröstend. »Grundsätzlich ist jeder von uns fähig zu töten. Die Motivation muss stimmen, sagte mein alter Kriminologieprofessor immer.«

»Dann meinen Sie, sie hat die drei quasi in die Falle gelockt?«, schaltete Ken sich ein.

Mira Danwitz hob die Schultern. »Ohne genauere Untersuchung kann ich natürlich nur Mutmaßungen anstellen. Aber ich glaube nicht, dass sie die Männer nach einem ausgeklügelten Plan umgebracht hat. Sie sagten, die ältere Leiche der beiden Leichen aus dem Wald wies ein Schädeltrauma von einem Sturz auf, die jüngere hingegen Stichverletzungen. Das klingt für mich nach Affekthandlungen, gepaart mit einer Tendenz zur fortschreitenden Eskalation. Und das passt wiederum zu dem, was ich heute hier gesehen habe.«

»Und ihre Sehkraft?«, fragte Viktor. »Heißt das, dass sie niemals wirklich blind war?«

»Ich möchte wetten«, begann Danwitz mit einem Augenzwinkern, »wenn Sie Magda morgen besuchen, wäre sie wieder blind und ganz die Frau, die Sie vorher zu kennen glaubten. Und: An den heutigen Vorfall würde sie sich nicht einmal erinnern.«

»Also so eine gespaltene Persönlichkeit, so wie in diesem Katholische-Priester-Missbrauchs-Streifen mit dem Typen aus Fightclub?«, warf Ken ein.

»Bitte, seien Sie vorsichtig mit derartigen Klischees«, wehrte die Psychologin mit erhobenen Händen ab.

»Ach kommen Sie, Doc«, ließ Ken nicht locker. »Geben Sie uns mal eine Idee, womit wir es zu tun haben. Wir nageln Sie auch nicht drauf fest.«

Jetzt grinste Mira Danwitz von einem Ohrsilberreif zum anderen. »Na, wenn Sie mich so charmant bitten«, sagte sie.

»Mit Sahnehäubchen, Cocktailpalme und Schokostreuseln«, sagte Ken.

»Also«, begann die Psychologin, lehnte sich zurück und legte die Fingerspitzen aneinander. »Psychogener Verlust der Sehfähigkeit durch ein Trauma ist sehr selten, wurde aber bereits in der Antike beschrieben. Zur Vorbereitung auf das Verhör habe ich mal recherchiert: So ist eine entsprechende Erwähnung schon in dem Werk *De Medicina* des römischen Wissenschaftsschriftstellers Celsus enthalten, also in einem Buch, das wohl ungefähr zur Zeit von Christi Kreuzigung entstanden ist. Spätere Beschreibungen dieses Zustandes finden sich dann allerdings erst wieder zu Beginn des siebzehnten Jahrhunderts bei Lepois und noch mal hundert Jahre später bei de Montgeron. Vorläufer der modernen Psychologie wie de la Tourette, Charcot und auch Freud haben diese Berichte aufgegriffen und mit eigener Forschung erhärtet. Damals wurde dafür der Begriff hysterische Amaurosis geprägt. Man hielt diese Form der Blindheit also für eine Erscheinungsform des überkommenen Krankheitsbildes der Hysterie. Von Charcot ist übrigens die Anekdote überliefert, dass er die Hysterie und ihre Symptome wie Blindheit, Taubheit und dergleichen mehr zunächst somatogen erklären wollte. Die Idee einer Verbindung von seelischer Ursache und hysterischem Symptom kam ihm dagegen erst, nachdem seine Studenten ihm eine gesunde Frau übergaben, der sie zuvor durch Hypnose typische Symptome der Hysterie, darunter eben auch Blindheit, eingeredet hatten. Charcot diagnostizierte die Frau prompt als Hysterikerin und war dann bass erstaunt, als seine Studenten deren Symptome einfach wieder verschwinden ließen, als sie sie aus der Hypnose holten. Das war sozusagen die Geburt des Begriffes der Hysterie als seelischer Störung. Heute redet man allerdings nicht mehr von Hysterie oder hysterischer Blindheit, sondern von einer dissoziativen oder noch genauer von einer Konversionsstörung. Derartige Fälle werden in der Fachliteratur immer mal wieder beschrieben. Markant ist, dass es keine erkennbaren Dysfunktionen auf körperlicher Ebene gibt. Das heißt, die Patienten haben alle organischen Voraussetzungen, die ihnen das Sehen ermöglichen sollten, aber sie sind de facto blind. Ursache ist in der Regel eine traumatische Erfahrung, in ihrem Fall möglicherweise der Schock über die Entdeckung der Leiche ihres Peinigers in der Badewanne, verbunden mit einem – natürlich völlig deplazierten, aber recht typischen – Schuldgefühl. Die Blindheit schützt sozusagen vor weiteren traumatischen Erfahrungen.«

»Und wo ist da jetzt das Spaltungsding?«, fragte Ken, der schon seit mindestens einer Minute ungeduldig mit den Fingern auf den Tisch trommelte.

»Sie haben völlig recht, Herr Tokugawa«, fuhr die Psychologin genüsslich fort. »Die Mischung ist es, die den Fall so interessant macht. Wir haben hier also offensichtlich ein Individuum mit dissoziativer Identitätsstörung...«

»Heißt das nicht eigentlich multiple Persönlichkeit, oder so?«, warf Ken ein.

»Ohne allzu tief ins Detail gehen zu wollen, ist das ebenfalls ein veralteter Begriff«, sagte sie huldvoll.

»Hm«, grunzte Ken. »Und was ist jetzt damit?«

»Also eine dissoziative Identitätsstörung geht mit der Ausbildung von der Ursprungspersönlichkeit abgetrennter Persönlichkeitsanteile, also sozusagen alternativer Identitäten einher. Auch hier liegt der Ursprung oft in einem Trauma, und die zusätzlichen Identitäten können dann funktional für die Adaption oder Bewältigung dieses Traumas sein. So könnte man in unserem Fall wohl davon ausgehen, dass die Identität, die wir vorhin am Ende des Verhörs zu sehen bekamen, eine Art Beschützerfunktion innehat, eine starke und potente Persönlichkeit. Also sozusagen die Art von Identität, die sich die Betroffene wohl gewünscht haben dürfte, als sie immer wieder zum Opfer sexueller Misshandlungen wurde. Die Besonderheit besteht nun darin, dass sich die besagte Konversionsstörung, also die Blindheit, nur bei der Ursprungsidentität manifestiert, während die abgespaltene Beschützeridentität davon verschont bleibt, was ja funktional betrachtet wiederum sinnvoll und logisch ist. Ein ähnlicher Fall wurde, wenn meine Erinnerung mich nicht trügt, Mitte der Nullerjahre in einem Artikel unter der Mitwirkung von Professor Strasburger von der LMU beschrieben. Salopp gesagt, haben wir also eine Opferidentität, die das eigene Elend im wahrsten Sinne des Wortes nicht mehr sehen kann, und eine Beschützeridentität mit Killerinstinkt, die augenscheinlich alles hat, was sie braucht, um ihrer Funktion gerecht zu werden. Möglicherweise gibt es auch noch andere Identitäten, die wir bis jetzt nicht zu sehen...«

»Und Sie meinen«, fiel Ken ihr ins Wort, »diese Beschützeridentität ist verantwortlich für den Tod dieser drei Männer?«

Die Psychologin hob Schultern und Hände. »Das herauszufinden, Gentlemen, ist dann doch eher Ihre Spielwiese. Aber wenn Sie mich zum Beispiel fragen würden, ob der Persönlichkeitsanteil, den ich zu sehen bekommen habe, dazu psychisch fähig wäre, könnte ich mir das nach dem vorherigen Ereignis durchaus vorstellen. Bei aller wissenschaftlich gebotenen Vorsicht.«

»Und würde sie sich daran erinnern?«, hakte Viktor ein.

»Da müssten Sie jetzt erst mal definieren, wer sich daran erinnern soll«, sagte Danwitz lächelnd. »Aber ich vermute mal, Sie meinen die Ursprungspersönlichkeit von Magda Mayerhofer. Dann wäre die Antwort allerdings tendenziell eher nein. Das heißt, eine Identität hat in der Regel keine oder nur eine schemenhafte

Erinnerung an das Verhalten der anderen Identität. Es wäre also durchaus möglich, dass die Beschützeridentität diese Männer getötet hat, ohne dass die Ursprungsidentität davon das Geringste weiß.«

»Wow«, sagte Ken und kratzte sich am Kopf. »Echt abgefahren.«

»Ich weiß«, sagte die Psychologin sichtlich vergnügt. »Der menschliche Geist ist ein weiter, wilder Kontinent, den wir bis heute allenfalls erst in Bruchstücken erfasst haben. Und genau deswegen liebe ich meinen Beruf so sehr.«

»Echt? Und schließt das auch Sexualpsychologie ein?«, fragte Ken mit dem treuherzigsten aller Hundeblicke. »Ich würde mich da jederzeit als Forschungsobjekt zur Verfügung stellen. So Masters-of-Sex-mäßig.«

»Ken!«, rief Viktor entsetzt.

»Ach, Herr Tokugawa«, sagte die Psychologin mit dem milden Lächeln, mit der eine nachsichtige Mutter ihr übereifriges Kind bedenken würde. »Ein bisschen anspruchsvoller darf's schon sein.« Sie stand auf und sammelte ihre Unterlagen ein. Dann klopfte sie auf den Tisch und ging zur Tür. »Bis zum nächsten Mal, Gentlemen.«

»Sehen Sie? Sie können schon nicht mehr ohne mich«, rief Ken ihr hinterher.

»Gute Na-hacht«, säuselte sie, winkte und schloss die Tür.

»Hast du gesehen? Sie steht auf mich«, freute sich Ken.

Viktor schüttelte den Kopf.

»Was denn?«, fragte Ken und hob die Hände.

»Du gibst dem Wort Fremdscham erst so richtig Bedeutung.«

»Alter. Sei doch nicht so etepetete! Soll ich dir mal die kürzeste Anmache der Welt verraten?«

»Hilft es was, wenn ich Nein sage?«

Statt einer Antwort leckte Ken genussvoll seinen Zeigefinger ab und schmierte ihn anschließend noch genussvoller an Viktors Sakkoärmel entlang, bevor er ihn wegziehen konnte.

»Na, jetzt aber raus aus den nassen Klamotten«, sagte Ken grinsend. »Damit hatte ich dutzendfach Erfolg.«

Viktor schlug sich die Hand vor die Stirn. »Wo denn nur? Auf Butterfahrten?«, fragte Viktor.

»Willst du jetzt etwa das einzige Vergnügen so vieler einsamer Trümmerfrauen lächerlich machen?«, entgegnete Ken.

»Ich passe«, sagte Viktor, musste aber auch unwillkürlich grinsen.

Eine Weile starrten sie gemeinsam schweigend die schmucklose Wand an. Viktor merkte, wie ihm der Kopf unwillkürlich auf die Brust sackte. Die Sehnsucht nach einem Bett war körperlich spürbar, wie Schmerzen, aber es gab noch offene Fragen, die ihm keine Ruhe ließen. »Und Shahazad? Und die Kinderklinik? Und Yavuz?«

»Ich weiß«, sagte Ken seufzend. »Aber ganz ehrlich: Heute würde ich selbst dann nicht mehr draufkommen, wenn mir jemand die Lösung als Pixi-Buch präsentieren würde.«

»Ich weiß, was du meinst«, seufzte Viktor.

Zwanzig Minuten später stand er am Bahnsteig der

U1 am Wittenbergplatz, beobachtete die Nachtschwärmer und kam sich nicht nur müde, sondern auf einmal auch sehr alt vor. In seinem Kopf rotierten in Endlosschleife die Bilder der letzten Minuten von Magdas Verhör: Sie war eine völlig andere Frau gewesen, die paradoxerweise sogar größer als Magda gewirkt hatte. Und auf eine bizarre Weise war sie irgendwie sexy, ganz im Gegensatz zu der Magda, die auf ihn immer so asexuell gewirkt hatte wie ein Krabbelkind. Ihre Stimme war tiefer gewesen, und ihre Augen waren die Augen einer Person, die dem Bösen ins Gesicht gelacht hatte.

Als er in der U-Bahn saß, glaubte er, statt seines Spiegelbildes im Fenster dieses Gesicht zu sehen.

Als er durch das Schöneberger Hinterland wanderte, musste er sich immer wieder überzeugen, dass sie nicht auf einmal hinter ihm auftauchte.

Und als er endlich im Bett lag, da suchten sie ihn alle heim, die Gesichter der letzten Tage.

Yavuz' blutig ramponierte Schädelkalotte. Janine Geigulat, die neugierige Reporterin in ihrem zu kurzen Rock. Das Antlitz seines greisen Großvaters, von den Jahren gezeichnet, im Gespräch mit der makellosen Stella. Die heitere Weltignoranz seiner Mutter. Van Houten, Kunersdorf, Sikorski und wieder Magda. Magda, die Viktor hämisch grinsend in einen Rollkoffer faltete und ihn dann in die Luft sprengte.

of
Freitag, der 15. September

25

Begüm lehnte sich mit dem Rücken an die Wand und tastete mit der Rechten nach ihrer Waffe. Die nagelneue SFP 9 in ihrem Holster fühlte sich beruhigend an, auch wenn sie sie auf keinen Fall einsetzen durfte.

Schräg gegenüber, in etwa fünfzig Metern Entfernung, lag der Eingang zum Bunker, wobei Begüms Sicht teilweise von einem SUV versperrt wurde. Gerade eben öffnete sich die Tür für einen Gast, der ihr komisch vorkam. Der Kerl trug einen dunklen Anzug mit Basecap, eine Sonnenbrille und führte so eine Art klobigen Arztkoffer mit sich. Khalils Klub hatte schon immer die schrägsten Vögel von allen angezogen.

Aber das war jetzt mehr als sekundär. Sie versuchte, sich vorzustellen, was vor ihr lag.

Der Eingang.

Es war drei Uhr nachts. Um die Zeit mussten die Gäste klingeln. Einer der Bouncer würde die Tür öffnen, nachdem er durch den Spion geschaut hatte. Und gleich hier lag eine mögliche erste Hürde.

Für den Fall, dass er noch nicht so lange als Türsteher für Khalil arbeitete, hatte sie sich noch schnell eines ihrer alten Outfits aus ihrer Wohnung geholt. Das und ihr Geschlecht öffneten ihr eigentlich in jedem Stripklub alle Türen.

Aber wenn es jemand war, der sie von früher kannte? Zwar hatte Begüm gehört, dass Ahmad nach ihrem Tritt in seine Weichteile erst einmal flachlag, aber er war nicht der Einzige aus der alten Truppe.

Nun, für diesen Fall würde sie sich dann eben etwas einfallen lassen müssen.

Weiter.

Die Treppe herunter in das Kellergeschoss und durch den Hauptraum.

Wenn Abdu Dienst an der Theke schob, hätte sie keine Schwierigkeiten, durch die Tür in den Lagerraum zu kommen. Wenn nicht, würde sie warten und sich dann bei passender Gelegenheit hineinschleichen müssen.

Der Lagerraum.

Dann die Tür ins Büro.

Hoffentlich offen. Ansonsten hatte sie für den Fall der Fälle ihr Lockpicking-Set in der Handtasche. Aber das Büro war nur die halbe Miete, eigentlich noch nicht einmal das. Denn dahinter wartete Khalils Panic Room auf sie.

Nach dem Telefonat mit Gökhan hatte sie sich in einschlägigen Kreisen ein bisschen umgehört: Eines der Stahlwand-Elemente hinter Khalils Schreibtisch war tatsächlich eine versteckte Tür. Doch bei der würde ihr nicht mal schweres Werkzeug helfen, denn laut ihrem Informanten war die Tür nach dem Verschließen nur von innen zu öffnen. Und dies war der Teil, auf den sie bis jetzt keinen Rat wusste.

Schlimmstenfalls, so dachte sie sich, würde sie sich eben in dem scheiß Lagerraum verstecken. Irgendwann musste Harun ja schließlich herausko…

Eine unerwartete Bewegung lenkte ihre Aufmerksamkeit auf das Hier und Jetzt. Mit einem lauten Knall, der bis auf die andere Straßenseite zu hören war, flog die schwere Eingangstür auf und polterte gegen die Wand.

Verdutzt sah Begüm zu, wie ein ganzer Pulk von Menschen schreiend ins Freie drängte: zwei Rausschmeißer im Smoking sowie eine Gruppe männlicher Gäste in der typischen Kluft amerikanischer Collegestudenten; ein halbes Dutzend Stripperinnen, einige barbusig und lediglich mit Slip bekleidet, die restlichen im Bademantel.

Immer noch rannten einzelne Menschen aufgeregt gestikulierend und kreischend auf die Straße. Begüm erkannte einen von Abdus Barkeeperkollegen und noch eine ganze Horde weiterer männlicher Gäste.

Eine der Stripperinnen sprang in halsbrecherischer Manier vor ein anrauschendes Großraumtaxi, das mit quietschenden Bremsen zu stehen kam.

Während die anderen Flüchtenden sich zerstreuten und einige neugierige Nachtschwärmer es Begüm gleichtaten und sprachlos dem Geschehen folgten, drängten sich die Frauen in den Wagen, der alsbald mit aufheulendem Motor seinen Weg fortsetzte.

Mittlerweile war seit etwa zwei oder drei Minuten niemand mehr aus der sperrangelweit offen stehenden Tür herausgekommen, und das Geschehen auf der Straße beruhigte sich langsam wieder.

Jetzt oder nie.

Begüm löste sich von der Gebäudewand und ging zu der Tür hinüber, als sei es auch unter den gegebenen Umständen das Selbstverständlichste von der Welt.

Sie überschritt die Schwelle zur Unterwelt, vorbei an der verwaisten Theke, die den Pausenraum der Bouncer vom Eingangsbereich trennte. Schon war sie auf den Stufen nach unten, von wo ihr basslastige Musik entgegenwummerte. Keine Menschenseele war zu sehen und ihr mehr als mulmig zumute.

Was immer da unten geschehen war, es hatte alle in helle Panik versetzt, sogar die Muskelspackos am Eingang. Andererseits war es eine unverhoffte Chance, besser als alles, was sie noch vor Minuten an möglichen Szenarien überdacht hatte.

Trotz oder gerade wegen der lauten Musik wirkte der Hauptraum gespenstisch. Auf den Tischen und der Theke standen überall noch halb ausgetrunkene Gläser. Über ihr drehten sich im violetten Licht der Strahler träge die riesigen Deckenventilatoren.

Eine Bewegung in ihrem Augenwinkel. Instinktiv griff sie in ihre Jacke. Doch als sie sich in die Richtung drehte, war es nur das sanfte Schwingen eines Vorhangs vor einem der Separees.

Sie atmete tief durch und ging an der Theke vorbei. Auch die Tür zum Lagerraum stand offen. Unschlüssig verharrte sie davor. Wahrscheinlich hatte irgendwer vom Personal gerade etwas holen wollen, als... ja was eigentlich? Und warum war es im Lager dann dunkel? Was, wenn es eine Art Überfall war, der die Leute vertrieben hatte? Khalils *Mongols* hatten sich jüngst eine publicityträchtige Schießerei mit dem Berliner Charter der Hells Angels geliefert.

Sei nicht dumm, Begüm.

Sie zog die Pistole aus dem Holster, nahm sie in

beide Hände und bewegte sich langsam um die Ecke in die Dunkelheit des Raumes hinein.

Noch bevor sie den Lichtschalter betätigen konnte, schlug die Tür hinter ihr mit einem lauten Knall zu.

»Scheiße!«, entfuhr es ihr. Sofort durchströmte ein Adrenalinschauer ihren ganzen Körper. Verzweifelt suchte sie nach dem Lichtschalter, der nicht weit von der Tür entfernt war; das wusste sie noch von ihrem letzten Besuch. Nur dass sie in der plötzlichen Finsternis nicht den geringsten Schimmer hatte, wo verfickt noch mal die Tür überhaupt war. Mit ihrer Linken ertastete sie ihre Umgebung, stieß auf die glatte Kühle der Wände. Tastete weiter seitwärts ins Rauminnere. Ein Spalt. Der Türrahmen. Der Schalter musste doch hier irgendwo…

Endlich. Das Klicken des Schalters fühlte sich wie eine Erlösung an. Sofort war alles in klinisch weißes Licht getaucht. Neben ihr glänzten die Flaschen in den Regalen. Mit erhobener Pistole drehte sie sich wieder…

»Maschallah.«

Vor ihr eine Gestalt, deren Gesicht von einer Art Astronautenhelm verborgen war. Die Verwirrung über den seltsamen Anblick kostete sie entscheidende Sekunden. Mit einer blitzschnellen Bewegung ergriff der Behelmte die SFP 9 und ihr Handgelenk. Noch bevor sie reagieren konnte, hatte er ihr die Pistole entwunden und richtete nun ihre eigene Waffe auf sie.

Erst jetzt fiel ihr auf, dass das, was sie für einen Astronautenhelm gehalten hatte, eher so eine Art Schutzmaske war. Dahinter konnte sie vage ein Paar Augen über einem in das Sichtfenster integrierten Luftfilter erkennen. Der Rest des Körpers steckte in einem gelben Overall, Hände und Füße wiederum in Handschuhen und Stiefeln aus schwarzem Gummi, wie in einem dieser »Tödliche-Seuche-rottet-Erdbevölkerung-aus«-Streifen.

Zu ihrer Überraschung legte der Gelbe ihre Waffe in einem Regalfach ab. Dann griff er sich mit der Rechten in den Nacken und klappte die Schutzmaske über den Kopf nach vorne.

»Direktor Ri...«, keuchte Begüm, doch sofort hob er den Zeigefinger zum Mund, und sie verstummte.

Dann zeigte er mit demselben Zeigefinger auf sie, um ihr schließlich die Handinnenfläche entgegenzustrecken.

Taktisches Sichtzeichen. Na gut, ich soll also hierbleiben. Fein. Hab verstanden.

Sie schloss Daumen und Zeigefinger und gab damit ihr Okay. Sofort zog Richter die Schutzmaske und Kapuze wieder über und ging zur hinteren Tür. Er drehte sich noch einmal kurz zu ihr um. Falls er sie gerade anschaute, war es durch die Spiegelung der Maske nicht zu sehen. Ein zweites Mal streckte er ihr die Handfläche entgegen. Dann verschwand er durch die Tür in Khalils Büro.

***

»Okay«, sagte Ken. »Also dann erzähl mal.«

Gökhan Durans Blick huschte zwischen Ken und Viktor hin und her, so weit sein fast komplett zugeschwollenes rechtes Auge das zuließ.

»Was is'n jetzt mit 'm Anwalt?«, fragte er.

Ken wandte sich an Viktor, der gerade mühsam ein Gähnen unterdrückte. Zwei Stunden Schlaf waren entschieden zu wenig.

»Der will einen Anwalt. Und ich dachte, das sei eine reine Zeugenvernehmung. Hab ich mich wohl getäuscht. Vielleicht sollten wir doch lieber gleich einen Haftbefehl beantragen. Was meinst du, Kollege?«

Pflichtschuldigst begann Viktor aus seinem Stuhl aufzustehen. »Der Bereitschaftsstaatsanwalt ist ja nebenan. Ich geh gleich mal rüber.«

»Moment.« Gökhan Duran hob beschwichtigend die Hände. »Ist ja gut. Ich wollte ja nur sichergehen, dass das alles so seine Ordnung hat, oder so.«

»Also bei uns ist alles voll in Ordnung«, entgegnete Ken achselzuckend. »Aber der Staatsanwalt und unser Chef da draußen«, er nickte mit dem Kopf zu dem Venezianischen Spiegel hinter sich, »die wollen jetzt bald mal was hören. Sonst werden die ungeduldig und dann gibt's vielleicht doch noch 'nen Haftbefehl.«

Wieder blickte Gökhan unruhig zwischen ihnen hin und her.

»Okay. Aber wenn ich alles erzähle, bin ich aus der Sache raus, richtig?«, fragte er misstrauisch.

Ken massierte seine Schläfen wie ein Vater, dessen Geduld gerade von seinem Kind überstrapaziert wurde. Dann stützte er seinen Kopf auf die Daumen.

»Pass mal auf, Sportsfreund«, sagte er. »Wir sind hier nicht bei Wünsch-dir-was. Du sagst uns jetzt, was in dieser Nacht gelaufen ist, und dann entscheiden wir, was mit dir passiert.«

Gökhan knabberte an den Fingernägeln seiner Rechten, deren Finger alle intakt waren, was seine Schwester Begüm vorhin zu Viktors Überraschung mit einem Wutanfall quittiert hatte. Schließlich beugte Gökhan sich nach vorn und begann zu erzählen.

Fünf Minuten später lehnte Ken sich zurück und faltete die Hände hinter dem Kopf.

»Also, ich wiederhole mal: Du wolltest für deinen Boss Khalil Spielschulden in Höhe von fünftausend Euro eintreiben und hast Yavuz deswegen angechattet. Er wollte dich abwimmeln, aber du bist trotzdem vorbeigekommen. Wann genau warst du da?«

»Weiß nicht. So zehn oder so.«

Ken und Viktor tauschten einen Blick aus. Der Todeszeitpunkt lag laut Stella um elf Uhr plus minus eine Stunde.

»Und dann hast du jemand aus dem Laden rauskommen sehen?«

»Ja, genau«, sagte Gökhan. »So 'ne Kartoff... so 'n Deutscher mit Kapuzenpulli und Rucksack. Hatte es echt eilig.«

»Und hast du ihn gut erkennen können?«

Gökhan zuckte die Schultern. »Ganz okay. Fuhr gerade ein Auto vorbei. Da hat er hochgeguckt zu mir. Sah irgendwie heftig aus.«

»Wie meinst du das?«

»Weiß nich. So irgendwie voll wütend halt.«

»Ich habe hier ein paar Fotos«, sagte Ken, zog eine Gittermappe zu sich herüber, schlug sie auf und drehte sie in Gökhans Richtung.

Auf einem ansonsten weißen Blatt waren mehrere Reihen Porträtfotos von Männern, die ihrem verdrucksten Gesichtsausdruck zufolge offensichtlich aus einer »Verbrecherkartei« stammten. Gökhan zog sich das Blatt ein wenig herüber.

»Der da«, sagte er nach kaum einer Minute und tippte auf ein Bild rechts am Rand.

***

»Das ist ein mehrfach vorbestrafter Straftäter«, protestierte Oberstaatsanwalt Bogenschneider.

»Er hat eben Ralph Kunersdorf identifiziert. Auf Anhieb!«, hielt Ken dagegen. »Das kann ja wohl kein Zufall sein.«

»Sie meinen, kein Zufall von der Art, wie der, dass Herr Duran gerade jetzt hier aufkreuzt, um seine Geschichte zu erzählen?«, sagte Sikorski, der halb von Bogenschneider verdeckt an der Wand des Beobachtungsraums lehnte.

»Genau«, fiel Bogenschneider ärgerlich mit ein. »Und wir sollen jetzt glauben, dass Ihre Frau Duran da nicht ihre Hände im Spiel hatte.«

»Im Gegenteil, Herr Oberstaatsanwalt«, entgegnete Direktor Richter kühl. »Sie hatte. Wie ich Ihnen ja bereits berichtet habe, hat sich der Zeuge in der vergangenen Nacht zuerst seiner Schwester offenbart, die mich davon umgehend in Kenntnis gesetzt hat. Daraufhin haben wir sofort Herrn Sikorski und Sie informiert sowie Frau Duran natürlich von der Angelegenheit abgezogen.«

»Das ist ja eine schöne Geschichte«, bemerkte Bogenschneider höhnisch. »Und können Sie mir vielleicht auch noch erklären, was mit dem Zeugen passiert ist? Der sieht ja aus wie durch den Fleischwolf gedreht.«

»Sie hatten ja bereits auf die kriminelle Vergangenheit des Zeugen verwiesen, Herr Bogenschneider«, sagte Direktor Richter und zog die Schultern hoch. »Damit lassen sich solche Blessuren sicherlich erklären. Vielleicht können Sie den Zeugen ja sogar dazu bewegen, Anzeige zu erstatten. Aber davon abgesehen, ist ja wohl selbst für einen Laien deutlich sichtbar, dass die Verletzungen viel zu frisch sind, um mit der Ermordung dieses Yavuz in Zusammenhang zu stehen.«

»Und warum hat sich der Zeuge ausgerechnet jetzt gemeldet?«, schaltete sich Sikorski wieder aus dem Hintergrund ein.

»Gewissensbisse?«, schlug Ken mit treuherziger Miene vor.

»Ja. Er sieht mir auch wie ein echter Chorknabe aus, der die Beichte ablegen will«, sagte Sikorski mit einem hämischen Seitenblick auf Gökhan. Der Bruder von Begüm saß immer noch im Verhörraum auf der anderen Seite des Spiegels.

»Auf jeden Fall ist Kunersdorf damit unser Hauptverdächtiger im Fall Yavuz«, sagte Ken. »Damit sollte einem Haftbefehl ja wohl nichts mehr im Wege stehen.«

»Wir sollen, basierend auf der Aussage dieses drittklassigen Kleinkriminellen, einen der wichtigsten Informanten festnehmen, den wir derzeit in der ostdeutschen Neonaziszene haben?«, ereiferte sich Bogenschneider.

»Ich persönlich kann ja gut verstehen, dass Sie einen Gesinnungsfreund schützen wollen«, bemerkte Ken spitz, aber sichtlich um einen neutralen Gesichtsausdruck bemüht.

»Was erlauben Sie sich?«, brüllte Bogenschneider mit hochrotem Kopf.

»Das frage ich mich allerdings auch«, sagte Richter im Tonfall eines tadelnden Klassenlehrers. »Hauptkommissar Tokugawa. Ich verlange, dass Sie sich unverzüglich bei dem Herrn Oberstaatsanwalt für Ihre absolut unpassende Bemerkung entschuldigen.«

»Entschuldigung, Herr Oberstaatsanwalt«, sagte Ken mit breitem Lächeln.

»Gut. Damit wäre das aus der Welt«, stellte Richter trocken fest, noch bevor Bogenschneider reagieren konnte. »Noch einmal zurück zur Causa Kunersdorf. Herr Oberkommissar Puppe hat da meiner Information nach noch etwas Wichtiges beizutragen.«

Er nickte Viktor zu, der sich kurz räusperte und dann die Stimme erhob. »Danke, Herr Direktor. Tatsächlich liegt mir eine Mail von Herrn Balkov von unserer Cybercrime-Abteilung vor, darin erste Ergebnisse der Festplattenauswertung von Herrn Kunersdorf.«

»Festplatte?«, knurrte Bogenschneider. »Was soll das denn nun wieder? Und warum weiß ich davon nichts?«

»Ich würde vorschlagen, Sie lassen den Mann erst mal aussprechen, Herr Oberstaatsanwalt«, beruhigte ihn Richter. »Bitte, Herr Puppe.«

»Auf der Festplatte war ein Chat mit dem ermordeten Oktay Yavuz aufgezeichnet, den beide Seiten unter Pseudonym im Darknet geführt hatten. Es ging um die Lieferung von zwei Sprengzündern für zweitausend Euro.«

»Ach, wie sich das doch alles fügt«, stellte Sikorski

lächelnd fest, während Bogenschneider ihn sichtlich irritiert anstarrte.

»Danke, Herr Oberkommissar«, sagte Richter zu Viktor. »Und ich muss zugeben, unter diesen Umständen erscheint mir eine Durchsuchung der Wohnräume des Betroffenen doch angezeigt.«

»Nicht mit mir, Herr Richter«, donnerte Bogenschneider. »Da müssen Sie sich schon einen anderen Dummen suchen.«

»Ich weiß nicht, ob ich Frau Doktor von Terzenheim als Dumme bezeichnen würde«, sagte Richter stirnrunzelnd. »Aber sie hat heute richterlichen Notdienst und mir telefonisch tatsächlich signalisiert, einen entsprechenden Durchsuchungsbeschluss unterzeichnen zu wollen.«

»Sie haben an mir vorbei…«, begann Bogenschneider empört, doch Sikorskis Hand auf seiner Schulter ließ ihn verstummen.

»Lassen Sie es gut sein, Herr Oberstaatsanwalt. Hier kommen wir nicht mehr weiter. Man muss erkennen, wann man verloren hat.« Dann wandte er sich an Viktor. »Auch wenn es möglicherweise im Moment schwer zu akzeptieren ist, Herr Puppe, aber Sie haben den Falschen«, sagte er mit sphinxartigem Lächeln. »Das sage ich nicht als Sicherheitsbeamter, sondern als richtiger Mensch… und zwar im jiddischen Sinne, wenn Sie verstehen, was ich meine.« Dann tippte er sich mit zwei Fingern an seine Stirn, stand auf, drehte sich um und öffnete die Tür zum Flur.

***

»Er hatte bitte was an?«, fragte Ken entgeistert.

Begüm nahm einen Zug von ihrer Zigarette und blies den Rauch in die kühle Nachtluft. Viktor stand mit Ken und Begüm vor dem LKA-Gebäude in der Keithstraße.

»Na, so einen biologischen Schutzanzug oder wie man das nennt. So zombiepestmäßig«, sagte sie dann. »Ist er schon weg?«

»Jaja«, winkte Ken ab. »Die sind schon vor einer Viertelstunde abgehauen. Und was hat er dann gemacht?«

Begüm zuckte die Schultern. »Ich hab's nicht gesehen, sollte ja in dem Lagerraum bleiben. Aber ich habe gehört, wie er gesagt hat, dass er vom Bundesseuchenzentrum wäre. Und in dem Bunker sei von den Nazis mal irgend so ein alter Kampfstoff eingelagert worden, der in das Lüftungssystem geraten wäre. Er habe den Auftrag, alles zu evakuieren.«

»Aber wie haben die ihn denn gehört?«, fragte Ken ungläubig. »Ich dachte, so ein Panic Room ist hermetisch abgeriegelt.«

»Da ist wohl eine Kamera mit Mikro in dem Büro installiert«, sagte Begüm und nahm noch einen Zug von ihrer Zigarette.

»Und dann?«, fragte Ken.

»Hat Richter gewartet, bis Harun aufgemacht hat, und ihn getasert«, sagte Begüm.

»Eeeeecht?«, fragte Ken mit einem Gesicht, als habe er gerade erfahren, dass seine Lieblingsrockband in Begüms Wohnzimmer ein Konzert gegeben hatte. »Der Alte hat den Typen voll getasert? Scheiße, ey. Mann, das hätte ich gerne gesehen. Und wie genau hat er das gemacht?«

»Ich war ja nicht dabei, du Idiot«, fauchte Begüm. »Wie oft soll ich's dir denn noch sagen? Hab's nur hinterher gesehen, als ich geholfen habe, Gökhan rauszubringen. Da lag Harun. Richter hat dann die Taser-Kontakte aus seiner Haut gezogen und die Aufzeichnung gelöscht, die die Kamera im Büro gemacht hat. Dann sind wir mit Gökhan raus.«

»Woah. Der Alte ist einfach endcool«, stellte Ken mit versonnenem Blick fest.

»Warum hat er dir geholfen?«, fragte Viktor. »Ich meine, erst lässt er dich festnehmen, und dann hilft er dir dabei, deinen Bruder zu befreien.«

Begüm schürzte die Lippen und starrte hinüber zu den Autos auf der gegenüberliegenden Straßenseite. Wieder nahm sie einen Zug, bevor sie antwortete. »Hab ich ihn auch gefragt.«

»Und?«, fragte Viktor. »Mach's nicht so spannend.«

»Dass ihm nach meiner Flucht klar war, dass ich es auf eigene Faust versuchen würde und er mir zuvorkommen wollte, damit ich keinen Schaden anrichte. Oder so ähnlich.«

»Und was glaubst du?«, fragte Viktor einer Ahnung folgend.

Sie warf ihm einen überraschten Blick zu. Dann wandte sie sich wieder ab und zog die Schultern hoch. »Keine Ahnung. Ich denke nur... also, als ich bei ihm war, da war ja auch sein Typ.« Sie verstummte. Grübelte sichtlich.

»Und?«, fragte Viktor leise.

»Na ja, also ich glaube, der mochte mich irgendwie. Nur so ein Gefühl.«

»Boah, ist doch jetzt scheißegal«, rief Ken dazwischen. »Hauptsache ist doch, dass unser Boss eine Mischung aus Sherlock Holmes, James Bond und Rambo ist.«

Wieder traf sich Viktors Blick mit dem von Begüm, die grinsend die Augen rollte.

»Leute«, sagte sie dann »Ich muss weg. Eigentlich möchte ich nur noch schlafen, aber Suhal wird schon um zehn aus dem Krankenhaus entlassen.«

»Ach, Schnecki«, sagte Ken. »Kann das nicht deine Mutter machen? Wir wollen doch jetzt Kunersdorfs Nazi-Bude so richtig auf den Kopf stellen.«

Begüm hob die Hände. »Nee. Ich bin raus aus der Nummer. Endgültig. Das hat Richter mehr als deutlich gemacht.«

»Meinst du, du kriegst wegen der Sache noch Ärger?«, fragte Viktor.

»Schätze schon«, sagte Begüm den Blick auf den Boden gerichtet. »›Wir sprechen uns dann noch, Frau Duran‹, meinte er. Klang nicht wirklich freundlich.« Etwas leiser fügte sie noch hinzu: »Du weißt ja, wie er sein kann.« Begüm warf die Zigarette auf den Boden und trat sie aus.

»Tschüss«, sagte sie dann, ohne ihn oder Ken noch einmal anzuschauen.

Im Weggehen wischte sie sich über das Gesicht.

26

Hauptkommissarin Jansen streckte die sonnengebräunte Hand aus. »Herr Tokugawa und Herr Puppe. So schnell sieht man sich wieder«, sagte sie mit einem charmanten Hauch Küste in der Stimme.

»Wir können halt gar nicht genug von Ihnen kriegen«, sagte Ken.

»Ist der bei Ihnen zu Hause auch so?«, fragte Jansen Viktor grinsend.

»Wenn Sie wüssten«, erwiderte Viktor.

»Na denn«, sagte sie und wies hinter sich auf einen Haufen Beamte, der etwas abseits stand. »Meine Mannschaft wartet dahinten. Also, die neue wohlgemerkt. Die von gestern haben bis vor circa drei Stunden noch im Wald gewerkelt und daher heute frei. Wenn Sie so weitermachen, muss ich bald Kollegen aus Schweden anfordern.«

»Spreche aus, Ehrfurcht und Dankbarkeit«, sagte Ken und legte die Hand zum militärischen Gruß an die Stirn.

»Na, wir erwarten mindestens eine Einladung zur Großstadtsause mit allem Drum und Dran. Haben Sie denn den Papierkram dabei?«

»Heiß und fettig.« Ken zog den Durchsuchungsbeschluss aus der Tasche, entfaltete ihn und hielt ihn Jansen unter die Nase, wo er im frischen Morgenwind hin und her flatterte.

»Sie sind zwar Hauptstädter, aber ich glaube Ihnen auch so. Also stecken Sie den man lieber wieder ein, bevor der noch wegfliegt«, sagte Jansen, drehte sich um und winkte ihnen, ihr zu folgen.

Hundert Schritt weiter vorne konnte Viktor im Zwielicht der Morgendämmerung bereits das ihm mittlerweile nur allzu vertraute Gatter des Wemeler Siedlungstors erkennen. Dahinter schien das halbe Dorf aufmarschiert zu sein. Viktor erkannte einige Gesichter, und der Art nach, wie man ihn anschaute und dann untereinander zu tuscheln begann, galt das auch umgekehrt.

Mit einem mulmigen Gefühl folgte er Hauptkommissarin Jansen und Ken. Bald standen sie vor dem Gatter. Auf der anderen Seite, mit einer fast fürstlichen Haltung, hatten sich Ralph Kunersdorf und seine Frau postiert. Daneben wiederum Ove van Houten, der Viktor bösartig anstarrte. Prompt spürte er die Kratzer wieder, die Magda in seinem Gesicht hinterlassen hatte.

»Moin, Herr Kunersdorf«, sagte Jansen nicht unfreundlich.

»Moin, moin«, brummte Kunersdorf.

»Wir müssten mal zu Ihnen hereinkommen.«

»Und warum?«, fragte Kunersdorf stoisch, als ginge ihn die Antwort gar nichts an. Viktor ertappte sich bei dem Gedanken, dass womöglich pharmakologische Hilfe im Spiel war.

»Das würden wir eigentlich viel lieber unter vier Augen mit Ihnen besprechen.«

»Ich habe keine Geheimnisse«, sagte Kunersdorf und

nickte kurz mit dem Kopf nach hinten, wo sein Gefolge stand.

»Nun gut. Also das hier sind die beiden Kommissare Tokugawa und Puppe aus Berlin. Die haben einen Durchsuchungsbeschluss für Ihr Haus mitgebracht, den wir jetzt vollstrecken werden.«

Kunersdorf sah kurz Viktor und Ken an, bedachte sie mit gelangweilter Verachtung, bevor er sich wieder Jansen widmete.

»Aha«, sagte er, ohne sich von der Stelle zu rühren.

»Wieso wirkt der eigentlich nicht im Mindesten überrascht?«, flüsterte Ken Viktor ins Ohr.

Noch bevor der darauf reagieren konnte, meldete sich Ove van Houten zu Wort.

»Ihr habt hier gar nichts zu sagen. Dat is een freie duitse republiek. Keins von eure Vasallenstädte.«

Mit einem knappen Wink schnitt Kunersdorf ihm das Wort ab. »Kann ich Ihr Papierchen mal sehen?«, sagte er dann zu Jansen.

Sie winkte Ken zu, der zu Kunersdorf an das Gatter trat und ihm den Beschluss durchreichte. Kunersdorf betrachtete das Dokument mit düsterem Blick. Ein paar zähe Momente verstrichen.

»Es wäre schön, wenn wir nicht wieder das gleiche Theater machen müssten wie damals wegen der Abwasseranschlüsse, Herr Kunersdorf«, sagte Jansen ungeduldig.

Der Angesprochene ignorierte sie und las gemächlich weiter. Schließlich faltete er den Zettel zusammen und warf ihn zurück durchs Gatter. Ken musste sich bücken, um den Beschluss wieder aufzuheben.

»Wie gesagt, ich habe nichts zu verbergen«, sagte Kunersdorf mit lauter Stimme. Dann winkte er van Houten zu und deutete auf das Tor.

»Aber Ralph...«, protestierte der. Blitzartig wandte Kunersdorf ihm das Gesicht zu und flüsterte ihm ins Ohr. Zwar konnte Viktor nicht hören, was er van Houten befahl, aber es zeigte Wirkung.

Mit ärgerlichem Gesicht ging Ove van Houten schließlich zu dem Tor, zog einen Schlüssel aus der Tasche und entriegelte damit die beiden Flügel. Jansen pfiff auf zwei Fingern und winkte dann ihren Beamten zu.

»Findest du es auch so sexy, wenn Frauen das können?«, flüsterte Ken Viktor ins Ohr.

»Lasst sie durch!«, befahl Kunersdorf. Die Siedlungsbewohner bildeten widerwillig eine Gasse, dabei leise murrend und tuschelnd. Kunersdorf drehte sich um und marschierte in Richtung seines Hauses davon. Jansen, Ken, Viktor und die anderen folgten ihm, eine Schar böser Blicke im Rücken.

***

»Na, dann öffnen Sie mal das gute Stück, Herr Kunersdorf«, sagte Hauptkommissarin Jansen.

Ralph Kunersdorf schaute sie einen Moment reaktionslos an. Das schien, so hatte Viktor mittlerweile bemerkt, eine Art Marotte zu sein, als müsste er sich zunächst einen Eindruck verschaffen, wie ernst es sein jeweiliges Gegenüber meinte.

Schließlich zog er gemächlich einen Schlüssel aus

der Tasche, entriegelte damit das Schloss und öffnete den Waffenschrank. Drei Gewehre, eine Schrotflinte und zwei Jagdwaffen.

»Keine Pistole«, flüsterte Viktor Ken zu.

»Sag ich doch«, flüsterte Ken zurück. »Sikorski hat ganze Arbeit geleistet.«

Einer von Jansens Beamten nahm die Waffen heraus, überprüfte den Ladezustand und reichte sie dann an einen anderen Kollegen weiter, der sie schließlich aus dem Keller nach oben brachte. Viktor schaute sich um. Die Partyecke erinnerte ihn an den Abend bei van Houten. Einen Waffenschrank hatte es dort allerdings nicht gegeben, dafür aber genau wie hier eine mächtige Kühltruhe. Wahrscheinlich brauchte man so was auf dem Land. Und ein paar Geweihe an der Wand schienen ebenfalls zur Grundausstattung zu gehören, die in einem typischen Kellerhobbyraum in einer völkischen Siedlung nicht fehlen durfte.

Unvermittelt tauchte der Beamte neben ihm auf, der zuvor die Waffen eingesammelt hatte.

»Wenn Sie wollen, kann ich Ihnen schon mal sagen, womit wir es zu tun haben«, sagte er.

»Nicht nötig, Kollege«, sagte Ken. »Wir hatten eigentlich auf eine Kurzwaffe gehofft.«

»Da kann ich leider noch nicht mit dienen«, sagte der Mann achselzuckend. »Aber vielleicht werden wir ja woanders fündig.«

»Oder auch nicht«, grunzte Ken unwirsch und wandte sich wieder an Viktor. »Ich muss mal eine rauchen. Kommst du mit?«

Viktor nickte, und sie setzten sich in Bewegung.

Irgendwie hatte er das unbestimmte Gefühl, etwas Wichtiges übersehen zu haben.

***

Fünf Minuten später standen sie vor dem Haus im Nieselregen. Im Hintergrund schleppten zwei Beamte Kunersdorfs Computer in einer Transportkiste in Richtung Siedlungstor, wo ein Kastenwagen der Polizei mit offenem Ladebereich bereitstand.

»Ist Ihre Party, meine Herren«, sagte Jansen. »Wie geht's weiter? Soll ich meine Leute reinschicken?«

Ken nahm einen Zug von seiner Zigarette und drehte sich kurz nach den Beamten um, die ein paar Meter entfernt für die eigentliche Durchsuchung bereitstanden.

»Hm«, grunzte er missmutig. »Wenn der jetzt wirklich vom Staatsschutz einen Tipp bekommen hat, wird der ja wohl nicht so blöd sein, die Waffe oder sonst irgendetwas Relevantes im Haus zu lassen.«

»Also soll ich meine Leute nach Hause schicken?«, fragte Jansen.

»Nee«, sagte Ken. »Wir gehen da jetzt rein und finden irgendetwas, und wenn wir jeden Stein zweimal umdrehen müssen.«

»Wie gesagt. Ist Ihre Party«, sagte Jansen. Dann stapfte sie zu ihrer Mannschaft rüber.

»Scheiße, wir hätten Sikorski einsperren sollen«, schimpfte Ken.

»Hm«, sagte Viktor.

»Alter, ich check das schon, wenn man mir nicht richtig zuhört.«

»Was?«, fragte Viktor, der mit seinem Kopf ganz woanders war.

»Oh Mann, sag mir Bescheid, wenn du dein Gehirn wieder angeschaltet hast«, meckerte Ken.

»Mein was?«

»Dein Hirn, du Hirni. Was ist denn mit d… Hey, warte, wo willst du denn hin?«

»Hirn… ja, verdammt. Muss noch mal rein«, rief Viktor ihm über die Schulter zu, während eine Bemerkung von Stella in seinem Kopf echote: *Ich weiß natürlich nicht, wie gründlich die Spurensicherung gesucht hat, aber manche Gewebetypen fehlen ganz. Gehirn zum Beispiel.*

***

Viktor schaute sich um. Die Verhörräume in der Keithstraße wurden langsam seine zweite Heimat. Die Uhr an der Wand zeigte kurz nach elf. Neben ihm saß Ken mit verschränkten Armen und wackelte auf seinem Stuhl vor und zurück. Dann ging die Tür auf. Ein uniformierter Beamter des Justizvollzugs führte Ralph Kunersdorf herein.

»Sie können ihm die Handschellen abnehmen«, ordnete Ken an.

Der Beamte tat wie geheißen. Kunersdorf rieb sich die Handgelenke, während seine Augen missmutig durch den Raum streiften, bevor er sich ihnen gegenübersetzte. Dann fiel sein Blick auf Viktor, und sein Gesicht verzog sich zu einem halb verächtlichen, halb amüsierten Grinsen.

»Ach, der Herr Lehrer«, sagte er.

Ken schob das Mobilteil eines Festnetztelefons über die Tischplatte zu Kunersdorf herüber. »Sie sollten jetzt wohl am besten Ihren Anwalt kontaktieren.« Kunersdorf betrachtete das Gerät mit gelangweiltem Blick. »Und wozu?«, fragte er schulterzuckend.

»Weil wir Sie jetzt offiziell als Beschuldigten führen.«

»Aha«, sagte er, den Blick wieder auf Viktor gerichtet.

»Interessiert Sie gar nicht, wessen wir Sie beschuldigen?«, fragte Ken sichtlich irritiert.

Statt einer Antwort beugte Kunersdorf sich nach vorne und bohrte seinen Blick in Viktors. »Weißt du, dass die Kinder dich wirklich mochten, Herr Lehrer?«

Viktor schluckte betroffen. Kunersdorf musste seine Reaktion bemerkt haben, denn in seinen Blick mischte sich jetzt so etwas wie ... ja, was eigentlich? Mitleid?

»Ts, ts, ts.« Er schüttelte langsam den Kopf. »Ich habe ja echt schon viel Scheiße gebaut in meinem Leben, aber Kinder belügen ...?«

»Ich ...«, wollte Viktor gerade zu einer Verteidigung ansetzen, als Ken ihm eine Hand auf die Schulter legte.

»Auf Ihrem kleinen Naziplaneten verschaukeln Sie die Kinder doch von morgens bis abends, also mal halblang mit der Tränendrüse. Aber jetzt mal Tacheles: Asmahan Shahazad war gerade siebzehn, als Sie ihn umgebracht haben«, sagte er zu Kunersdorf.

»Shaha-was?«, fragte Kunersdorf sichtlich perplex.

Noch bevor Ken nachhaken konnte, flog die Tür auf und ein braun gebrannter Schlipsträger mit hellgrauem

Maßanzug und modisch gestutztem Hipsterbart kam herein. »Sagen Sie nichts mehr!«, rief er Kunersdorf zu, der in diesem Moment kaum weniger überrascht aussah als Ken und Viktor.

Er stellte seinen velourslederenen Aktenkoffer neben den Tisch und setzte sich auf einen freien Stuhl neben Kunersdorf. »Mein Mandant beantwortet keine weiteren Fragen, meine Herren.«

»Und wer sind Sie bitte?«, fragte Ken aufgebracht.

»Christian König von *König und Partner*. Ich bin mit Herrn Kunersdorfs Verteidigung betraut.«

»Stimmt das?«, fragte Ken an Kunersdorf gerichtet.

Doch der hob nur grinsend Schultern und Hände.

»Okay, wer bezahlt Sie?«, fragte Ken ärgerlich. »Sikorski?«

»Ich glaube nicht, dass die finanziellen Details der Mandatierung hier irgendetwas zur Sache tun«, sagte der Anwalt, schlug ein Bein über das andere und faltete die Hände auf dem Oberschenkel zusammen. »Aber vielleicht könnten Sie mir ja mal erklären, wieso Sie meinen Mandanten ohne anwaltliche Vertretung verhören? Dürfen wir daraus schließen, dass er kein Beschuldigter ist?«

»Wir hatten Herrn Kunersdorf auf die Möglichkeit einer anwaltlichen Vertretung hingewiesen und ihm ein Telefon zur Verfügung gestellt«, warf Viktor ein. »Aber er hat davon keinen Gebrauch gemacht.«

»Tatsächlich?«, sagte der Anwalt ohne echtes Interesse. »Nun ja, jetzt bin ich ja hier und würde nun gerne mal hören, ob mein Mandant nun Beschuldigter ist oder nicht?«

»Ist er«, sagte Ken.

»Aha. Und wessen beschuldigt man ihn?«

»Zunächst einmal des Mordes an dem afghanischen Asylbewerber Asmahan Omar Shahazad.«

»Nie gehört von dem Kerl«, brummte Kunersdorf.

»Überlassen Sie das Reden bitte mir, Herr Kunersdorf«, schaltete sich der Anwalt wieder ein und legte ihm eine Hand auf die Schulter. Kunersdorf schaute darauf, als ob es sich dabei um ein giftiges Insekt handelte.

»Und worauf stützt sich dieser ungeheuerliche Vorwurf?«, fragte der Anwalt.

»Auf die Leichenteile, die wir in der Tiefkühltruhe im Keller von Herrn Kunersdorf gefunden haben. Waren ziemlich gut versteckt, unter zehn Kilo Hirschfleisch«, sagte Ken genüsslich.

»Was?«, donnerte Kunersdorf.

»Herr Kunersdorf«, schaltete sich König erneut ein. »Lassen Sie sich doch jetzt bitte nicht provozieren. Das ist doch genau das, worauf die Herren Kommissare es anlegen.« Wieder legte er seinem Mandanten eine wohl beruhigend gemeinte Hand auf die Schulter.

Kunersdorf hatte offensichtlich genug von den Beschwichtigungen und wischte sie rüde beiseite. »Das ist doch totale Scheiße, die ihr da erzählt«, polterte er in Kens und Viktors Richtung.

Wortlos schlug Ken die Gittermappe vor ihm auf und schob Kunersdorf einige Fotos hinüber. Die Bilder darauf waren Viktor nur allzu vertraut, denn es war sein Geistesblitz gewesen, der vor ein paar Stunden zu der Entdeckung geführt hatte.

Kens Befehl, sein Hirn anzuschalten, hatte bei Viktor Klick gemacht. Stellas Worte nach der Obduktion der Opfer der Bombenexplosion in dem verlassenen Kinderkrankenhaus waren ihm wieder in den Sinn gekommen.

Von dem Mann, den sie über das BAMF später als den verschwundenen Asylbewerber identifiziert hatten, waren dort allerhand Gewebespuren gefunden worden, aber Stella hatte bestimmte Gewebetypen vermisst, wie zum Beispiel Hirngewebe. Und prompt war Viktor eingefallen, was in Ralph Kunersdorfs Keller in ihm gewühlt hatte. Die Kühltruhe.

Zuerst war es nur ein vager Verdacht gewesen, aber als die Männer von Hauptkommissarin Jansen sich durch etliche Kilos Wildfleisch gewühlt hatten, machten sie einen schrecklichen Fund. Einen gefrorenen menschlichen Kopf, fein säuberlich in einer Aldi-Tüte verpackt. Tatsächlich beinhaltete die Truhe fast den gesamten Körper in Einzelteilen, nur von einem Bein fehlte jede Spur.

Obwohl in schlechtem Zustand, hatten sie den Kopf anhand der Fotos, die ihnen das BAMF geschickt hatte, sofort als den von Asmahan Omar Shahazad erkannt.

»Das habt ihr mir doch untergejubelt, ihr Penner!«, schrie Kunersdorf nach einem Blick auf die Fotos. Wütend sprang er auf.

»Herr Kunersdorf, so beruhigen Sie sich doch«, beschwor ihn sein Anwalt. Doch sein Mandant war jetzt nicht mehr zu bremsen.

»Wenn ihr glaubt, dass ihr mich mit so einer Scheiße wieder in den Bau bringt, habt ihr euch geschnitten«, brüllte er. Für einen Augenblick sah es so aus, als ob er sich auf Ken und Viktor stürzen würde. Doch in diesem Moment ging die Tür auf und der Justizvollzugsbeamte, der Ralph gebracht hatte, und ein mindestens ebenso stämmiger Kollege kamen herein.

»Gibt's hier ein Problem, Kunersdorf?«, sagte der Mann, die Hand schon am Griff der Waffe.

Für einen Moment starrte Kunersdorf die beiden nur finster an. Dann verzog sich sein Gesicht zu einem hämischen Grinsen. »Das könnte dir so passen, du Arschloch.«

»Herr Kunersdorf, setzen Sie sich doch bitte wieder hin«, sagte der Anwalt, der mittlerweile auch aufgestanden war.

Zu Viktors Überraschung ließ Kunersdorf sich von ihm mit sanfter Gewalt in den Stuhl drücken. Dann wischte er mit einer Handbewegung die Fotos vom Tisch.

»Da musst du dir schon was Besseres einfallen lassen, Herr Lehrer«, sagte er zu Viktor.

»Sollen wir ihm die Handschellen wieder anlegen?«, fragte der erste der beiden Justizvollzugsbeamten.

»Danke, meine Herren. Ich glaube, das wird nicht mehr nötig sein«, sagte Ken.

»Juti. Aber wir sind da hinter der Scheibe und gucken uns das hier ganz genau an, Kunersdorf«, sagte der Mann.

Kunersdorf würdigte ihn keines Blickes mehr. Die beiden Männer verschwanden wieder und schlossen die Tür.

»Und können Sie mir nun verraten, welches Motiv

mein Mandant gehabt haben soll, diesen armen Pechvogel da getötet zu haben?«

»Wie wäre es mit der Inszenierung eines islamistischen Sprengstoffattentats?«, fragte Ken.

»Wie bitte?«

»Was?«

Der Anwalt und sein Mandant hatten fast gleichzeitig gefragt. Ihnen beiden stand die Verblüffung ins Gesicht geschrieben. Wenn Kunersdorf hier eine Show abzog, dachte Viktor, so war er ein glänzender Schauspieler. Falls Ken ähnlich empfand, ließ er sich davon jedenfalls nicht aus dem Takt bringen.

»Am vorvergangenen Dienstag, dem fünften September, ist in einer verlassenen Kinderklinik in Weißensee eine Bombe in einem Koffer explodiert, die zwei Menschen getötet hat. Am Tatort wurde DNA-Material von Asmahan Shahazad gefunden, der wahrscheinlich zwei Wochen zuvor aus dem Flüchtlingsheim in Tempelhof verschwunden ist. Wir glauben, dass es sich dabei um einen missglückten Anschlag auf eine Berliner Tram gehandelt hat. Offensichtlich ist der Koffer gestohlen worden, nachdem er vom Täter in einem voll besetzten Waggon abgestellt worden war. Bei einer Explosion hätte es Dutzende Tote und Verletzte gegeben.«

»Und was hat das nun mit meinem Mandanten zu tun?«

»Wir glauben, dass Ihr Mandant Leichenteile des verschwundenen und von ihm getöteten Flüchtlings mit Absicht in dem Koffer platziert hat, um auf diese Weise einen islamistischen Hintergrund vorzutäuschen.«

»Und woher wollen Sie wissen, dass es ausgerechnet

mein Mandant war, der diesen Koffer in die Tram gestellt hat? Gibt es irgendwelche Bilder der Innenraumüberwachung?«, fragte der Anwalt.

»Nein, das hat Herr Kunersdorf offensichtlich geschickt vermieden. Aber auf der Festplatte seines Computers haben wir Aufzeichnungen von Chatprotokollen gefunden, anhand derer wir nicht nur beweisen können, dass Ihr Mandant sich zwei Sprengzünder von der Art besorgt hat, wie sie bei dem Anschlag zum Einsatz kamen. Wir können darüber hinaus beweisen, dass er zur Beschaffung des Materials einen weiteren Mord begangen hat.«

»Noch einen? Wollen Sie meinem Mandanten nicht gleich auch noch Ihre ganzen ungelösten Fälle anhängen, wo Sie schon einmal dabei sind?«, höhnte der Anwalt, während Ralph neben ihm mit gesenktem Blick und verschränkten Armen vor sich hin brütete.

»Da wären auf jeden Fall noch zwei weitere Flüchtlinge, deren Leichen wir in unmittelbarer Nähe der alten Jagdhütte im Wald hinter der Siedlung gefunden haben.«

»Also meine Herren, Sie haben ja offensichtlich eine überreiche Fantasie, aber ich möchte bei der Gelegenheit doch mal daran erinnern, dass mein Mandant schon seit Jahren als V-Mann der Verfassungsschutzämter Berlin und Brandenburg in der Neonaziszene tätig ist – mit einigem Erfolg, wie ich vermerken möchte. Warum sollte mein Mandant ausgerechnet diese Dinge tun, die Sie ihm da vorwerfen? Das ergibt doch keinen Sinn.«

»Er wäre wirklich nicht der erste V-Mann, der nur

vorgetäuscht hat, die Seiten zu wechseln. Ich sage nur Tino Brandt. Der hat mit der Kohle vom Verfassungsschutz nicht nur seine Naziaktivitäten, sondern auch noch gleich einen Kinderpornoring mitfinanziert.«

»Was wollen Sie meinem Mandanten denn jetzt noch alles unterstellen? Das ist ja aberwitzig«, empörte sich der Anwalt.

»Zeig mir diese Chatprotokolle.« Alle Augen richteten sich sogleich auf Ralph Kunersdorf.

»Aber Herr Kunersdorf...«, begann König.

Doch Kunersdorf fuhr ihm mit einem barschen »Halt einfach die Fresse!« über den Mund, und der Anwalt verstummte.

Ken blätterte sich durch die restlichen Unterlagen in der Gittermappe und schob Kunersdorf schließlich einen kleinen Stapel Ausdrucke hinüber, die der Beschuldigte eingehend studierte. Gespannt beobachtete Viktor, wie Kunersdorf sich durch die einzelnen Seiten las. Schließlich lehnte er sich zurück und atmete tief durch.

»Ich will ein Geständnis ablegen.«

***

»Das stimmt doch hinten und vorne nicht«, sagte Viktor.

»Ach, rutsch mir doch...«, brummte Ken missmutig.

Schweigend betrachteten sie eine Weile Ralph Kunersdorf, der allein auf der anderen Seite des Spiegels im Verhörraum saß.

Selbst im Zeitalter von Diktiergeräten und -Apps bestand Direktor Richter auf einem handschriftlich angefertigten Protokoll. Nachdem sie erfahren hatten, dass die Schreibkraft einige Zeit brauchte, hatten sie auf Kunersdorfs ausdrücklichen Wunsch hin den widerstrebenden Anwalt aus der Behörde herauskomplimentiert. Vor ein paar Minuten hatten sie dann die beiden Justizvollzugsbeamten entlassen. Ralph Kunersdorf machte nicht den Eindruck, als ob von ihm noch eine Gefahr ausging. Er hielt den Kopf auf die Ellenbogen gestützt, die Hände vorm Gesicht.

Viktor startete einen zweiten Versuch: »Der war doch genauso überrascht wie wir.«

Statt einer Antwort schnaubte Ken nur, den Blick starr auf die Schéibe fixiert. »Was ist das eigentlich zwischen dir und diesem Sikorski?«, fragte er giftig. »Hat der dich jetzt auf dem Lohnzettel, oder was?«

»Ach komm mir nicht so«, protestierte Viktor. »Ich meine, du hast doch selbst Augen im Kopf, oder?«

»Scheiß drauf«, sagte Ken trotzig. »Der Kerl da ist ein Naziarschloch.«

Viktor seufzte und schaute wieder auf die Scheibe, wo Kunersdorf immer noch wie versteinert saß. Dann blickte er auf seine Uhr. Die Schreibkraft ließ auf sich warten.

»Gib mir mal dieses Chatprotokoll«, sagte er zu Ken.

»Wieso?«, sagte Ken und musterte ihn misstrauisch.

»Gib's mir einfach«, sagte Viktor.

»Hier. Zieh es dir rein, Alter.« Ken knallte ihm die Gittermappe vor den Bauch.

Viktor blätterte sich durch die Fotos. Erst einige Gliedmaßen, dann der abgetrennte Kopf vor einem hellen Hintergrund. So vollständig blutleer und tiefgefroren sah er unwirklich aus, wie eine Filmrequisite. Nur die langen, verklebten Wimpern verursachten Viktor ein gewisses Unwohlsein.

Er blätterte weiter und fand das Chatprotokoll.

»Tokugawa, LKA Elf«, nahm Ken einen Anruf auf seinem Mobiltelefon entgegen, ohne dass Viktor ein Klingeln oder Brummen vernommen hätte.

Eine Weile lauschte Ken einem offensichtlich aufgeregt auf ihn einredenden Gesprächspartner.

»Im Ernst?«, fragte er schließlich. »Wie zur Hölle konnte das passieren?«

Wieder vergingen ein paar Sekunden, in denen sich Ken den Hörer ans Ohr presste, während seine Miene immer finsterer wurde.

»Fassen Sie nichts an! Wir kommen sofort«, bellte er schließlich in den Hörer. Dann legte er auf.

»Was ist passiert?«, fragte Viktor.

»Magda Mayerhofer. Sie ist aus der Psychiatrie abgehauen.«

27

»Folgen Sie mir.«

Die Rockschöße des Chefarztkittels wehten im Fahrtwind, während er Ken und Viktor über die Gänge in Richtung Unfallambulanz führte.

Vor einem Krankenzimmer blieben sie stehen. Der Arzt klopfte an die Tür und trat ein, noch bevor irgendwer die Chance hatte zu antworten.

»Bitte schön«, sagte der Chefarzt. »Unsere Pflegekraft, Herr Kubsda.«

Der so Bezeichnete lag halb aufrecht in einem Bett. Um seinen Kopf trug er einen dicken Mullverband. Er streckte ihnen eine Hand entgegen, die Ken sogleich ergriff.

»Kommissare Tokugawa und Puppe. Wie geht's Ihnen denn?«

»Bisschen schwindelig noch«, sagte der Mann und schüttelte nun mit etwas schlaffem Griff auch Viktors Rechte. »Na, Sie sehen aber auch ein bisschen mitgenommen aus«, murmelte Kubsda ihm dabei zu.

Viktor rang sich ein unbestimmtes Grinsen ab. »Na, dann erzählen Sie uns mal, was passiert ist.« Kubsda kratzte sich am Verband. »Also, die kl… Frau Mayerhofer sollte heute zum Aufnahme-EEG in die Neurologie. Termin war um zehn Uhr dreißig. Also habe ich sie ausgeführt…«

»Ausgeführt?«, hakte Ken ein. »Wie kann ich mir das vorstellen? Als ich Frau Mayerhofer das letzte Mal gesehen habe, war sie, nun ja, ziemlich erregt.«

Der Pfleger schaute den Chefarzt fragend an, der einfach kurz nickte.

»Na ja. Also bei uns war sie eher ruhig und compliant…«

»Sie war bitte was?«, fragte Ken.

»Das ist ein Fachbegriff aus dem Englischen«, erklärte der Chefarzt jetzt, wobei viel akademische Pomade in der Stimme mitschwang. »Es soll heißen, dass die Klientin kooperativ war und sich der Ausführung nicht widersetzt hat.«

»Aha«, sagte Ken. »Und dann spazieren Sie mit ihr also einfach so durchs Haus.«

»Solange sie keine Fisimatenten macht«, sagte der Pfleger leicht gereizt. »Ich meine, das ist ja hier kein Knast.«

»Der Spruch kommt mir irgendwie bekannt vor«, meinte Ken zu Viktor. »Dir auch?«

»Meine Herren«, schaltete sich der Chefarzt ein. »Ich kann Ihnen versichern, dass die Ausführung von Frau Mayerhofer absolut regelkonform verlaufen ist.«

»Bis darauf, dass sie jetzt weg ist«, erwiderte Ken mit süffisantem Lächeln.

»Die finden sich da draußen doch gar nicht zurecht«, winkte Kubsda ab. »Irgendwann kommen die alle von selber wieder.«

»Alle?«, fragte Ken erstaunt. »Heißt das, so was passiert hier öfter?«

»Also nicht, dass da jetzt ein falscher Eindruck entsteht«, hakte der Chefarzt wieder ein. »Wir bemühen uns hier schon um die Gewährleistung der Sicherheit unserer Patienten. Aber es ist eben auch kein Hochsicherheitstrakt. Ein großer Teil unserer Patienten ist aus freien Stücken hier, und das beinhaltet unter Umständen auch die Freiheit, wieder zu gehen.«

»Das gilt aber nicht für Frau Mayerhofer, oder?«, fragte Ken und zeigte auf Kubsdas Verband. »Wie ist denn das passiert?«

Kubsda zuckte etwas peinlich berührt mit den Schultern. »Weiß ich auch nicht. Da ist... Ich kann mich irgendwie nicht erinnern... Also ich weiß noch, wie ich mit ihr aus der Tür der Geschlossenen raus bin. Und dann wird es dunkel. Als Nächstes bin ich hier aufgewacht.«

»Retrograde Amnesie ist bei derartigen Kopfverletzungen nicht ungewöhnlich«, dozierte der Chefarzt.

»Können Sie schon etwas zur Ursache sagen?«, fragte ihn Ken.

»Ich bin kein Experte für Schädeltraumata, aber das ist schon eine veritable Platzwunde und eine mittelgradige Commotio cerebri. Also eine Gehirnerschütterung. Ich vermute mal, stumpfe Gewalteinwirkung.«

»War das Frau Mayerhofer?«, fragte Ken an den Pfleger gewandt.

Doch der zuckte wieder mit den Schultern. »Wenn ich das mal wüsste«, antwortete er kleinlaut.

»Okay«, sagte Ken ungeduldig. »Und wie lang ist das alles her?«

»Wie gesagt... der Termin in der Neurologie war um zehn Uhr dreißig. Also bin ich mit ihr hier um zwanzig nach los. Irgendwann zwischen Geschlossener und Neurologie muss es dann passiert sein.«

***

Fünf Minuten später standen Ken und Viktor auf dem Gang vor dem Zimmer und schauten dem Chefarzt hinterher, der sich mit flatterndem Kittel in Richtung Geschlossene Abteilung entfernte.

»Was meinst du?«, fragte Ken. »War das wieder ihre Mistress-Hyde-Seite?«

Viktor schüttelte den Kopf. »Nein, glaube ich nicht.«

»Aha«, sagte Ken. »Und wer dann?«

Viktor zog das Chatprotokoll aus seiner Westentasche und entfaltete es. »Guck dir mal das Pseudonym an.«

»RixdorfSufi1982?«

»Nein. Das ist Yavuz. Das ist dasselbe, das er auch auf WhatsApp bei seinem Chat mit Gökhan Duran benutzt hat. Hier. Das meine ich.«

Er wies mit dem Finger auf die betreffende Stelle.

»*Veur*?«, entzifferte Ken mühsam. »Was soll denn das heißen?«

»Veur bedeutet im Altnordischen Wächter des Heiligtums. Es ist ein Beiname Thors.«

»Alter. Du warst entschieden zu lange bei diesen Eso-Nazis, aber egal. Inwiefern hat das was mit hier zu tun?«

»Thor wie in Thorsten«, sagte Viktor. »Ich glaube, er hat den Chat geführt, und nicht sein Vater Ralph. Der will ihn durch das Geständnis nur schützen. Aber wenn Thorsten die Sprengzünder gekauft hat, hat er wohl auch Yavuz erschossen, mit der alten Pistole seines Vaters. Und dann war er auch derjenige, der die Flüchtlinge getötet hat.«

»Du meinst, die Kleine lockt die Flüchtlinge an. Er macht sie kalt, verscharrt sie und sprengt das Bein eines der Flüchtlinge in die Luft?«, sagte Ken zweifelnd. »Warum?«

»Das weiß ich auch noch nicht so genau. Aber seine Beteiligung erscheint mir jedenfalls viel logischer als die seines Vaters. Warte mal, ich hab da noch so 'ne Idee«, sagte Viktor, zog sein Handy aus der Tasche, stellte auf Lautsprecher und wählte. Einige Momente vergingen, ohne dass jemand abnahm. Vielleicht war sie einfach nicht zu Hause, nach all dem Wirbel. Doch schließlich wurde das Gespräch doch noch angenommen.

»Helga Kunersdorf«, meldete sich eine müde Stimme.

»Frau Kunersdorf, bitte legen Sie jetzt nicht auf«, sagte Viktor schnell. »Es geht um die Sicherheit Ihres Sohnes.«

»Wie? Wer ist denn da?«, tönte es aus der Gegenrichtung.

»Mein Name ist Viktor Puppe. Ich war in Ihrer Siedlungsschule bis vor Kurzem als Geschichtslehrer tätig.«

»Sie… Sie sind das«, keuchte sie mit einer Mischung aus Empörung und Fassungslosigkeit in den Apparat.

»Bitte, Frau Kunersdorf: Ich weiß, Sie müssen sehr wütend auf mich sein und dazu haben Sie sicherlich auch allen Grund, aber es geht jetzt um Ihren Sohn, also hören Sie mich an.«

Er wartete ein paar Sekunden, doch sie schwieg. Immerhin hatte sie aber auch nicht aufgelegt.

»Frau Kunersdorf, wissen Sie, wo Ihr Sohn Thorsten jetzt ist?«

Schweigen.

Gerade wollte Viktor einen neuen Anlauf machen, als doch noch ihre Stimme ertönte, leise und niedergeschlagen, aber gut verständlich.

»Thorstens Chef hat mich vor einer Stunde angerufen. Es hieß, er sei heute Morgen nicht zur Arbeit erschienen.«

»Danke, Frau Kunersdorf. Das hat uns sehr geholfen.«

»Moment«, rief sie jetzt sichtlich erregt. »Was ist denn nun los? Und was ist mit meinem Mann?«

»Bitte seien Sie versichert, dass wir alles tun werden, um zu verhindern, dass Ihr Sohn in Schwierigkeiten kommt.«

»Was denn für Schwierigkeiten? Wovon reden Sie überhaupt?«, schrie Helga Kunersdorf nun. Ihre Stimme überschlug sich.

Aus dem Augenwinkel sah Viktor, wie Ken energisch den Kopf schüttelte.

»Wie gesagt... wir tun alles in unserer Macht Stehende«, sagte Viktor und wollte schon das Gespräch beenden, als ihm ein neuer Gedanke durch den Kopf schoss. »Eine dringende Frage hätte ich aber doch noch«, fügte er hinzu. »Welchen Beruf übt Ihr Sohn denn aus?«

Wieder war es eine Weile still, bevor Helga Kunersdorf antwortete.

»Er arbeitet als Sprenghelfer in einem Steinbruch.«

***

»Nur, dass er nicht zur Arbeit erschienen ist, heißt noch lange nicht, dass er die Mayerhofer rausgeholt hat«, sagte Ken, nachdem Viktor das Gespräch mit Helga Kunersdorf schließlich beendet hatte.

Viktor seufzte still. »Nein, sicher nicht«, stimmte er ihm zu. »Aber ich halte es auch für unwahrscheinlich, dass Magda sich quasi selbst befreit hat.«

»Alter. Gerade du müsstest doch wissen, zu was die Frau beziehungsweise ihre böse Hälfte fähig ist.«

Viktor rollte mit den Augen. »Die Psychologin sagte, dass die Seite eine Art Beschützerin ist. Aber es spricht doch nichts in der Schilderung des Pflegers dafür, dass Magda von einer Gefahrensituation...«

Er brach ab, den Blick an die Decke des Stationsgangs gerichtet, den sie auf ihrem Weg aus dem Klinikgelände gerade durchquerten.

»Was denn? Was ist los?«, fragte Ken.

Viktor drehte sich um. »Wir müssen noch mal zurück zur Geschlossenen«, rief er über die Schulter.

***

»Nein. Die Station wird selbstverständlich *nicht* überwacht«, sagte der Chefarzt. »Patienten haben ja schließlich auch Rechte. Nur die Suizidgefährdeten...«

»Und was ist das da oben?«, schnitt Viktor ihm das Wort ab.

Der Chefarzt hob die Hände. »Na ja, also das hier ist ja der Eingangsbereich zur Station. Also quasi ein öffentlicher Bereich. Da dürfen und müssen wir filmen, schon um gegebenenfalls unerlaubten Zutritt von außen zu dokumentieren.«

»Von wo wird das denn überwacht?«, schaltete Ken sich ein.

»Na ja, in der Sicherheitszentrale natürlich.«

***

»Da«, der Sicherheitsbedienstete zeigte auf einen Bildschirm. »Das ist der Eingangsbereich zur Geschlossenen.«

»Könnten Sie uns mal die Aufzeichnung zwischen sieben und elf Uhr im Schnelldurchlauf zeigen?«

»Alles klar.« Der Mann machte ein paar Eingaben auf seinem Steuerungsrechner. »Kommt gleich, da oben auf der Eins«, sagte er dann und zeigte auf den ersten Bildschirm in der oberen Reihe, auf dem gerade ein Nachrichtensender lief.

»Stopp! Nicht umschalten!«, brüllte Ken so laut, dass Viktor zusammenzuckte.

»Was ist denn?«, fragte der Sicherheitsbedienstete, dem der Schrecken anzumerken war.

»Schnell. Schalten Sie wieder zurück zu den Nachrichten«, sagte Ken mit dem Finger in Richtung Bildschirm fuchtelnd.

»Ist ja gut«, sagte der Mann.

Der Bildschirm, der zwischenzeitlich die Überwachungsaufzeichnung gezeigt hatte, sprang wieder zurück auf die Nachrichten. Hinter polizeilichem Absperrband war ein klobiger Siebzigerjahre-Bau aus graffitiverkleisterten Waschbetonplatten zu sehen. Unter dem Bild lief ein Textband in Endlosschleife:

!!!Eilmeldung!!! *** Geiseldrama in der Willkommensklasse einer Berliner Grundschule. *** Bombenexplosion angedroht!!! *** Bewaffnetes Täterpärchen fordert Merkel zum Umlenken in Flüchtlingsfrage auf.

28

»Autsch!«

Horst Neven schüttelte sich den Verbrennungsschmerz aus der Hand. Dann nahm er fluchend den alten Putzlappen auf, der neben ihm auf dem Boden lag, und legte ihn doppelt gefaltet über den offensichtlich glühend heißen Hahn des Entlüftungsventils. Er vergewisserte sich, dass er weit genug von der Öffnung entfernt war. Schließlich drehte er den Ventilhebel auf.

Mit reichlich Dampf und einem fast bösartig klingenden Zischen wich die Luft aus dem Heizungssystem. Nach ein paar Minuten wurde der Druck schwächer und schwächer, bis er am Ende nur noch aus einem lauen Lüftchen und ein paar Tropfen Kondenswasser bestand.

Er ergriff den Hebel und drehte ihn wieder in die Ausgangsposition. Dann stand er auf und betrachtete die Temperaturanzeige, die bereits eine leichte Aufwärtstendenz zeigte. Vorsichtig nahm er den Putzlappen vom Schalter und wischte sich damit die Hände ab.

Schließlich warf er ihn in den Eimer, in dem er sein Werkzeug zu transportieren pflegte.

»Erledigt«, murmelte er zufrieden.

Liebevoll streichelte er eines der mächtigen Rohrknie. Die Heizungsanlage der Schule stammte noch aus den späten Achtzigern. Technisch betrachtet ein Dinosaurier, aber so lange Neven sie noch irgendwie am Leben erhielt, gab es im Gebäude noch genug andere »Investitionslöcher«, wie die Rektorin es nannte. Nie war genug Geld da, um sie auch nur ansatzweise zu stopfen.

Er schaute auf die Uhr. Fast zwölf. Zweieinhalb Stunden hatte er jetzt mit der Wartung der Anlage verbracht. Als Nächstes wartete die Schülertoilette im Erdgeschoss auf ihn, die schon wieder schlimmer stank als ein Bahnhofsklo.

Keine wirklich angemessene Arbeit für jemanden, der seine Schulkarriere vor fast dreißig Jahren als ehrgeiziger, junger Studienrat für Physik und Mathe an einem Europagymnasium in Dahlem begonnen hatte. Doch dann hatte sich eine Schülerin aus bestem Hause wohl so sehr über ihre schlechte Mathenote geärgert, dass sie behauptet hatte, Horst Neven habe sich von ihr im Austausch für bessere Noten einen sexuellen Gefallen erbeten.

Zunächst hatte die Schulleitung noch hinter ihm gestanden, aber als die Schülerin eine Freundin zu einer ähnlichen Behauptung angestiftet hatte, wurde er suspendiert. Zwei Jahre später war das Ermittlungsverfahren abgeschlossen worden. Ergebnis: Die Staatsanwaltschaft erhob »mangels hinreichender Verdichtung der Hinweise auf strafwürdiges Verhalten« keine Anklage.

Weitere zwei Jahre dauerte es, bis der Rechtsstreit mit der Schulverwaltung um Wiedereinstellung in den aktiven Dienst gewonnen war.

Hochmotiviert aber auch leicht nervös war er dann

unter den sorgenvollen Blicken des Kollegiums zum ersten Unterrichtstag erschienen. Doch als er schließlich vor seiner Klasse stand und sich beim Blick auf die neugierigen Gesichter fragte, was über ihn wohl immer noch an Gerüchten kursieren mochte, bekam er eine waschechte Panikattacke.

Der Psychologe, den er widerwillig auf Drängen seiner Frau aufsuchte, hatte ihm irgendwann nach einem Jahr Behandlungsdauer eröffnet, dass die Chancen, dass er je wieder angstfrei unterrichten könne, als marginal einzuschätzen wären. Ihm blieb nur der vorzeitige Ruhestand.

Da war aus seiner Angststörung eine Depression geworden, die am Ende auch seine Frau vertrieben hatte. Den Rechtsstreit um das Sorgerecht für die beiden gemeinsamen Töchter hatte er verloren.

Jahrelang hatte er von seiner kargen Frühpension mehr schlecht als recht vor sich hin gelebt, bis ihm ein alter Freund von einer freien Stelle als Hausmeister an einer Grundschule in Friedrichshain erzählt hatte. Das Gehalt war zwar kümmerlich, aber eine innere Stimme hatte ihm gesagt, dass alles besser war, als einfach nur in den Tag hinein zu vegetieren. Und trotz oder gerade wegen der Angst waren Schulen immer eine Art Sehnsuchtsort geblieben.

Seufzend blieb er, den Werkzeugeimer in der Hand, vor dem Spiegel über dem gusseisernen Kellerwaschbecken stehen. Er hätte gerne behauptet, dass die gut sichtbaren Furchen in seinem Gesicht von einem ereignisreichen Leben stammten. Aber er hatte nicht wirklich eines geführt.

»Ach, reiß dich zusammen, altes Haus«, murmelte er und griff den Eimer etwas fester.

***

Der Schuss ließ Viktor in der Bewegung gefrieren, so wie alle anderen im Raum. Aber der Moment des allgemeinen Innehaltens währte nur einen Sekundenbruchteil. Dann verfiel die gesamte Einsatzzentrale in Hektik.

»Nest Eins von Zentrale, kommen!«, brüllte Markus Drenger, Chef des Berliner SEK, in sein Funkgerät.

»Hier Nest Eins, kommen«, quäkte es zurück.

»Hier Zentrale. Wir haben hier einen Schuss gehört. Geben Sie mir die Lage, kommen!«

»Hier Nest Eins. Bestätigen einzelnen Schuss. Wahrscheinlich Handfeuerwaffe. Wir haben hier auch einen Schrei gehört. Eventuell gibt es Verletzte. Wie lauten Ihre Befehle? Kommen.«

»Hier Zentrale. Bereithalten zum Stürmen auf mein Zeichen. Kommen«, bellte Drenger.

»Hier Nest Eins. Verstanden. Wir halten uns bereit. Sturm auf Ihr Zeichen. Kommen.«

»Hier Zentrale. Ende.« Drenger legte das Funkgerät auf den Tisch.

»Sie wollen stürmen?«, rief Ken aufgebracht. »Dann sprengt er sich mit den Kindern in die Luft.«

»Woher wollen Sie wissen, dass er wirklich eine Bombe hat?«, fragte Drenger.

Ken tippte auf ein Standbild, das die Kamera am Eingang der Schule von den Rückseiten zweier Eindringlinge gemacht hatte.

»Der da.«

Er zeigte auf einen Rucksack mit dem Vereinswappen von Hansa Rostock.

»Da könnte alles Mögliche drin sein«, wandte Drenger ein.

»Er macht eine Ausbildung als Sprenghelfer in einem Steinbruch«, schaltete Viktor sich ein, »hat also Erfahrung mit Explosivstoffen. Eine Blitzinventur bei seiner Ausbildungsstätte hat ergeben, dass eine beachtliche Menge des Sprengstoffs Dynex verschwunden ist. Wurde wahrscheinlich in kleineren Portionen über einen längeren Zeitraum entwendet, daher ist die fehlende Menge zunächst nicht aufgefallen. Es besteht außerdem der Verdacht, dass er sich von einem Neuköllner Elektronikbastler zwei handygestützte Fernzünder besorgt hat, von dem Überreste am Ort einer Explosion mit zwei Todesopfern...«

»Ist ja gut, ist ja gut«, unterbrach ihn Drenger. »Ich verstehe. Aber das sind trotzdem alles Vermutungen, und jetzt haben wir da drüben möglicherweise eine Person mit Schussverletzung, die dringend ärztliche Hilfe benötigt.«

Viktor unterdrückte mühsam ein Gähnen und schaute aus dem Fenster des Cafés, in dem das SEK seine Einsatzzentrale errichtet hatte. Direkt gegenüber auf der anderen Straßenseite lag das Schulgebäude, das er vor etwa einer Stunde als Standbild in einer Nachrichtensendung im Wenckebach-Klinikum gesehen hatte.

Direkt neben dem Haupteingang waren die Vorhänge vier benachbarter Fenster zugezogen. Von der Schuldirektorin hatten sie erfahren, dass es sich dabei eigentlich um eine Art Lagerraum handelte. Aber im Zuge der Einrichtung von Willkommensklassen für die Kinder der unzähligen Flüchtlingsfamilien hatte man den Raum vorübergehend zu einem Klassenzimmer umfunktioniert.

Jetzt befanden sich neunzehn Flüchtlingskinder darin, sowie eine Lehrerin und eine Sozialpädagogin – zusammen mit einem Geiselnehmer, bei dem es sich allem Anschein nach um Thorsten Kunersdorf handelte.

Und offensichtlich hatte er auch Magda dorthin gebracht, nachdem er sie zuvor aus der geschlossenen Psychiatrie mitgenommen hatte. Auf dem Foto der Überwachungskamera, das am Haupteingang der Schule aufgenommen worden war, konnten Viktor und Ken sie an ihrem blonden Haarschopf einigermaßen deutlich erkennen.

Hatte er sie verschleppt, oder war sie vielleicht sogar freiwillig mitgekommen? Der Gedanke schien zwar absurd, aber auch nicht viel absurder als ihr zweites Gesicht.

Drenger unterbrach Viktors Gedanken. »Wenn Sie also keine bessere Idee haben, meine Herren, werde ich stürmen lassen.«

»Wie wäre es, wenn Sie wenigstens versuchen, erst mal mit ihm zu verhandeln?«, warf Ken empört ein.

»Das haben wir schon«, sagte Drenger finster. »Er geht nicht an sein Mobiltelefon, falls er es überhaupt dabeihat. Und die Geräte der beiden Lehrkräfte sind abgestellt. Vermutlich von ihm eingesammelt, würde ich sagen.«

»Sie meinen, er hat nicht mal irgendwelche Forderungen gestellt?«, fragte Ken ungläubig.

Drenger nahm seine Brille ab und rieb sich die Nasenwurzel. »Nein, Herr Tokugawa, er hat noch keine Forderungen gestellt. Aber es hat wohl vor anderthalb Stunden einen Anruf bei der Morgenpost gegeben. Dort hat sich ein *Kommando Uwe Böhnhardt* per Handy gemeldet und die Geiselnahme bekannt gegeben. Offensichtlich war die Morgenpost nicht das einzige Medium, das kontaktiert wurde. Als wir hierherkamen, waren nämlich schon zwei Fernsehsender vor Ort, die wir erst mal von der Straße wegkomplimentieren mussten. Erst dann konnten wir den Rest der Schule evakuieren. Laut Morgenpost hat der Geiselnehmer gesagt, die Aktion sei ein Fanal gegen die Flüchtlingspolitik der Regierung. Er hat sich aber wohl weder dazu herabgelassen, der Zeitung mitzuteilen, was er genau will, noch was er vorhat.« Drenger zog seine Uniformjacke straff. »So, meine Herren, wenn Sie mich dann entschuldigen, bereite ich jetzt mal den Sturm vor.«

»Das halte ich für eine gute Idee.«

Alle drehten sich zur Tür um, wo nun Oberstaatsanwalt Bogenschneider stand. Hinter ihm schlenderte Sikorski in den Raum.

»Scheiße!«, murmelte Ken so laut, dass es der halbe Raum gehört haben musste.

»Darf ich fragen, was Sie hier zu suchen haben, meine Herren?«, fragte Drenger. »Diese Gewerbestätte wurde vorübergehend zu Einsatzzwecken beschlagnahmt.«

»Gerold Bogenschneider, Oberstaatsanwalt«, eröffnete Bogenschneider mit der für ihn typischen Überheblichkeit. »Und das hier ist Regierungsdirektor Sikorski von der Verfassungsschutzabteilung der Senatsinnenverwaltung. Wir haben Grund zu der Annahme, dass Ihr Geiselnehmer ein Verdächtiger in einem laufenden Strafermittlungsverfahren ist.«

»Wie bitte? Nachdem ihr tagelang unsere Ermittlungen sabotiert habt, kommt ihr Vögel jetzt auf einmal hier um die Ecke?«, schimpfte Ken.

»Wenn hier irgendjemand die Ermittlungen im Fall Kinderkrankenhaus Weißensee sabotiert hat, dann sind das doch wohl Sie beide«, polterte Bogenschneider zurück.

»Dass ich nicht lache«, höhnte Ken. »Ohne uns würden Sie doch immer noch Ihrer Islamistentheorie hinterherrennen.«

»Meine Herren«, rief Drenger dazwischen. »Das hier ist eine polizeiliche Spezialeinsatzleitzentrale und kein Debattierklub. Wenn Sie also Ihre offensichtlich unergiebigen Streitigkeiten unbedingt in diesem Moment austragen wollen, dann tun Sie das bitte woanders. Ich muss jetzt jedenfalls mit meinen Führungskräften die Details der Erstürmung besprechen.«

»Was ist nun mit der Bombe?«, fragte Ken. »Ich meine, Sie können doch nicht allen Ernstes einundzwanzig Leben aufs Spiel setzen!«

Drenger, der schon halb auf dem Weg zum Besprechungstisch war, drehte sich noch einmal um. »Sagten Sie nicht, es handele sich um handygestützte Fernzünder?«, fragte er.

»Ja«, bestätigte Viktor.

»Dann werden wir Störsender zum Einsatz bringen«, sagte er und drehte sich wieder um.

»Gute Idee. Wollte ich selber gerade vorschlagen«,

sagte Bogenschneider und folgte Drenger unaufgefordert zu einem Tisch etwas abseits, um den sich dessen Team bereits versammelt hatte.

»Ist er nicht ein wahrer Teufelskerl, unser Oberstaatsanwalt?«, fragte Sikorski süffisant, der sich zu Viktor und Ken gesellt hatte.

»Sagt der, der ihm in den Arsch kriecht«, murmelte Ken.

»Ken«, protestierte Viktor.

Sikorski winkte ab. »Lassen Sie nur. Ich verstehe seinen Ärger sogar.«

Eine Weile lang betrachteten sie, wie sich Drenger, Bogenschneider und die anderen SEK-Beamten über die Gebäudegrundrisse und Umgebungspläne beugten.

»Wenn Sie mich fragen, halte ich die Idee einer Erstürmung, angesichts der gegebenen Umstände, übrigens auch für eher ungünstig«, sagte Sikorski mit nachdenklichem Gesichtsausdruck.

»Na super«, frotzelte Ken. »Dann gehen Sie doch zu Ihrem Kumpel und sagen es ihm.«

»Da überschätzen Sie meinen Einfluss auf den Herrn Oberstaatsanwalt aber gewaltig«, meinte Sikorski ungerührt.

»Na, dann werden wohl bald ein Haufen Eltern, denen es ohnehin schon kacke geht, ihre Kinder verlieren«, sagte Ken finster. »Aber sind ja nur ein paar Flüchtlinge. Das kratzt den Herrn Oberstaatsanwalt und seine Kumpels von der AfD sicher nicht so.«

»Ich glaube, ich habe da eine Idee«, ging Viktor dazwischen.

29

»Wie geht's ihm?«

Nina al-Arabi, Sozialpädagogin der F2, schaute kurz zu ihrer Kollegin auf. Sie zuckte die Schultern. Was sollte sie auch sagen? Der Mann, dessen Kopf schwer in ihrem Schoß lag, war leichenblass, aber wenn man genau hinsah, konnte man erkennen, wie sich seine Brust sanft auf- und abwärts bewegte. Zunächst hatte er immerhin noch leise gewimmert, mittlerweile war er ohnmächtig geworden.

Sie konnte sich erinnern, ihn ein oder zwei Mal auf dem Flur gegrüßt zu haben. Irgendwie hatte er nicht wie der typische Hausmeister gewirkt. Eine Kollegin hatte irgendwann mal etwas von gescheiterter Existenz, Eheproblemen und Ähnlichem gemurmelt. Nina hatte nicht genau hingehört. Als sozialpädagogische Betreuerin von anderthalb Dutzend schwer kriegstraumatisierten Kindern hatte sie andere Probleme. Jetzt wünschte sich Nina, sie hätte etwas genauer nachgefragt, wer der Mann war, der in ihrem Schoß um sein Leben rang.

Vorsichtig bewegte sie die Knie, die unter dem Gewicht seines Oberkörpers immer mehr schmerzten. Ihre Hose war mittlerweile durchnässt, was unmöglich nur von ihrem Schweiß herrühren konnte. Allein der Gedanke verursachte ihr Übelkeit. Offensichtlich war es ihnen nicht gelungen, die Blutung zu stoppen. Ohne ärztliche Hilfe würde der Mann sicher sterben.

»Oh Gott. Ich glaube, er hat aufgehört zu atmen«, wisperte es neben ihr. Ninas Kollegin Hannah Klein war eine tolle Lehrerin, aber auch eine verdammte Nervensäge.

»Nein«, flüsterte Nina zurück. »Hat er nicht. Ich hab gerade ...« Erschrocken hielt sie inne.

Der Brustkorb. Er bewegte sich nicht mehr oder jedenfalls kaum noch wahrnehmbar.

»Ich glaube, wir brauchen jetzt wirklich einen Arzt«, sagte sie.

Der Geiselnehmer bewegte sich nicht. Er stand vor dem Fenster und starrte einfach nur auf den Vorhang, als ob er sehen konnte, was dahinter vor sich ging. Und die Blondine, die er mitgebracht hatte, saß immer noch auf dem Stuhl des Lehrers vor der Tafel, wo er sie gleich nach dem Reinkommen hingesetzt hatte. Seither hatte sie die ganze Zeit Unverständliches vor sich hin gemurmelt. Ein unablässiger Strom gewisperter Wortfetzen. Es war deutlich erkennbar, dass mit ihr irgendwas nicht stimmte.

»Ich vermute, er hat dich nicht gehört«, flüsterte Hannah.

Dann sag du doch mal was!, hätte Nina ihre Kollegin am liebsten angefahren. Aber eigentlich war es ihr schon immer so gegangen. Sobald sie in eine Krisensituation geriet, mutierten alle anderen um sie herum zu Kleinkindern.

Das war schon damals so gewesen, als ihr Großvater eines schönen Frühlingsmorgens wieder einmal seine alte Offizierspistole von der Wand genommen und sich damit in seinem Arbeitszimmer eingeschlossen hatte. Nina – oder eigentlich Nadira, aber das war für ihre deutschen Kollegen wohl eine klangliche Überforderung – hatte davon zunächst nichts mitbekommen, denn sie spielte mit ihrer großen Schwester unten am Ufer des Tharthar, dem größten See im Irak. Erst als ihre Mutter schreiend und die Arme ringend die Böschung heruntergelaufen kam, hatte sie gewusst, dass es mal wieder ein Problem gab, das nur sie lösen konnte. Sie, die Achtjährige, das fünfte von fünf Kindern.

Opa, oder »Dschadd«, wie man in ihrer alten Heimat sagte, gab den größten Teil seiner Tage einen liebevollen, bärtigen, alten Zauselbär. Einer, wie man sich ihn als Kind nur wünschen konnte. Die Hosentaschen waren immer voller Bonbons für seine Enkel.

Aber manchmal übermannte ihn die Vergangenheit. Dann blickte er wieder durch seinen inneren Feldstecher. Dann sah er wieder, wie von der anderen Seite die Kinder der Perser in die Felder gingen, einen Plastikschlüssel um den Hals, der ihnen die Tür zum Paradies aufschließen sollte. Mit starren Augen und tastenden Füßen schlichen sie voran. Dann ein Knall. Eine Rauchsäule... und eines von ihnen war verschwunden. Nur kurz blieben die anderen stehen, bevor sie wieder weiterschlichen.

In seinen dunklen Momenten erinnerte sich Dschadd, dass die Soldaten auf seinen Befehl hin die Minen in den Feldern gelegt hatten. Und die Rauchsäulen, in die die Kinder sich verwandelt hatten, riefen ihn zu sich.

So hatte er es Nina erzählt, und nur ihr. Denn nach

dem Tod von Dschadda hatte er sie zu seiner Vertrauten auserkoren.

An jenem Morgen war sie ihrer Mutter in den Flur vor sein Zimmer gefolgt, wo schon der Rest der Familie wartete. In stummer Erwartung hatten sie sie angeschaut. Nina war vor die Tür getreten, so wie sie es schon etliche Male zuvor getan hatte. Hatte auf den Mann eingeredet, der dahinter saß, die Pistole an der Schläfe. Sie kämpfte mit den toten Kindern in seinem Kopf und redete, bis sie heiser war. So lange, bis sie gewonnen hatte, bis er endlich die Tür öffnete, die Pistole noch in der faltigen Hand, und sie umarmte, während ihm die Tränen über die Wangen liefen.

Dann hatte sie sich umgedreht, sein Handgelenk ergriffen, hatte ihm die Pistole abgenommen und ihn herausgeführt, vorbei an den bleichen Gesichtern ihrer Familie. Sie starrten sie an, als besäße sie eine Art geheime Zauberkraft.

Jetzt aber blickte sie in das Gesicht des Hausmeisters und nahm ihren Mut zusammen, so wie damals.

»Ich glaube, wir brauchen jetzt wirklich einen Arzt«, sagte sie etwas lauter als vorher.

Diesmal bekam sie eine Reaktion, und zwar mehr, als ihr lieb war. Der Mann drehte sich um und richtete die Waffe auf sie. Die Mündung glotzte sie an wie ein böses, schwarzes Auge.

Unter den Kindern, die links neben ihr vor der Tür auf dem Boden saßen, entstand sofort Unruhe. Auch wenn es sich nur um Sechs- und Siebenjährige handelte, sah sicherlich keines der Kinder zum ersten Mal eine Pistole.

»Was willst du, scheiß Kameltreiberin?«, schnauzte er sie an.

Nina schluckte ihren Ärger über das Schimpfwort herunter. Für derlei Empfindlichkeiten war jetzt keine Zeit. »Der Hausmeister atmet kaum noch. Wir müssen sofort einen Notarzt rufen«, sagte sie und wunderte sich selbst, wie fest ihre Stimme unter den gegebenen Umständen klang.

Ihr Geiselnehmer starrte sie an und knabberte dabei an den Fingernägeln seiner Linken. Der Schweißfilm auf seiner Stirn war deutlich sichtbar, und seine Augen sahen glasig aus. Ob er irgendwas genommen hatte?

»Ach, scheiß auf den alten Sack«, sagte er schließlich. »Ist doch selbst schuld. Was versteckt er sich auch da unten?«

Nina war für einen Moment einfach nur fassungslos über so viel Kaltschnäuzigkeit. Bei dem Kerl klang es fast wie dummes Pech, dabei hatte der Hausmeister ihn nicht einmal bedroht. Er war einfach nur zur Unzeit aus der Bodenklappe gestiegen, die den Keller der Schule mit dem ehemaligen Lagerraum verband, in dem sie gerade saßen.

»Er hat doch nur seine Arbeit gemacht«, protestierte sie. »Er konnte ja nicht wissen, dass Sie hier oben sind. Lassen Sie uns ihn rausbringen, bevor es zu spät ist. Bitte.«

Wieder knabberte er an seinen Fingernägeln und starrte sie dabei mit diesem seltsamen Flackern in den Augen an, fast so, als ob er sich vor ihr fürchtete. Dann senkte er endlich seine Pistole und kam zu ihr herüber. Die Erleichterung prickelte über ihren Körper.

Gott sei Dank.

Sie versuchte, vorsichtig ihre Beine unter dem Körper herauszuziehen. Schon stand er neben ihr.

»Warten Sie...«, begann sie.

Der Knall des Schusses war so laut, dass sie das Gefühl hatte, ihr Trommelfell würde zerbersten. Für einige Momente hörte sie keine Geräusche mehr, nur eine Art Klingeln, das den ganzen Raum zu erfüllen schien. Sie sah den offenen Mund ihrer Kollegin und wusste instinktiv, dass sie schrie, aber Nina hörte keinen Laut. Dann schaute sie wieder nach unten.

Ungläubig betrachtete sie die frische Wunde, die sich in der Brust des Hausmeisters auftat. Hätte sie nicht gerade ihre Beine unter ihm hervorgezogen, so hätte die Kugel sie mit Sicherheit ebenfalls erwischt.

Auf einmal war das Gesicht des Geiselnehmers direkt vor ihrem. Der saure Geruch seines Schweißes vermischte sich mit dem Gestank des abgefeuerten Schießpulvers. Sein Mund bewegte sich wie in Zeitlupe. Sie hörte ihn nicht, aber sie konnte an seinen Lippen ablesen, was er sagte.

»Halt deine Fresse!«

Sie bemerkte, wie ihr ganzer Körper zitterte und ihr die Tränen über die Wangen liefen. Gleichzeitig war es so, als ob das gar nicht sie war, die hier saß. Dann wurde ihr schwarz vor Augen.

***

Als Nina aus der Bewusstlosigkeit erwachte, wusste sie nicht, wie viel Zeit vergangen war.

Irgendwer hatte den Hausmeister von ihr weggezogen. Er lag jetzt fünf Meter entfernt flach auf dem Rücken, und eine Schleifspur aus Blut führte von ihr zu ihm. Ihr wurde schlecht. Sie kroch so schnell wie möglich zum Papierkorb neben der Tür und übergab sich so heftig wie nie zuvor in ihrem Leben. Wieder und wieder würgte sie ihren Mageninhalt hoch, bis sie irgendwann erschöpft zur Seite sank.

»Darf ich ihr helfen?«, hörte sie Hannah wie durch eine Wand fragen.

Aus den Augenwinkeln sah sie, wie der Geiselnehmer sie für eine Weile düster betrachtete. Dann nickte er.

Hannah kroch zu ihr herüber und half ihr dabei, sich mit dem Rücken an der Wand unter der Tafel hinzusetzen, alles unter neunzehn ängstlichen Augenpaaren, die die ganze Zeit auf sie gerichtet waren. Nina rang sich ein Lächeln ab.

»Was immer auch mit mir passiert, versprich mir, dass du auf die Kinder aufpasst«, flüsterte sie Hannah zu.

»Was redest du denn da?«, protestierte Hannah leise. »Wir werden beide auf sie aufpassen.«

Nina spürte, wie ihr die Tränen über die Wangen liefen. Schnell wischte sie über ihr Gesicht. Sie hatte sich noch nie so mutlos und allein gefühlt.

»Hätte ich nur nichts gesagt«, wisperte sie mehr zu sich selbst.

»Wie meinst du das?«, fragte Hannah.

Nina schluckte einen gewaltigen Kloß herunter. »Er hat ihn meinetwegen erschossen«, flüsterte sie und merkte, dass sie schon wieder kurz davor war, loszuschluchzen.

»So ein Unsinn. Das ist doch nicht deine Schuld. Du wolltest doch nur helfen. Der wäre sowieso gestorben.«

Nina sah ihre Kollegin durch einen Tränenschleier hindurch. Wenn sie ehrlich war, hatte sie Hannah immer für feige gehalten. Nett, aber feige und schwach. Und jetzt war sie es, die sich unendlich schwach vorkam.

»Es tut mir so leid«, wimmerte sie.

»Was denn nur?«, wisperte Hannah.

»Hey! Wenn ihr nicht endlich die Fresse haltet, dann puste ich euch das Licht aus!«

Erschrocken fuhr Nina zur Seite herum und blickte erneut in den Lauf der Pistole. Doch sie empfand keine Angst, nur Erstaunen darüber, wie hinter ihm die kleine Blondine langsam von ihrem Stuhl rutschte und auf dem Boden aufschlug.

***

»Das ist er«, brüllte Drenger. »Ist die Technik bereit?«

Ein SEK-Mann, der an der Wand vor einem transportablen Schaltpult saß, reckte den Daumen in die Höhe.

»Rangehen!«, befahl Drenger.

Der Techniker drückte eine Taste. Aus einem Lautsprecher war augenblicklich ein scharfes Knistern zu hören.

»Hier Markus Drenger, Einsatzleitung des Spezialeinsatzkommandos Berlin«, rief Drenger in Richtung des Schaltpults. »Mit wem spreche ich bitte?«

Für einen Moment herrschte Schweigen in der Leitung. Dann bellte eine Viktor nur allzu gut bekannte Stimme los. »Ich brauch hier sofort einen Arzt. Schnell.«

»Verstehe. Was ist denn?«

Viktor staunte, wie sanft und einfühlsam Drengers Stimme klingen konnte.

»Ich weiß nicht«, erklang es aus dem Lautsprecher. »Magda. Sie ist einfach umgekippt und jetzt hat sie so... so komische Krämpfe. Ihr ganzer Körper zittert.«

»Ist sie verletzt?«, hakte Drenger nach.

»Was? Nein. Ich sag doch, sie ist einfach nur umgekippt. Haben Sie was an den Ohren?«

»Es ist jetzt wichtig, dass Sie ganz ruhig bleiben.«

»Hört auf mit dieser Psychokacke!«, brüllte es aus dem Lautsprecher. »Wenn hier nicht in fünf Minuten ein Notarzt auf der Matte steht, knalle ich ein Kind ab, okay?«

»Herr Kunersdorf, wir kümmern uns sofort um den Arzt, aber hier ist jemand, mit dem Sie unbedingt sprechen sollten«, versuchte Drenger es erneut.

»Was? Ich will niemanden sprechen, ich will einen Arzt, sonst...«

»Thorsten?« Ralph Kunersdorf unterbrach seinen Sohn und trat ein Stück näher an das Mikrofon heran. »Hier ist dein Vater. Du musst mir jetzt genau zuhören.«

Für einen Moment war nur das Knistern zu hören. Viktor drückte stumm die Daumen. Immerhin war es seine Idee gewesen, Ralph Kunersdorf aus dem LKA in der Keithstraße hierher bringen zu lassen, und dank Blaulicht hatten die Kollegen für die sieben Kilometer nicht mehr als zehn Minuten gebraucht – eine für Berlin mitten am Tag sensationelle Zeit. Jetzt stand der Vater des Geiselnehmers in Handschellen in der Mitte des zur Einsatzzentrale umfunktionierten Cafés und lauschte auf die Antwort seines Sohnes.

»Thorsten?«, hakte er nach.

»Verpiss dich, Verräter«, tönte es aus der Leitung.

Ken und Viktor tauschten entsetzte Blicke aus. Auch Ralph Kunersdorf machte ein verblüfftes Gesicht.

»Thorsten, ich weiß, dass du sauer bist, aber...«, begann Ralph Kunersdorf erneut, doch sein Sohn schnitt ihm das Wort ab.

»Halt die Fresse. Ich hab dich im Wald gesehen, wie du dich mit diesem Scheißspitzel getroffen hast. Du bist nichts als ein dreckiger Judas!«, schrie er.

»Thorsten, hör zu. Das verstehst du falsch. Ich kann das alles erklären«, rief Kunersdorf.

Ein lauter Knall aus dem Lautsprecher, ließ sie alle zusammenfahren. Nach einem Moment der Stille war im Hintergrund hysterisches Kindergeschrei zu hören. Wie versteinert lauschten sie alle eine gefühlte Ewigkeit dem Chaos am anderen Ende der Leitung. Dann ertönte wieder Thorsten Kunersdorfs Stimme.

»Wenn in fünf Minuten kein Arzt hier ist, erschieße ich den Nächsten.«

30

Viktor hob die Hände weit über den Kopf, was keine leichte Aufgabe war, wenn man gleichzeitig rückwärtsgehen und darum kämpfen musste, genug Luft zu bekommen.

Innerlich verfluchte er sich für seine Idiotie. Ken wollte nur eine Zigarettenpause machen, und als Ralph darum gebeten hatte, eine mitrauchen zu dürfen, hatte niemand etwas dagegen gehabt. Immerhin trug er Handschellen, und sowohl Ken als auch Viktor waren bewaffnet. Während sich das SEK endgültig auf die Erstürmung vorbereitete, waren sie durch die Küche des Cafés auf den Hinterhof gegangen. Als Ken sich seine Zigarette anzündete, hatte Kunersdorf ihm blitzschnell die Kette der Handschellen um den Hals gelegt und ihn rückwärts in Richtung der Toreinfahrt gezogen, die den Hof direkt mit der Straße verband. Ken hatte seine Waffe gezogen, aber Kunersdorf hatte darauf geachtet, Viktor immer zwischen sich und Ken zu bringen. Noch bevor Ken richtig reagieren konnte, befanden sie sich schon auf der Straße zwischen Café und Schule.

Mittlerweile hatten sie die Straße überquert. Auf Viktors Brust tanzten immer wieder die Laserpointer der Scharfschützen vorüber. Aber so lange der etwa gleich große Kunersdorf sich genau hinter ihm hielt, war das Risiko zu groß. Hoffte Viktor zumindest.

Aus den Augenwinkeln nahm er in einiger Entfernung Absperrband und dahinter eine Menschenmenge aus Schaulustigen und Presseleuten wahr, von denen viele jetzt mit dem Finger auf ihn zeigten.

»Bordstein!«

Gehorsam machte Viktor einen Schritt rückwärts über das Hindernis und genoss die willkommene, aber viel zu kurze Atempause. Kaum standen sie auf dem Bürgersteig, verstärkte Kunersdorf wieder den Zug der Handschellen, die mit unbarmherziger Gewalt in seinen Hals schnitten.

»Beweg dich! Schneller«, befahl Kunersdorf und zog ihn in die Nische mit den Müllcontainern. »Runter.«

Viktor ließ sich in die Hocke ziehen.

»Waffe.«

Viktor überlegte kurz, sofort verstärkte Kunersdorf den Druck auf seinen Hals so stark, dass Sterne vor seinen Augen tanzten. Er griff mit der Rechten in seinen Holster, zog die Dienstpistole heraus und hob sie vor sein Gesicht. Endlich ließ der Druck etwas nach. Kunersdorf nahm ihm die Pistole aus der Hand, und Viktor sog gierig die Luft ein, nach der sein Körper schrie.

Kaum, dass er etwas zu Atem gekommen war, spürte er den Lauf der Pistole im Rücken.

»Willst du jetzt zu Ende bringen, was du im Wald nicht geschafft hast?«, fragte er.

»Halt die Klappe und gib mir dein Handy.«

»Mein Handy? Wozu denn…«

»Tu's einfach«, fiel Kunersdorf ihm ins Wort.

Viktor fummelte sein Handy aus der Jackentasche und hielt es Kunersdorf hin.

»Wir gehen jetzt rückwärts in die Eingangsschleuse, verstanden?«, fragte er dann.

Viktor nickte.

In der Schleuse angekommen, drehten sie sich auf Kunersdorfs Kommando um. Nun war Viktor vorne und wurde von Ralph vorwärtsgeschoben.

»Mach langsam die Tür auf!«

Viktor tat wie ihm geheißen. Der Flur bestand aus Marmorfußboden und die Wände aus Waschbetonplatten. Ein paar Meter weiter links im Flur befand sich »Nest Eins.« Die Augen von einem halben Dutzend SEK-Beamter waren durch die Sturmhauben auf Viktor und Kunersdorf gerichtet, der sich mit dem Rücken zur Wand stellte und Viktor in der Schusslinie hielt.

»Okay«, rief Kunersdorf den Polizisten zu. »Ich will, dass ihr jetzt genau zuhört.«

Er wartete, bis ein Beamter in der vorderen Reihe nickte.

»Ihr haut jetzt alle durch den zweiten Eingang da hinten aus dem Gebäude ab, sonst erschieße ich den Typen hier. Habt ihr das verstanden?«

Diesmal zögerte der Beamte ein wenig. »Lassen Sie die Geisel frei, dann können wir reden«, startete er einen kläglichen Versuch.

»Na klar, bei Kaffee und Kuchen«, knurrte Kunersdorf leise.

Der Schuss fühlte sich an, als hätte Viktor einen elektrischen Schlag an seinem Oberkörper bekommen. Zuerst hatte er das Gefühl, gar nicht getroffen worden zu sein. Doch dann setzte der Schmerz ein, erst als dumpfes Pochen, und dann immer stärker.

Gedämpft hörte er, wie jemand etwas brüllte. Daraufhin setzten die SEK-Beamten sich in Bewegung. Die Waffen auf sie beide gerichtet, traten sie den Rückwärtsgang in Richtung des zweiten Eingangs an und zogen ab.

»Auf Nimmerwiedersehen«, sagte Kunersdorf dicht neben seinem Ohr.

Dann gab der Boden nach und Viktor fiel ins Nichts.

Montag, der 18. September

31

»Bist du auch Polizistin?«

Viktor musste schmunzeln. »Bei einem Mann heißt das Polizist. Und ja, ich bin auch ein Polizist, nämlich ein Kollege von deiner Mutter.«

Suhal legte einen Zeigefinger auf die Lippen und betrachtete ihn grübelnd. »Was ist ein Kollebe?«, fragte sie schließlich.

»Kollege. Das ist, wenn man zusammenarbeitet. Wenn deine Mutter böse Leute fängt, dann mache ich mit.«

»Aber das macht doch schon Onkel Ken. Und du bist nicht Onkel Ken.« Ihr Blick verriet deutliche Skepsis.

»Nein, das stimmt«, erwiderte er und begann sich zu wünschen, dass »Onkel Ken«, der Suhal heute für Begüm hütete, vom Telefonieren zurückkäme. Aber auf dem Gang war nichts zu hören. »Ich bin nicht Ken, aber ich arbeite auch mit deiner Mutter zusammen.«

Erneut brütete sie mit dem Finger auf dem Mund, ein kindliches Ebenbild ihrer Mutter. Dasselbe Kinngrübchen, dasselbe schwarze Feuer in den Augen und dieselbe Andeutung von Sommersprossen. Plötzlich hellte sich ihr Gesicht auf.

»Jetzt weiß ich es«, rief sie triumphierend. »Du bist dämlicher Schnösel.«

Viktor bewahrte mit Mühe einen neutralen Gesichtsausdruck. »Hat deine Mama das gesagt?« »Ja«, sagte sie mit kindlichem Stolz. »Aber Oma hat gesagt, dass sie das nicht sagen darf. Was ist eigentlich ein dämlicher Schnösel?«

Viktor schaute sehnsuchtsvoll zur Tür, die aber immer noch keine Anstalten machte, sich zu öffnen.

»Ich äh, ich glaube, Begüm – also deine Mutter – will damit vielleicht sagen, dass sie mich noch nicht so gut kennt.«

Das Mädchen schaute ihn mit prüfendem Blick an. »Tut das weh?«, fragte sie und zeigte auf seine Schulter.

Er drehte leicht den Kopf und bereute es sofort. »Nein«, log er stöhnend. »Die Ärzte haben mir einen Zaubertrank gegeben. Deswegen merke ich gar nichts.«

»Wie lange dauert es, bis das wieder heil ist?«

»Die Ärzte sagen etwa zwei Wochen, bis ich hier rauskann. Und danach muss mir jemand dabei helfen, dass ich die Schulter wieder bewegen kann.«

»Die haben mir den Bauch aufgeschnitten und es hat nur fünf Tage gedauert, bis das wieder heil war. Hier guck mal.« Sie begann ihr T-Shirt aus der Hose zu ziehen.

»Ist gut. Das glaub ich dir auch so«, sagte Viktor schnell und versuchte sich aufzurichten, was ihm eine Schmerzexplosion bescherte, die ihm für einen Sekundenbruchteil fast die Besinnung raubte. Zu seiner Erleichterung öffnete sich in diesem Moment die Tür.

»Onkel Keeeeeen«, schrie die Kleine, hüpfte dem Neuankömmling entgegen und umarmte ihn auf Bauchnabelhöhe.

»Hallo, du wildes Ding. Hast du mich schon vermisst? Guck mal, was ich dir mitgebracht habe.« Er wedelte mit einer Tüte.

»Saure Schlümpfe«, jubelte Suhal.

»Wenn du willst, kannst du sie draußen im Fernsehzimmer essen«, schlug Ken vor. »Ich glaube, die anderen Kinder gucken gerade Pokémon.«

»Juhu«, rief die Kleine und stürzte aus dem Zimmer. Ken schloss kopfschüttelnd die Tür. Dann ließ er sich in den Besucherstuhl neben Viktors Bett plumpsen.

»Siehst echt scheiße aus«, sagte er fröhlich.

»Fühl mich auch scheiße«, erwiderte Viktor grinsend.

Eine Weile saßen sie schweigend da, während man draußen den Essenswagen durch den Flur scheppern hören konnte.

»Meinst du, er wollte dich killen?«, fragte Ken schließlich.

»Ich weiß nicht«, sagte Viktor. »Der Chirurg hat gemeint, wenn er jemanden verletzen und dabei das Risiko so gering wie möglich halten wollte, würde er genau so schießen.«

»Echt?«, fragte Ken ungläubig.

Viktor zog die gesunde Schulter hoch. »Wir können ihn nicht mehr fragen, denke ich.«

Ken nickte. »Totale Muspampe. Er und sein sauberer Herr Sohn. Stella sagt, sie hat Schwierigkeiten zuzuordnen, was zu wem von beiden oder zu diesem armen Schwein von Hausmeister gehört.«

»Meinst du, das war Absicht?«, fragte Viktor.

»Was glaubst du?«, entgegnete Ken.

»Hm.« Viktor versank einen Moment lang in Grübelei. Dass er sich irgendwie aus dem Schulflur auf die Straße geschleppt hatte, wusste er nur noch aus Erzählungen. Erinnerungen hatte er daran keine.

Wegen der veränderten Lage musste das SEK natürlich seine Pläne zum Sturm des Gebäudes anpassen. Aber noch bevor Drenger und seine Leute zu irgendeinem Ergebnis gekommen waren, lief plötzlich ein Kind nach dem anderen aus der Schule auf die Straße.

Es hatte eine Weile gedauert, bis man sich einen Überblick verschafft hatte, aber nach etwa einer halben Stunde stand unzweifelhaft fest, dass alle Geiseln das Klassenzimmer verlassen hatten. Eine der Erzieherinnen hatte sogar Magda mit nach draußen führen dürfen. Während Drenger mit seinen Männern beriet, ob ein Sturm unter den gegebenen Umständen überhaupt noch erforderlich war oder man einfach die Geschehnisse abwarten sollte, erschütterte eine gewaltige Explosion die Schule. Das Klassenzimmer, in dem die Geiselnahme stattgefunden hatte, und die angrenzenden Räume lagen in Schutt und Asche.

Was genau sich zuvor in dem Klassenzimmer abgespielt hatte, konnte Viktor nicht in Erfahrung bringen. Die Sicherheitsbehörden hatten bezüglich der ganzen Angelegenheit eine totale Nachrichtensperre verhängt, und selbst ihm hatte ein Kollege von der Innenabteilung ein amtliches »Schweigegelübde« abgenommen, das er nur mühsam mit Links unterzeichnet hatte. Die Furcht war so groß, dass sogar noch jetzt vor seiner Tür ein Kollege des Bereitschaftsdienstes rund um die Uhr Wache hielt. Seine einzige Aufgabe bestand darin, ihn vor neugierigen Journalisten abzuschirmen.

»Was ist mit Begüm?«, fragte er Ken. »Hast du sie erreicht?«

Ken schaute auf die Uhr. »Müsste jetzt gerade bei Richter sein.«

»Meinst du, sie behält ihren Job?«

***

»Sie können jetzt hineingehen, er hat jetzt Zeit für Sie«, teilte ihr Frau Regnier, die Sekretärin von Direktor Richter mit.

Begüm nickte gequält. Von ihr aus hätte Richter noch bis in alle Ewigkeit keine Zeit haben können. Andererseits war es besser, es endlich hinter sich zu bringen.

Sie stand auf, ging zur Tür und klopfte an.

»Gehen Sie einfach rein«, riet ihr Frau Regnier. »Er erwartet Sie.«

»Okay«, murmelte Begüm, drückte die Klinke zur Hölle herunter und öffnete die Tür.

Richter saß hinter seinem Schreibtisch und arbeitete sich durch einen Papierstapel. Er winkte sie heran, ohne davon aufzublicken.

Begüm schloss die Tür so leise, wie sie nur konnte. Sie kam sich wie eine feige Hosenscheißerin vor. Warum die Tür nicht einfach zuknallen lassen? Es änderte ja sowieso nichts. Aber Richter war halt der Typ, dem man nicht mal dann ans Bein pinkelte, wenn er sowieso schon kurz davor stand, einem einen Arschtritt zu verpassen. Und zu allem Überfluss verdankte ihr verdammter scheiß Bruder ihrem Vorgesetzten sein Leben. Nicht nur das. Er hatte ihn sogar in einem Zeugenschutzprogramm untergebracht, sodass er hoffentlich den ganzen al-Miri-Clan ans Messer lieferte.

Ratlos ging sie bis vor seinen Schreibtisch.

»Setzen!«

Gehorsam ließ sie sich auf einem der Stühle nieder und schaute ihm zu, wie er auf der obersten Akte des Papierstapels herumkritzelte. Eine Minute. Zwei. Ihre Nase begann zu jucken, und sie traute sich nicht einmal, sich zu kratzen.

Als sie schon vermutete, er habe ihre Anwesenheit vergessen, richtete er sich fast ruckartig auf, legte den Füller exakt parallel zur Kante des Papierstapels ab, lehnte sich zurück, faltete die Hände auf dem Schoß und... starrte sie an.

Und starrte.

Und starrte, bis sich auf ihrer Stirn ein erster Schweißfilm bildete. Begüm bemerkte, dass sie unwillkürlich angefangen hatte, sich an den Stuhllehnen festzukrallen. Wie lange mochte sie schon in dem verdammten Büro sitzen? Zehn Minuten? Was sollte das? Es war eine verdammte Farce.

»Hören Sie, ich weiß, dass ich Scheiße gebaut habe«, platzte es aus ihr heraus. »Also wegen dem Handy und so. Es tut mir leid... wirklich. Aber ich konnte doch nicht einfach zusehen, wie die meinen Bruder umbringen. Da musste ich doch was tun. Ich meine, ich war hundertfünfzigprozentig sicher, dass er mit der Sache, also mit dem getöteten Handyladenbesitzer Yavuz, nichts zu tun hat. Das heißt, er sollte ihn natürlich verprügeln, das schon. Aber ich wusste, Gökhan kann niemanden töten. Wissen Sie, er war schon als kleiner...«

Erst jetzt fiel ihr auf, dass er die Hand erhoben hatte. Sie verstummte augenblicklich, und er ließ die Hand wieder sinken.

»Wann wollten Sie es mir eigentlich sagen?«, fragte er.

»Was? Aber ich sage doch gerade, dass es mir echt leidtut.«

»Nein, nein, nein«, sagte er und schüttelte den Kopf. »Ich meine: Wann wollten Sie mir sagen, dass Khalil al-Miri Sie in die Polizei eingeschleust hat?«

Begüm merkte, wie ihr das Blut aus dem Gesicht wich. »Ich... wer...«, stammelte sie.

»Sein Bruder Ibrahim al-Miri. Wir haben ihn auf einen Hinweis Ihres Bruders gestern festgenommen. Seitdem redet er wie ein Politiker auf Wahlkampf in der Fußgängerzone. Scheint, dass er mit dem Rest seiner Familie über Kreuz liegt.«

Ibrahim.

Klar, das ergab Sinn. Khalil hatte immer eine schützende Hand über seinen kleinen Bruder gehalten, der sogar Musik studieren durfte. Vielleicht genoss er ein bisschen von jenem Leben, von dem Khalil nur träumen durfte. Unwahrscheinlich, dass Ibrahim eigene Ambitionen auf Khalils Nachfolge hatte, aber als Bruder vom toten Boss, noch dazu schwul, war er halt ein Störfaktor. Bestimmt hatte er Angst um sein Leben.

»Und?«, wiederholte Richter. »Wann wollten Sie es mir sagen?«

»Ich schwöre, ich habe nie irgendwas weitergegeben oder irgendwas für ihn getan. Er dachte, er hätte mich in der Tasche, aber ich hab nur sein Geld genommen. Das müssen Sie mir glauben.« Waren das wirklich Tränen, die ihr gerade über die Wangen rollten? Sie merkte, dass auch ihre Hände zitterten. »Ich wollte immer nur Polizistin sein, aber ich habe damals keinen regulären Studienplatz mit Beamtenstatus bekommen, wie die ganzen Kartof… ich meine, wie die anderen Kollegen. Also musste ich klagen. Aber während des Prozesses musste ich ja von irgendwas leben und auch noch die Anwaltskosten berappen. Aber nachdem ich gewonnen hatte, habe ich Khalil alles auf Heller und Pfennig zurückgezahlt. Wenn die sagen, ich würde ihm noch irgendwas schulden, stimmt das einfach nicht«, hörte sie sich sagen. »Das ist die Wahrheit.«

Ihre Stimme klang kläglich und klein. Erbärmlich. Jämmerlich. Wenn sie an seiner Stelle gewesen wäre… sie hätte sich selbst gefeuert.

»Ich glaube Ihnen.«

Was? Hatte er das wirklich gerade gesagt? Hieß das, dass er… dass er sie nicht…

»Aber das spielt keine Rolle«, fuhr er fort. »Es spielt keine Rolle, was ich persönlich glaube, denn fest steht, dass Sie diese Institution hintergangen haben. Immer und immer wieder. Und das kann ich nicht mehr zulassen. Aber es ist auch meine Schuld. Ich habe die Zügel zu locker gehalten. Doch damit ist jetzt endgültig Schluss.«

Seit er den Kopf von seinem Papierstapel gehoben hatte, starrte er Begüm ohne Unterbrechung an. Ihr war, als ob sein Blick sich durch sie hindurchbrannte, wie eine unbarmherzige Sonne.

Und warum zum Henker grinste der Mann dabei

eigentlich so dämlich? Geilte er sich daran auch noch auf?

Egal. Sie sehnte sich nach Ruhe. Bald würde es vorbei sein, und Begüm konnte endlich hier raus und sich irgendwo verkriechen, wo niemand sie finden konnte.

Montag, 11. Dezember

32

»Wer genau hat denn nun die beiden Sprengsätze hergestellt, die am 5. September in der alten Kinderklinik in Weißensee und am 15. September in der Grundschule am Volkspark explodiert sind?«, fragte die Abgeordnete und fixierte Sikorski über den Rand ihrer Lesebrille.

Der Angesprochene lehnte sich kurz zurück und besprach sich flüsternd mit dem Juristen der Behörde, der ihn am Zeugentisch flankierte. Dann beugte er sich wieder vor und drückte den Knopf des Tischmikrofons.

»Ich bitte um Entschuldigung, aber meine Aussagegenehmigung erfasst die Antwort auf diese Frage nicht.«

»Sie wollen also nicht bestätigen, dass es sich bei dem Erbauer der Sprengsätze um den Sohn Ihres V-Mannes Ralph Kunersdorf handelt?«

»Mit Verlaub, Frau Abgeordnete, aber ich habe nie bestätigt, dass Herr Ralph Kunersdorf ein V-Mann des Berliner Verfassungsschutzes war.«

»Das heißt, er war kein V-Mann des Berliner Verfassungsschutzes?«, bohrte die Abgeordnete weiter nach.

»Ich bitte um Entschuldigung, aber meine Aussagegenehmigung erfasst die Antwort auf diese Frage nicht«, wiederholte Sikorski ebenso freundlich wie unverbindlich.

Die Abgeordnete drehte sich zur Mitte des Tisches. »Das ist ein Skandal, Herr Vorsitzender. Maulkörbe, egal wen man fragt. Ihre Regierung macht die Arbeit dieses Ausschusses zur Farce.«

»Liebe Frau Kollegin Sattler«, protestierte der Ausschussvorsitzende. »Ich weiß gar nicht, warum Sie mich da jetzt so angehen. Ich bin über das Schweigen des Verfassungsschutzes genauso empört wie Sie.«

»Na, vielleicht mögen Sie Ihre Empörung dann ja mal mit dem Herrn Innensenator teilen, der diesen Maulkorb erteilt hat. Wie man lesen kann, treffen Sie sich ja öfter mal zum Golfen.«

»Frau Sattler, kann ich der Tatsache, dass Sie sich jetzt dem Thema meiner Hobbys zuwenden, entnehmen, dass Sie keine Fragen mehr an Herrn Sikorski haben?«

»Ich hätte noch eine ganze Reihe von Fragen, Herr Vorsitzender. Aber Ihr Parteifreund hat ja offensichtlich dafür gesorgt, dass wir darauf keine Antworten bekommen. Wobei ich natürlich verstehen kann, dass es seitens der Regierungskoalition als peinlich empfunden wird, dass der Verfassungsschutz des Landes Berlin quasi unter Ihrer Aufsicht die Entstehung einer Art völkischen Siedlung nicht nur geduldet, sondern auch noch finanziell und logistisch unterstützt hat. Einer Siedlung, aus der heraus nun zwei Terrorakte begangen wurden, wie man der neuesten Ausgabe des *Spiegel* entnehmen kann.«

»Liebe Frau Kollegin, Sie werden nach der Sitzung sicherlich noch ausreichend Zeit haben, Pressestatements abzugeben. Da Ihr Informationsbedarf aber offensichtlich...«

»Das ist ja wohl die Höhe«, fauchte die Abgeordnete dazwischen.

»...offensichtlich gedeckt ist, möchte ich jetzt zum Schluss der Befragung von Herrn Sikorski dem Abgeordneten Herrn Doktor Rische von der AfD das Wort erteilen.«

Ein älterer Herr im karierten Sakko beugte sich nach vorne zu seinem Mikrofon. »Danke, Herr Vorsitzender. Ich möchte zunächst mein Bedauern darüber zum Ausdruck bringen, wie mancher hier versucht, die Sicherheitsbehörden unseres Landes in Misskredit zu bringen.«

Der Ausschussvorsitzende nickte gnädig, während die Abgeordnete Sattler kopfschüttelnd die Hände vors Gesicht schlug.

»Herr Sikorski«, begann der AfD-Abgeordnete. »Mir ist zu Ohren gekommen, dass es in Bezug auf die beiden Bombenexplosionen auch Spuren gibt, die auf Verbindungen zum islamistischen Milieu und zu kriminellen Araber-Banden hinweisen. Verfolgen Sie derartige Ermittlungsansätze?«

Wieder beugte sich Sikorski erst einmal flüsternd zu seinem Juristen herüber. Viktor nutzte die Gelegenheit, um sich ein bisschen umzuschauen. Die Tagung des Untersuchungsausschusses zur Aufklärung der Hintergründe in der Kunersdorf-Affäre fand in einem Nebenraum des Berliner Abgeordnetenhauses statt. Der helle, mit hohen Decken ausgestattete Raum war funktional, aber stilvoll eingerichtet. Am Kopf des Raumes saßen die Ausschussmitglieder an einer langen, leicht gebogenen Tafel. Circa drei Meter davor stand der Zeugentisch, an dem Sikorski und der Hausjurist der Senatsinnenverwaltung saßen. Fünf Schritte hinter Sikorski verfolgte Viktor in der vordersten von drei Stuhlreihen, die für Beteiligte, Pressevertreter und die interessierte Öffentlichkeit reserviert waren, das Geschehen.

»Ich kann Ihnen mitteilen, Herr Abgeordneter«, sagte Sikorski jetzt, »dass wir alle Ermittlungsansätze ernst nehmen. Auch die von Ihnen bezeichneten.«

»Also können Sie einen islamistischen Hintergrund oder organisierte Ausländerkriminalität nicht ausschließen?«, hakte der AfD-Abgeordnete nach.

»Das sind doch Nebelkerzen«, rief die Abgeordnete Sattler dazwischen.

»Frau Kollegin«, rief der Ausschussvorsitzende die Abgeordnete zur Räson. »Sie hatten Ihre Fragezeit, jetzt lassen Sie Herrn Doktor Rische bitte auch die seine. Herr Sikorski, ich bitte um Ihre Antwort auf die Frage des Abgeordneten.«

»Gerne, Herr Vorsitzender. Mir wäre nicht bekannt, dass wir die von Herrn Doktor Rische bezeichneten Ansätze derzeit ausschließen können.«

Der Abgeordnete der AfD lehnte sich mit einem zufriedenen Lächeln auf den Lippen zurück. »Danke, Herr Vorsitzender. Ich habe keine weiteren Fragen.«

***

»Wow.« Ken streckte die Hand nach einer herabrieselnden Schneeflocke aus. »Früh dran, die Kleinen dieses Jahr«, sagte er grinsend.

Viktor nickte. Die Berliner Winter hatten in den letzten Jahren meist immer erst nach den Feiertagen so richtig eingesetzt.

Das mechanische Klicken der Fotoapparate signalisierte ihnen, dass die ersten Ausschussteilnehmer die Sitzung verließen. Sofort eilten die Reporter zur Freitreppe vor dem Parlamentsgebäude, um die Abgeordneten zu interviewen. Bald wimmelte es auf dem Platz unterhalb der Treppe überall von kleineren Gesprächsgruppen.

»Herr Puppe, Herr Tokugawa.«

»Herr Sikorski, ich grüße Sie. Bitte nicht zu kräftig schütteln. Die Schulter ist noch etwas empfindlich.«

»Freut mich aber, dass Sie auf dem Weg der Besserung sind.«

»Ihr könnt euch doch bestimmt ein paar Minuten allein beschäftigen«, sagte Ken und zwinkerte Viktor verstohlen zu. »Ich muss mal kurz für kleine Halbjapaner.«

»Tun Sie sich keinen Zwang an«, sagte Sikorski und winkte dem sich entfernenden Ken hinterher.

»Gelungene Vorstellung da drinnen«, sagte Viktor.

»Irgendwie habe ich das Gefühl, dass Ihr Lob nicht als Kompliment gemeint ist«, gab Sikorski mit väterlich nachsichtigem Lächeln zurück.

»Ihr Gefühl trügt nicht«, sagte Viktor. »Sie übertünchen Ihr Nazidorf mithilfe der AfD mit islamistischer Tarnfarbe. Warum eigentlich? Jetzt, wo Ihr Spitzel tot ist, was nützt Ihnen Ihre Folkloreveranstaltung da oben an der Küste eigentlich noch?«

Sikorskis sphinxartiges Grinsen verbreiterte sich nur eine Spur. Viktor schlug sich vor die Stirn.

»Er ist gar nicht Ihr einziger Spitzel in dem Dorf? Ich hätte es wissen müssen.«

»Sie hören sich immer mehr an wie Ihr Kollege«, meinte Sikorski mit bedauerndem Blick.

»Ich fange an, ihn immer besser zu verstehen. Woher wollen Sie eigentlich wissen, dass Sie die Welt, die Sie verhindern wollen, nicht überhaupt erst erschaffen?«

Sikorski wandte den Blick ab und steckte die Hände in die Manteltaschen. »Der Teufel war schon vor uns allen hier. Ich gebe ihm nur ein Obdach, damit ich immer weiß, wo er zu finden ist. So kann ich sichergehen, dass er keine Dummheiten anstellt. Apropos Teufel: Der Bundesgrenzschutz registrierte jüngst die Ausreise eines Herrn Werner Schraubitz nach Santiago de Chile. Werner Schraubitz. Ein höchst skurriler Name, finden Sie nicht?«

»Das... Ich wusste nicht, dass...«, stotterte Viktor.

»Alles gut«, fiel ihm Sikorski genüsslich ins Wort. »Der Zweck heiligt eben manchmal doch die Mittel, nicht wahr? In diesem Sinne, Herr Puppe. Ich muss jetzt leider noch ein bisschen mehr – wie sagten Sie so schön? – übertünchen. Man sieht sich.«

Damit schlenderte er davon, von all den Reportern unbehelligt. Ein Sinnbild der Unauffälligkeit.

»Na? Hast du ihm ordentlich die Meinung gegeigt?«

Ken rückte im Näherkommen seine Hose zurecht.

»Er macht es einem nicht so leicht«, antwortete Viktor nachdenklich.

»Ach komm. Du stehst doch einfach nur auf den Typen. Hab ich doch gleich gesehen«, sagte Ken und klopfte ihm auf die gesunde Schulter.

Viktor zuckte die Achseln. »Auch er hat seine Prinzipien, denke ich. Nur halt andere als wir.«

»Scheiße!«, fluchte Ken und knuffte Viktor so fest in den Bizeps, dass er einen Schmerzlaut unterdrücken musste.

»Was denn?«, fragte er ärgerlich.

»Nimm Haltung an. Da kommt der neue Boss.«

Viktor seufzte kopfschüttelnd.

»Na, Euer Gnaden, wie ist die Luft im Palast?«, rief Ken laut.

»Halt deine dumme Fresse, Ken«, erwiderte Begüm sichtlich gereizt.

Ken schlug die Hacken zusammen und salutierte. »Jawohl, Frau Obersturmbannführerin. Wird nicht wieder vorkommen, Frau Obersturmbannführerin.«

»Spar's dir einfach, okay? Wir haben einen neuen Tatort in Pankow. Toter nach Wohnungsbrand. Fahrt hin und guckt, ob's Anzeichen für Fremdeinwirkung gibt.«

»Nur wir? Und was machen Frau Hochwohlgeboren?«

»Hab 'n Führungskräfteseminar in Potsdam«, murmelte Begüm leise, den Blick auf den Boden gerichtet.

»Uh. Madame lernt die Kunst der effizienten Untergebenenausbeutung«, frotzelte Ken. »Da geh ich mal lieber gleich und fahr den Wagen vor, bevor sie mir noch die Bezüge kürzt oder so was.«

Er verabschiedete sich mit einer Kratzfuß-Persiflage und trollte sich.

»Wann hört er mit dieser Kacke endlich auf? So langsam begreife ich, was Richter mit schlimmstmöglicher Strafe meinte.«

»Gib ihm einfach noch ein bisschen Zeit. Er gewöhnt

sich schon irgendwann dran«, sagte Viktor und fragte sich stumm, ob das für ihn selbst auch galt.

»Hoffentlich«, sagte Begüm. »Ich muss los. Den Kurs heute gibt Richter selbst.«

»Na, dann aber hurtig«, sagte Viktor und zwang sich zu einem Lächeln.

»Pass bitte auf, dass er keinen Mist baut«, bat sie flehentlich.

»Kannst dich auf mich verlassen«, antwortete Viktor. »Ich glaube übrigens, bei dir brummt's.«

Sie zog ihr Handy aus der Tasche und tippte auf den Screen. »Hassiktir«, murmelte sie ärgerlich und stiefelte durch den kalten Schneeregen davon.

Viktor sah ihr mitleidig hinterher. Ein Seminar bei Direktor Richter hörte sich in der Tat anstrengend an. Andererseits klang ein Brandopfer auch nicht wirklich schön. Immerhin versprach sein Abend angenehm zu werden. Diesen Gedanken auskostend, drehte er sich um und folgte Ken zum Auto.

***

Als er nach Hause kam, war es schon dunkel. Der Wohnungsbrand hatte sich als »Arbeitsunfall« eines Drogenproduzenten entpuppt. Viktor hatte in seinem Leben noch nie so viel Amphetamin und Laborutensilien zu dessen Herstellung auf einem Haufen gesehen. Doch irgendwas war beim Produktionsprozess schiefgegangen, weshalb der Laborinhaber jetzt »knusprija als 'n Brathähnchen im Krematorium von Hiroshima« war, wie Schmulke es ausgedrückt hatte.

Den Geruch hatte Viktor jetzt noch in der Nase.

Er öffnete seinen Briefkasten und konnte das Päckchen, das ihm entgegenpurzelte, gerade noch auffangen.

Als er den Absender las, stellten sich ihm die Nackenhaare auf:

H. Kunersdorf
Dorfweg 6
D-23986 Wemel

Hastig sprang er die Stufen zu seinem Apartment hoch. Oben angekommen, ließ er seinen Mantel einfach auf den Boden gleiten, schmiss sich aufs Sofa und riss den Klebestreifen mit dem Bart seines Wohnungsschlüssels auf. Dann schüttelte er das Päckchen aus.

Ein flacher Gegenstand rutschte heraus und fiel in seinen Schoß. Als Nächstes segelte ein Blatt Papier hinterher.

»Was hast du da?«

Viktor fuhr herum. »Stella!«, rief er erschrocken.

»Du hattest mir den hier gegeben, schon vergessen?«, sagte sie und ließ einen Wohnungsschlüssel vom Finger baumeln.

»Stimmt«, sagte er und merkte sofort, wie überflüssig seine Feststellung war.

»Sorry, ich war so frei, es mir auf deiner Bettstatt ein wenig bequem zu machen«, sagte sie, streckte sich und gähnte. »Komme ich ungelegen?«

»Ganz und gar nicht«, beeilte Viktor sich zu versichern. »Es ist nur, ich habe hier…«

Ratlos schaute er wieder auf das Blatt Papier in seiner Hand.

»Was ist das?«, fragte sie, setzte sich auf und schmiegte sich an ihn.

»Ein Brief«, sagte Viktor.

»Aha. Und von wem?«

»Ich bin nicht sicher. Muss mit dem Fall Kunersdorf zu tun haben.«

»Wirklich? Wie aufregend. Lies vor«, bat Stella, während ihre Finger sich unter seinem Hemd vortasteten.

Viktor faltete das Blatt auf und tat wie ihm geheißen:

Sehr geehrter Herr Puppe,

letzte Woche hat mir die Polizei die in der Schule gefundene Habe meines Mannes und meines Sohnes zukommen lassen. Mit ihrem Tod sei das Ermittlungsverfahren eingestellt worden. So hieß es jedenfalls. Ich habe gleich gesehen, dass dies hier nicht seins ist. Ein technisch versierter Bekannter hat Sie als Eigentümer bestimmen können. Ihre Adresse hat er mir aus dem Internet herausgesucht. Sie werden verstehen, dass ich unter den gegebenen Umständen nichts von Ihnen in meinem Besitz haben möchte.

Helga Kunersdorf

Beklommen zog Viktor das Mobiltelefon, das aus dem Päckchen gerutscht war, zwischen seinen Beinen hervor.

»Ein Handy?«, fragte Stella.

»*Mein* Handy«, antwortete Viktor. »Hätte nicht gedacht, dass ich das noch mal wiedersehe.«

»Sieht schmutzig aus«, sagte Stella. »Was ist damit passiert?«

»Ralph Kunersdorf hat es mir abgenommen, als er mich als Schutzschild benutzt hat, um in die Schule zu seinem Sohn zu kommen.« Er wischte mit dem Daumen über das Display. Ein schwarzer Film blieb auf seiner Fingerkuppe zurück. »Ist voller Ruß.« »Von der Explosion?«, fragte Stella.

Viktor zuckte mit den Schultern. »Sieht so aus. Aber warum ist es dann nicht völlig zerstört? Ich habe Fotos von dem Klassenraum gesehen. Da war kein Stein mehr auf dem anderen.«

»Vielleicht war es irgendwie vor der Druckwelle geschützt«, sagte Stella. »Meinst du, es funktioniert noch?«

Viktor drückte die Einschalttaste. Brav leuchtete der kleine Bildschirm auf, und das Handy fuhr hoch.

»Na, sieh einer an«, sagte Stella. »Und das hatte Kunersdorf dir abgenommen, sagst du?«

Viktor nickte.

»Ist ja wie ein Gruß aus dem Totenreich«, stellte Stella mit hörbarem Vergnügen in der Stimme fest.

»Was hat er nur mit dir gewollt?«, murmelte Viktor.

Als ob das Gerät ihm antworten wollte, leuchtete ein Flag an seiner ToDo-App auf. Gespannt startete er die Anwendung. Der aktuellste Eintrag stammte vom Tag der Geiselnahme. Er enthielt nur ein einziges Wort:

Sprachmemo!

***

»Hast du diese Typen umgebracht?«

Ralph Kunersdorfs Stimme. Etwas entfernt, aber deutlich zu erkennen.

Stille. Dann die Stimme seines Sohnes.

»Nein. Das war sie.«

»Woher weißt du das?«

»Ich hab's gesehen. Also beim Ersten jedenfalls.«

»Wann war das?«

»Wir müssen sie rausschaffen, Papa. Ich glaube, ihr geht's nicht gut«, jammerte Thorsten.

»Nein, mach dir keine Sorgen. Sie ist in Ordnung. Ich hab ihren Puls gefühlt. Sie schläft nur. Wann war das mit dem Ersten?«

Wieder verging ein Moment, bevor Thorsten antwortete.

»Das war irgendwann im Frühjahr. Ich saß im Bus. Kam gerade vom Steinbruch. Da ist sie zugestiegen in Grevesmühlen, mit diesem... diesem Neger-Asi. Und sie sah aus wie eine Nutte. Und sie konnte auf einmal sehen! Da bin ich zu ihr gegangen, aber sie hat mich überhaupt nicht erkannt. ›Verpiss dich, du Dorftrottel!‹ Das hat sie zu mir gesagt. Zu mir! Kannst du dir das vorstellen?«

Wieder Schweigen. Im Hintergrund war jetzt leise das Gewimmer eines Kindes zu hören.

»Halt die Fresse, du Spast!«, brüllte Thorsten.

»Beruhig dich, Junge.« Wieder Ralphs Stimme. Es war unklar, ob er seinen Sohn oder das Kind meinte. Oder gar beide? »Wie ging's dann weiter?«

»Sie hat ihn zur Hütte mitgenommen. *Unserer* Hütte. Und sie hat dieses Arschloch dahingebracht. Ich war so wütend. Ich hab sie durch das Fenster beobachtet. Dann hat er versucht, sie zu küssen. Ich wollte gerade rein, aber da hat sie ihn alle gemacht.«

»Wie meinst du das?«

»Na, sie hat ihn weggeschubst. Und da ist er voll gegen den Tisch geknallt und einfach liegen geblieben. Unter seinem Kopf war alles voller Blut. Und sie hat angefangen zu schreien, wie eine Verrückte. Da bin ich zu ihr rein. Und auf einmal war sie wieder so wie sonst... also wieder blind. Und sie hat mich auch wieder erkannt. Total irre. Dabei hatte sie keine Ahnung mehr, wo sie war und was sie da eigentlich wollte. Völlig durch den Wind. Ich habe sie nach Hause gebracht. Hab sie schlafen gelegt, und dann bin ich zurück zur Hütte und hab mir den Kerl angeschaut. Der war tot. Da hab ich ihn hinter der Hütte verscharrt. Ich wollte doch nur nicht, dass sie deswegen Ärger kriegt. Aber weißt du, was das Schrillste war?«

»Hier, trink noch was und erzähl's mir dann, Kleiner. Du siehst völlig ausgetrocknet aus.«

Nach einem kurzen Moment der Stille war wieder Thorstens Stimme zu hören.

»Das Schärfste war, dass sie sich, als ich sie am nächsten Tag getroffen habe, an nichts erinnert hat. Nicht nur das, es war so, als ob sie nicht mal mehr wusste, dass überhaupt irgendetwas Besonderes passiert war.«

Gebannt lauschten Viktor und Stella dem Fortgang der Unterhaltung, die Ralph Kunersdorf mit der Memo-Funktion von Viktors Handy aufgezeichnet hatte.

Ein paar Wochen später, so schilderte es Thorsten,

war er bei einem zufälligen Besuch wieder auf eine Leiche gestoßen. Shafiq Terai, ein Sechzehnjähriger aus Kunduz, wie Viktor aus der Reihenfolge schließen konnte. Als Thorsten auf einen zweiten Leichnam stieß, hatte er schon ein paar Tage in der Hütte gelegen. Und er hatte ein Messer im Bauch. Offensichtlich hatte Magdas dunkle Seite Gefallen am Töten gefunden.

Wiederum hatte Thorsten die Leiche verscharrt und die Spuren der Tat so gut wie möglich verwischt. Wiederum war Magda nichts anzumerken.

Dann vergingen einige Wochen ohne besondere Ereignisse, bis Thorsten im Spätprogramm eines Privatsenders einen Film über die Morde der Manson-Family sah. Charles Mansons Theorie eines apokalyptischen Rassenkrieges, den er durch die Morde anstacheln wollte, hinterließ bei Thorsten einen starken Eindruck.

Als er schließlich zu Herbstbeginn die Leiche des unglücklichen Shahazad in der Hütte fand, auch er erstochen, da formte sich in seinem Kopf ein wirrer Plan, angestachelt durch Mansons Vision und Thorstens schwelender Wut über die Flüchtlingspolitik der Bundesregierung.

Statt die Leiche vollständig zu entsorgen, zerlegte er sie und lagerte die Leichenteile in der Kühltruhe seines Vaters, unten im Keller unter einem Haufen Wildfleisch.

Schon seit längerer Zeit hatte er bei seiner Ausbildungsstelle immer wieder kleinere Mengen Sprengstoff beiseitegeschafft, ohne dass er damit zunächst eine bestimmte Absicht verband. Jetzt aber wusste er auf einmal, wofür er ihn brauchen könnte.

Einzig die Herstellung eines Fernzünders bereitete ihm Kopfzerbrechen. Auf dem Rechner seines Vaters loggte er sich ins Darknet ein und suchte dort gezielt nach einem Forum, dessen Mitglieder mit islamistischem Gedankengut sympathisierten. Eine Weile lang war er dort nur Zaungast. Aber bald hatte er sich gut genug in den Jargon eingehört, um mitzumischen und sich selbst als deutschen Konvertiten und IS-Fan auszugeben. Dass er dabei als Nickname einen altgermanischen Götternamen benutzte, hatte offensichtlich weder ihn noch seine Gesprächspartner gestört, stellte Viktor zu seinem Erstaunen fest.

In dem Forum war Thorsten dann auch auf Yavuz gestoßen, als der Handyladenbesitzer gegenüber anderen Chatteilnehmern mit seinen technischen Fähigkeiten prahlte. Thorsten hatte auch ihm erfolgreich den anschlagsgeneigten Konvertiten vorgegaukelt. Als Thorsten darüber hinaus auch noch durchblicken ließ, dass er gerade eine größere Summe Geld geerbt habe, war man sich wegen der Zünder bald handelseinig geworden. Sie verabredeten ein Treffen einige Tage später in Yavuz' Laden.

Thorsten hatte die alte Pistole seines Vaters nach Berlin mitgenommen. Dabei hatte er keinesfalls vorgehabt, Yavuz zu erschießen, wie er seinem Vater versicherte. Aber als dieser auf einmal mehr Geld wollte als ursprünglich ausgemacht, war es zum Streit gekommen. Irgendwann war er so wütend auf Yavuz, dass er einfach abgedrückt hatte, so erzählte Thorsten.

Panisch hatte er die zwei Zünder eingesammelt und war in die Dunkelheit geflüchtet.

Am folgenden Montag – Viktor und seine Kollegen nahmen die Ermittlungen im Fall Yavuz auf – hatte Thorsten sich krankgemeldet und in seinem Zimmer vergraben. Die Erlebnisse der Nacht hatten ihm zugesetzt, und er war sich seiner Sache nicht mehr sicher. Doch in der nächsten Nacht hatte er sich wieder gefangen. Aus dem Keller des elterlichen Hauses holte er sich einen großen Reisekoffer, belud ihn mit Sprengstoff und einem der beiden Zünder von Yavuz. Den verbleibenden Platz füllte er mit Schrauben und Leichenteilen aus der Kühltruhe aus.

Anderntags fuhr er mit dem Koffer erneut nach Berlin und platzierte seine Höllenmaschine schließlich am Alex in einer Tram. Während der Koffer in dem vollbesetzten Abteil fortfuhr, gab Thorsten den Zündcode, den ihm Yavuz aufgeschrieben hatte, in sein eigenes Handy ein. Doch zu seiner maßlosen Enttäuschung passierte nichts. Er versuchte es noch etliche Male, doch das Ergebnis blieb dasselbe. Schließlich fuhr er unverrichteter Dinge nach Hause.

Dass seine Bombe einige Zeit später in einem verlassenen Kinderkrankenhaus einen Mann und ein Mädchen getötet und ein anderes schwer verletzt hatte, hatte er nie erfahren. Selbst in den Berliner Tageszeitungen war das Thema nicht allzu prominent platziert gewesen, wie Viktor wusste.

Obwohl noch im Besitz von Sprengstoff und einem weiteren Zünder, verließ Thorsten fürs Erste der Mut. Dann war Viktor in Wemel aufgetaucht, und Thorstens anfängliche Bewunderung war schnell Eifersucht gewichen, als er Magdas Bewunderung für den Neuankömmling gewahr wurde. Dann hatte er Viktor am Abend des Herbstopferfestes beim Schnüffeln in seinem Haus entdeckt, und aus der Eifersucht war Hass geworden.

Thorsten war ihnen in den Wald gefolgt, entgegen der Anweisung seines Vaters. Doch statt einer Hinrichtung wurde er fassungslos Zeuge, wie sein Vater und Sikorski sich unterhielten.

Und während Ken und Viktor am vorvergangenen Donnerstag Magdas Verbindung zu den Morden an den Flüchtlingen aufdeckten, hatte Thorsten einmal mehr wie betäubt in seinem Zimmer gesessen. Erst als am nächsten Tag das Haus der Kunersdorfs durchsucht und sein Vater festgenommen wurde, trieb es ihn wieder hinaus.

Von einer dunklen Vorahnung ergriffen, hatte er begonnen, nach Magda zu suchen. Als er sie nirgendwo finden konnte, hatte er sich zuletzt sogar zu Peter Mayerhofer gewagt. Der alte Mann hatte ihn wider Erwarten nicht rausgeschmissen, sondern ihm mit grauem Gesicht und schwerer Zunge erklärt, dass Magda von der Polizei in eine psychiatrische Einrichtung eingewiesen worden sei.

Thorsten konnte sich die Gründe zusammenreimen. Ohne groß nachzudenken, war er nach Hause gestürmt, hatte den Rest des Sprengstoffs, den Zünder, die Pistole und seine Speedvorräte in einen Rucksack gepackt und war nach Berlin ins Wenckebach-Klinikum geeilt. Vor der Psychiatrie legte er sich auf die Lauer, und während er noch über Wege nachdachte, Magda zu befreien, war ihm der Zufall in Form ihrer Ausführung zu Hilfe gekommen.

Den Pfleger hinterrücks niederzuschlagen war ein Leichtes, Magda von der Flucht zu überzeugen hingegen gar nicht möglich. Sie war so mit Medikamenten vollgepumpt, dass sie kaum auf ihn reagierte. Dabei wurde er selbst nicht nur von stetig wachsender Paranoia, sondern auch der Erkenntnis geplagt, dass er keinen Plan für sie beide hatte. Ziellos hatte er sie von Straße zu Straße gezogen, während das Gefühl übermächtig wurde, dass die ganze Welt sie mit argwöhnischen Blicken bedachte.

Letztlich war es das plötzlich und zufällig neben ihm einsetzende Martinshorn eines Polizeiwagens, das ihn in die Schule hineintrieb. Nur ein dummer Zufall. Die schwere Metalltür unmittelbar neben dem Schulportal, hinter der er sich mit Magda kurz verstecken wollte, hatte eher nach einem Lagerraum ausgesehen. Und plötzlich stand er vor einer Schulklasse.

Eines der Kinder hatte zu schreien angefangen. Dann hatte Magda zu schreien angefangen, und dann eine der Lehrerinnen. Und auf einmal hatte er die Pistole in der Hand. Irgendwie löste sich ein Schuss, und auch wenn er nur in die Decke ging, brach danach die Hölle los.

»Die haben gesagt, du hättest Forderungen gestellt. Du hättest dich nach einem von diesen Pennern vom NSU benannt«, war wiederum Ralphs Stimme zu hören.

»Was? Die lügen. Die haben mich angerufen, die Arschlöcher!«, brüllte Thorsten.

»Ist ja gut. Beruhig dich. Aber woher hatten die dann deine Handynummer?«

»Keine Ahnung. Gibt's für so was nicht so Gerä… Oh, Scheiße.«

»Was ist los, Junge?«

»Mir ist... mir ist irgendwie schwindlig.«

»Komm, setz dich hin. Setz dich hier rüber. Komm her.«

»Scheiße. Ich bin auf einmal so...«

Er brachte den Satz nicht zu Ende. Dann waren ein paar schwere Schritte zu hören.

»Warum spricht Thorsten auf einmal so undeutlich? Da sind doch Drogen im Spiel«, flüsterte Stella in die Aufnahme hinein.

Viktor drückte das Pause-Symbol. »Der Vater hatte jede Menge Tavor zu Hause. Hatte er ihm nicht vorhin was zu trinken angeboten? Vielleicht hat er ihm was reingemischt.«

»Tavor ist eigentlich ziemlich bitter, aber vielleicht hat er die Schmelztabletten genommen«, grübelte sie laut.

Viktor drückte wieder auf Play. Plötzlich hörten sie das Geräusch eines schweren Aufpralls und ein Aufstöhnen. Als Nächstes war wieder Ralphs Stimme zu hören, diesmal ein gutes Stück weiter entfernt.

»Geht's, Junge?«

»Iss... iss bim so mübe«, lallte Thorsten.

»Okay, okay. Alles klar. Du kannst gleich schlafen. Hör mir nur noch kurz zu. Okay?«

»Jaaaa, ogay«, murmelte Thorsten leise.

»Okay. Ich wollte dir sagen, dass du recht hattest. Ich habe meine Seele diesen Aasgeiern verkauft. Das hätte nie passieren dürfen. Okay? Aber das war der Knast. Der holt das Schlimmste aus dir raus. Aber das wird mir nicht noch mal passieren und dir auch nicht. Dafür werde ich sorgen. Okay?«

Für einen Moment herrschte wieder Stille.

Dann war ein Flüstern zu hören. Viktor erkannte Ralphs Stimme, aber die Worte waren nicht zu verstehen.

»Was hat er…«, flüsterte Stella ihm zu, aber ein Gebrüll aus der Aufzeichnung unterbrach sie.

»RAUS! IHR DA! ALLE RAUS JETZT! LOS! LOS! LOS!«

Chaos brach los. Schreie, die meisten aus kindlichen Kehlen, mischten sich mit dem Getrampel von Füßen und dem Quietschen von hastig zur Seite geschobenen Möbeln. Der Tumult währte nur kurz, dann lichtete sich der Lärm, bis nur noch vereinzelt Stimmen in der Ferne zu hören waren. Schließlich wurde es still.

»Hat er da…?«, begann Stella, doch Viktor legte den Finger auf die Lippen und sie verstummte.

Schlurfende Schritte waren zu hören. Jemand bewegte sich auf das Aufnahmegerät zu. Eine Weile lang war nur schweres Atmen zu hören. Dann Ralphs Stimme.

Mit den Worten »Leb wohl, Herr Lehrer«, brach die Aufnahme ab.

***

»Wie bitte?«, fragte Viktor.

»Ich beliebte, dir zuzuprosten«, antwortete Stella.

»Cheers«, sagte Viktor.

Stella hob das Glas und nahm einen Schluck, ohne ihn dabei aus den Augen zu lassen.

»Wo bist du mit deinen Gedanken?«, fragte sie dann.

Viktor atmete tief durch. »Ich weiß nicht. Ich schätze, ich kann es einfach immer noch nicht fassen.«

»Was nicht fassen?«, fragte sie, stellte den Rotwein auf den Tisch, faltete die Hände und stützte ihr Kinn darauf.

»Was Kunersdorf getan hat«, sagte Viktor grüblerisch. »Ich meine, dass er selbst keine Lust mehr auf sein Leben hatte, kann ich nachvollziehen. Aber gleich seinen eigenen Sohn mit in den Tod reißen?«

Stella schürzte die Lippen. »Hm. Er wollte ihm halt die Hölle ersparen, durch die er selber gegangen ist.«

»Klingt fast so, als würdest du das gutheißen«, entgegnete Viktor irritiert.

»Es hat schon irgendwie Format«, sagte sie mit der Spur eines Lächelns auf den Lippen, während sie ihre manikürten Fingernägel studierte.

Für einen kurzen Moment wollte Viktor aufbegehren, doch dann schluckte er seinen Unmut herunter. »Aha«, sagte er stattdessen. »Darf ich daraus schließen, dass du mich eher mit in den Kugelhagel ziehen würdest, als zuzulassen, dass die Cops uns abführen, Bonnie?«

»It's better to go out with a bang than a whimper. Don't you think, Clyde dear?«, flüsterte sie und zwinkerte ihm zu.

Dann stand sie auf, ging langsam an ihm vorüber auf sein Schlafzimmer zu und ließ ihren Satinkimono langsam zu Boden gleiten.

Epilog

Die Tür öffnete sich und ein Gesicht erschien.

Weiße Haare.

Falten.

Er sortierte die Mappe mit den Stromverträgen nach unten und zog die mit den Vorsorgeregelungen hervor.

»Guten Tag. Kowalczyk, mein Name. Deutsche Treuhand. Haben Sie sich schon einmal Gedanken über den Fall der Fälle gemacht?«

Eine halbe Stunde später saß er immer noch am Wohnzimmertisch, die Dokumente vor sich ausgebreitet.

Während der Hausherr in der Küche den Kaffee einschenkte, sah er sich etwas um. Keine Möbel vom Discounter. Gepflegter Garten. Mit etwas Glück besaß der alte Knacker Wertsachen, die sich mitzunehmen lohnten. Die Leute in diesem Alter waren echt zu vertrauensselig. Für alle Fälle hatte er seinen Totschläger in der Jackentasche. Nicht dass er glaubte, ihn wirklich einsetzen zu müssen, aber manchmal musste man ein bisschen nachhelfen.

»Sind Sie alleinstehend?«, rief er in Richtung Küche.

Keine Antwort. Nur Fließgeräusche des Wassers.

Alter Depp. Hörgerät zu leise gestellt wahrscheinlich. Umso besser.

Er suchte das Regal nach Bildern ab, aber da waren keine. Überhaupt keine. Keine Frau, keine Kinder, keine Enkel. Nur jede Menge Bücher. Einige davon sahen ganz schön alt aus. Alt und wertvoll vielleicht...

Er stand auf und nahm einen der ehrwürdigeren Folianten in Augenschein. Die Titelangabe in Goldschnitt war fast verblichen.

»The-ra-peu-ti-sche Hy-po-ther...«, entzifferte er mühsam.

»Ich habe einen Enkel, und Sie?«, erklang es hinter ihm.

Er fuhr mit der Hand zum Hals, wo ihn irgendein Insekt erwischt haben musste.

»Woher?«, keuchte er, doch er brachte den Satz nicht zu Ende. Seine Knie gaben nach. Im Sinken sah er das Gesicht seines potenziellen Opfers über sich, dessen blaue Augen jetzt recht eigentümlich leuchteten.

»Baden Sie gern?«, fragte der alte Mann.

ENDE

Nachwort und Danksagung

Liebe Leserinnen und Leser,

haben Sie sich schon manchmal gefragt, in welcher Situation sich ein Autor befindet, wenn er den ersten Satz seines Buches verfasst? In diesem Fall kann ich es Ihnen ganz genau schildern:

Es war am Mittag des 27. Juli 2017 in der Gaststätte der Pension am Flugplatz Anklam. Ich urlaubte gerade mit meiner Familie auf Usedom, aber das Buch musste schließlich auch irgendwann geschrieben werden. Während also meine Frau mit den Jungs den Außenbereich des Otto-Lilienthal-Museums erkundete, saß ich in einem holzgetäfelten Raum. An einem schlichten Tisch am Fenster tippte ich folgende Zeile in den Computer:

»Keen schöner Anblick, so wat.«

Selten überlebt so ein erster Satz alle nachherigen Überarbeitungen. Aber dieser hier hat sich als erfreulich widerstandsfähig erwiesen.

Es hat dann noch etliche Monate gedauert, bis aus dem ersten Satz ein ganzes Buch wurde. Nicht alle dieser Monate waren fleißig mit Schreiben ausgefüllt, genauer gesagt saß ich wahrscheinlich nur drei davon am Schreibtisch. Den Rest haben Alltag, Beruf und Familie aufgefressen, wie das dann immer so ist im Leben eines nebenberuflichen Schriftstellers.

Wie auch immer: Ohne die Hilfe meiner Frau und meiner Kinder wäre dieses Buch nie entstanden. Sie haben mir den Rücken freigehalten und mussten dabei gehörig zurückstecken.

Meiner Lektorin Wiebke Rossa, Verlagsleiterin bei Blanvalet Taschenbuch, danke ich für ihre unendliche Geduld im Angesicht immer wieder auf magische Weise fruchtlos verstreichender Abgabetermine und dem Aufzeigen des rechten Weges.

Meinem Redakteur René Stein danke ich für seine Ermutigung, die dringend nötigen Denkanstöße und sein unbestechliches Auge für logische Zusammenhänge und allerhand Probleme, die im Eifer der raschen Manuskripterstellung entstanden sind.

Und zu guter Letzt danke ich wie immer meinen pelzigen Musen und Mittätern im Geiste, den Herren Katern Quiqueg und Dagguh.

Berlin, den 30. September 2018

Cooler, gnadenloser Thrillerstoff mit einem Protagonisten, der keine Regeln kennt.

400 Seiten. ISBN 978-3-7341-0589-0

Ralf Parceval sitzt lebenslänglich ein. Er hat fünfzehn Menschenleben auf dem Gewissen. Nach deutscher Rechtsauffassung ist er ein Mörder. Nach seiner eigenen Rechtsauffassung ist er ein Versager. Denn er hat die falschen Männer erwischt.

In Berlin wird die Tochter eines reichen Unternehmers entführt. Der Täter wird bei der Geldübergabe geschnappt, doch die Polizei bekommt kein Wort aus ihm heraus. Die Zeit für das Mädchen wird knapp, und der Chef der Berliner Kripo greift zu verzweifelten Mitteln: Er holt Ralf Parceval aus dem Knast …

Lesen Sie mehr unter: **www.blanvalet.de**

Er tötet, wen du liebst und schuld bist du.

544 Seiten. ISBN 978-3-7645-0624-7

Tue nichts Böses, sonst wird er dich bestrafen. Zuerst wird er einen Menschen entführen, den du liebst. Dann wird er dir ein Ohr des Opfers in einem weißen Geschenkkarton schicken. Daraufhin ein Auge, dann die Zunge. Du kannst versuchen, ihn zu stoppen, aber du wirst es nicht schaffen. Denn er ist der Four Monkey Killer, und er kennt kein Erbarmen. Du kannst nur hoffen, dass er nicht weiß, wer du bist, und dass er es nie erfährt …

Lesen Sie mehr unter: **www.blanvalet.de**